U0054627

# 天外歌聲哼出的淚滴

陶然中短篇小說選

陶然——著

2011年5月，陶然攝於香港鰂魚涌公園。

2005年8月，應邀任「第八屆香港中文文學雙年獎」（2003-2004）散文組評審委員。
左起：許迪鏘、黃國彬、張錯、陶然、黃仲鳴。

2002年6月1日影於印尼雅加達「印華文聯」首次文學座談會。
左起：賴松溪、廖啟煌、陶然、李靖、凡夫。

2007年5月陶然與瘂弦（左二）、秦嶺雪（右一）合影於香港九龍「原住民」西餐館。

2003年9月4日，在香港三聯書店與香港作家聯會合辦的「感覺上海」對談會上。左為王安憶，右為李歐梵，中間為主持人陶然。

2011年9月25日，陶然與楊絳（右）合影於北京楊府。

2011年11月22日，中國作家協會設晚宴招待出席「中國作家協會第八次全國代表大會」的港澳台及海外作家代表，陶然與鐵凝主席（左）合影。

# 壓力下的完卵

王鼎鈞

為了給寫作班找教材，我讀了《陶然中短篇小說選》中的二十二個短篇。

既然是給寫短篇的人觀摩學習，我的第一志願是力求其短。現在已很少聽見有人論說短篇應該多長多短，當年的說法是「三萬字以下」，我總覺得三萬字太長了，在寫作班上，三萬字的長文不易朗讀，不易分析，不易統攝。海明威要求短篇可以「站著一次讀完」，我則盼望短篇可以坐著一次講完。

在寫作技巧方面，短篇小說講究「單一事件，時間地點集中，最經濟的手法」。三萬字的短篇多半難以支持這個說法，看起來那長長的短篇很像是長篇的一章，或者是長篇的縮寫，無法強調短篇小說的特點。

我也知道，自「現代小說」興起，許多作家對「時間地點集中」云云全拋棄了，出現「有多少個短篇、就有多少種結構形式」的燦爛局面，這當然是重要的發展，但是增加學習上的困難。有人批評新詩，說它沒有形成典律，沒有穩定的體裁，不利學習，看起來目前標榜「現代」的短篇小說也是如此，我只能在寫作班把「現代小說」介紹給大家欣賞，卻不敢教他們如此起步。

還有，我們這個寫作班是業餘的文化活動，大都對文學沒有太大的野心，但願他們藉短篇小說的欣賞，能夠解釋自己的人生經驗，迅速掌握事件的重點，有因果觀念，有組織能力，並且知道如何把一個故事說得精彩，如此他們都可以不虛此行。我需要有頭有尾有中段的那種小說，有因有果有過程的那種小說，有起有落有高潮的那種小說。

天從人願，我在《陶然中短篇小說選》裡找到許多篇這樣的小說。

我先找最短的。這本書收錄二十二個短篇，其中四篇每篇都在四千字以內。

一篇〈身份確認〉，寫一對年輕夫婦偷渡到香港，丈夫找到工作，上班去了，妻子在家寂寞，上街閒逛，不幸被一個警察窺破行藏，尾隨到她的住所，以逮捕遣返為要挾，實行「性侵」。人物只有兩個，妻子和警察，那個丈夫沒有出場。時間壓縮在丈夫上班以後、下班以前，空間集中在她居住的公寓房間之內，過程之短促與心理反應之艱難成反比。寥寥幾筆就寫出社會背景如隱形的天羅地網，寥寥幾筆就寫出一個角色明晰的形象，連未露面的丈夫也如見其人。故事完整，結構完整，人物形象完整，我們的學友能得其一，就可以把作品拿出來給人家看了。

另一篇〈主權轉移〉也在四千字以內。這篇小說寫女老闆和男職員有性愛關係，我們見過許多小說電影，男老闆和女祕書有一個秘密的香巢，〈主權轉移〉反過來寫，給我們另一種啟發，寫作的難度也隨之提高。男女身份懸殊，情意密藏不露，寫來張力飽滿，確非易易。女尊男卑，予奪操之在女，這個男子以極其銳敏的感覺患得患失，見微知著，這個「微」正是短篇小說需要的簡單，這是「大風起於萍末」那樣的簡單，「萍末」是一隻瓷杯，男職員曾經送了一隻瓷杯給女老闆，結果他發現女老闆把這隻杯子轉送給另一個男職員了！小說以〈主權轉移〉為題，點睛之筆勝過千言萬語。

我覺得〈身份確認〉寫的是權力的壓力，〈主權轉移〉寫的是階級的壓力。第三篇〈競爭〉，寫二十八歲單身女子依表姐和表姐夫留居香港，面對許多男人貪婪的企圖，只有忍辱應付，她有「性別的壓力」。第四篇〈砍〉古事新編，寫關羽再來，藏刀棄馬，換穿西裝，到劉備經營的商店裡做一名店員，劉備商場失利，裁減員工，關羽首當其衝，可稱為社會轉型的壓力。這個發現很有意思。我急忙再看以外各篇。

這二十二個短篇中有十六篇每篇都在六千字上下，據揣想，一定是編者設定了字數。編輯要分配版面，作空間設計，難免有些匠氣，給媒體寫作有經驗的作家都能增尺減寸，妥為配合，作家伸縮由心，最能看出他的功力才思，也顯出他跟編者之間的友誼。這本來是作家的成熟老練之處，可是啼聲初試的人如要嶄露頭角，必須對這一點訣竅會心揣摩。這十六篇小說使人推想寫作的原始過程和巧妙，未必和事實經過符合，也無須符合。

這十六個短篇也幾乎都是寫壓力。

例如〈窺〉，寫香港居住空間的壓力。一對年輕夫婦的居室本已侷促，為了減輕負擔，又把小小的閣樓租給一個單身男子。妻子時時擔心性生活被房客偷窺，精神緊張，閣樓居高臨下，使壓力更形象化，香港天氣酷熱，使壓力幾乎成為觸覺，這些地方寫得極好。後來男房客對女子提出要挾，壓力遞增，女子終被擊敗，在高潮中完成短篇小說的情節。這一篇應該算是壓力文學的異品。

像〈旋轉舞台〉，寫歌星秦少聲成名的壓力。他和另一歌星江金廊競賽，產生「好來塢式的恐懼」，據報導，好來塢的明星佔盡繁華，但是人人眼中露出恐懼，他們怕失敗，怕被別人取代，「勝利的滋味」固然痛快淋灕，「風水輪流轉」的陰影也驅之不去，功名利祿之中人豈止身不由己，魂也不由己，我們只見憤怒之下無智慧，嫉妒之下無美德。這一篇堪稱壓力文學的珍品。

像〈碧玉岩〉，一個中年男子由大陸來到台北，受大陸友人之託，帶東西給一位女郎。他在台北住了三天，跟女郎有三次單獨的約會，最後兩人夜晚登臨高丘，俯瞰台北市萬家燈火，此情此境，在任何小說中都會發生一些激烈的動作，這裡卻「甚麼也沒發生」。表面平靜，尋常言談舉止中充滿「性」的張力，情愫如一根游絲繫在兩人身上，無形無影，中心癢癢，卻又搔爬不著。這一篇小說以寫感覺為主，謎樣的境界，詩一樣的情懷，「此情可待成追憶，只是當時已惘然」！這一篇是壓力文學的雅品。

我想起前賢論小說，言必稱人物性格，「有甚麼樣的性格就有甚麼樣的行為」。現在我讀到的這些小說，人物行為並非一定由性格產生，大半由環境壓力產生，壓力太大，甚麼性格都得有一樣的回應。一個偷渡的弱女子，面對一個流氓式的警察，她怎麼辦？殺死警察？殺死自己？狂喊救命，寧可送進移民署的拘留所？知道她們夫婦為偷渡花了多大的代價嗎？知道移民署的拘留所的種種黑幕嗎？在這種致命的壓力下，不論剛強、圓滑、豪爽、羞澀，都一樣得滿足那警察的慾望，以求苟安。現實壓碎一切性格，卻成就了一篇一篇的好小說。

我告訴文友們，看這些小說情節的脈絡如此清晰，看小說家的思路如此清晰，其智慧貴在能捨。長篇是海納百川似的「取」，短篇是快刀斬麻似的「捨」。看這些短篇小說修辭如此以少勝多，遺響如此有餘不盡，其秘訣貴在能「藏」。範本當前，我把「捨」的英姿情懷介紹給他們看，把「藏」的深心大巧介紹給他們想。播種在人，生長在天，因緣俱在，功不唐捐。

刊於《香港文學》二〇一〇年十一月號；
《美華文學》二〇一一年春季號。

# 北往南來漂離筆——陶然

廖偉棠

「南來作家這個名字現在簡直帶點原罪的意思。」陶然皺眉說道。

香港文壇中提到「南來作家」（即從內地來港的作家），莫名總帶點貶義，似乎總不如「土生土長」來得響亮，而且這個名字下面籠罩了一大群不同風格、水平的人，率為武斷。與陶然見面，剛坐下他就說：「南來作家這個稱呼其實我一直不是很認同。」即使中港研究者都這麼定義他，有的還把他作為南來作家的代表，即使他已經來港三十八年。但無論是內地文學史書寫的熱衷關注，還是本地讀者的有意無意忽略，陶然那一代南來或南遷作家，他們的作品和他們的經歷都是其時代的另一種註腳。

相對於「南來」，我更感興趣的是他的「北往」，他最初是從印尼去北京的，才又從北京來到香港，如此南來北往，決定了他的作品中的流離之味。雖然說話還帶著一點點口音，陶然其實原籍廣東，但他在印度尼西亞的萬隆市出生長大，四十年代到五十年代，一如我們所知的彼時華僑知識家庭，他和他的家庭都被捲入歷史的諸多誤會的波瀾之中……

據說陶然的外祖父四十年代在雅加達任親國民黨報紙《天聲日報》社長，五十年代到香港，遂被統戰回國，結果回國一年就因為土改被鬥，在拘留所內含冤自殺。但這件事沒有影響其後十年在萬隆的左派學校學習的少年陶然，他相信國家在變好，每天收聽中央人民廣播電台、閱讀《人民畫報》，學得流利的普通話，並且耽讀《青春之歌》、《林海雪原》等從萬里之外漂流至此的革命文學。終於一九六〇年的一天，他的母親無奈地對他說：「既然你這麼愛國，你就回國讀書去吧！」母親並不認同共產黨，她的考慮，當然還有印尼日益高漲的排華氣氛，少年陶然尚未了然日後的恐怖，只是為能夠回國建設而興高采烈。

印尼風情沒有給陶然日後的創作留下太大影響，他的心一早飛到北方去了。陶然和哥哥、兩個姐姐來到廣州，哥哥因為超齡留下在廣州務工，陶然和姐姐因為對廣州的失望和對北京的嚮往，堅決要求赴京。「廣州碼頭飄滿萬國旗——都是市民晾曬的衣服。在街上問路竟被隨意指點到反方向，在巴士上說下車，售票員呵斥應該說落車（粵語）！」敲鑼打鼓被歡迎的華僑子弟，進入廣州市內遭遇了一片混亂，這落差至今說起仍然覺得不可思議。坐了三天三夜火車，膽粗粗的陶然來到幾乎舉目無親的北京，就讀於天安門旁邊的北京六中——清朝的吳三桂馬房，天子腳下卻好不逍遙。「相對於廣州的破落，北京的建築雖然也灰，但氣派大多了，大馬路大建築，印尼也完全見不到。北京的文化素質更是比廣州高很多。」

但政治氣氛北京也濃厚得多，書迷陶然發現找不到太多想看的書，「頂多是楊朔、劉白羽等官方作家作品，解放前作家只有魯迅的書，連錢鍾書都沒有，甚至《紅與黑》都看不到。」他對看不到《紅與黑》耿耿於懷，「十九世紀的浪漫小說，不過因為故事中于連和市長夫人的私情而被害怕有負面作用，成為禁書。」

「那時只好拚命去看電影，都是社會主義電影，當時還是困難時期，物質上吃不飽，精神上也飢渴。」他的一個同學餓到去公園偷榆樹葉吃，結果被鬥。華僑子弟也不敢讓海外寄東西，否則會被當作資產階級。全靠一個香港來的同學，總是偷偷叫上陶然等去全聚德吃烤鴨，「他認識那廚房師傅，一進門人家就知道他要吃什麼，只是吃完他就一再叮囑我們千萬別說出去。」

上了北京師範大學，遭遇了文革，陶然因為特殊的身份一直「被迫」成為「逍遙派」，因為沒有紅衛兵組織要華僑子弟。唯一參與了一九六六年的串聯，是沙勞越礦工子弟組織的「赤衛隊」——可以說是「紅衛兵」的山寨版，從北京到武漢到廣州、泉州，縱貫下來等於免費旅遊。後來一個紅衛兵組織接納了他，他也只有在別人貼大字報的時候拎漿糊的資格，連大字報都沒有寫過。

因為逍遙，更可以看書，他和幾個同學「佔領」了一間空置的女生宿舍，天天躲在裡面看書。「能看的書都看了，六八年的時候有一個神秘的同學來跟我說可以提供禁書給我看，條件是要用海外寄來的日本立體照片來換。他帶我去中國書店的秘密書庫買十八、九世紀外國的小說，充滿了誘惑。」立體照片和禁書，誘惑對於不同的人是不同的，陶然選擇了後者。

也是那個時候，他認識了影響其一生的人：著名詩人蔡其矯。「當時崇拜詩人，五十年代初蔡其矯曾在文學講習所教小說，六十年代被下放，一個認識他的同學介紹了我們認識，於是開始通信。」其實當時明知蔡其矯已經被「打倒」，青年陶然還是堅持與他通信談文學，這通信持續了幾十年，累積數百封，直到前幾年蔡其矯逝世。對陶然影響最大的是七十年代初的一封信，蔡其矯說：「你是學文學的，為什麼不拿起你的筆？我非常反感現在社會流行的文學無用論，要是換了我，即使燒成灰也要寫。」在他的鼓勵下，陶然開始寫作。

一九七二年分配，大學生面向農村，分配並不公平，和工宣隊天天喝酒的人就可以留在北京，這點令陶然很氣憤。他被分到陌生的江西，父親從印尼來信要他回印尼，其實當時他也對北京的政治現實清醒，「留在大陸肯定沒有希望，你的出身已經成為你的原罪。」但他走之前做出了一個非常大膽的舉動，他不辭而別跑去新疆探望被分配到那裡的女友，校方因此對他進行了缺席的批判。這一段亂世中的愛情故事，曾化身出現在陶然日後最重要的一部長篇小說《與你同行》中，而新疆，也因此成為他日後無數篇散文的主題，不但象徵了青春的絕望愛情，也象徵了青春不顧一切的自由。

一九七三年二月陶然獲批香港通行證，但拖到九月才來港。全因為不捨，新疆的女友又趕回北京和他惜別。政治對愛情的壓力凡人又如何化解，「在這批判鬥爭的世界裡，每個人都要學習保護自己。」羅大佑〈愛人同志〉唱的絕對真實，愛情中甚至要學習保護對方，「總之很淒慘，當時的感覺……她是幹部家庭出身，家人對海外關係非常敏感……在當時環境下，也可以理解吧。」

陶然來到香港，卻不能回印尼，因為印尼早就規定不歡迎去過共產國家的人回流，他在離開之時已經按手印宣誓接受這個規定。於是他只好滯留香港，「從高度政治化的北京來到高度商業化的香港，落差太大了，人情淡薄馬上感到。」當時香港深陷全球的能源危機，九點之後霓虹全滅，市面蕭條。大學畢業的陶然去觀塘應聘做雜工，竟也因為不懂廣東話被歧視——「步出工廠後，聽到後面那個工頭說：車！廣東話都唔識仲想做工！」他覺得很辛酸，「我好歹也是個大學畢業生，要求並不高，不過是想當一個最低的雜工而已。」日後他的小說，充滿了那些因為身份歧視而被侮辱被傷害的人，不能說和這些實際的經歷無關。

當時陶然失業的生活，就如他的老朋友古劍的描述，頗有些離奇：「陶然還多少有海外的接濟，『堅持』失業了兩年，去夜校補習英文。那時教育也腐敗，竟有語文教師懶到登報請人批改作文，眉批、批語，每班作文總評，一樣不少，每本一元錢。」——陶然說沒有這麼多，一本也就兩毫子到五毫子。

這樣的生活方便了寫作，一九七四年《週末報》刊登了他的小說處女作〈冬夜〉，「敘述上受到海明威〈殺人者〉的影響，內容靈感則來自在一家餐廳意外遇見六中同學羅烈——他已經是當時香港著名的武打明星，所謂天下第一拳，我不敢與他相認，小說就寫了這種心情。」和很多南來作家不同，陶然來港的第一篇小說就直接寫作香港題材，而不是大陸的回憶。

「因為文學的關係，認識了後來的好友古劍，我還記得有一個晚上我和他在銅鑼灣窮極無聊，邋鞦韆後閒逛，經過豪華戲院看見一個乞丐，我不禁對古劍說：將來我們不知道會不會變成這樣呢——」陶然回憶起這段日子還是唏噓，這就是七十年代大陸來港的青年知識分子的普遍困境。幸好一九七五年古劍進入《體育周報》，「有一天在牆角邊看到不少應徵信，我好奇拿來翻看。裡面竟有陶然的，那時他署名梅傲霜。此時正好有人辭職，就向老闆推薦，他就這樣成了同事，與葉輝三人撐起《體育周報》。」古劍回憶裡這麼說，陶然補充了細節，也是活靈活現，「葉輝和古劍，加上一個叫阿球的清潔工人天天下棋，下得昏天黑地。我在旁邊寫稿寫到七八點鐘就走，他們還在下棋。」

蔡其矯依然是陶然的良師，繼續和他通信，並且鼓勵他堅持寫作、盡力融入香港社會。七十年代香港文化也頗激盪，但陶然的性格和身份決定他沒有認識更多的同道人，諸多文學雜誌、文社好像也和他無關。比如說：蔡其矯介紹他去結識舒巷城，他就寫信託《七十年代》轉交，與舒巷城通信許久、獲得前輩許多指點，但是始終沒有勇氣見面，直到新加坡作家林臻來港，在林臻的「強迫」下兩人才得以會面。後來陶然做時代圖書公司編輯、中新社編輯，一直到《香港文學》編輯、主編，他才廣交文友，並且成為很多年輕作家的提攜者。

作為這樣一個南來北往作家，陶然和其他南來作家最大的不同，是我最關注的問題。陶然坦然道出：「許多所謂南來作家，他們對文學談不上獻身，只是利用文學進行交遊，他們的名片上一大堆頭銜，作品卻貧乏欠缺，這形成了大眾對南來作家的負面印象，這令我覺得很淒涼——南來作家本來並非如此的，卻被他們敗壞至此。」至於不同，「我出生於印尼，去北京又來香港，漂離是我的主題，家鄉對我沒意義，人生被切割成三點。」這是命運的簸弄，也是命運的禮物吧。經過了幾十年，陶然對香港的感情也慢慢轉變，開始對香港有了一些認同，「剛來香港對那種商業社會的人情冷漠不能理解，現在仍然不能理解。正如北島所說：金錢在很多西方國家都是一個衡量標準，但不是唯一標準，但香港很奇怪，錢成了唯一標準。我依然覺得資本主義社會是滅絕人性的，但慢慢融入香港的市民社會，覺得香港普通人的危機感可以理解，賺錢只為害怕老年時沒有保障，這並非自私，只是沒有安全感。」

「我有時會想，倘若太寂寞，倘若喧囂的市聲捲走了真誠的歌聲，也許你和我也可以在這古老的地方找到一點安慰。」這是陶然寫回音壁的一段散文，也像是說的文學本身，文學曾經這樣安慰過一個無奈漂離的青年，他亦想盡量安慰其他社會漩渦中的男女。這些樸素的情感，也是陶然作品中可貴的，也許他籍此超越了早年命運的戲劇性。

刊於香港《明報周刊》二二二〇期，
二〇一一年五月二十八日

# 目次



## 中篇小說



## 短篇小說

# 歲月如歌

## 一

人山人海。

只不過是晚上八點鐘左右，時代廣場已被情緒高漲的人群擠得水洩不通，沒有五萬也有四萬人吧，大家擠在這麼一小塊地方，節日氣氛是夠熱烈的了，但萬一有人失控，也容易造成災難，比如蘭桂坊一九九三年元旦倒數，便釀成死傷慘劇。好在這時代廣場不像蘭桂坊那樣有陡路，危險度大減。或許，全城「倒數熱點」從中環的蘭桂坊轉移到銅鑼灣的時代廣場，除了因為時代廣場新起，也因為安全系數更高？

人群湧動，陸宗聲給猛然一碰，這才跌回現實中。明星在臨時搭起的台上表演歌舞節目，掌聲喝彩聲響成一片。時針滑向十一時五十五分，幾萬人都安靜下來，凝神靜氣讓那時間一秒一秒地過去。只剩五秒了，全場倒數「五、四、三、二、一！」只聽得「梆」的一聲，七彩彩紙從高處噴出，那大型的電視螢幕打出「二〇〇一」的字幕，又一陣排山倒海般的歡呼聲爆出，將節日氣氛推至最高潮。大會主持人帶領在場的人們高唱〈友誼萬歲〉……

二十一世紀就這樣降臨在香港的大地上。

只是，在這樣的一個時刻，宗聲卻孤零零地一個人遊蕩。看著成雙成對的紅男綠女綻開如花的笑顏，他有一種說不出來的感覺。

要是竹瑗在身邊就好了……

但耳畔迴盪的只是〈友誼萬歲〉，溫馨中帶著一點悵然的意味。

那常常是舞會中的最後一曲吧，舞會倒不要緊，那總會有曲終人散的時候，但要跟竹瑗告別，不免心痛落寞。他輕托她的腰肢，靈魂飄然只可意會不可言傳。中年的心思是不是這樣濃如酒？而中年的竹瑗依然彈性十足，舞動起來有如一條鮮活的魚，在潺潺流水中活蹦亂跳，他差一點就趕不上她的節奏了。

咦，共舞？那大概是在夢中吧？想來想去，好像並不曾有過擁著竹瑗舞一回的機會，不是不想，而是不願刻意去製造。隨緣吧，甚麼事情也都要水到渠成，我難道可以為了一償心願，便拉著她去歌舞廳？

哼，我差一點就變成舞蹈家了！竹瑗說，我二十來歲的時候，站起來，雙腳併在一起，筆直筆直的，人家都說我是跳舞的料子，不過我媽不願意，她說舞蹈的藝術生命太短了。要是我去跳舞的話，你可能就不會認識我了！

大概也是因為膽怯吧，宗聲自知舞技普通，甚至有點蹩腳，他怕在竹瑗面前顯得笨手笨腳。

最重要的是帶我的人，我不隨便跟人跳，如果帶的人帶得好，我就會跳得好。跳舞，最要緊的是合拍，如果不合拍，還跳來幹嘛？

他說是是是。本來想要開口，已自心怯。萬一踩了她一腳，豈非自暴短處？他知道自己的舞技僅屬幼稚園水平，隨便跳跳還行，一旦認真起來，只怕會當場出醜。但他卻認為跳舞只不過是為了氛圍或者純屬心情，又不是去表演，要跳得那麼好幹嘛？每當電視上播出的國際標準交誼舞示範表演時，他看著男男女女個個昂首挺胸，姿勢是夠美妙的了，不過卻缺乏了一種自然流露的情感，便覺得哪裡比得上在昏暗的燈光下抱著竹瑗隨那悠揚音樂輕輕搖擺？

但竹瑗明明在說，我也不捨得。她的淚水流了下來。窗外的夜色正漸漸爬高，竹葉在秋風下輕輕搖晃，一聲嚎啕幾乎破口而出。男兒有淚不輕彈？無情未必真豪傑？一種絕望的呼號來自心底，他強笑著，其實已經很好了。很想以歡快的語氣高昂說出，不料一出唇竟變成顫音。真情流露，哪容得他矯飾？即便竹瑗認定他軟弱，他也顧不得了。他不想在她面前把自己打扮成並非本真的公眾面孔，好的壞的，他都願意呈現出來。是人也都有人性弱點，都有不可愛的地方，最要緊的就是心不可以陰暗。心理陰暗的小男人，即便名成利就，終究也只是一個小男人而已。

竹瑗笑道，你說誰？

他一本正經，我！

那你就是說我是大女人了？

你這邏輯，嘩！我哪裡說得過你！

也不是不想一一細說從前，不過竹瑗不知道來龍去脈，須費許多唇舌；而且那些人事又與她何干？他只想把最美好的事情說給她聽，至於那些風風雨雨，唉，不說也罷。樹欲靜而風不止？果然。

都說文人無行，宗聲從來不承認自己是文人，我只不過是報紙小編輯罷了。竹瑗說，文人一壞起來，比普通人要壞上十倍百倍，因為他們滿腦子都是餿主意。也是。秀才造反，十年不成，但是叫他們搞點小動作，卻很在行；而且妒嫉心奇重，看不慣人家比自己好，又看不起人家比自己差。讀書識禮？算了吧。你別看那大隻廣憨憨的樣子，其實心胸狹窄，唯恐天下不亂，虧人們還以為他口訥訥便是「忠厚」……

你到底想說甚麼？

他驚覺思路跑了野馬，在竹瑗面前，提這樣猥瑣的人幹嘛？良宵苦短，說不盡的柔情蜜意……

大概活得太無聊吧，無事生非，那條友……

竹瑗笑道，庸才才不招人妒呢！

也是。如果那條友知道我跟你好，恐怕會氣得七孔流血當場身亡！

哪條友？竹瑗目光疑惑。

他搖搖頭，像要揮掉飛到面前的蒼蠅一樣。是個同事。不說了，說出來你也不認識，省得辱沒了你的耳根。

那你又耿耿於懷？告訴你吧，如果你真的不在乎，你根本不會放在心上。

但那條友一肚子壞水，可能以為我軟弱可欺……

你的修煉還不夠，竹瑗說，你置之一笑，叫他自己跳來跳去，跳久了就渾身乏力沒癮了。如果你一接招，他就會更來勁了。這種人就是這個德性，哼，我早看透了！

手中無劍，心中有劍？

還沒有那麼高的境界，只不過你沒有必要陪癡人去癲。我很年輕的時候便看不開，對甚麼人事都很執著，天不怕地不怕，人家封了我一個外號，叫「打遍天下無敵手」。媽的，我只不過是自衛而已，人家卻反過來這樣攻擊我，你看看這世界，是不是亂了套？哦，是不是只許我不還擊？好哇，現在我就一笑置之，他們也就沒有「鬥志」了。

你以為呀！你以為沒有對手他們就會善罷干休？

不會。不過，讓他們去當唐．吉訶德好了，叫他們和風車搏鬥好了。

可惜這裡沒有風車。

叫他們去荷蘭呀！

算了算了，別拿他開心了，荷蘭路途遙遠，倒不如去看一年一度的荷蘭鬱金香花展，空運的呢！

但鬱金香花展也並沒有去看，只是去看了那年輕的美籍韓裔女小提琴家莎拉·張的演奏，音樂廳裡旋律悠揚，但他最實實在在的感覺，便是竹瑗緊挨他身旁，實實在在地讓這夜色燦爛。他覺得在這樣的一個秋夜裡，千年古柏下有個朦朧的夢境，對面的宮牆幽深，附近有幾個人的影子飄過來又飄過去，迷迷茫茫得好像並不真實。他把頭斜靠在竹瑗的肩膀上，我真想就這樣睡過去，不用再醒來……

竹瑗「嗤」的一笑，你傻了呀？我們還要在一起過很長很長的日子，你就捨得不再看見我？

你跟我一起去……他喃喃地說，如在夢囈。

是做夢一般的感覺。你命中注定就該是我的。真的，我總有這樣的感覺，前世一定和你在一起……

前世有甚麼用？來世吧！

是一種無奈的感覺，今生相遇太遲，又不能夠重新再來，人生太多缺憾。

如果早十五年就好了。

早十五年，你考我們學校，說不定一切都會不同。

是假設性的問題，不過想起來也使他鼓舞，至少證明她心中確然有他。

那個時候，他已經無心向學，是一種漂泊感吧？既然已經漂到香港，只能面對現實。人生地不熟，既沒有被承認的學歷，又沒有任何社會關係，他的根不在這裡。他好像是半途中闖入的無頭蒼蠅，只能到處亂竄。他不知道前途在哪裡，不知道自己將會在甚麼地方安頓，甚至也不知道自己的命運。那天傍晚，他跟一個同病相憐的朋友走過銅鑼灣鬧市，路旁坐著一個乞丐，他隨手丟下一塊硬幣，回頭對那朋友苦笑，我可憐他，不知道別人會不會可憐我？

是一種不確定的心情。前路茫茫，沒有任何人事關係，連找一份最低微的工作也未必有人要，還有甚麼心情再去進修？又不是十八、二十歲，有大把時間可以揮霍。已經三十了，三十而立，而自己卻還在人世間漂浮，想想就令人灰心喪氣。每當聽到昔日的大學同學「回爐」去讀研究生，他也不是沒有躍躍欲試過，不過要他再走回頭路，卻又太難，心頭的創傷還沒有治癒，再加上他以為他已經是另一個世界的人，怎能輕易便又再選擇方向？

何況他又是一個隨緣的人，沒有甚麼太大的野心。是沒有甚麼進取心吧？她笑。也可以這麼說。這當然會令我成就有限，但也有個好處，那便是心態可以比較平和，不會像那條友那樣心理失衡，有些變態的傾向。

喂喂，你別老提那莫名其妙的那條友好不好？我又不知道是甚麼人，你老提他，倒顯得抬舉他了。現在就是你跟我兩個人，不要旁人，不管是好是壞……

二人世界？但二人世界不在今夜。竹瑗的笑靨如花，把臉轉過來，我已經成了你的女人。只是良宵苦短，雖然他但願長醉不用醒，但終究醒來已經躑躅在這二十一世紀鐘聲響徹大地的香港鬧市街頭。午夜喧嘩，他卻在狂歡的人群中感到無比落寞。此刻竹瑗是不是也在仰望夜空？還是早已進入夢鄉？

## 二

古城四月的最後一天，仍有些微的涼意；其實春回大地的景象，已經蓬蓬勃勃了，街邊的綠樹招展，當春風吹過，便嘩啦啦地響成一片。

但傍晚時分的街道交通網，卻仍然阻塞成一片不動的長蛇陣。汽車此起彼伏的響號，焦躁地在夕陽西下的昏黃天空中奔走呼喊，但許久才能夠往前開動幾米。宗聲好幾次想跳下車乾脆走路算了，可是路途遙遠，徒步根本不是辦法。出門時本來以為時間從容，哪裡料到，跳進出租車他吩咐了一句，首都劇場！那司機不知是無意還是有心，竟開著車子往相反方向疾駛，等他驚覺過來說了一句，好像不對呀！那司機回過頭來說，不是首都機場嗎？唉，一字之差，差了不知多少里！竹瑗聽了，撇了撇嘴，我看那司機是故意的！

也許。兜路多收點車費唄。也沒有多少錢，只是這一兜，便誤了時間，再加上塞車，他坐在後座焦急，卻不知道有甚麼辦法可想。

終於下車，他遠遠便看到竹瑗戴著米色漁夫帽子，悄生生地站在街道對面，一瞥見他，便笑著向他揮手。

竹瑗愛笑，他記得第一次見到她，她推門而進，也是很清爽地笑著。他覺得她的笑容在純真中又帶著一點野性的媚氣，咯咯地在他心盤的深處跳盪。但她後來告訴他說，我愛笑，還愛哭呢！自小就這樣……

上小學的時候，老師在課堂上說了個笑話，全班哄堂大笑，過了一會，全班都止住笑了，她還笑，老師警告了幾次，她還是忍不住；老師火了，命她去操場罰站，她還笑，過了許久，她才驚醒過來，一看操場上只有她孤零零的一個人，笑著笑著便大哭起來，也不知道是因為害怕還是受了委屈。

怪不得。

甚麼怪不得？

你是性情中人，血性女兒。

才不呢，我膽小。

有時。但是一大膽起來，一般男子哪裡是她的對手？她幽幽地說，我都想好了，倘若他真的察覺了，我就一五一十說給他聽，他愛怎麼樣便怎麼樣！

他心口一盪，兩眼發熱。這便是她的豪氣，在豪氣下的萬般柔情，不經意便濃濃散發出來了。她側坐在他雙腿上，雙手環抱著他的脖子，搖呀搖的，他看不見她的臉，但他總是覺得她笑靨如花，眼中卻有愁雲。

墜入情網，大概不能用感覺來形容。他看得出她內心的掙扎，欲迎還拒。

我真想對你說，我們就做最好最好的朋友吧，你做我哥……事後她這樣說，但我不能，我在想，我能夠把你孤零零地丟在這裡，失望而去麼？不能。

他摸了摸她的臉，但覺滑不留手。是不是因為同情？

她嘆了一口氣，那倒也不是。如果只是同情的話，我怎麼可能以身相許？

有許多男人賊賊地對她說，竹瑗，只要你點頭，那我就是世界上最幸福的男人了！他懷疑自己也想這麼說，但他終於沒有。這樣的話太難說出口，這只是一種感覺，感覺不需要或者不可能用語言準確表達，一說就俗，只能全身心去體味。如果體味不出來，說了何用？

油嘴滑舌。你不要相信男人的甜言蜜語。

包括你？她笑，吃醋了？

沒有。男子漢大丈夫……

但他心裡實實在在漫過一股酸味。

有情未必不丈夫呀，她笑，有點揶揄。

也說不上是怎樣的一種情勢，要是她還在香港的時候便認識，他和她的人生歷史可能就會改寫。

也可能是出於一種好奇吧，乍見她的時候，他對於她竟會這麼早便回北京讀大學有些驚奇。而且，讀完書便留下來了，做廣告設計，自由職業，有時間就接活，沒時間就不做。

但當他與她邂逅的時候，彼此都已經有了家庭的負累。

他在北京做生意。

哦，港商。

其實早就認識了，在中學時，他高我兩個年級。後來去美國讀工商管理……

他立即明白，他們在北京重逢，於是便展開了戀情。

人生何處不相逢？

相逢有如在夢中。

他嘆了一口氣，也許這就是機緣了。

你別酸溜溜的，誰叫你不早點認識我？

人的命運變幻莫測，不走到最後，誰也不知道結局如何；他沒有辦法把握將來，因為他永遠也看不到自己的底牌。

也不是沒有嘗試過去探究自己的未來，那晚他走過廟街，看見在昏暗的油燈旁，有個老年相士垂首低眉默默不語，不像其他相士吆喝著拉客：這位先生，你眉間有烏氣，主凶，快來看看，我給你指點一條明路，趨吉避凶……他滿臉不屑，要是真的這樣靈，你大概也不會在這裡擺檔，早就飛黃騰達了！那相士橫了他一眼，話可不能那樣說，我們能夠給人指點迷津，卻不能看破自己。他一凜，這話有點禪機，但他不能停下腳步，既然刻薄的話已經扔了出去，便像潑出去的水，再也收不回來了。走著走著，便一頭撞見這個與眾不同的老相士。

油燈的火舌隔著玻璃罩閃爍，把老相士那張飽經風霜的長臉照得明暗不定，好像有個不可知的命運，在那裡跳著搖擺不止的靈魂舞。老相士抬起深不可測的眼睛，沉沉地說，你命犯桃花，只怕此生也難以與一個「色」字絕緣了，你須得小心！

他心中暗笑，這個老相士，怎的也是逃脫不了江湖術士的嘴臉與腔調！命犯桃花？好哇！我年過三十，還沒有過甚麼女朋友呢，何來桃花？我不是桃花旺，而是不知情路在哪裡。

但他也不由得萌生期望，莫非這老相士有先見之明？牡丹花下死，做鬼也風流！

你信也好，不信也好，我言盡於此，你自己好自為之。老相士說罷，又恢復眼觀鼻、鼻觀心的打坐姿態，不再說一句話。

他放下錢，起身走了。廟街那頭燈光輝煌，賣錄音帶的攤檔正播著許冠傑的〈雙星情歌〉：

「……何必尋夢……」

但夢卻總是要尋的，人生如果無夢，豈非太過蒼白？到了無夢的時候，那便是立業成家之際。

一直並沒有甚麼桃花運，當他隻身孤獨浪蕩的日日夜夜裡，他甚至好幾次興起想要去廟街找那老相士算賬，叫他退錢的衝動。甚麼桃花運？連一朵小小的桃花蕾都不曾見過！

但是終於也算了，如此失敗，難道還巴巴地去對老相士說，怎麼一個女人也沒有？說出來也太丟臉了。何況，幾年前的事情，又無憑無據，即使找到那老相士，如果他搖頭不認，你奈他何？連去商店買東西，沒有單據，照例也是「概不退換」。

一切也都是命。生命是單程路，每踏一步，永遠也不知道腳下到底是坦途，還是懸崖；只得左顧右盼，亦步亦趨。也不是等不得，如果知道前面有個王竹瑗你在，不管是否在等我，我也會這樣孑然一身地走過來。也不是不怕寂寞，特別是青春期躁動的寂寞，漫漫夏夜裡驀然驚醒，只聽得懸掛著八號風球的窗外風雨飄搖，呼嘯著輪番撲擊玻璃窗，如深山野林裡猛獸的低吼，他輾轉不能再度入睡，眼睜睜地望著黑影中的天花板，聽床頭的鬧鐘嘀噠著昂首闊步地前進，又是一個失眠之夜。假如有人陪伴，在這樣的夜晚，他相信他不至於無眠；但那只是流於美好的想像而已，與現實未必吻合。當他為了完成任務而成家之後，他發現並不因為有了枕邊人而一覺睡到天明，在那些雷電交加之夜，他聽著玉茹輕微的鼾聲，心潮起伏不已，原來，那個時候他以為他可以擁抱著一個溫香軟玉的美夢，從夜晚直到天明；現在才知道，只有心靈的溝通，才能夠叫他如魚得水。

那末，那老相士完全是胡說八道，完全是江湖術士混飯吃罷了？

不不，我沒那麼說。儘管並沒有確切的證據，但他對於命相一類雖不會深信不疑，但卻也有敬畏的心理。不但命相，對於一切玄妙的東西，我都不輕易否定，只因為我懷著一種敬畏的虔誠，認為世上萬物太多奧秘，眼下不可思議的東西，也許只是科學還沒有發達到足以解釋而已。他說，那老相士之言，現在想起來，也不是完全沒道理。

只是時間交錯，他本來以為此生就這般平淡，只是按照世俗的模式，隨波逐流而已；哪裡想到在他的情路上桃花開得遲，等到不斷獲得青睞，他已經不再是自由身，偏偏又不能橫下心來另築新巢。

你也一直沒閒著，啊？你！

那也不是。只不過在最寂寞的歲月裡，有個知己紅顏，多少也可以消磨愁緒。完全沒有玩世不恭的意思，只是以為自己找到了可以共鳴的對象，哪裡知道到頭來竟也是一場空！

又錯了？

也不一定。我相信她當初是真心愛我的，但時間、環境與心境的改變，令她不復當年的熱情。大概在她心目中，愛情的位置不太重要，我這個男人又算得了甚麼？當兩顆心不再那樣熱烈吸引，我明白我必須盡速退出，如果到了我被人嫌棄的時候，我自己會很自卑的！

你是不是為自己的脫逃找藉口？

不是，我自問從沒有負過人，但我很敏感，我知道我應該在甚麼時候退出。在適當的時候，你必須抽身而去，雖然內心痛苦，但卻是保存自己最後尊嚴的唯一方法；到了人家開口，那已經太遲了。

你怎麼知道人家的心思？也許是你敏感也說不定。

判斷當然不太容易，尤其是夾雜感情糾葛的判斷。不過只要不自欺欺人，總可以找到蛛絲馬跡。就像伊靜，那個時候，她每次從台北歸來，總會從機場第一時間打電話給他，叫他陪她吃飯，然後送件甚麼東西給他，咻咻地說，你沒空，不然的話，我們一齊去多好！我每到一個地方，都要給你買點紀念品，這樣，你就像是跟我一起走過那些地方了！那些東西未必值錢，卻跳盪著她的心意，叫他的心湖潮濕起來。但後來，慢慢的就沒有電話，更沒有禮物了。情不再，永恆畢竟難求。

那多可惜呀，也許你本來可以挽救的，或者說她要看你有沒有甚麼反應……

沒用的。一旦感覺不再，就算你努力拉回來，也不會長久，或者說回不去了。我不要勉強的東西，與其勉強，不如不要。

沒想到你這麼堅強。

不是堅強，而是無奈。既然無奈，只得隨緣。我不相信人力可以挽回一段感情，兩個人的事情，一個巴掌拍不響，又不是買一件東西，你不能一廂情願。

是一種十分無奈的感覺，正如小時候他鬥風箏，直給敵方殺個片甲不留，他的風箏斷線，在高空中翻滾著遠去，不知飄到甚麼地方，他的心便空蕩蕩的，沒著沒落。小時候還可以率性地大哭一場，最多讓人譏笑「輸不起」，長大了卻已經沒有這樣的權利，男兒有淚不輕彈，即使想哭，也要留到夜深人靜之時獨自向隅。而伊靜這一去，是不會回來了，就像斷線的風箏一樣。

春天的北京，也該是放風箏的季節了吧？記得多年前他在這個時候到北京，便在天安門廣場看到放風箏的人們，但這次他沒有碰到。「五一」剛過，那個早上他從鼓樓搭地鐵到前門站下車，穿過天安門廣場走向華表時，但見廣場上人山人海，原來「五一」放一個星期的假期，從各地趕來旅遊的人，都滙聚在這裡了。即便現在還可以放飛，人群如此擁擠，哪裡還有迴旋的餘地？

原來，有許多東西過去了就是過去了，不可能再倒流，比如風箏，比如時間。在廣場上跑著跳著放風箏的少年夢，已經遠去，而那青蔥的時間，也漸漸老去。他看著那發黃的黑白照片，想起意氣風發的日子，清脆玲瓏如昨，哪裡想到鏡頭一轉，兩鬢已經開始發白。

時間對誰都公平，你老去，我也老去，自然法則，誰也不可抗拒。竹瑗輕輕摸了一下他的臉，你放心，有我陪你。

我不怕死，但怕老。

老去太可怕，不但討嫌，而且力不從心。那回他在香港探訪安老院，只見那些孤獨老人坐在輪椅上，目光呆滯，凝望著遠方的天空，好像在思索著甚麼，便令他的心抽搐。他們是在回憶青春時代的輝煌？還是無助地數那雲彩翻飛？他試圖跟一個老人說話，但那老人並不回應，一有人推門進來，便心神不定地望了過去；後來，兩滴渾濁的淚流了下來，老人長嘆一聲，便閉目假寐。當時他也不知道為甚麼，後來才聽說，老人在期待獨生子探望他，但終於失望了。也許也不能怪他兒子吧，香港節奏如此緊張，大家都忙得不可開交，為了生活，抽不出時間也不奇怪；不過孤獨老人的心思，該如何去排解？

世界上有許多無奈，而寂寞更像一條毒蛇，咬得你靈魂痛楚不安。年輕時寂寞，體力猶在，可以瘋狂發洩；到了老年，甚麼辦法也沒有了，只有認命。那老人心情慢慢平伏，終於對他說了一句：人哪，真的很脆弱呀……

後來，一有時間，他便去探望這個孤獨老人。親情、友情、愛情，人世間的情感，哪一種最牽動人心？老人毫不遲疑地說，那還用說，當然是男歡女愛的愛情啦！他看到老人已沒有光澤的眼睛猛然閃了一下，想來是牽動了心底埋藏已久的深深柔情吧？那晚，電視正在追擊報道豪門恩怨，為了一個錢字，親情反目，家事公開，甚至還揭出一段堂姐弟的苦戀秘史。已經老去的富豪說，那是四十多年前的事情，是一件很傷感的羅曼史，因為我家庭反對，她被迫嫁給別人。男人和女人有羅曼史，很正常呀，我是天主教徒，天主教徒都不覺得是亂倫，我怎麼會夠資格批評？

他說了一句，堂姐弟生出兒子呀！老人横了他一眼，你年輕，你不懂。當愛情來到的時候，甚麼也擋不住。至於他們的感情糾葛，他們自己最清楚也最有資格批評，我們都是旁人，指手劃腳幹甚麼？

他沒有想到，老人也有過情人。老人的臉上閃過一絲忸怩的神情，臉色似乎紅潤起來，沉浸在一種甜蜜陶醉的回憶之中。人的一生，怎麼可能連一個情人都沒有呢？老人忽然神采飛揚得叫他吃驚，甚至擔心是不是有些異常，甚至是……

迴光返照？但老人不讓他走，只是一味地說，我也年輕過……

他突然覺得，老人期待的，實際上並不是他兒子，而是他的那個情人。只不過，即使情人來看他，恐怕也已經老了，不復年輕時的活力，更不要說青春美貌了，哪裡還會有甚麼澎湃的激情？也許，老人所嚮往的，只不過是心靈相通的感覺，並肩與心愛的人坐在那裡，不言不語，一齊望著夕陽慢慢西下，晚霞染紅了天邊……

是的，老去是自然規律，任誰都無法避免。每當他翻看十年前的相片，便有一種觸目驚心的感覺。那濃黑的頭髮、青春的眼神，哪裡去了？老去而要有莊嚴，有時也不那麼容易，因為力不從心。只有相互扶持的愛情，可以在精神上給予激勵。竹瑗說，不怕呢，我們一齊老去……

他一把摟住她，我真怕先你而去，留下你怎麼辦？

你不能這樣壞，你要等我，不許自己走！

他的淚湧了上來。年紀大了，是不是容易流淚？一向以來，他認定男兒有淚不輕彈，他也一直沒有怎麼流過淚；哪裡曉得如今人到中年，稍有感觸，便止不住淚下。我的感情可能越來越脆弱，他說。

男人怕甚麼掉淚？英雄也有柔情，我喜歡。

他伸手拭了一下眼睛，強笑道，讓人看到，真是笑話了，我陸宗聲……

是不是又是甚麼男兒流血不流淚呀？老土！

其實他心中想到的，卻是他不知道當他離開這個塵世的那一刻，竹瑗會不會在他身邊。他甚至想到，一旦他病重，不能動彈，連電郵都發不出去了，身在另一個城市的竹瑗只怕都懵然不知。

是一種十分恐懼的感覺。那回，他的腳腕筋骨拉傷，走起路來，牽動那條筋便痛，他告訴竹瑗，真怕走不動了，走不動就不能去看你！竹瑗回電郵說，午夜風雨大作，雷聲把我驚醒，依稀記得發了一場夢，有人騎著馬掉下，一瘸一瘸的背影，卻看不見那面目；我再也睡不著了，起身繞室徬徨。睡前看電視劇，有個騎馬人從馬上跌下來的鏡頭，但那人跟我無關，所以我覺得肯定是為你發的夢！找不到病發原因，你就更不要掉以輕心，找點中藥藥材泡腳吧，看電視時，用手揉揉痛處，讓血液加強循環……僅僅是幾句話，關切之情卻流露無遺，令他有些不忍，我是不是不該告訴她免得她擔心，在萬里之外她也不能為我做甚麼！

但也許在潛意識裡他所期望的也正是這片言隻語的關心。哪像玉茹，眼看他一拐一拐的，也不聞不問，讓他覺得，即便天塌下來，也要他獨自一人去面對。

他想，如果命定的時刻終於來到，能夠在心愛的女人懷裡最後閉上眼睛，一定很幸福。只不過，有這樣福份的男人，世上有幾個？

他怔怔地這樣想著。這時，他與竹瑗正坐在京城隆福寺露天茶座的彩色太陽傘下，咬著老玉米，喝一杯綠色的蘋果味汽水，渾然不覺夜色漸漸深沉。

起風了。

三

或許，老去的感覺，是伴隨著千禧年的歡欣鼓舞而來的吧？為迎接二十世紀的最後一個元旦，傳媒早就預報，二〇〇〇年一月一日上午七點半左右，香港新千年的第一線曙光，將會灑在東果洲的土地。凡人終其一生也只能看到一次千年曙光，難怪成千上萬的市民不畏寒冷，起早摸黑，上山下海為的是一睹那振奮人心的一瞬。但宗聲並沒有動心，他不覺得那有甚麼特別，或者說這全在於心理因素，你認為重要，那就重要；你認為無所謂，那就無所謂。他對竹瑗說，要是那時你在的話，或許我就認為重要了，拚力也要報名參加「東果洲千禧遊河團」，一齊見證這樣的一個難忘時刻。竹瑗笑道，你就想啦！那個時候，我和你還沒有遭遇。

應該說還沒有在情路上遭遇。

回想起來，當他在全港迎千禧活動的心臟地帶——跑馬地馬場參加倒數儀式時，他還沒有現在落寞這麼深。臨近午夜，倒計時器不停跳動，全場屏息注目，空氣好像凝住了一樣，突然，震耳欲聾的倒數聲轟響在跑馬地上空，十、九、八、七、六、五、四、三、二、一！時針指向零點，成百上千顆的繽紛煙花騰空綻放，燃成一片不夜天的熱烈景象。

隨後馬場舉行一場「千禧盃」特別賽馬，十四匹馬出賽，投注額達港幣八千七百萬元，行政長官董建華為奪魁的馬匹「歡騰」的主人頒發獎盃。宗聲在噓聲中把投注票一撕，隨手一拋，觀眾席上呼啦啦地飄舞著一片碎片，發財夢醒。

其實也並不是真的想要贏馬，他一向對賽馬沒有研究，即使報館馬經版的同事給他「貼士」，邀他一齊投注發點小財，他也微笑著搖頭婉拒。不是不想發財，而是覺得太渺茫。但今夜例外，為了這二千年的到來，慶祝也好，消遣也好，也就是投注幾百塊，不會傷筋動骨，輸了也只是笑話一場。小賭怡情，大概這就是吧？

沒想到你也會賭馬，竹瑗撇了撇嘴。

其實不會。胡填就是，只要那馬兒的名字好聽就行，我從不會去研究牠的狀態與實力如何。

瞎子摸象？

正是。不過如果不是千年蟲恐慌，我大概也不會在身上放那麼多錢。

都說電腦程式設計的年份一向只有後面的兩個數字，一到「二〇〇〇」，電腦不會認識「〇〇」到底是「二〇〇〇」，還是「一〇〇〇」，銀行的存款資料很可能在那一瞬間盡毀。雖然銀行早就表明除蟲成功，但一般市民哪敢大意，一到除夕，人人跑去作最後的衝刺，不去提款，也要打簿，至少留下銀行記錄，萬一千年蟲真的發作了，要與銀行理論，也有點憑據。而他乾脆就拿多一點錢防身。

人心脆弱？也許。不過，小心駛得萬年船，連銀行也都不敢拍胸口保證無事，千年過渡還要派技術人員漏夜值班戒備，而他所住的大廈電梯，從一九九九年十二月三十一日晚上十一時四十五分至二〇〇〇年一月一日零時十五分停開，也是預防萬一，免得有人給困在電梯裡。但身上錢一多，人就不安份，或許投注表面上是為了娛樂，內心深處終究還是為了發財；只不過他不願在竹瑗面前直認財迷心竅。他只是笑嘻嘻地告訴她，迎接千禧年，要比迎接進入二十一世紀隆重熱鬧得多了！

確實歡騰，在這樣的時刻。傳媒都在說：回望香港過去千百年足跡，我們經過多少潮起潮落。由一個不為人知的小漁村，到今日成為國際金融中心，我們製造的衣飾、玩具和電影享譽全球，美食天堂令人垂涎。香港的奇蹟，是因為歷史的「錯體」，經過多少人的努力，包括帶領我們走進新紀元的千禧人物，包括各時期融會在這個熔爐的新移民……

香港是彈丸之地，面積只有一千零九十七平方公里，但眼下人口已經多達六百八十萬，到處都是人擠人……

北京大，但人也不少，竹瑗回眸一笑，你看看那人流，一點也不比香港遜色！

也是。特別是碰到長假期。所以他也不大願意到處走動。那個傍晚，竹瑗帶他去走重建後剛開放的王府井，雖然成了步行街，不必人車爭道，但南來北往的人群絡繹不絕，他們幾乎就給捲著走了。

走到王府井北口，人們圍著一處地方觀看，原來是在重建時發現的王府井井口。竹瑗說，叫了那麼多年的王府井，現在才知道它的來源，你說怪不怪？

歲月如歌。跑到那家音像公司，轉了一圈，但卻找不到那「黑鴨子」女聲小合唱的唱碟。沒關係，等我找到了，我給你寄吧！竹瑗說，甚麼事情都要碰，如果太刻意，反而不容易找到。

就像我碰到你一樣？

時光汩汩，老去的歲月，已經不能呼喚回來了。那悠悠的歌聲，如泣，如訴，似怨，似喜，叫他茫茫跌回青春的夢中。

他嘆了一口氣，造化弄人。

找的是唱碟《歲月如歌》，買到的卻是VCD《靜靜的頓河》。是一種懷舊情結吧？他明知那節奏已經趕不上現代的步伐了，但仍固執地想要擁有它，只因為當年在首都電影院看過之後，便一直難忘葛利高里和阿克西妮婭。殊不知今天重看，葛利高里已經不是昨日的葛利高里，阿克西妮婭也已經不是昨日的阿克西妮婭了。

重溫，把原來的美好印象幾乎全都打破了。

阿克西妮婭怎麼這麼胖？那個時候我印象中她很漂亮，很性感……

那是你的懷春歲月呀！動心了？

我還沒那麼傻，拿明星當夢中情人！不過重看真的有些失落，早知道不如不看，倒可以留下最美好的記憶。

那你只不過是迴避而已，竹瑗望著他，事實不能改變，心境可以改變。可能也不一定是壞事，證明你一直在向前。如果你和幾十年前一樣迷戀阿克西妮婭的話，恐怕就不正常，說明你沒有成長。

嘩！你這話是不是有甚麼玄機？

玄機是沒有的，只不過有感慨。

他想想也是。

那個時候，他是個少男，對女性只有神秘的憧憬，卻毫無經驗，或者說，嚮往戀愛，只是紙上談兵，只有無限的青春活力，把想像遺留在夢中。那種朦朦朧朧的熱情，挑逗他全身的精力，卻找不到一個出口。於今，他已然歷經滄桑，女性不再那樣深不可測，然而他又覺得他迷失在深深的遺憾中。即便他已成家，但他卻痛感到與他原來的設想相差太遠，他的家庭生活並沒有甚麼甜蜜味道，只不過是世俗生活，玉茹總是說，你別老那麼愁眉苦臉的，怪不得你一輩子都不能夠發達！他忍不住想要駁嘴，一開始你就該知道，我只是個小人物，哪裡會發達！但還是忍住了，算了算了，吵甚麼？有甚麼好吵？吵了難道就可以好轉？

懶得吵架。甚至連吵架的力氣也幾乎沒有了。

與其說是個小家庭，倒還不如說是機械的合作社。各幹各的，幾乎沒有甚麼心靈交流，連一起看電視，或者聊聊天，也都沒有；只有最實際的東西，才會拿出來說。玉茹會提醒他，喂！今天出糧了吧！那意思是叫他記得去銀行拿家用。或者說，喂，今年加人工了吧？那意思是說加了人工你可也要給多一點家用。如果他稍有猶豫，她便會說，男人嘛！誰叫你結婚？你既然要結婚，就要挑起家庭的擔子……

他也不是不願擔當男人的角色，事實上他從來也是盡力滿足她的要求，他並不是在乎金錢，只是他夢想中的愛情並不是這樣，一旦家庭的承擔變成赤裸裸的金錢關係的時候，他絕望了。夜深人靜仍在努力工作的時候，有誰給他一句關懷的話？頭痛發燒躺在床上，有誰能夠來安慰他？妳知不知道，

妳知不知道，我等到花兒也謝了……

或許因為這樣，他不要孩子。如果孩子生出來卻不能讓他們快樂的話，那就不如不要。

竹瑗摸了摸他的臉頰，你太慘了。

他一把摟住她，把左臉貼在她的左臉上，輕咬她的耳垂，我已經好久沒有了……

竹瑗拉開了一點距離，凝視著他，難怪。

當他第一次全面接觸她的時候，竟不能直達終極目的。假如不是她慢慢引領，恐怕早就半途而廢。是心理因素，不是生理問題。

一旦跨入正道，所有的精力都被調動起來。柔情蜜意。顛鸞倒鳳。如魚得水。這些他早就看到麻木的字眼，這時排山倒海而來，而且鮮活得立體玲瓏而又意蘊無窮。他發現到自己原來那麼無知，簡直是白活了。好在有你，要不，我這一輩子可真是一貧如洗……

竹瑗倒了一杯熱茶，高舉著端給他，舉案齊眉……

多喝水。

已經不再青春，怎麼依然勇猛如虎？一而再，再而三。他也弄不明白。

原來靈慾結合，才是最高境界。

即使老去不可阻擋，心理依然可以年輕。我就願意這樣抱著你，一直不分開。

如果我是自由人的話，我一定會伴隨著你，隨你到哪裡去都行！

他的內心裡騰起希望的火燄，但終於不能熊熊燃燒。

把玉茹休了？他很難開口。不管怎麼樣，她已經消耗了青春，叫她一人如何去走那漫漫長路？更重要的是，竹瑗還有一個寶貝兒子；難道真的可以叫她放棄一切，跟他「浪蕩江湖」？

他於心不忍，因為他覺得她會不快樂。

等克己上大學，畢了業，我的責任也盡了，我跟他離了，你也跟她離了。哪怕我們結合一天又感到不對了再離也好……

到那時，也就是老伴了。他並不在乎，他最需要的是心靈的和諧共鳴，並非一定要追逐肉體的快樂。活到這麼個年紀，他才痛徹心肺地感覺到，兩心相印是如何難得。此時隱隱約約歌聲幽幽傳來：

過去我與你隨緣聚散恨極無奈，一轉眼，倆心分開經數載。這晚再與你重逢後心裡極意外，想不到，醉心始終這份愛。情人你可知道，也許知道，沒有未來；情人如你早知道，已經知道，花不再開。問你怎麼要付出所有愛？情人你可知道，也許知道，沒法替代；情人如你早知道，已經知道，不可變改。為了不想染塵埃，若最終只有離開……

嗯，是譚詠麟的〈情人〉。

時光一去不復回，在每個人留下的痕跡十分驚人。連英格蘭超級足球聯賽中曾經被譽為「固若金湯」的阿仙奴「老人防線」，也終於土崩瓦解了。一超過三十，在足球場上已經算是遲暮了，曾幾何時，曾為阿仙奴隊奪取英格蘭超級聯賽和英格蘭足總盃雙料冠軍立下汗馬功勞的前鋒伯金，如今也已經不堪回首，只能回味。原來，從高峰滑下的速度，竟會這般觸目驚心。

那是足球，竹瑗說，你又不用在球場上奔走，怎麼同？你還健壯如牛，怎麼可以說老？

他的額頭頂著她的額頭，你不知道，在床上角力，一點也不比在足球場上省力……

壞蛋！看來你還真的不老，要不不會這麼色……

但再強壯，也已經不像二十歲般精力旺盛了。

## 四

雖然還沒有達到無慾無求的無差別境界，但他自覺心境已經平和許多。或許他於今所期盼的只是一壺茶，或者一盤水果，悠悠地跟竹瑗消磨下半生；只不過這看來簡單的心願，只怕這輩子也無法實現了。

我這是在倒數，見多你一次便是一次。他對竹瑗這樣說，心中湧起一股苦澀的味道。

瞎說！別說這麼不吉利的話，我們還要一齊過很多很多的日子呢……

他不知道竹瑗在夜深人靜時有沒有垂過淚，她總是說，我這麼個破人兒，不值得你這樣牽掛。

很多事情不是值不值得的問題，而是你想不想的問題。如果先衡量一下得失然後才去愛或是不愛，那恐怕早已染上太多功利的色彩。

人生如夢，如果一生也都不曾深愛過，豈不是太遺憾？人到中年，那情感或許不會那樣外露，但是並不等於失去澎湃的熱情，只不過向深處內斂，積澱得更厚重。

當竹瑗給他打電話的時候，他有點喜出望外。一向以來，都是他打給她，她幾乎沒有打過來，有時他也會懷疑，竹瑗是不是沒有他愛得那麼深？不過這種偶爾泛起的猜想並沒有影響他的心境，他更相信與她相處時自己的感覺。

你知道嗎？我昨天晚上做夢，真的夢見你，在茫茫人海中，我帶著你去找醫生，看你的腳。天雨路滑，走得非常辛苦，我拉著你的手，看你一瘸一瘸的，好心疼，忽然間便醒了……

早知讓她牽掛，我真該沉默是金。

她說：記得要去照X光！

那時衝口而出，是因為一種無力感吧？無力感是因為覺得個人太渺小，明明已經進入四月，天氣也漸漸熱了，那天下午他剛要鑽出尖沙咀地鐵站出口，天色突然轉暗，儼如黑夜一樣，雨勢變大，突然便聽到「劈劈啪啪」的響聲，只見一片片如乒乓球大小的白色東西從天而降，連續擊在行進中的車子的擋風玻璃上，司機紛紛把車子停在路中心，大概擔心其衝力把擋風玻璃擊碎吧？

他本來以為是大廈水泥剝落，原來不是，漫天落下的是冰雹。雷電交加，一陣怪風颳起，街上的雜物都被吹起；冰雹砸在停泊路邊的汽車上，觸動防盜警鐘，紛紛嗚嗚長響，夾雜著冰雹挾下墮之勢，前仆後繼地擊在車頂、路面和帆布的噗噗之聲，詭異十二分鐘，天地為之變色。

大雨與冰雹突如其來，一下子又突如其去，天色轉亮。他跨出地鐵站口，只見路邊落下許多枯枝與樹葉，被雨水沖至水渠，淤塞引起水浸，他和許多途人一樣，狼狽地涉水而過，連靈魂都濕透了。他掏出手機想要打電話通知相約吃川菜的朋友，稍遲才能趕到「美麗華」，哪裡想到根本打不出去。後來手提電話網絡供應商的發言人解釋，由於天氣惡劣，傍晚五時半至七時手機打出及接收來電的成功率較低。原來，最緊急的時候，手機也未必能夠發揮功用；如此看來，高科技也未必能夠抵擋得住大自然風雲變色的威力了。惡劣的天氣導致多宗撞車、撞船意外事件，而在新界元朗大生圍及崇正新村等地，水浸還令村民被困……

勘輿學家紛紛出來說，春末夏初落冰雹，是不祥之兆，可能寓意未來股市有災勢，甚至有病毒等瘟疫爆發。

說來也巧，一個多月之後，禽流感再度在香港蔓延，當局在好幾個菜市場的雞隻樣本中驗出

H5N1禽流感病毒，港府宣佈展開一九九七年以來第二次的全港殺雞行動，一百二十萬隻「適齡」在市場上出售的雞隻、白鴿和鵪鶉，被分批銷毀，只不過與一九九七年十二月二十九日那次不同，此次殺雞不見血也不露屍，大概是吸收了那次全港雞隻血肉模糊的畫面，經電視傳播世界各地，因而受盡輿論批評的教訓。

吃一塹，長一智。

港府付出巨額賠償來殺雞，本意是為了保護市民健康。但逾百萬隻禽鳥被趕盡殺絕，卻引來二百多名佛教信徒在荃灣老圍村西方寺舉行法事，打齋超渡枉死的雞隻亡魂，據說是為了化解怨氣和孽障，保祐市民平安。西方寺方丈永惺法師在主持超渡儀式時說，雞隻被集體屠殺，牠們的亡魂會積聚怨氣，對人和環境都沒有好處，既會威脅人命，也可能會令香港出現暴風暴雨及瘟疫等現象，所以必須舉行法事，超渡雞隻亡魂。他說，他對大量雞隻被殺感到難過，而這次集體屠宰也是很大的殘忍；不過他又認為，雞隻被屠宰是因為有罪孽，這次法事對人、對雞都有好處，更可以令雞隻在下世不需再做雞。

宗聲聽著二百多名善信在永惺法師的帶領下集體唸誦《大悲懺》經文，寺內迴盪著一股悲壯肅穆的氣氛，縹縹渺渺地好像把他的魂魄都勾入極樂世界，他幾乎忘卻自己是前來採訪的了。

但他仍有疑惑，集體屠宰，雞隻便屬枉死，需要超渡，那末，平時人們宰雞煮來送飯吃，那就不用超渡了麼？

當他在電話中提起時，竹瑗沉默了一會，世界上的事情，許多我們都無法解釋。

超渡的時候，永惺法師上香，並以柚子葉及清水進行灑淨儀式。宗聲說不上信或是不信，但心卻恍恍惚惚的。他說，我最期望的，是有來生。連雞隻都有下世，何況是「萬物之靈」的人類！

到那時候，你可要等我呀！他絮絮地說。

但其實他也擔心即使有來世，也未必認得出竹瑗了。走過奈何橋，喝了孟婆茶，前生統統遺忘，憑甚麼再去重投舊夢？

竹瑗輕咬他的舌尖一口，這是相認的記號。你放心，我們有緣，風裡雨裡，今生來世，我和你終究不能錯過。你想想看吧，在茫茫人海中，有億萬的人走過，為甚麼我會和你相碰，又為甚麼相遇以後能夠相愛？這種機率有多少？既然碰上了，那就說明，命中注定，你是我的，我是你的。

來世太遙遠太虛幻，他心中無數。但是也只能這樣安慰自己，不然的話，這日子怎麼過？

說這話的時候，是在秋日的京城之夜，室內燈光昏黃，窗外竹影搖曳。他恍惚聽見時光踮著腳步輕輕滑過，如舞。如果我們就永遠這樣一齊滑行，多好，他說。

竹瑗閉著眼睛，嘴角漾起的笑紋，就這樣照亮漫漫長夜，一直到天明。

## 五

夏日周末去逛赤柱，中午的陽光猛烈，眼睛都幾乎睜不開。我已經不習慣香港濕熱的天氣了，坐在那家只有十來個座位的咖啡座上喝凍咖啡的時候，竹瑗一面望著玻璃牆外來來往往的度假人流，一面說。

但在赤柱街市一家連著一家的舖頭轉來轉去，上面有密封的頂篷，巷內冷氣十足，與外面的躁熱世界完全隔絕。這比翻新的東安市場好多了！

翻新後的東安市場，成了香港商場的翻版，一層層地上去，一間間明亮的舖頭，現代化是夠現代化的了，卻缺乏了自己原本的特色。哪像六十年代初的舊東安市場，一鑽進去，便像在迷宮兜來兜去，那昏暗的燈光，更增添幾分懷舊的韻味。他記得那個時候在「和平餐廳」吃一頓西餐，或者是到「吉士林」去吃一杯冰琪琳，已經是很大的享受了。

那個時候你就會來北京玩，也很奇怪哩！

那個時候你太小，十歲不到，你恐怕還沒到過北京，就算你到了北京，舊東安市場你也去過，恐怕也不會太記得是甚麼樣子了。

竹瑗笑道，那個時候北京根本不在我的視野中，沒想到時光流轉我現在竟會長住北京，這樣的變化，我當初怎麼會想像得到！

人生真的存在著許多變數，誰都不是未卜先知的諸葛亮，他嘆了一口氣，不然的話，我們大概也都不會有這麼多的煩惱了！

許多東西都可以設法安排，但姻緣卻好像只能聽天由命。人生有許多遺憾，而不能與最心愛的人終老，大概是遺憾中最痛徹心肺的遺憾了。

他甚至也把握不住自己的路向，比方當年遭遇李玉茹，那只是基於男大當婚的心理，沒有激情，當然也不抗拒；後來邂逅趙伊靜，他以為那是遲來的愛情，哪裡想到到頭來也只不過是過眼雲煙。如今到了這個年紀，他知道不再青春，不再衝動，甚至有些沉靜如死水了，不料竟還會在生命的歷程中颳起這樣震撼靈魂的感情風暴，他才省悟到，只要生命仍在律動，愛情並不會老去。而且，有了比較，也經歷了那麼多事情，能夠斟酌得出虛情假意與真心實意，他情願再墜入全身心的煎熬，去換取一次刻骨銘心的戀情，至死不悔。

竹瑗，如果沒有你，我對愛情恐怕會一直抱著懷疑的態度，但因為有了你，我絕對相信人生還是有真摯不變的愛情。這是一種感覺，我相信這種感覺。

不知道。我真的不知道。我老實告訴你吧，在我的生命裡，已經有太多這樣那樣異性的誘惑，但我從來也都是兵來將擋，一笑置之，但是千防萬防，就是沒有防備你，你讓我猝不及防，一下子就俘虜了我。不然的話，恐怕你和我也沒戲了。這大概也是命，不可抗拒……

甚至連他也不知道，竹瑗竟會從夢中走進現實。

竹瑗軟弱地說，你要給我留點餘地……

痛苦了一夜之後，隔天再見，她看著他佈滿紅絲的眼睛，去他媽的，我甚麼也不管了！

有時候只是剎那間的當機立斷罷了，許多東西往往稍縱即逝，感覺再也找不到了，回首竟已是百年身。說來說去，也就是一個玄妙的「緣」字。

命裡有時終須有，命裡無時莫強求？

太陽依然猛烈，戴上新買的遮陽帽和太陽眼鏡從赤柱大街上走過，只見一間挨著一間的酒吧擠滿了酒客，輕裝的西方男女一面喝著大杯大杯冒著泡的啤酒，一面高聲談笑，充滿了度假的輕鬆氛圍。

但汗水卻不可阻止地流下，他伸手抹了竹瑗的額頭一把，不如去游泳吧！

赤柱海灘的紅白藍三色太陽傘底下，三三兩兩躺著穿游泳衣的男女，遠處海面漂浮著戲水的泳客，喧嘩笑鬧聲傳得很遠很遠，沒有回響地消失在空曠的海天交際處。這種不能把握的聲音雖然有原始自然的粗獷，卻不如在室內泳池那樣充滿世俗人間的騰騰熱氣。叫聲、笑聲和拍水聲迴盪在室內，沒有陽光曝曬，竹瑗很優雅地縱身躍入池中，像一條魚似的游了四個來回，爬上岸，抹了一把臉，跳了兩跳，抖落全身的水珠，轉身便走，只留下身後追逐的異性目光。這是不是就叫作「酷」？他笑。不是扮酷，游泳就是游泳，我才不理會人家的眼光哩。

你不理，但人家不可能麻木不仁呀！

你們這些男人呀……

其實也不一定有甚麼邪念，只不過有出色的女性走過，男人眼前一亮，也很正常。竹瑗身材高挑，淡然的神情令她那俊俏的臉蛋染上一層冷艷的傲氣，穿著泳衣，更加「殺死人」。

她卻說，我才沒你們想得那麼多……

這也是她的可愛之處。她從來不認為自己有甚麼出眾，雖然自信，卻又沒有高人一等的感覺，不像一些稍有姿色的女人那樣難以侍候。但叫她在正午的炎夏陽光下游海泳，她都有些猶豫了，沒帶泳衣又沒帶太陽油……

沒帶也可以買，但他明白她不想皮膚曝曬，愛美之心人人皆有。猶記得那晚臨睡前，她從手提袋掏出一個小瓶，把瓶中液體倒在手掌，往臉上塗勻；我給你做面膜，讓你看看……

她說，我多少年沒有到海灘游泳了！

北京不靠海，想去游泳，只好到室內游泳池，比方工人體育館。

但室內泳池漂白藥水味濃，而且是死水，不大衛生，不像海灣，海水是流動的活水。

說是那麼說，你再想一想，海水又何曾乾淨了？

也是。在某種程度上，世事本來就在於你自己的取向如何罷了，有得有失，並不是沒有道理。比方港府宣佈取消銀行的統一利率之後，「滙豐」恃著自己財雄勢大，宣佈對小存戶收取手續費，又把利率降至全港最低，小市民能夠怎麼樣？想要轉銀行，它也不在乎你們這些小存戶，而小存戶把錢存到規模較小的銀行，不用交甚麼手續費，利率也比較高，但卻要承擔銀行實力不夠雄厚的風險。

這個世界，到甚麼時候也都是弱勢族群吃虧，你沒錢，你就要受制於人，甚至被人趕盡殺絕；所以我不喜歡。當初離開香港，可能潛意識裡也有這種因素在驅使我。

但這恐怕是趨向，或是說商業化的潮流，只不過香港先走一步，或者更為劇烈罷了。你終究不能迴避。

像「滙豐」那樣在香港賺了那麼多錢的銀行，難道對香港市民沒有甚麼承擔麼？

不知道。不過從做生意的角度，也難怪。而且為了保護自身，在取消統一利率之後，想方設法保護既有利益，甚至擴大已有利益，也是生意人必定首先考慮的問題。做生意的嘴上再冠冕堂皇，賺錢始終是最大目的。

喂喂，你這麼說的意思是……

他一驚，這才想起她那位也在做生意。

連忙改口，我的意思是，也許現在是到了轉變的時候，銀行的模式不再像以前一樣成為小市民的存錢地方，每個市民都擁有好多家銀行的存摺，這裡存一點，那裡存一點。現在是時候取消手中多餘的銀行戶頭，把存款集中在一起，這樣就可以讓自己的存款超過銀行所規定的最低存款額，不必交甚麼手續費了！

但這樣一來，不是等於把你手中所有的雞蛋都集中在一個籃子裡？方便是方便，但是萬一失手掉下，那不是要冒所有的雞蛋都打爛的危險？

那也沒辦法，誰叫你是弱勢一族？即使你說銀行剝奪了小市民存款的權利，有歧視之嫌，但人家一句商業利益，你便無話可說。他們說的也沒錯，銀行不是慈善機構，不負甚麼為窮人服務的道義。再糾纏下去，如果他們一句鬼叫你窮扔過來，豈非自取其辱？

現實是，只要你有錢，你便有面子。比方那個香港「雞王」，一九九七年趁著香港爆發「禽流感」，向內地雞隻出口商瘋狂壓價，短期內便賺了近千萬的「快錢」。有錢捐點錢便有名，不久他便出任一家慈善機構主辦的醫院的總理，儼然成了名人。還有，一顆「增城掛綠」荔枝，拍賣價高達五萬五千元港幣，你說值不值？但香港有錢人買了來，媒體當成新聞，自然也成了名人，這點錢就當作成名的宣傳費吧！

嘩，成為名人這麼容易呀？

有甚麼難？只要有錢，你也可以。這個世界，不必有真才實學，有錢就行。當然，賺錢也是本事，而且不是普通的本事。

他說得感慨，只因為他有個朋友，原本在地盤做粗工，後來不知一個甚麼樣的機緣做了某種產品的獨家代理，賺了錢，財大氣粗，竟當起慈善機構的總理。我本來也不知道，有一次偶然看電視直播的慈善公益金演出節目，赫然見到「溫友財總理」走到台上，捐出一大張面額為一百萬元的支票，贊助表演鑽火圈的女藝員；鏡頭推近，是溫友財胖胖的臉，憨憨的笑容。沒想到溫友財也是名流了！

怎麼啦？妒嫉了？

看你把我說的！我只是想告訴你，這個世界，有錢能使鬼推磨；而且英雄莫問出處。至於他們如何飛黃騰達成為社會賢達，那是他們的造化，我不妒嫉，甚至有點佩服，這也是本事。我自認沒有這種本事，我只有認命，默默做個寂寂無名的草民，一個凡夫俗子，凡夫俗子也有凡夫俗子的快樂，比方說我這個凡夫俗子，生命便因為你而輝煌。

喂喂，別拉我下水。我都打冷顫了！

其實，這時，赤柱太陽雖然開始西斜，但天氣依然很熱，他和她也都滿身大汗了。

## 六

對坐在菜館的卡位上，有冷氣真舒服。

北京「全聚德」來到香港灣仔開分店，今晚我們就在香港吃一次京菜吧！

他記得那次在北京吃飯，點了宮保雞丁、魚香茄子和烏雞杞子湯，竹瑗說，以後我們就吃這兩道菜好了！但既然來到「全聚德」，哪能不吃烤鴨？

在北京，他知道她不吃烤鴨。太肥，她說。但來到香港，不知道她是不想敗他的興，還是到了香港又思念起北京，她說，好。

其實跟心愛的人相處，也就是你遷就我，我遷就你。他也並不是特別喜歡烤鴨，只不過他覺得在香港「全聚德」與竹瑗吃北京烤鴨，自有另一種意蘊。

那是一種無法言說的氛圍，那回吃宮保雞丁的時候，他餵了她一口。她瞟了四周一眼，人家說，這種動作一看就是情人……

只是情不自禁而已。我不餵你，難道你就不會吃？只不過那就完全不同了。事實上，當他把勺子伸過去的時候，心中充滿了柔情蜜意。

這種柔情蜜意，柔柔軟軟的，有如那北海的秋日上午。京城到處都是人，想不到星期二的北海，卻沒有多少遊客。清靜的園林，盪漾著清新的空氣，煩囂遠去了，陽光時隱時現，秋涼在無邊無際地蔓延。湖畔的綠色長椅空盪盪的，空曠的湖面上只有零零星星的幾艘腳踏小船，其中一艘停在那裡，任湖水載它漂浮，仔細一看，船上倚偎著一對情侶，此時只怕已經渾忘天地人間了。

有時候，人的確也應該抽離一下眼前，在時空之間任意遊走。否則，每天在僵硬冰冷的生活現實奔忙，人生還有甚麼樂趣？

忽然間，太陽又再露臉，暖暖地把光線灑來。靠在椅子上，眼皮懶洋洋地有些沉重，他感覺得到左邊臂膀一片柔軟，叫他悠悠墜入白日夢中。秋水。伊人。竹瑗夢囈似的低語，我就願意這樣緊緊地靠著你……

即使穿街過巷在月下在雨中她也挎著他的胳膊走，但沒有像這個時候這般大面積大角度地緊貼著他。他感覺得到她心房的律動，如受驚的小鹿，卻又明明喜氣盎然，流瀉著甜甜蜜蜜的神采。於是便悠悠喚起了他深層的記憶，只有在某種特殊的時刻，人才會如此忘情。

秋夜汩汩流動，燈火暖暖閃耀，乍睡還醒的夢在剛強延伸，當你半閉眼簾，我投身的是萬里夜空還是無底深淵？

但眼下沒有夜空也沒有深淵，只有菜館內的冷氣，如天堂。

只是餐後水果只有西瓜和哈密瓜，沒有火龍果。竹瑗說，火龍果不會淪落成為這種角色。莫非火龍果只合該是你送給我吃的水果？

離開京城那天，她往他的揹袋裡塞了一個火龍果，你在飛機上解渴。

還要削皮，還要切開。他知道他不會在路上吃，但嘴上卻說好好好……

他想她送的是心意，而他即使不嫌在空中吃它有多麻煩，也不會捨得這麼快讓它消失。食物就是這樣，吃了就變得無影無蹤，哪像器物，比方那一對瓷器人，藍藍白白地相擁為象徵，於是歲歲年年立在那裡，不聲不響，卻吻成了永恆。

吃進肚子裡，就變成了你的血液，說是無形，卻是有形，不然的話，你平時吃水果幹嘛？

他當然懂，只不過有一種情結。

你這樣纏纏綿綿，竹瑗笑，男子漢大丈夫，怎麼做得了大事？男子漢又怎麼啦？難道男子漢就必須老硬老硬的，像高倉健那種？男子漢也是人，是人就有七情六慾。如果為了做男子漢便要捨棄一切柔情，那我只能暗叫慚愧了！

如果不是要飛離那個城市，或許他也不會這般敏感。臨別依依，他心中的愁緒沒著沒落。竹瑗一直談笑風生，他也一直強打精神。在這樣的時刻，一個不小心，便會容易觸痛悲傷的泉源。

終於到了入閘時間。證件甚麼的小心點兒，她說。他點了點頭，她提著他的手提袋送他到閘口，突然間，她跳著擁抱了他一下，喉頭拖出了一聲哭腔。他一低頭，回首只見閘口那邊有一隻手在軟軟地揮動，如弱風下的旗。

哪像她飛抵香港的時候，輕飄飄便飄出了機場禁區，如一團火燄。

但是也終於到了她離去的時候。

於今，對於他來說，北京是個驛站；而對於她來說，香港是個驛站。

也只不過是三個小時的航程罷了，她笑著說。

是啊。問題是人在江湖，你不能說去就去。於是，空間便成了距離。

乾了這杯生力啤酒，我把靈魂留在這裡，啊？

他強笑著點頭。

那時，首都機場外正淅淅瀝瀝地下著一場秋雨。灰濛濛的天，灰濛濛的雨，灰濛濛的心情。

這不是一個起飛的好時分，不過並無礙於班機準點在跑道上滑行。

竹瑗早已不在視野，他卻好像看到她身穿黑色夾克、紅色牛仔褲在踽踽獨行。

他忽然記起了春夜裡的桃花，悄悄地開在路邊。當車頭燈掃過，那嬌艷的一閃，便那樣長久的留在他的心中。

是一種迷迷濛濛的心情，就像她到香港的第二天下午，他帶她到港島香格里拉酒店三十九樓圖書館咖啡座去度「歡樂時光」一樣，細雨紛紛落下，只見窗外的青山朦朦朧朧，一面啜著飄著娲娲香氣的熱咖啡，一面懶懶地聊天，一直到從山腳到山腰的大廈窗口燈火一盞盞地燃亮，平添一分色彩，一點暖意。

慵懶寫意的時分總是那麼短暫，那天坐在鰂魚涌糖廠街的露天大太陽傘底下，享受二人世界的「歡樂時光」時，他說，這下午茶，可以拋掉一切人世的煩憂，真好。只不過董橋說，中年是下午茶，是攪一杯往事、切一塊鄉愁、榨幾點希望的下午。

竹瑗吁了一口氣，我知道。中年最是尷尬。天沒亮就睡不著的年齡。只會感慨不會感動的年齡：只有哀愁沒有憤怒的年齡。中年是吻女人額頭不是吻女人嘴唇的年齡：是用濃咖啡服食胃藥的年齡。你倒是倒背如流。他聳了聳肩膀，但我仔細對照一下，除了天沒亮就睡不著這一句之外，其它好像都與我無關。

或許這正好說明你還年輕呀！

年輕？別開玩笑了！我倒是覺得中年是下午茶，雖然可以在歡樂時光中打一會盹，只是太過短促，一睜眼，便已經是萬家燈火的黃昏……

這時，電視忽然響起「嘟嘟嘟嘟」的訊號，他一看，原來打出「風暴消息」幾個字眼。那位女新聞報告員宣佈特別消息：颱風「尤特」於昨日下午五時四十五分進入本港警戒線範圍，之前它在南中國海形成後，其速度迅即加快至時速三十五公里，速度之快贏盡過去二十一年曾襲港的颱風，僅次於一九七九年襲港時時速高達三十八公里的颱風「荷貝」。天文台隨即掛起一號風球，其後風力增強，天文台於今晨十時四十五分改掛三號風球，至傍晚改掛八號風球，亦是繼颱風「錦雯」一九九九年九月襲港高掛八號風球以來，首個令本港需要掛八號風球的颱風……

所有的食客都停下筷子收看這消息。

真是天有不測之風雲！沒料到「國泰」機師的工業行動不影響你的「港龍」班機，這八號颱風卻可能留你再待一兩天！

今晚八號，明早可能已改掛三號，或者是沒有風球了，你都說天有不測之風雲，今晚狂風怒吼，明天可能就風平浪靜了。

你給我一點虛幻的希望也好呀，何必給我說穿！

她笑，燈光下彷彿有淚影。

## 七

明天，明天是不是到了他送機的時候？夜裡風聲雨聲，夢變得縹縹渺渺。

烈風挾豪雨，又適逢大潮日，海水暴漲至歷年第二高度。電視畫面所見，香港西面海岸低窪地區特別是大澳、上環、西環及流浮山等處出現了罕見的水浸現象，尤其是大澳和西環海旁，海水湧到岸上，海陸不分；而大澳水浸最深時幾乎高達兩米，棚屋商舖都被水所淹，村民不斷將家具雜物搬上閣樓避水。警員及消防員接報到場，冒著水深至頸的危險，入村疏散村民，部分村民要套上救生圈逃至高地，一位老婆婆由消防員揹著逃生……

的士司機冒著沒有保險賠償的風險開工，增收附加費，但大多只是多收十至二十元，而且拒絕向乘客提供單據。小巴司機卻不理那一套，大幅加價，由西營盤至中環，平日早上繁忙時間收費五至六元，但颱風下每程竟加到二十元。

你愛搭不搭！

滿城都是水，浩浩蕩蕩，一直漫了過來，他忽然發現自己漂在水中，不遠處竹瑗在揮手叫他，他拚命游去，突然便醒了，原來是一場夢。

已經是清晨六點，擰開電視，八號風球依然高懸。他想打電話，又不忍吵醒竹瑗。

坐在沙發上看颱風下香港的電視畫面閃爍，他不知道她今天走不走得成。他多麼希望她滯留下來，多留一天是一天。

之後呢？他不願再想下去。

而那窗外的風風雨雨，好像無邊無際，一直沸沸揚揚到天涯海角。

電視又再發出嘟嘟嘟嘟的訊號，播放新的風暴消息：八號風球依然懸掛。

二〇〇一年五月五日至六月二十四日，初稿

二〇〇一年七月八日，修訂

發表於《香港文學》二〇一〇年十月號

# 走出迷牆

## 一

走出那座商業大廈，抬頭便見到一方藍天，混濁得看不見白雲。暮春的陽光已經帶著一絲暖洋洋的意味，卻分不出昨天與今天到底有甚麼不同。

又是一次吃飯時間。

趙承天在心中輕輕地嘆了一口氣。這日子，便是如此這般像流水一樣逝去麼？

中午時分，所有吃飯的地方，全都擠滿了男男女女。可憐的上班族呀，或許每天辛辛苦苦地爭鬥，為的就是這餐飯？但即使是這餐飯，也都不可能吃得從從容容。

很多時候，他都在快餐店解決。運氣好的時候，也會搶到座位，剛剛吁了一口氣，低下頭來吃了兩口，旁邊立刻便會有人立著恭候。令他焦躁不安。那人不但虎視眈眈，甚至還不斷地晃動，分明在提醒他：這裡有人候補。他便會自覺或不自覺地加快速度，三扒兩撥便吃完，讓位。

也只不過是填飽肚子罷了，這樣的午餐，常常食而不知其味。那個時候，玲瑩總是說他，一個大男人，只吃一碗飯，行不行呀你？

是一種愛憐的語氣。

他笑了一笑，中午吃那麼飽幹甚麼？吃得太飽了，飯氣攻心，下午很睏，沒法工作。

玲瑩撇了撇嘴唇，就你對老闆這麼忠心！其實何必那麼認真？對付著算了，小心自己的身體。

他摸了摸她的頭髮，嘆了一口氣，你呀你呀，甚麼時候才會變得成熟一點？

他也不喜歡老闆，因為他對下屬太苛刻，甚至連週末下午，見到有人下班了，他便從辦公室的這一頭走到那一頭，皮鞋敲在地板上，「咔咔」直響，嘴上還拉長音調說：怎麼都下班了？是不是西線無戰事了？

他很想說上一句：週末下午不用上班，是法定的。但話到嘴邊，又嚥了回去。他不想在這樣一個跟自己無關的問題上頂撞老闆，反正他每個週末下午也都在辦公室裡。

但玲瑩卻表示大惑不解：你這樣寵著他幹嘛？他又不會因此而加你的工資！

他知道她的潛台詞是：週末下午時間寶貴，這麼一來，豈不是想去逛一逛赤柱也不行了？

反正也不是整個下午，過了三點鐘，便是天高任鳥飛……

玲瑩斜了他一眼，人家還放星期六呢！就我們這裡這麼囉嗦！

他笑。不要跟人家比，這個週末下午，還是爭取來的，說要告到勞工處，才勉強放的。

那有甚麼用？放了，也不能堂堂正正下班。我都不明白，到底有甚麼班好加？我說呀，需要每天加班的人，恐怕都是沒有能耐的，有甚麼理由工作都做不完？

他忙說，算了算了，你能力強，行了吧？

要是我當老闆，她憤憤地說，非得把那些加班加得最兇的人炒了不可！

好了好了，到了那個時候，你來個大整頓，出現一個白玲瑩時代，好不好？

玲瑩回眸一笑。不是沒有可能。我知道你不會相信，但世事沒有絕對。

他知道她的魄力。還有她的運氣。我甚麼時候說過不相信了？到了那個時候，你怎麼處置我？你？她瞟了他一眼，你想我怎麼處置你？

做你的「高參」吧！我也不要甚麼頭銜，有一碗飯吃，有你的關照，那就很好了。

你的要求就這麼簡單？從實招來！

他聳了聳肩膀，簡單是福。

頓了一頓，他涎著臉說，如果可以的話，將來在你的辦公套間裡放一張……

她打了一下他的肩膀，喂喂，就你想得邪！

不是邪，而是訴真情。是有點厚臉皮，不過我說的是真話，不想矯飾。

她嘆了一口氣，做人有時也要幻想一下，鬆弛自己，不然的話，還怎麼活？活著本來就不容易，隨遇而安罷了。

那個時候，他只是朦朦朧朧地感覺到她終究必非池中物，但卻也並沒有特別肯定。假如我早就看出她終有飛黃騰達的一天，那豈不是當時的一切情愛也都蒙上功利的色彩了？

他是主任，她是他的副手。他雖然沒有俯視她，但也不必仰視她。

最舒心的感覺，便是彼此平視，在那剎那間擦出溫熱的火花。

他明明記得，玲瑩剛來的時候，一臉笑嘻嘻的樣子，顯得特別純真。她軟軟地伸出手來，我叫白玲瑩，初來乍到，多多指教……

老闆在旁邊插嘴，你們以後好好合作。

他覺得玲瑩望過來的眼光，有如迷失在茫茫四野的孩子的求助一樣，在電光火石間，便勾起了他埋藏在心底的柔情，像春回大地之際青草蠕動著冒出地面。

嘩！一個大男人……玲瑩後來說。

鐵漢也有柔情，雖然我還稱不上鐵漢。

你不是鐵漢，你是猛男。

安慰獎啦，分明，你這是！

你這人就是不識好歹，明明捧你，你也不領情。良心都給狗吃掉了呀你！

伶牙俐齒，我說不過你。

你看你看，沒理了不是？說不過人就要賴。

他笑了笑，舉起雙手做了個投降狀。

但那個時候，玲瑩一味地滿臉笑容。那是一種總會令男人興起保護弱小的英雄氣概的笑容，只要她願意，他就會立刻充當騎士，帶著她去風風火火闖遍天下，或者瀟瀟灑灑浪跡天涯。

我總得護衛你護衛得周全，他的聲音顫抖了。

她偎了過來，靠在他身邊，好像籐纏樹。有你這句話，我白玲瑩這一輩子也就值了！

為柔情萬種的感覺籠罩，那夜色多麼好……

是《莫斯科郊外的晚上》？

熱吻過後重返現實，明明置身維多利亞公園。隔著樹蔭，他望見那家酒店一扇扇窗戶暈黃的燈光。

最好現在就有一張柔軟的床，他醉意朦朧地說。

玲瑩「咭」的一聲笑了出來，你真會想像……

把這草地想像成大床那也可以。只不過太多逡巡的目光，在暗夜老狼似的灼灼逼人而來。我說的是你我兩人世界，把一切東西都隔在門外。

玲瑩嘆了一口氣，那麼多溫馨的窗口，為甚麼就沒有一個是屬於我們倆？

他啞然，無言以對。

能夠並肩躺在這鋪於草地的塑料布上，已經是難得的夜晚了，但他不能這樣對她說。

而她已經翻壓在他身上，瘋狂地吸吮著他的嘴唇，然後又滾到一邊，仰面望著夜空出神。

這時，月亮穿過雲層，他看到那柔和的光線一會兒明一會兒暗地滑過她的那張俏臉，好像有甚麼千軍萬馬在無聲無息地秘密調動一樣，他心裡也不知不覺引起一陣莫名的騷動，有一種不好的預感蔓延而來。

甚麼事？

靜默了好一會，她終於開口，他明天會來香港。

承天立刻明白，她丈夫要從台灣來。

他酸溜溜地說，小別勝新婚，啊？

正慢慢轉向中天的月亮，驀地鑽進一團雲塊裡，夜空黯然失色。風起雲湧，是不是澎湃心潮的反映？但他只是仰面躺著，不敢觸及她的眼睛。

你要我怎麼辦？她幽幽地問了一句。

他其實也不知道他到底要她怎麼辦，只是脫口說了一句，你答應我，不要跟他上床，至少明天不要。

話一出口，他也覺得這要求未免蠻橫，我有甚麼權利要求她這樣做？那是她丈夫呀，而我只不過是……

就算她答應了，該又怎麼去推搪她丈夫！小別勝新婚呀，天經地義。推卻？怎麼說得過去？

他剛想說，我這是酒後失言，你不要介意……

玲瑩已經出聲。

我答應你，她說。

他舒了一口氣。其實他明明知道，這只不過是一種君子協定罷了，到底真實如何，他根本無從知道。玲瑩即使是守不住她的諾言，恐怕也不會坦坦白白地告訴他，那末，他要求的到底是一種甚麼樣的東西？他是絕對相信玲瑩的承諾，還是只是為求自己的心安？

歸根結底，他也沒有勇氣或者不好意思事後去追問她，喂，你們那個晚上……是一種並不安穩的心理威脅。即使是在最甜蜜最熱烈的時候，也不時有一種無形的陰影飄了過來。有時他也會自責，兩個人相處，又何必這樣脆弱？但他總是抵禦不住那種被蠶食的恐懼。

即使他想問個水落石出，也不可能了。那一個星期，玲瑩乾脆請了大假，雖然給他打過電話，也只是三言兩語。

他本來也有追問的念頭，但卻不知從何說起。難道人家巴巴地打個電話來，你卻去糾纏那個尷尬的問題？

何況她的語氣急促。

不用她解釋甚麼，他也明白，她當然是覷著個空檔，一有人聲，她便收線。

在不滿足的同時他也很感動。至少他覺得，即使丈夫在身邊，她的心底也還裝著他。

既然如此，還需要去在意甚麼嗎？

可是他的心依然沉甸甸的。

玲瑩說，你想想看，你的要求是不是有點無理？

我知道。只不過忍不住。明知說了也沒有用，早該閉嘴，偏偏就說了出來，你看看我這個人太不成熟……

我喜歡你的坦率，但你也要考慮我的處境呀！無論如何，在我的心目中，你是最好的一個，行了吧？

他笑，心裡卻在哭泣。

男兒有淚不輕彈，只因未到傷心處。

哭泣便是軟弱了麼？

不是軟弱，而是一種心痛的感覺。

你笑得很難聽，玲瑩皺眉，你平時笑得很瀟灑，怎麼今天好像有甚麼不對？

哦，大概上火，牙肉疼，一笑就牽扯著，不大舒服，所以有些勉強。

喝花旗參茶吧，可是我這幾天沒有時間，我給你買，你自己去煮，可以吧？

你別操心，我又不是小孩。你忙你的吧，我自己解決，保證你回過頭來看我的時候，我已經健壯如牛。

那就快去休息吧，我的壯牛！

電話線掛斷了。他望著手上的話筒，愣了一會，才把它放下。

躺在床上，他極力想要跌入一個澄明的夢中世界，哪裡想到一閉上眼睛，滿腦子流轉的，是玲瑩和她丈夫纏綿的鏡頭，再也揮之不去。

但他甚至連她的丈夫長得甚麼樣子也不清楚。

一直以來他沒有問起，她也沒有提過。

只是有一次，當他們從激情中甦醒過來，她嘆了一句……我真捨不得你，但如果我不要他，我就不是人了，因為他待我太好了……

他無言以對。

這麼念舊，總不能說她不對吧，儘管他心中有些不是滋味，也唯有強笑，那是，那是。那個時候，也只是憑著一種感覺，再加上幾分猜測，他問道：我覺得那個李雲峰……

是個從法國來的攝影家。那天，玲瑩說，陪我去機場接個朋友吧。在機場慘白的燈光下，他見到那一頭長髮紮成馬尾，滿面于思的男人走出禁區的自動門，玲瑩還沒有說甚麼，他便認定這就是李雲峰了。

李雲峰老遠就向玲瑩伸出了雙臂，玲瑩遲疑了一下，但還是迎了上去。

也只不過就是西式禮貌性的擁抱吧，但這個鏡頭卻那麼鮮明地留在了他的印象中，成了小小的疑團。

玲瑩赧然一笑，你怎麼知道？

她說，早就已經過去的事情了……

他當然也知道，早在他與她開始之前，李雲峰已經在她生命中成為過去式的男人了。

你放心，他現在只是我一個十分普通的朋友。

為甚麼？他有些漫不經心地追問了一句。

不為甚麼。只是那種感覺沒有了。

大概是所謂藝術家的感覺吧？他忽然想起曾經看過一本翻譯書，裡面提到，人體中分泌的一種男女能夠彼此吸引的物質元素，最長可以延續四年，在四年之後，那根神經疲勞了，必須動用其它神經，才能有新奇的刺激。他並不大相信這種理論，他以為總有天長地久的情分，但是玲瑩和李雲峰也只有四年的工夫……

玲瑩忽然掩嘴說，啊呀，糟糕！你會不會覺得，將來我也會跟你拜拜呀？

假如你真要跟我拜拜，我有甚麼辦法？但他嘴角卻勉力擠出個笑容，你的聯想力怎麼那麼豐富呀？

他深信那個時候她的真誠。雖然他還沒有結婚，但是在情場上也曾經滄海，哪能連真情與假意都分不開？

玲瑩把頭埋在他胸前，其實，女人再強，也要有人呵護，就像小船一樣，在大海裡顛簸了一天，最終也還要回到港灣，我在你的懷裡，感覺很安穩，很溫馨。

雖然只是一句看來不大經意的話，但灌在他的耳朵裡，卻使他的心湖湧起一股熱潮，久久不肯退去。昨天晚上，李雲峰對我說，他依然想念我，想要跟我好回來，但我對他說，不可能。今天早上我坐地鐵，一路想著你，錯過了站也不知道……

她絮絮地說。

接了李雲峰，把他送到酒店，李雲峰說，我們一塊去吃晚飯吧？

玲瑩說好吧。他連忙找個藉口，今天不行，改天吧。然後很有風度地伸出手來，跟李雲峰握手道別。

李雲峰嘴上說怎麼啦這樣不賞面？但他卻認定在那一臉惋惜的表情下面，隱藏的是一顆幸災樂禍的心。他也不搭話，便頭也不回地沿著那廊道走了，但覺那兩旁的壁燈昏黃，散發的到底是甚麼樣的訊號？

「叮」的一聲，電梯門打開。電梯載著他下降，他的心也在下沉。只是一時之間的意氣用事，他不知道把玲瑩獨自留在那裡，是不是無異於送羊入虎口？但他實在不滿於她如此不理會他的感受。

何況，如果要發生甚麼事情，他想要阻止也是阻止不了的，那倒還不如隨其自然，免得枉作小人。只是，那顆心卻忐忑不安。

一直到電話鈴響起，聽到玲瑩的聲音傳來，他才省悟到，晚飯都沒吃，便枯坐在家裡看鐳射影碟，原來目的便是等候這個電話！

是在飯館打來的，怪不得人聲嘈雜。

他在內心裡吁了一口氣。

玲瑩說，我借口上洗手間……

也只是三言兩語罷了，一放下電話筒，他才感覺到飢腸響如鼓，只好去泡即食麵。

玲瑩橫了他一眼，誰叫你？也不陪我。你就那麼放心？你就那麼自信？

他笑，我可不想做「電燈泡」。

你找死呀你！哪壺不開提哪壺！我要你陪我嘛！這你都不明白？真叫我失望……

## 二

是一種逃避的感覺吧？他不想使得他的世界只變成這個設計公司這麼狹小。關在這四面牆壁圍住的地方工作八小時，難道還不夠？又何必自討苦吃戀戀不捨，連中午自己擁有的午飯時間，也交了出去！這一個小時的時間，是出去透透氣的私人時間。

開始的時候，玲瑩斜著眼睛望著他，你幹嘛要跑出去？人人都不想去外面擠午飯，你卻送上門來也不吃！

他只是笑笑。

情勢已經不同，以前即使在人叢中吃飯，仍有溫暖的眼神交流，但此刻他卻迴避著她的視線。是一種已經絕望了的感覺吧。

那人事的變化，簡直有些出乎他的意料之外，玲瑩忽然之間便成了老闆。

當她笑嘻嘻地這樣告訴他的時候，已經是當眾宣佈的前半個小時。我甚麼事情都告訴你，她說。

但他心裡卻不是滋味。玲瑩雖然沒有說出來，但他卻也可以猜想得出，定是她老公出資收購。但她為甚麼要秘密策劃，一點風聲也不透露？

是有點瞞著我的味道。他的心理驟然失去平衡，他一直以為他和玲瑩之間是沒有甚麼秘密的。

玲瑩在主任級會議上說，我知道我自己能力不夠，希望大家多多幫忙，大家通力合作……

他瞥了一眼，穿著一套黑色套裝裙的玲瑩，眼眼裡泛著淚光，嗓音也有些哽咽了。

她私下對他說，你給我從旁邊看著，如果有甚麼不合適的話，你就及時提醒我……

他半開玩笑說，那怎麼行？以前你是我的副手，現在我是你的僱員，身份不同了，我還說甚麼呀我？

你找死呀你？她捶了他一下，我真心誠意地求你幫我，你就這樣對我？枉我這麼疼你了！

她說得那麼大聲，令他不由自主地向兩邊看了一下。這日本餐廳裡正迴響著音樂，而那些食客也正自陶醉在各自的世界裡，並沒有人偷聽；他鬆了一口氣。

我最喜歡吃這日本生魚了，玲瑩說。

他當然知道。那個時候，他每個月總要陪她吃一次。她說，你總是給我好吃的，吃得我都發胖了！只要你喜歡，錢算得了甚麼！

他當然沒有千金散盡還復來的豪氣，只是請玲瑩吃飯，於他來說是一種享受，自然心甘情願。

哼！你有多少錢？她斜睨著他。

是沒有多少錢，如果很有錢的話，那倒顯不出我的誠意，就是因為沒有多少錢，你才可以體味到我的情意。

這麼酸，你的話……

他心裡也不是沒有湧起自卑的浪潮，跟她老公的錢財相比，我趙承天算得了甚麼？但他也很自尊地看我安慰：她老公只不過是滿身銅臭的老闆罷了，我可不同，我是有品味的藝術家……

甚麼時候就成了藝術家了？說來說去，也只不過是個美術設計罷了，最多也就是具有一些創意罷了，這就稱得上是藝術家了？

這個時代是非混淆，好像沒有甚麼一定的標準，誰要大聲說他是藝術家，人家也便認為就是了。反正藝術這東西見仁見智，一般人哪裡分得清楚，還不是人云亦云跟著瞎起鬨？

玲瑩說，一個招牌砸下來死了五個人，只怕其中三個都是自稱藝術家的人。像你這樣，應該是真正稱得上是藝術家了，你又何必客氣？就算別人嗤之以鼻，但我還是認定，你就是藝術家！

人生得一知己足矣，何況是紅顏知己？

這也是藝術家脾氣吧，清高，卻始終是英雄難過美人關，何況玲瑩是那麼善解人意。

那個時候如膠似漆，玲瑩像貓一樣縮在他懷裡，喃喃地說，老天，怎麼就讓我碰見了你？

下班的時候，他收拾了一下檯面上的東西才走。剛下得樓來，玲瑩就從一輛停泊著的汽車後面跳出來，這麼慢！你不知道我在等你嗎？

他不知道。不過嘴上卻說，我這不就來了嗎？

那是初次狂歡之夜的第二天早上，趁人不察，她將一張紙條塞到他的桌面上，他回望過去，只是她穿著白衣紅裙的背影飄然而去。

那張紙條好像還散發著一股芬芳味道：「昨晚你走了以後，滿房子都飄散著你的味道。今天我們又只好在老傢伙的眼皮底下一本正經，默然守望。」

不言不語雖恐驚動左右，只是偶然的一瞥，不須說話卻已勝卻萬語千言。

心神不定卻掩藏在漠然的面孔底下，就好像還沒有爆發的火山一樣，表面看來不靜得很，哪裡知道內裡卻沸騰著足以融化周圍的巨大熱量。

天下之大，已經縮小成為辦公室，而偌大的辦公室，也已經成為兩人世界，那麼多的身影都成了透明物體。是有點神不守舍，他幾乎給柔情蜜意淹沒了。鄒老闆突然把他招進老闆室，而且叫玲瑩陪綁。

開始的時候還算有分寸，只是問他，怎麼會有這樣的錯誤？你能不能解釋給我聽？

是設計上的問題，也確實有些不妥，但他認為也還不至於大錯特錯。然而不能抗辯，老闆就是皇上，他說甚麼，就是甚麼，哪容得辯駁？何況給他抓住一點，也就可以不及其餘了。

他沉默不語。

老闆越說越火，忽地將手中拿著的剪刀一扔，「砰」的一聲，重重擊在桌上的玻璃板，嚇得他的心一震。你不說話，到底是甚麼意思？

實在是非常難捱的時刻，好在也終於過去了。

玲瑩說，老傢伙那樣罵你，每一個字都像利刀一樣，剜得我的心鮮血直流。

他苦笑，習慣了。反正要在他手下打工，有時是不能夠太有自尊心。

老傢伙不是人，玲瑩說，我看他不會有好報，好心才會有好報，但他沒有甚麼好心，像你這樣的好人，他都不能寬容，更不用說其他人了。

我的確也有過失，沒有做好。

為甚麼？玲瑩的眼睛望了過來，似笑非笑。

明知故問！他輕拍了一下她的頭，我只顧跟你眉來眼去，一心哪裡能夠兩用？

老傢伙為甚麼也叫我進去，聽他訓你？

這叫下馬威。他說：老闆心思周密，他是罵給你聽的，因為那設計是我帶你一起做的。

這個死老頭子，想不到這麼狠毒……

算了算了，他說，這個世界，要做下去就別出聲，要出聲就別再做下去，眼下少說為妙。

如果按我的性格，我非得……

行了行了，我的女俠，他說，饒了我吧，反正他罵的是我，你不必去理會。

你的事就是我的事，她說，怎能不管？

現在不是時候，你聽我的，策略一點。

說是那麼說，他心裡還是很感激玲瑩。甚麼叫做紅顏知己？這就是紅顏知己！

他以為這就是天長地久了，哪裡想到再真摯的情感，也有變成明日黃花的時候。

玲瑩板著面孔，眼睛直射而來，怎麼回事？你給我解釋一下……

怎麼連腔調也變得跟老傢伙差不多了？難道地位的轉變，就可以把一切的真情毀滅得一乾二淨？

誰都知道我跟你關係好，你不要讓我難做好不好？就算是你幫我吧，不然的話，我怎麼服眾？

天理良心，我從來也沒有以為我的地位特殊，我從來都是把你看成是老闆。他說，心中有些氣苦。

空氣頓時凝重起來，只有壁鐘依然走著輕快的步伐。

其實他差一點就說：我問心無愧，隨你怎麼處置。但還是忍住了。

畢竟並非只是主僱關係那麼簡單，他不想做得太絕。

何況如今市道不好，找一份工作也不容易。今年加薪，玲瑩就淡然說，百分七吧，與通脹看齊。所有的主任都低著頭不吭聲。她又說，有的人不加，反正現在找工作也不容易，不加也不會走的。

只有雷貝嘉附和，是啊是啊，這個加幅，已經很好了……

也只不過是循例知會罷了，哪裡是徵求甚麼意見？承天知道，即使他或者其他甚麼人提出不同意見，也並沒有甚麼作用。

他太知道玲瑩了，她從來不會輕易改變主意。特別是在這樣的問題上，她肯定早就下了決心。

開始的時候他並不太瞭解，主任會議上，他對於玲瑩的新主意提出不同的意見，原也是為了公司好。但是就在當晚，她打了個電話給他，我剛上台，你怎麼就這樣不支持我？我這一天都難過得甚麼事情也做不好……

他支支吾吾說不出話來。總不能反駁她，又是你說的：有甚麼就直言，你是我的高參……

大約是江山越坐越穩了，玲瑩的鐵腕政策，也越來越明顯，承天已經盡量迴避她，更不像當初那樣，有事無事就上老闆室跟她聊天。那天早上，他剛坐在玲瑩的對面，她就帶著開玩笑的口氣說，全公司就你每天向我報到……

他驀然一驚，我這是幹甚麼？

本來他以為只是重敘舊情，這時才省悟到，原來自己也是一個俗人，帶點攀龍附鳳的味道。

而玲瑩的話閃閃爍爍，是永遠也不可能把它抓回來的了。

慚愧的同時又不免憤憤然，無時無刻不纏住你白玲瑩的，是雷貝嘉不是我。也只不過跟客戶通了一次電話，還沒有談成甚麼，放下電話便風風火火直闖老闆室，他明明聽得見她的聲音抑揚頓挫地飄了過來：我又聯繫了一個，差不多的了，這次準可以給公司賺一大筆……

他扁了扁了嘴，八字都還沒一撇呢，那麼著急表功幹甚麼？

後來他才明白，這就是手腕。老闆肯定先入為主，腦子給灌滿了她雷貝嘉一心為公司的形象。每時每刻糾纏著你的不是我是她。

一看到雷貝嘉面對玲瑩時那阿諛的笑容，他就感到渾身不舒服，但是他卻很難這樣對玲瑩說。玲瑩用讚賞的口吻說，你看看人家雷貝嘉，風裡來雨去，還不是為公司拚命？哪像你……

看到雷貝嘉媚上欺下，他心裡就有氣，玲瑩，你可千萬要注意，在你面前講盡好話的人，尤其要警惕。

甚麼意思？她的左眉挑了一挑。

像雷貝嘉那樣，除了你之外，幾乎全部的人都得罪了，你又那麼信任她，我擔心人人都抱著打工心態，失去積極性，不會再為公司出謀劃策拚命工作了。

誰不是打工心態？你說說看！難道你就不是？玲瑩頓了一頓，然後往那大班椅背一靠，我不管，反正誰給我賣命，我就用誰。不用她用你呀！你能不能像她那樣，一天沒有二十四小時也有十四個小時拚命？

雷貝嘉甚至會睡在公司的沙發上過夜，據說是工作太多。以前玲瑩未當老闆時，總是對他說，沒本事的人做不完才天天加班呢！但現在她卻認定，只有加班的人才叫投入。

大概這就是觀點與角度吧？

他當然也知道，地位的改變，會讓人覺得今是而昨非，但他一向以為玲瑩不會這樣，哪裡料到世事如棋，兜兜轉轉，到頭來玲瑩也不能免俗。

她說，人家說我變了，廢話！人哪能不變？比方你賺一萬塊的時候，過的是甚麼樣的日子？等到你一個月賺十萬的時候，難道你可以吃大排檔擠巴士住公屋？

聽得他一凜，莫非她這番話，有一種暗示的成分？但那時她仍仰起頭來，迎著他的嘴唇。

他小心翼翼地說，你要小心一點，聽說雷貝嘉是Lesbian……

玲瑩望了他一眼，我知道，哪又怎麼樣？我不歧視同性戀者，只要能夠幫到我。

這也有道理，何況香港同性戀已經非刑事化。他忽地覺得有些枉作小人的味道，說甚麼不好，偏偏去攻擊人家的私生活，倒有些八婆說長道短的味道，堂堂一個大男人……

他訕訕地說，那倒也是。

只不過雷貝嘉太過跋扈，自恃是玲瑩愛將，簡直就是欺上瞞下的了，甚至也不把僅在玲瑩之下的總監朱勁航放在眼裡。那天，她對於朱勁航已經簽字同意的設計諸多挑剔，又說空位不夠，又說不夠貼近潮流。朱勁航把那草圖往前一推，沉聲道，到底總監是你還是我？

但玲瑩卻說，多提意見，不管對錯，都是可取的。雷貝嘉的目的，無非是為了公司的形象更好。

朱勁航問了一句，那我還有沒有權威？第二天，便向玲瑩提出了辭呈，並且寧願倒貼，也要立刻走人。

他悄悄問朱勁航，你怎麼會一走了之？世道這麼差……

朱勁航一面收拾檯面上的東西，一面說，此處不留人，自有留人處。

臨走的時候，朱勁航伸出右手手掌，在空中一劈，對他說了一句，你要記住歷史上的教訓，誅功臣呀！你要好自為之。

他一驚。大概還真要去通讀《資治通鑑》了。

玲瑩卻一派淡然，對他說，我無所謂，朱勁航雖然能夠幫到我手，但也不是最好的。老實說，公司裡誰走我都不怕，只要有錢，難道還會請不到一個更好的人才？

說得也對，任何一家公司也不會因為某一個人的離去而關門大吉。朱勁航走了，地球照樣轉動，太陽依舊從東方升起，而「二十一世紀設計創作公司」也仍然經營下去。

雷貝嘉名正言順地坐上了那個總監的位置。事前也在私下徵詢過承天，你說這個安排怎麼樣？表面看來好像是在徵求他的意見，但他明白其實只是知會他罷了，他只有接受這個現實，因為玲瑩明明已經下了決心，想要動搖她的決定，談何容易？但他還是忍不住脫口而出，不要吊死在一棵樹上，你太器重一個人，如果這個人忽然叛變，你就被動了。

完全是一片好心，苦口良藥。

玲瑩淡淡一笑，我才不怕哩！何況我看她也不是那種人，如果不是她那麼為我操勞……

他知道大勢已去，如果再說下去，便是不識好歹了。眼下小人得志，這地方還有甚麼可以留戀的？倘若可以的話……

但不行。我沒有朱勁航的魄力。他說，人爭一口氣。我卻認為，退一步海闊天空。反正也不是想要跟甚麼人爭一日之長短。雷貝嘉她要風得風要雨得雨，也隨她去吧！虛名有甚麼要緊，工作卻要保住，這是現實問題。冷眼環顧，報刊減價戰使得傳媒的世界血流成河，短兵相接的數家拋灑金錢做肉搏戰，財力不濟的只好宣佈停刊，剎那間幾百個從業人員加入失業大軍的行列，僥倖保住飯碗的，還有誰會不知死活輕言跳槽？朱勁航說，你太過保守，以你的實力，你竟甘心屈就在那男人婆之下？我真不明白你……

不明白吧，我自己有時也不明白我自己。可是現在風頭火勢，我又何必惹火上身？

或許是我倒霉，總是遇不到一個體恤下屬的老闆。那個時候連掛八號風球，鄒老闆也有些憤憤然，我都不知道天文台是怎麼做事情的，這麼小的風也說颱台風，準是吃飽撐了，他們！你們也是，一聽到八號風球，一個個都高興得甚麼似的，搶著要走，公司的東西不用理了？

但是她現在卻說，誰叫你們可以不上班了？

變態！玲瑩從牙縫裡擠出了一句，要是有人出了事，那才好玩呢！看他怎麼向勞工處解釋去！

不是八號風球，而是黑色暴雨警告訊號。那狂風暴雨，使得街道積水成河，汽車拋錨，行人給水沖走，但玲瑩冷著面孔，說，你們幾個住得那麼近，怎麼不來上班？你們看看雷貝嘉，家在沙田，也都風雨無阻趕來了！

他暗叫一聲慚愧，一早醒來他根本沒有收看電視，也不知道有甚麼訊號，如果知道的話，他也不會撐著那數次在路上被吹翻的雨傘，淋成落湯雞上班。他認為，雖然當局並沒有明確的指引該不該上班，但「留在原地」的意思，卻很明顯。

雷貝嘉笑嘻嘻，好在你最後一分鐘也趕到了！

他一愣。原來，他踏進公司大門的前一秒鐘，玲瑩正在到處巡查，那個沒到，這個也沒到，怎麼啦？全世界都自動放假了？甚麼日子呀今天……咦，趙承天也沒來？他這個主任是怎麼當的？幾步路就不來了？

他聽得心寒，總以為玲瑩再怎麼樣，也不會這樣待他，哪裡料到她真的這般「一視同仁」……

他坐在他的辦公椅上下意識拉開百葉窗簾，只見窗外黑成一團，那雨為狂風挾持，旋轉著跳起無定向的步伐，一陣陣噗噗地打在玻璃窗上，恍惚隨時都會破窗而入了。但人在辦公室裡，有牆有瓦護衛，還是安全如在堡壘裡，哪像那些無遮無擋的大樹？黑色暴雨下，大樹樹幹塌毀，倒在泥濘的馬路邊，好像在痛苦呻吟；他路過的時候趕著上班，雖然湧起一絲莫名的感慨，但也只顧匆匆忙忙地繞開而來了。如今回想起來，他才省悟，莫非那是冥冥中的預示：人如果沒有自衛的能力，最終也會像這棵大樹一樣徬徨無助？

可是這個雷貝嘉，為甚麼會告訴他一些內幕？按理，她決不會站在我這邊去說老闆的閒話，莫非……有陰謀？

好在也只是聽著，在她面前他一直沒有甚麼表情。雷貝嘉還盯著他的眼睛，你難道一點也不生氣？我生不生氣關你屁事，八婆！但他沒有說出來，只是微笑著逕自回到自己的位置上，不見了她的身影，他那擠出來的笑容便立刻消失，並且封凍在歷史的冰河裡。

雷貝嘉一副無奈的樣子，我不是巴巴地趕來那麼蠢，只不過我住得遠，離開家的時候，那黑色暴雨警告訊號還沒有發出……

你愛來不來，就算你每晚睡在辦公室，也不關我的事，你又何必向我解釋？我還不知道你那德性？但他也還是說不出口，只是說，在這樣的氣候大老遠趕來上班，不容易……

自以為已經語帶諷刺了，但雷貝嘉卻似乎甚麼也聽不出來，依然一臉的笑瞇瞇。

其實也是，只要老闆看得起，別人怎麼看，那都是小事情。雷貝嘉紅得發紫，還在乎甚麼？在她的內心裡，到底想的是甚麼？他摸不清，正像他也不明白於今白玲瑩的心思一樣。

那張有如覆蓋了一層嚴霜的臉，令他感覺到雖然就在眼前，卻又陌生得好像是天邊的寒星。你不要以為別人對你沒有看法，你是主任，你自己要做個表率嘛。別人嘴上不說，心裡可有想法呢。你不是跟朱勁航很談得來嗎？連他也對你有意見，你怎麼解釋？

我不必解釋。做人但求問心無愧，豈能盡如人意？最好啦！玲瑩擺了擺手，示意談話結束。

這實在也是一個很艱難的時刻，僅剩的情意已經飄散，甚至連友誼也受到了嚴重的衝擊，他不得不面對現實，是不是在老闆與僱員之間根本就不可能存在友情？

其實他並不想把任何事情看成這麼極端，當初還是雷貝嘉在下午茶時間對著他和玲瑩隨口一說，觀點與角度都完全對立，我們怎麼可能和老闆有共同語言？

那時都有共同的抗拒對象，豈知兜兜轉轉，鄒老闆一走了之，白玲瑩取而代之。但雷貝嘉似乎也並不是不可以與老闆融洽溝通的人，甚至連最委屈的事情，她也都可以在玲瑩面前哭訴。

她都哭了，玲瑩說，其實她完全可以不要那麼操心，沒有人會像她那麼傻的。她折騰來折騰去，還不是為了公司好。你們為甚麼要針對她？她都心灰意冷了，如果不是我極力安撫她，她早就辭職不幹了！

雷貝嘉這樣的男人婆也會當著別人的面灑淚？他很想答玲瑩一句，那只不過是在演戲罷了！但他明白，此刻說多錯多，沉默是金。

這回也真是好心不得好報了，玲瑩去了歐洲，雷貝嘉忽然在設計產品上打出「策劃：雷貝嘉」的字樣，朱勁航跑來找他，將那設計圖案一扔，這算是怎麼一回事？我看那婆娘越來越不像話了，我再忍下去，就不是男人了！

老闆不在，那我們幾個就開個會吧！雷貝嘉有恃無恐。

其他幾個主任都不吭聲，只有他和朱勁航表示反對。他說，一向以來沒有這樣的例子。雷貝嘉的目光炯炯，老闆臨走之前同意的，當時你和朱總監都在。

難道我失憶？怎麼一點都不記得了？為了謹慎起見，等老闆田來再說吧，反正也不差這一個星期了。

是怕出問題，但到頭來玲瑩卻說他們故意刁難，事情怎麼竟會發展成這樣子？

## 三

午飯吃得快的時候，承天喜歡到鰂魚涌公園小坐。懶懶地倚在那靠背長椅上，頭頂有遮陽的棚架，他總是有些心不在焉地望著那在球場上奔跑的身影。足球場。籃球場。網球場。汗流浹背，龍騰虎躍莫非是青春的標誌？

他也踢過球，打過籃球和網球。但那已是少年時的記憶了，近些年來不復精力無窮，最多便跑進區域市政局的室內場館打羽毛球，反正夏天也有冷氣，只不過活動一下罷了，又何曾拚命？

本來也已經不想動彈了，但玲瑩卻一個電話打過來，起來起來，你再不活動，馬上就要變成大熊貓了！

雖然已經明顯失落，但他不能拒絕她。

即使雷貝嘉也來，但也只好笑臉相迎。

球場大概也是一種人際關係的延續吧？他和玲瑩坐在場邊小息，看雷貝嘉長扣短吊滿場飛奔，玲瑩說，她倒矯健，靜若處子，動若脫兔……

只怕也是深藏不露，滿肚密圈吧？但他沒有說出來。

你真該學學雷貝嘉的拚勁，她說，全公司的人，最沒有野心的人是你，這我很明白。不過，從另一個角度來說，便好像只是在對付著，沒有甚麼建設性。

他強笑著，廉頗老矣，尚能飯否？

玲瑩望了過來，嘴唇動了一下，卻聽得雷貝嘉道，老闆該你上了，早早起來浪費大好時光幹甚麼？原來雷貝嘉的對手退下沖涼去了。

只剩他一個人觀戰，那白色的羽毛球平和地在空中飄來盪去，他隱隱感覺到雷貝嘉在給玲瑩餵球。這大概也是雷貝嘉的聰明之處？拍馬屁也不能太噁心，必須恰到好處，神不知鬼不覺。

這和平球打得毫無可觀之處，他的思想不禁開小差。還是足球好看，足球是男人的運動，充滿陽剛之氣，哪像這輕飄飄的羽毛球那麼綿軟？

比方那歐洲國家盃賽的電視直播，就不知道搶走了他多少寶貴的睡眠時間。次日腫著眼睛上班，玲瑩斜了他一眼，又在捧荷蘭隊？

捧荷蘭隊也是自己一個人的事情了，長夜漫漫，他繃緊了的心弦，偶然還會響起一段和聲輕飄飄地彷彿從天外無端飄來。

獨自坐在電視機前看歐洲國家盃賽，心境有些落寞。看到眉飛色舞沒有呼應，看到垂頭喪氣也無處訴說。他歡呼他嘆息，夏日的深夜裡，只有那冷氣機的輕微響聲呼應著他。那末，玲瑩確然從他的現實生活中全然隱去了麼？

這荷蘭隊怎麼總是在大戰前發生兵變？新晉球星戴維斯因為公開批評教練而被即時遣送回國，損失的不是一名中場指揮官，更重要的是影響了軍心。玲瑩哼道，像這種人，再天才也難以駕馭，棄用是上策。莫非她話裡有話？兩年前的美國世界盃賽，古烈特因為與教練不和，臨陣脫離荷蘭隊，那時玲瑩卻表示同情，荷蘭隊中球星眾多，應該有個鎮得住的教練才是，比方說告魯夫……

那個時候夜夜與玲瑩觀看世界盃賽的電視直播，他甚至有些歉意了：累得你要這麼陪我！

玲瑩在沙發上把身子偎了過來，我陪你你陪我還不是一樣，你還分甚麼呀你？何況我也愛看足球呀！但他心裡明白，假如不是因為他，她也絕對不會看得這般迷醉。

還有甚麼能夠比與心愛的人一起看足球更愜意的事呢，在那悶熱的夏夜裡？當時他以為這也就是一生一世了。哪裡想到兩年後同樣是夏夜，卻變成他一個人看足球。

一樣的沙發、電視機，還有花生、牛肉乾和生力啤酒，但玲瑩已經芳縱杳然。

喝一口冰凍的罐裝啤酒，喉頭怎麼會發苦？此仗爭入四強，荷蘭隊與法國隊加時後依然踢成零比零和局，必須以互射十二碼決一生死。

非常殘忍，但這卻是遊戲規則，必須遵守。

薛多夫射失，荷蘭隊以四比五被擯出局。

鏡頭下二十多歲的猛將薛多夫淚流滿面，承天的心中也是一片慘然。原來，表現更佳的一隊，卻未必一定能夠獲勝，這就是足球，或許人生也是如此這般？

假如尹巴斯頓在陣，荷蘭隊恐怕早就叩開法國隊的大門了！只不過這樣假設，已經毫無意義。記錄不可以改寫，就像法國隊守將明明在己隊禁區內犯了手球，球證卻不判十二碼一樣，判決雖然錯誤，但不能推翻。

玲瑩笑道，你至今還在捧荷蘭隊？不行了，你趕快棄暗投明，捧德國吧，德國肯定奪標！

不用她指點，他也明白，這是大勢所趨。

荷蘭隊內部不和，早已經成了「傳統」，何況眼下荷蘭隊的實力已經……說是奪標三大熱門之一，砍了我的頭也不信！他也不信。只不過他喜歡荷蘭隊，並不是基於它能夠捧盃，他只不過覺得荷蘭隊能夠踢出悅目足球而已。他說，球王比利都說了，踢得好的隊伍，往往不是奪標的隊伍……

管它踢得好不好看，勝者為王敗者為寇，只要奪得冠軍就是英雄，玲瑩微笑著，不信，你試試問問人家，還不是都只記得歷屆冠軍，又有誰記得亞軍了？

那倒也是現實，只不過我喜隊一支球隊，自然有我的理由，哪能輕易搖擺做牆頭草？

話一說出口，他才意識到自己有些借題發揮的味道，不免有些慚愧，幸好玲瑩似乎沒有聽出來，只是擺了擺手，你這個人，就是這麼固執，不撞到牆就不知道回頭。

我這個人是有些不識時務……

甚麼不識時務呀？是不是在說我壞話呀？雷貝嘉好像一陣風似地捲了進來。

玲瑩拿出一盒餅乾，推了過來，一面說，誰有工夫說你？我們在議論熱門話題……

你也看歐洲盃呀？雷貝嘉問，我家還沒有裝上有線電視，逼得晚晚要去南華會天台喝酒看直播。

這個有線電視！他們的線路還沒有鋪到我那裡，有錢想要裝，也不可能。玲瑩憤憤地說，真霸道！

她那裡沒有，我這裡有。假如時光倒流到那個甜蜜溫馨的時刻，只怕她晚晚都會跟他消磨歐洲盃賽之夜，但她並沒有，他甚至問都沒有問她一聲。他覺得做人最要緊的便是自重，萬一她回答，我約好雷貝嘉，那豈不是自討沒趣？倒不如甚麼也不提。

何況，這完全是一種感覺。

假如玲瑩她依舊有情，哪能表現得這般冷漠？即使她如今做了老闆，不能像當年那樣從後面撲過來，摟住他的肩膀說今夜你會不會來，但她也大可以暗示呀。

但並沒有，每次說話，雖然嘴上也說，我們是好朋友，但話鋒一轉，卻明顯是居高臨下的口氣。回心一想，這也是不可改變的事實。

這種顯然並不公平的所謂友誼，令他感到屈辱。

開始的時候，他也並不是沒有過幻想，以為愛情可以戰勝一切陰影，哪裡想到現實卻冰冷無情得多。玲瑩外出公幹，從外地打長途電話回來，也都是找雷貝嘉，於是雷貝嘉更加以「二老闆」自居，趾高氣昂起來。

他也以半開玩笑的口氣抱怨過，你就不會打個電話給我，哪怕講一兩句也好，你知道我很惦念你……玲瑩卻說，怎麼好意思呢，接線生聽得出我的聲音。

他悚然一驚，這當然是託辭。那個時候她並不是這個說法，她說，管她呢！難道我連打個電話的權利也沒有？

是從機場打來的，在她臨上飛機前。她絮絮地說，我離開公司前，特意去你那座位上望了一下，你不在，大概上洗手間去了吧？我突然想哭出聲來，萬一這一趟我從空中掉下來，我就記不住你最後的樣子了！

他緊握電話筒，只覺心口疼痛，眼睛也潮濕了。說甚麼男兒有淚不輕彈，他不以為然，只不過他也分不清這是因為感動還是因為傷心。

於今他絕望地看著往日似海的深情在淡化，甚至擱淺在都市冷漠的氣流中，卻無法去追問玲瑩一個為甚麼，他的自尊心也不允許他這麼低三下四。

當愛情已經褪色，你不要刻意去挽留。即使去努力挽留，只怕也是無可奈何花落去，畢竟愛情是兩個人的事情，只有兩情相悅才可以天長地久，一個巴掌哪能拍得響？

你是我心中的痛，這話如今已經成為反諷了，甚至有些肉麻了，但那時玲瑩總是咬著他的耳輪這麼說。她把手錶鄭重地扣在他的手腕上，你每天聽著它嘀嗒走動，便好像聽到我的心跳一樣……

這手錶至今他還日日隨身，也並不是期望有甚麼奇蹟出現，只不過已經習慣了。他一向念舊，連沒有生命的東西他也有一種感情。雷貝嘉那天半開玩笑說了一句，你這錶好像用了很久，我一來這公司就見到，以你今天的身份地位，你應該換個「金勞」才得體。他分不清她這是真心話、應酬話還是諷刺，卻無端覺得心口在淌血。他勉強地笑了一笑，有人喜歡不斷更換手錶，但我不是。即使是手錶，我想也不是那麼冷冰冰，它也有脈搏也有心跳。

你好像話中有話？

他瞥了雷貝嘉一眼，嘩！如果你這麼說的話，我簡直不敢在你面前吭聲了，太辛苦了。

更辛苦的不是這冷言冷語，玲瑩說，不如開一次主任會議，請大家評一評我們公司的新路向……

雷貝嘉團團抱拳，我想，既然我們要改變形象，不斷進取，那就必須破釜沉舟，不能戀舊。這是競爭的社會，有競爭才有進步。如果保守的話，也許風險不那麼大，但是很容易被別人超越，結果是被淘汰。

他斜眼望了她一眼，有那麼嚴重嗎？但也只能在心底打個問號，他知道不能輕易說話。

玲瑩說，剛才雷貝嘉總監都講了，我們公司可以說正處在一個十字路口，就看我們怎麼取捨了。對於我們公司的設計新形象，大家要知無不言，言無不盡。

她的眼光掃了過來，他暗叫糟糕。

如果依他的意見，自然覺得雷貝嘉的取向太過媚俗，他私下也跟玲瑩悄悄提過，但玲瑩卻說，矯枉必須過正，就算是偏一點也沒有關係。以前我們也太藝術了，在香港，太藝術太正經會餓死的，你也不是不知道！如果我們公司經營不下去，最慘的還不是你們這些老臣子？

他嘴上說是是，但內心卻哼了一聲，你還是不是藝術家了，像你一向所標榜的那樣？

玲瑩的眼睛潮濕，啞聲道，我其實是藝術家脾氣，根本當不了老闆，一碰到錢我就頭疼。可是沒有辦法，命運已經把我推到這個位置上，鬼使神差一般。

主任們個個低垂著頭，只有雷貝嘉說了一句，我們都明白，老闆你放心，我們會盡心盡力。

散會之後，玲瑩還悄悄問過他，我說的話得不得體？

他笑，挺好，還擠出幾滴鱷魚的眼淚哩。

玲瑩嘆了一口氣，我也不知道，說著說著便很傷感，只覺得我好像要失去了甚麼一樣。

有得有失嘛，這個世界很公平。他說，你也不必太過杞人憂天了，以你的能力，我相信你行。

他當時說的都是一片真心話，而且輕輕鬆鬆如話家常。如今回過頭來一琢磨，不禁有些吃驚，怎麼那個時候心態那麼自由，好像童言無忌，換了是今天的話，打死他也不會這麼講了。

果然是此一時彼一時。人哪能拒絕長大？

玲瑩點名，趙主任，你發表一下高見吧，帶個頭……

他一下亂了套，一切該從何說起呢？

他很清楚，假如他批評雷貝嘉的新作風，玲瑩大概會認定他不合作；但要他違心地去稱讚，卻又過不了他自己那一關，他不會口是心非。

你就是太清高了！玲瑩把他召進老闆室，說。

他辯道，不是為我個人，我個人有甚麼關係？又不是想要跟甚麼爭一日之長短，輸了贏了又怎麼樣？人生在世，轉眼就是百年。我只是怕公司受損，營業額下跌容易，如果想要回升，即使費盡九牛二虎之力也未必可以辦到！

你只懂得藝術，不懂得經營。她說，要生存，光靠藝術不行。要是靠藝術能夠活下去的話，我何樂而不為？我也是搞藝術的，何必把自己搞得滿身銅臭？

他無言以對，只是說，這個公司如果到最後只有一個人支持你的話，那個人就是我了。話一出口，立刻便覺得有些噁心。已經到了這般地步，自己又何必這般表示忠心？凡事都只能藏在心裡，不能出口，一出口就俗，就有獻媚的味道，到頭來我趙承天也是個逢迎之輩，只能讓人看不起……

但玲瑩緩緩地應了一句，我相信。

是真信還是假信，他也無從考證了，而且他已經感覺到玲瑩漸漸變得那樣飄忽，不可捉摸，如果是以前的話，他說這樣動情的話，她肯定會投懷入抱，但現在並沒有，她只是十分矜持地說了一句，我相信。就好像是簡短的判決語一樣，有居高臨下的味道。

朱勁航冷笑著對他說，也就是你這麼苦口婆心了，有甚麼用？你以為你是一片好心，但人家可能覺得你不知好歹。我告訴你呀，我看這個白老闆越來越像那個鄒老闆了，連行事方式和口氣都是！只不過一個是男的一個是女的……

他吃了一驚。也並不是他缺乏觀察力，只不過他不願意去比較，他的內心抗拒第二個鄒老闆，尤其不願意玲瑩會成為她自己以前也極為厭惡的鄒老闆的影子。

玲瑩偏偏又在發脾氣，怎麼那麼多人都遲到？簡直就沒有制度一樣！從明天開始，打鐘卡一過上班時間五分鐘就收起來，看看他們怎麼辦！

看來，權利真的可以把一個人慢慢腐蝕掉。

朱勁航舉起杯子，人就是這個樣子，你還看不透？等你做了老闆，只怕你也不會和我坐在這裡喝酒了！

# 四

已經活了這把年紀，依舊孑然一身，夜深人靜的時候思前想後，他有一種悲從中來的感覺。

朱勁航拍了拍他的手背，男人四十一枝花，你才不過四十六七歲，只要你願意……

也許這也不是純屬安慰而已。

男人到了這個年齡，只要保養得好，加上有氣質，依然有魅力，但是女人到了這個年齡……

姓白的？只怕也是到了更年期吧！朱勁航帶著些微的醉意，望著手上的酒杯，我看她的行事方式越來越怪，越來越不可理喻，根本不按常理出牌！

玲瑩剛接手做老闆的時候，公司的頭號重臣是朱勁航，秘密的第一手下卻是他趙承天。玲瑩絮絮地對他說，你不要介意，我必須借重朱勁航。

他笑了一笑，怎麼會？我根本與他無爭。

她掐了一下他的手臂，不許吃醋！

莫非我說話的腔調變得有點酸溜溜？

他連忙鄭重地說，我哪裡會那麼小器？何況這是你做老闆的權力，我不至於那麼蠻橫。

有時也真不知怎麼說你才好，你甚麼都不在乎，淡泊得幾乎叫我懷疑你無慾無愛了，如果我不清楚你在床上那樣勇猛的話！

他聳了聳肩膀。性格是很難改變的，要我像雷貝嘉那樣出位，我做不到。只要自己有本領，又何必這般張揚唯恐人家不知道？有麝自然香。

但他終於明白，這種想法，清高是夠清高的了，但並不實際，最實際是讓老闆開心。朱勁航說，你真是後知後覺，連我也早就清楚這一點，你卻一直那麼低調。低調在老闆看來便是無用的別稱。朱勁航是玲瑩的左右手的時候，也是一天到晚圍著她陪著笑臉。

你怎麼會栽倒在那個男人婆的手上？他問。

我覺得我自己已經夠厚臉皮的了，在老闆面前，朱勁航啜了一口啤酒，但是比起那婆娘，我簡直算不上甚麼。如果說我朱勁航臉皮厚的話，那她就是厚顏無恥了。

即使朱勁航在跟白老闆談事情，雷貝嘉也可以直闖老闆室，連一聲對不起也沒有，便插了進來。他也有過不少次這樣的經驗，本來以為雷貝嘉臨時有甚麼緊急的事情請示老闆，哪裡料到根本無關緊要，而且不是三言兩語，他甚至有過在一旁坐半個鐘頭冷板凳的經驗。此後只要看到她插了進來，他便起身離去。

玲瑩卻不高興，私下對他說，你也太沒有風度了，連招呼也不打，便揚長而去。

他辯解道，其實是她先不尊重人，一次是這樣，兩次也是這樣，倒好像別人說的是閒事，只有她一個才最重要。而且也許她跟你說的是公司業務機密，我在場，也不大方便，我要有自知之明。

也並不是信口胡說，他有他的根據。

雷貝嘉把玲瑩拉到一邊，壓低聲調嘰嘰咕咕不知說甚麼，他愣在當場尷尬得不知怎麼辦才好。他明明發覺到雷貝嘉的眼神閃爍，彷彿生怕他聽到甚麼片言隻語。

他那時還以為人間有真情，搖著頭對玲瑩說，她那麼神神秘秘的，叫我很自卑。

玲瑩瞥了他一眼，有甚麼秘密？你別太敏感了。老實說，如果有秘密的話，我怎麼會瞞你？

但願她說的是真心話。不過知道那麼多的秘密有甚麼好處？我又沒有偷窺慾。只不過一看到雷貝嘉那種自以為高人一等的嘴臉，他就打心底厭惡。那雙狡獪的眼睛從眼鏡片後面閃呀閃的，有如鬼火，說得好聽是神神秘秘，說得不好聽就是鬼鬼祟祟了！

如果只是這樣的話，只怕那婆娘也不容易把我擠掉，問題是她可以上班下班日日夜夜纏著老闆，我就不行。她是女的，我是男的，不方便嘛，有的時候。朱勁航說，她無時無刻不在白玲瑩耳畔吹風，聽得多了，那個白玲瑩又不是聖人，豈能不心動？我雖然是男的，當初我的條件甚麼都比雷貝嘉還好，枕頭狀最容易起作用的了，只不過那時太天真，不屑去說任何人的壞話，包括雷貝嘉的壞話。他總以為以玲瑩的聰明，哪能分不清是非曲直？

但當他驚覺的時候，雷貝嘉已經當著他的面，公然對玲瑩說，老闆，我今天加班要加到很晚，可不可以到你那邊的客房睡一晚？

他當然不願意，但不能出聲。玲瑩卻已經爽快答應，ＯＫ。

假如雷貝嘉以後動不動便這樣，那不是會造成很大的不便？

玲瑩卻說，人家住那麼遠，為了公司加班，我怎麼能夠拒絕？

他沒有說出口的一個心理陰影，是雷貝嘉的同性戀愛好。倘若說出來，他心裡會舒服一些，但是玲瑩可能會發怒，你這麼說，把我當成甚麼人了，就算你不相信她，難道你連我也不相信？

如果再說下去，只怕就會頂嘴了。

有人說情人間小吵是情趣，但他不願意。他覺得，吵起嘴來，說不傷感情，那是假的。所以，一看到危險信號，他寧肯沉默。

並不是認輸，只是信奉退一步海闊天空的說法，儘管他的心理其實也常常不平衡。

何況他不願意當面傷人，特別是不願意當面讓玲瑩難堪。每當他看到別人下不了台，他總是設法去找台階給別人下，這倒並不是他善良，只不過是他不善於應付那種太過劇烈的場面罷了。

他以為玲瑩也是懷著同樣的心思待他，是她成為老闆的那個晚上吧，他們在跑馬地一家意大利餐廳吃飯，燭光閃爍中，他可以窺見玲瑩興奮得發亮的面孔。他期望著她在飯後說一句，上我家去吧！但是並沒有。

這讓他極度失落，因為這是他們相處以來，玲瑩頭一次在共進晚餐後沒有甚麼表示。

他甚至提醒她似地說了一句，我送你過海吧！

她卻說，不用，你早點回去吧。

說著便跳上的士，把他留在夜的街頭。

回到家裡他心神恍惚，終於忍不住撥了個電話，但那鈴聲長鳴，一聲聲似在空寂的房間裡遊蕩，她還沒有回家……

那晚他失眠了，翻身坐起，扭開檯燈，心潮洶湧，他在桌上攤開一張信紙，寫了幾個字：「我和你相識於微時，如今你已高升，只要你說一句話，我會馬上走開。我絕對明白，你也該會明白我。」

次日他紅著眼睛上班，覷了個機會，便把紙條塞到玲瑩桌上，轉身急步走開。

玲瑩的聲音在背後響起，甚麼事呀你？

但他頭也不回地走了。

玲瑩嘆了一口氣，你這傢伙怎麼這麼敏感？我這新搬的家剛裝修，很亂，我希望等到完全安頓好了才讓你上去，讓你看看我一個全新的家……

後來她真的叫他去了，但他卻一直弄不明白，玲瑩那話是真心還是假意？這疑團越到後來越使他困惑，而在當時，只要玲瑩依然接納他，他也就不願再胡思亂想了。有時候他也會覺得，自己的要求其實並不苛刻。

但人生常常要隨緣，哪能由得自己？是一種眼看著夕陽向西面滑落卻又無力阻止的心情，明知自己只是個凡人，他也就不再作何幻想了。

玲瑩的熱情，明明已經從高峰中滑落。其實那種情意的浮沉，不必言語出唇，只須細閱那眉眼之間的密碼，便可以慢解讀出來。

玲瑩的表情淡然，即使有笑容，也已經變得十分之公關，並沒有一絲的熱情……

她解嘲似地說，很累……

活在這個世界上，誰不累？但累並不能夠成為淡然的理由。在鄒老闆手下做牛做馬的時候，難道就不累？而且還是提心吊膽，說不定甚麼時候他心血來潮，便把哪一個人叫進老闆室去訓斥一頓。如今沒有人會罵她的，只有她去罵人。

你都不知道我的壓力有多重！她剛當老闆的時候，曾經絮絮地這樣說。

自然她現在甚麼也不會對他說了，只是有時會對別人以恨鐵不成鋼的口氣說，趙主任其實只是對付著我，他知道我跟他是朋友，又不能把他怎麼樣……

那話語輾轉傳到他的耳中，令他氣得幾乎吐血。但他又安慰自己說，又不是自己親耳聽到的，或許有人在玩弄辦公室政治也說不定，目的在於挑撥離間。

只因為突然與玲瑩在廊道遭遇，她臉上依然掛著笑容，甚至拍了他的肩膀，你早……

也只不過是一種極普通的動作罷了，此刻卻叫他滿懷感激，無論如何，玲瑩不會那樣絕情。

他懷念的是在公眾面孔之外的白玲瑩。

多幾分血肉，多幾分熱情，多幾分真意，他認定那才是最真實的女人，毫無矯飾的味道。

沒有想到她也有病倒的時候，在電話中聲音喑啞，我起不來了……

他嚇了一跳。

回到公司，瞟著她那空盪盪的座位，他悄悄地打了個電話，但鈴聲響了很久，也沒有人接聽。心益發混亂起來。

好容易捱到下班時間，他叫了一輛的士直奔尖沙咀，為的是搶在阿美的前面。

那時，玲瑩和阿美合租一間屋子。

他在樓下買了兩碗皮蛋瘦肉粥，又抱了一個西瓜。玲瑩把他迎進她房間裡，你吃甚麼？

陪你，喝粥，他說。

一個大男人，喝一碗粥，哪裡飽得了？她的眼波溫柔。

他笑，一會你就知道我的厲害。

仔細端詳，玲瑩的精神似乎不差。他說，嚇了我一跳……

我上午去打過針，睡了一覺，不然的話，怎麼來侍候你？

誰要你侍候我！他把她扶到床上，蓋了被子，今天應該由我來侍候你才對，ＯＫ？

餵她喝粥，切西瓜給她吃，連自己都覺得有些肉麻，不過他心裡卻溢滿了一種甜蜜的感覺。

不知道怎麼一來，他便也鑽進了她的被窩，正自纏綿難捨，突然便聽到敲門聲。是阿美的聲音，他立刻疲軟。

玲瑩一手掩住他的嘴巴，搖了搖頭，示意他不要出聲。

只聽見阿美喃喃地說了一句，病了還出去？

好在沒有開燈，他壓低嗓門在她耳畔說。

就算是開了燈，我不應門，她也沒辦法，玲瑩悄聲說，難道她可以撞門闖進來？

滿室黑暗，玲瑩撩開窗簾一角，對面的霓虹燈光閃閃爍爍透了進來。

在這都市華燈初上的時分，他知道他暫時給堵在這房間裡，也不知道甚麼時候才能溜出去。

玲瑩抱住他的頭，那有甚麼關係？大不了你今晚就不要走了，又不是第一次……

那個週末晚上去「利舞台」看松坂慶子主演的日本電影《火宅之人》後，玲瑩說，你跟我走吧。

他的心一跳，不由自主望了她一眼。

跟她一起度過那春夜，當然求之不得。在心跳之餘，他又有些猶豫，有阿美在呀……

她說，那好辦，遲一點回去就可以了。

坐在餐廳裡喝咖啡，眼看快午夜了，玲瑩跑去打了個電話，回過頭來對他說，走吧！

電話鈴聲響了四下，沒有人接聽，她說，我立刻放下，按我的經驗，阿美肯定睡了，不然的話，她早就接了。

開了鐵門，也不亮燈，躡手躡腳潛入她房間時，還在客廳撞翻了一張櫈子，阿美睡意朦朧的聲音懶懶響起，是你嗎？玲瑩？這麼晚……

她趕快開了自己的房門，一手將他推了進去，一面應道，是我，對不起，吵醒你了……

他悄聲對她說，太驚險了，好像在拍偵探片。

我都不怕，你怕甚麼？

女人比男人大膽，男人中看不中用，我承認。

算了算了，這是我的地頭，你不熟悉，當然緊張。想上洗手間你現在就趕快上，不然的話就要忍到明天。

那我豈不是成了「火宅之人」了？他摸了一把她的頭髮。

你以為你很有艷福？趕快上床吧！

突然驚醒，電話鈴聲在客廳裡震天動地轟響。過了一會，阿美便趿著拖鞋踢踢踏踏過來敲門，叫道，玲瑩！台北長途，快！

玲瑩一躍而起，披上睡袍而去。

他聽不見她說甚麼，放下電話她回來，真邪了門了，平時又不見他在這個時候打來，你兩次在這裡，他兩次都在清早打過來，也沒甚麼事情……

他嘴上應著是嗎是嗎，心裡卻莫名其妙地打了個突。

莫非在冥冥中這預示著一點甚麼東西？

他很想開口問她，都說了些甚麼，但又覺得那到底好像有窺探人家隱私的味道，除非她自己主動告訴他，否則他又何必給她以「小男人」的印象？

回到床上她依舊蜷縮在他懷裡，只不過他的心境已經有了異樣，再也沒有夜來那麼踏實了。玲瑩雖然閉目好像睡了過去，但他也總以為她其實是醒著。

難道這便是貌合神離的先兆？

如果可以這樣繼續下去，他也不計較。跟玲瑩糾纏了這麼多年，他也知道她最初的激情已經殞落，但他並不在乎，只要她仍然愛他，他也並不苛求。

是一種慣性，或者是惰性吧？

就像他在這家公司做了八年，從來也沒有動過跳槽的念頭一樣，說得好聽就是念舊，說得不好聽就是無用了。這些年偶然在街頭上碰到疏於聯絡的朋友，他們劈頭也總是問：「還在那家公司呀？」那笑容似乎也有些鄙夷。

也並不是沒有機會另謀高就，而且條件極好，但他也沒有動過心。做生不如做熟，他說。

朱勁航離去不久，也曾經游說過，我這裡需要一個助手，其實就是代我全盤策劃，有職有權，工資也比你現在高很多，你過來吧，大家合作這麼久，我看好你……

但他不為所動。玲瑩剛剛當老闆，他不能那樣沒有義氣，在她最需要支持的時候離棄她。他不是沒有覺察她的態度有某些微妙的變化，但他總是不肯往壞處想像。

你做了這麼多年，也該轉一轉環境了，朱勁航盯著他的眼睛，一個人在一個公司待得太久便會油了，不是呆掉便是傻掉，哪裡還會有甚麼創意？我是不忍心眼看著你的才華得不到發揮，慢慢萎縮了。

他也清醒地知道，僅僅是為了避嫌，玲瑩也不會重用他。懂得自己應該處的位置，他倒也不計較，何況他覺得朱勁航挖他過去，只不過是為了報玲瑩的一箭之仇罷了，他不能充當人家爭鬥的籌碼，何況對方是玲瑩。

寧可她負我，我決不可負她。

朱勁航搖了搖頭，抗戰也才八年，你有幾個八年？

## 五

坐在利舞台廣場十六樓的「大舞台」京菜館裡，隔著落地玻璃窗，銅鑼灣的夜色在霓虹燈下閃爍。

「二十一世紀設計創作公司」已經成立十週年，今晚的慶祝晚宴，是白玲瑩大展拳腳的訊號吧？衣香鬢影，歡聲笑語，承天也堆下笑臉招呼客人，但心裡卻有些落寞。

幾天前，玲瑩就在公司裡宣佈，主任以上人員要早到一小時，接待客人。

胸前掛著紅條，也就是迎賓啦！

他總覺得，世界上最無聊的事情，恐怕就是諸如此類強顏歡笑的工作了！跟那些素不相識的人說句歡迎歡迎久仰久仰，簡直有如對空氣自說自話，但他卻不能不這樣做。即使是落座以後，也還要左右逢迎。

其實這種場合，絕對是雷貝嘉大出鋒頭的機會。

她做司儀搞氣氛，也的確有她的本事，全場活躍，逗得玲瑩笑得合不攏嘴。

玲瑩也曾問過，你行嗎？

當然不行。假如我可以這麼放得開的話，那我也就不是趙承天了！

此刻他卻不能不佩服雷貝嘉，不管怎麼樣，不是人人都可以這樣收放自如，甚至當眾拍老闆的馬屁也不怕人家笑話，大概這就是勇者無懼了。

他只能在他所在的那一桌招待並不認識的賓客，起筷起筷，大家隨便……把一塊烤鴨沾上甜醬，再拿兩片蔥，用烙餅包上，咬一口，滿嘴流油，忙用濕毛巾抹了一下嘴；有些狼狽，但思想剎那間開了小差。最近一次跟玲瑩撐檯腳，就在太古城中心北京樓吃北京烤鴨，屈指數來，也怕是一年前的事了吧？那晚她顯得有些倉促，剛吃完就說，我先走了……

她說去接機。他應了一句，我陪你。她搖搖頭，他待要再說甚麼，她已經急步走掉了。

直到今天，他心中仍然無法破解這個謎團。也不是沒有冒起過追問謎底的念頭，但終於還是放棄了。如果她願意告訴他的話，當時恐怕也就說了；既然她不說，問了恐怕也未必說真話。

有時候甚麼也不知道，可能比甚麼都知道要幸福很多。

莫說人心變幻，連香港也是滄海桑田。

比方這利舞台……

那年晚上跟玲瑩在這裡看過《火宅之人》，但是那古色古香的利舞台，終於也給拆卸，重建成現代化的多層商業大廈利舞台廣場。

當消息傳出，他嘆了一口氣，最後的藝術舞台，也終於不保了！玲瑩卻不以為然，這是社會發展的規律，利舞台生意再好，觀眾席位也就那麼一千來個，數目有限，能夠賺得了多少錢？

他愕然。

不久前「碧麗宮」電影院停業拆卸，玲瑩明明惋惜不已：以後再也找不到一家這麼高級這麼舒適的高檔電影院了，商業全面侵蝕，文化全面退卻……

他不能忘記他和她一起看的第一場電影，便在碧麗宮放映。

但那時玲瑩是受薪者，這時卻已是老闆。

那個晚上，他特意約玲瑩去看《情迷血瑪莉》。

這是碧麗宮的最後一夜，看完這最後一場電影，碧麗宮便要退進歷史的一頁。看電影只是一個形式，他的目的是想要告別碧麗宮。

散場後果然便成了懷舊之夜，男男女女依依不捨，有的千方百計隨手拿走一塊甚麼東西做紀念品，有的三三兩兩在大堂拍照留念。他甚麼也不做，只是拉著玲瑩的手在人群中遊走，心為一種離愁別緒所籠罩。

碧麗宮既然不可避免地要湮滅在滾滾商潮之中，他覺得再留下甚麼做紀念也無濟於事了。最好這時就在大堂播送一曲〈友誼萬歲〉，作為這最後一夜的告別儀式……

怎麼捨不得，也終究要離去，時光無情，碧麗宮最後一次關上了大門。

走出電影院，回頭看著那《情迷血瑪莉》的海報已經撕爛一角，在夜風中瑟瑟地抖動。

他與玲瑩對視了一眼，沒有吭聲，但他卻讀出了她眼神中流露出來的悲哀。

甚至連他握住的手，也有些冰涼。

曾幾何時她卻不再在乎這種商業現象，面對利舞台的消失，她淡淡地說，很正常呀，有甚麼值得大驚小怪？

從此，碧麗宮便劃上了休止符，那獨一無二寬敞舒適的沙發式椅子，連同那溫存的夢，也都已經隨風飄去，只剩下眷戀時光的記憶，當他走在煩囂的鬧市中忽然便湧現出來：是不是文化綠土在節節敗退，甚至連利舞台也不能獨善其身？

猛然醒悟，眼前雷貝嘉正在笑嘻嘻地說，現在頒發本公司長期服務紀念獎，也就是老人獎啦……

全場一片哄笑聲，他有些耳熱。

八年了，抗戰也只不過八年，回顧這八年，哪裡又有甚麼山河歲月的印象，年華卻已經不可避免地老去，連利舞台也融入「廣場」的洪流中，莫非這就是香港快速社會節奏的步伐，任誰也不可抵擋？

第一塊長期服務紀念獎牌，落在他手上。

他從白玲瑩手上接了過來，笑容滿面地握手，還要面對著鏡頭，很有些表演的味道，卻無可避免。

這是不是也是他人生道路上的一張經典照片？

路漫漫，回首赫然已經情隔萬重山。

不如歸去……朱勁航喟嘆著說。

承天也未嘗沒有心動，只不過他並不是衝動派，不會立刻拍案而去。朱勁航說，那婆娘專政，白老闆又聽她的，你的江湖地位不保，還戀甚麼棧？

找一碗飯吃罷了，我與世無爭，人家有風駛盡帆，那是人家的本事，我還是走我的獨木橋。

咦，你甚麼時候變得這麼瀟灑了？朱勁航哼了一聲。

他當然覺察得出那話語裡的挑撥味道，只不過不去說穿罷了。哼，我才不上你的當哩！

其實，男人像你這般年紀，正是最好的年華，朱勁航又說，精力仍然旺盛，經驗又豐富了，一般的「靚仔」，怎麼可以跟你比？

這話說得中聽。但他還是忍不住追問了一句，你這麼說，是不是特意來安慰我？

朱勁航大笑，你難道懷疑你自己的判斷力？不信你想想看，連女人都行，男人更可以了！

可是，現實是，香港越來越年輕化，男人一過四十，連當看更都未必有人請，你又不是不知道！

他們身無一技之長嘛，人跟人不同，怎麼能夠相提並論？朱勁航斜了他一眼，你看看人家宮雪花，都四十七歲了……

那倒也是，如今城中誰人不知宮雪花？

只不過也不是所有的女人都是宮雪花。

那就要出位囉！朱勁航豎起食指，指了指他。我怎麼出位？既沒有美貌，又沒有智慧，更沒有身材，只有年紀可以跟她相媲美！

我不是要你去依靠色相，男人嘛，只要做個叻人就可以飛黃騰達。

你要我去做阿叻？我又不是演員，也沒有那個本事。

行行出狀元嘛，朱勁航說。

朱勁航喝了一口啤酒，這裡的爭鬥，不關我的事情，我是為你著想呀，老兄！依我看，你在「二十一世紀」的前程也就是這樣了，除非沒有雷貝嘉那個婆娘了，不然的話，你只怕永遠要屈居她之下。

本來也只是朋友一場，他給朱勁航餞行，不料又舊話重提。不過不提這些人事又提甚麼？他們兩人最有共同感受的，只怕也就是白玲瑩和雷貝嘉這兩個具體的人了。

說甚麼現在是二十世紀末，眼看就要跨入二十一世紀了，到頭來連自己這個主任的位置，也未必能夠保住，令他心中滿不是滋味。

可是玲瑩卻總是用居高臨下的口氣對他說，我可不像別的老闆，動不動就罵人。我也跟你急過，那不是罵你，只不過我心裡急呀！

又不見你對雷貝嘉那樣？

玲瑩對雷貝嘉簡直就是言聽計從，大勢所趨，他也不想再說甚麼，免得討嫌。

這也是保護自己的一個辦法，朱勁航拍了拍他的肩膀，我理解。不過，男子漢大丈夫……男子漢大丈夫就不用吃飯了？為了生存，有時也必要委屈求全，只怪自己當初瞎了眼……

而且不會拍馬屁。

玲瑩要打「大哥大」，雷貝嘉立刻給她撥號碼，然後將電話遞給她。玲瑩的一綹頭髮滑下，掩住她的半邊臉，雷貝嘉立刻伸手，給她撥了上去。

他看著就覺得噁心，但他不想告訴朱勁航，這些婆婆媽媽的瑣事，說出來只怕也會損了自己的清高聲譽。假如人家一句你吃醋呀塞了過來，豈不是自找難堪？

抽獎過程中，雷貝嘉努力製造氣氛，席上笑聲此起彼伏，只有他笑不出來。卻聽見白玲瑩十分欣賞的口氣，雷貝嘉是我們公司的全才……

## 六

春茗之後拉隊去唱卡拉ＯＫ，他避無可避。

所有的主任都去了，他哪裡有力抗拒？

朱勁航說，你何必委屈自己？

可是人總不能甚麼時候也都由得自己的性子，即使心裡一百個不願意，有時嘴上也要說ＯＫ。人人興高采烈，貴賓房裡個個爭著演唱，大概在心底深處，誰都有強烈的表現慾吧！

雷貝嘉翻著本子挑選歌曲，一連預訂了好多首，男男女女，一個個鬼哭狼嚎，荒腔走板，但卻自得其樂。想想也是，反正又只是自唱自娛，又何必認真？何況這恐怕也是一種鬆弛、一種發洩。

唱就唱吧，大合唱中，〈鴛鴦蝴蝶夢〉也分不清是你的嗓音我的嗓音還是他的嗓音了。

雷貝嘉說，〈蘇州河畔〉，我跟老闆合唱。

轟然叫好聲。他斜眼看了雷貝嘉一眼，果然勇者無懼，在眾人面前也照拍不誤。

那只不過是自我感覺罷了，朱勁航說，你的心理障礙太多，有時讀書太多會害死人。

他不以為然，那婆娘讀書也未必讀得比我少，但她就可以揮灑自如！

這就叫做修行在個人。朱勁航摸著酒杯底，蘭桂坊的夏夜已經漸漸深了，不時便傳出男男女女的幾聲浪笑。你的功力不夠，其實，如果你想開了，當別人都是透明的，眼中只有老闆一個，可能你的心態就會自由得多。

這一年來，你好像長進了許多，他不知道羨慕還是不以為然，以前你雖然也會逢迎，但卻是適可而止，想不到你現在也從俗了……

人越老越世故，朱勁航說，哪能總是血氣方剛？也不知道是不是移民在即，對於香港的人事反倒看得淡然了，這個朱勁航說話也不再那麼偏執了。大概這就叫做站著說話不嫌腰疼……

今夜只有卡拉ＯＫ，無舞可跳。

其實他也未必喜歡跳舞，只不過是一種心情而已。擁著心愛的人，踩著那節拍徐徐移動，便有一種合拍的感覺。滑翔萬里終於回到起點，原來劃過的是個圓形的軌跡。

眼下就算有舞池，只怕他也不會下場。

玲瑩雖在，但她已不復當日的溫情。何況她成了老闆，只怕個個男士都會趨前彎腰邀舞，他不會去湊這個熱鬧，在這種場合充當配角的滋味，並不好受。

最好就像在這卡拉ＯＫ貴賓房裡一樣，燈光昏暗下，縮在一角，任思潮像野馬一樣奔騰，無拘無束。

也真沒有想到卡拉ＯＫ可以這般風靡香港。但朱勁航哼道，那有甚麼值得大驚小怪的？香港的節奏這麼快速，人人都要找機會鬆弛一下啦！何況人人在本質上都是喜歡自我表現的啦，卡拉ＯＫ便提供了這樣的條件。

那也是實話，連五音不全的人，也可以自我感覺良好霸住擴音器當「一夜歌星」。

這世界需要的是出位，不是節制。

出位。包裝。如今連流行作家也明星化了，從地鐵車廂到報紙頭版的廣告，也都湧現男男女女的玉照。

一式的年輕。一式的新潮。一式地睥睨世界。

流行作家怎麼越來越像流行歌星了？

這就是市場規律了，朱勁航說。

商業社會不需要藝術，只需要商品。

你也不要太過酸葡萄心理，朱勁航把一口煙噴向天花板，人家有人家的本事，你未必做得到。

那倒也是，即使我想要把自己商品化，推向市場，也首先必得自身有商業價值才行，不然的話，又有哪一個老闆願意冒著包裝宣傳費血本無歸的危險？畢竟這是一盤生意……

一年一度的香港書展，看上去人頭湧湧，他聽到電視新聞報道之後，以為香港文化風氣也未必像一般人想像的那麼差，於是他便向玲瑩建議，我們的設計路向，也可以向高雅化發展。玲瑩只是應了一句，是嗎？雷貝嘉立刻插嘴，趙主任，你只知其一不知其二，擠破玻璃門是真的，但他們為的是搶購漫畫書，而不是其它甚麼高格調的書！

他頓時語塞，原來是自己一廂情願。

他感覺到，就算是自己左衝右突，也無法逃離這商業巨網。

朱勁航說，你畢竟不是趙子龍……

他無話可說，雖有低頭喝悶酒。

算了算了，我只是跟你胡說八道而已，朱勁航拍了拍他的肩膀，以前我鼓動你抗爭，現在卻要改變主意，勸你忍耐。到處楊梅一樣酸，也許也有甜一點的，只不過不大容易找到，要看你的運氣。

老闆與顧員的角度不同，許多事情都很難想到一塊去，利益衝突嘛，他明白。他所難以接受的，是白玲瑩由情人向老闆的角色轉化。

只不過他不能對朱勁航明言。

難道他可以說，白玲瑩曾經是我的……

也不是沒有過把心一橫的人閃念，在他感到極端被傷害的時候，就像在電視節目上看到的那樣。那個名叫休伊特的男人，大談與戴安娜的情史。

鏡頭下眉飛色舞，大概覺得自己已經成為天下男人羡慕的對象吧？

白玲瑩太過無情，假如我也倣傚這個騎術教練，只須將她寫過的無數的情信中隨便抽出一封，公開出來，看她還怎麼能夠立足。

惡向膽邊生，卻又立刻駭住了他自己。

果真如此，我趙承天豈不是跟這個小男人一般貨色？

休伊特向傳媒出賣他和戴妃之間的秘密，理由再冠冕堂皇，也都不能掩蓋貪圖巨額金錢報酬的事實。我如果也將玲瑩的情信公諸於眾，洩憤是夠洩憤的了，但豈不是使自己變得很猥瑣？

戴安娜只能怪自己沒有帶眼識男人，我趙承天不想人們在嘩然之後也指著他的背脊說，這個男人真可怕……

其實他也只是自我發洩罷了，那些珍藏的情信，他甚至連再翻讀一遍的勇氣也沒有，只因為他不願再去觸痛那些已經慢慢結痂的傷痕。

無論如何，他都曾經和玲瑩真心真意地相好一場，度過了一段十分美好的時光，即使後來的發展令他痛心疾首，他也不願意再去非議甚麼。

也許我和她之間也就只有這麼多的緣分，上天註定，不能強求……

他願意就這樣守護最美好的記憶。

玲瑩大概也是一早就摸準了他的個性，知道他決不會那樣下作，因而有恃無恐。

寧可她負我，我可不願負她……

重回現實，已經是雷貝嘉的聲音，趙主任來趙主任來！

玲瑩加上一句，整晚就你沒有開金口……

他看了看電視螢幕打出的歌名，是〈無言的結局〉。他訕訕地說，是男女對唱……

雷貝嘉把麥克風塞過來，管他呢，你一個人包了！他迅速地瞥了玲瑩一眼，那旋律已逕自滑行，他張口趕上拍子一唱，驚覺時出唇的竟是：也許我會忘記，也許會更想你，也許已沒有也許……

# 七

鬧鐘驚天動地地響起，承天掙扎著起身。

突然間便天旋地轉，他重新躺下，怎麼搞的，難道我病倒了？

昨晚明明還是生龍活虎，一覺醒來，怎麼會變成這個樣子，事先好像一點徵兆也沒有？人有旦夕禍福。

一向以來他的身體強健，這時才明白，一個人病倒，沒有人照顧，原來這麼孤寂這麼辛苦。

冷氣機嗡嗡響，太冷了吧？一摸額頭，卻是冷汗。連冷熱也都分不清楚了。

哪像冬天裡，賴在被窩裡不願爬起來，冷得有滋有味。

但也總不能不起床。

朦朧燈光下，桌上擺著一瓶法國紅酒。

玲瑩把它倒進兩隻高腳玻璃杯裡，一杯在手，另一杯遞給承天。這是一九九〇年的產品，這一年法國葡萄收成好，釀成的紅酒特別有味道……

他聞了一聞，果然香醇得有些醉人。

醇酒。美人。今夜醉臥香閨……

不論他如何冥思苦想，也總是記不起最後一次和玲瑩上床，到底是甚麼時候的事情了。有時他甚至有些後悔，為甚麼沒有把那個日子牢牢記下來呢？

但是那時哪裡又會想到，柔情蜜意萬般憐愛，原來已經在分手的邊緣滑翔。

只是不知道到底她當時也不自知，還是蓄意做戲？他只記得，那個冬季很冷，氣溫跌至攝氏六度，他們赤裸著相依偎，玲瑩還喃喃地說，你的身體很燙，冬天抱著你，感覺十分溫暖舒服……

他怎麼也沒有料到，這溫馨浪漫的夜晚，竟為他和玲瑩的溫柔纏綿劃上了句號。

玲瑩的表現，也並不是一百八十度大轉彎，但在眉眼言語之間，卻恰如其分地令他接收到一種冷漠的訊息，以致在他的心理橫亘起一道鴻溝。

那個在他懷中千嬌百媚的依人小鳥，已經遠走高飛，有時她的眼睛望了上來，銳利如鷹隼，令他有一種被震懾的感覺。

縱然玲瑩投懷送抱，只怕他今日也不會動情了。他需要的是真情，而他明白那情勢已然今非昔比了。到底這世上難得有這般瀟灑的男女。

分開之後，雙方不出惡言，已經是很不容易的了。

玲瑩也並沒有出惡言，她甚至好像忘卻了曾經有過這麼一段情與愛，神情漠然。承天有時甚至寧願她埋怨他，以證明他的存在，但她沒有。夜深人靜時分，他輾轉反側，難以入眠，活色生香的白玲瑩便會赤裸裸地重現在他的腦海裡，只不過當他認真起來，才知道幻想撲空；夜籟中，除了一己，哪裡還有甚麼對手？

於是他便從高潮中驟然躍下，回到現實，又不由得自輕自賤，白玲瑩已經成了過去式的女人，你趙承天怎麼還像孔雀東南飛，五里一徘徊？

玲瑩於今完全是官式腔調，動不動就帶著訓斥的口吻，我說過多少次了……

不管是對還是錯，他也只有垂首不語。

他萬萬料想不到，情到濃時自轉淡的滋味竟會這般苦澀，但卻只有打落牙齒和血吞了。

問題很簡單，只要他開口反駁，他們之間最後維繫的那一線關係，只怕就會繃斷。

除了忍氣吞聲，還能夠怎麼樣？

玲瑩剛剛坐上江山的時候，曾經笑嘻嘻地對他說……有人說我變了，你說說看，我是不是變了？其實他心裡也有這樣的疑惑，但要他直截了當地說出來，又覺得於心不忍，只能說，沒有。你不會的。但後來玲瑩卻變得振振有詞了……說我變了，廢話！香港城市面貌日新月異，事情都在變，人怎麼能夠不變？角度也不同嘛！

他將她的這句話視作一個訊號。

儘管有時他也會暗自尋思，男子漢大丈夫，何必那麼敏感，自尋煩惱？然而他又不能不放下顏面，不顧一切勇往直前。聽話還要聽音呢！如果不給自己留下迴旋餘地，難道真要撞到牆上才回頭？

原來，隱藏在他內心深處的恐懼感，就是白玲瑩會當面明明白白地對他說：我們分手吧！

他總覺得人心不會太邪惡，儘管此情不再，玲瑩即便不會關照他，也總不至於排擠他；哪裡料到她竟會擺出一副鐵面無私的樣子，明明不是他的過失，她也當眾黑著臉，趙主任，你怎麼搞的？

本來他以為那些傳言都不足為信，但此刻他也動搖了。不相信玲瑩會在別的同事面前說我的不是？我憑甚麼呀我？她在那麼多人面前都這般不給面子，更何況在我的背後？

他的心中無比悲涼，假定是在鄒老闆時代，只怕他早就出口反駁了，但面對白老闆，只好啞忍了。那就是默認啦！朱勁航說。

男子漢大丈夫，不跟女人一般見識！他哼道。

算了吧，不要打腫臉皮充胖子了。朱勁航微笑。

你只知其一不知其二，你只知道她公開這麼奚落我，卻不知道她曾經是我的……

但他也只是這麼一想，當然並沒有講出口來。

他才不想去做個休伊特式的男人。

愛情既然已經蕩然無存，他寧願把那一切最美麗的回憶埋葬在心底，成為自己當初激情的陪葬品。假如彼此能夠繼續互相尊重，至少可以跳過那尷尬的歷史片斷，重新建立一種新型的關係，但這必得依賴雙方的誠意。

他不想率先破壞那美好的記憶，但玲瑩卻跟他似乎不一樣。

那天晚上百無聊賴，他躺在床上胡亂翻看古龍的武俠小說，掩卷閉目沉思，驀地一驚，最不危險的地方最危險，那末，最親密的人是否最疏離？

玲瑩的秘密，他知道得太多了，而且他手中還有一把玲瑩寫給他的情信，火辣辣的。休伊特手上只有四十七封戴安娜給他的情信，我卻有超過一百封她給我的情信，會不會因為如此，便成了玲瑩厭惡我的潛在原因？

假如不幸而言中，他也無話可說了。

玲瑩枉你跟我纏綿了這麼幾年，連我的待人處世方式，你都不瞭解。假如我把你的情信端了出去，出賣的首先不是你而是我自己的良心、名譽，甚至靈魂。

你也太小看我了。

但他對於自己如此這般被逼上死角的境地，又沒有任何解脫的辦法，除了自己自動消失。不然的話，每天在她的眼皮下晃動，誰知道她會想到哪裡去？

如果等到她來開刀，那就連自己的最後一點尊嚴也沒有了。

此時不逃，更待何時？

儘管他一向不願意把玲瑩想像得那麼厲害，但是當他面對現實的時候，卻不能不鄭重琢磨這個要害問題。

他掛了個電話，向雷貝嘉請假，雷貝嘉說，你好好休息吧，我轉告老闆……在床上躺了兩天，白玲瑩別說來看他，甚至連一個電話也沒有。

特別是在病中，他更加萬念俱灰。

大概這就是老闆派頭？

他發高燒，在床上輾轉反側。

迷迷糊糊中，他在荒野中獨自行走，淒風苦雨飄來，他卻怎麼走也走不出那迷陣。

醒來怔忡良久，有一種疼痛的感覺慢慢在他心中湧起。

但當他終於踏出這個辦公室，再也不回頭的時候，卻又是另外的心情。

本來他以為已經沒有甚麼可以眷戀的了，哪裡想到一跨出那座商業大廈的大門，他便忍不住回頭望一眼。

已經數不清在這裡進進出出多少趟了，難道從今以後便真的要跟它說一聲「拜拜」？只是，商業大廈沒有生命，更沒有感情，它冷冰冰地站在那裡，根本沒有甚麼表情。甚至連那些多年的同事，也只有一個信差阿良送他到電梯門口。

人情冷暖，世態炎涼，他們還要在這裡捞下去，權衡輕重，有誰會當著老闆的面，對一個離去的人含情脈脈？他能夠理解，人人都要自保。

或許他們認定我跟白玲瑩水火不相容吧？

許多事情都不足為外人道，算了算了……

他決定離去，完全是因為男人的自尊心，他再也不能忍受在她面前陪著笑臉的角色。他不是不可以做她的下屬，但卻不能總是被她不平等地俯視。

何況還存在著另一種公然翻臉的危機，只因為他過去的身份，使得這種危機像埋下了無數的烈性火藥似的，萬一一個不小心，只怕便會引發一聲轟然巨響。趁著一觸即發之前，他必須悄然引退；他相信只要他飄然遠去，那個情濃轉淡的歷史，縱然依舊留在個人的記憶之中，卻也會慢慢變成一種親切的懷戀。

但他不能如實告訴白玲瑩。

玲瑩抬起頭來，目光灼灼地問他，我剛當老闆的時候，你不是叫我相信你，即使全公司的人都背叛我，你都不會離棄我嗎？

他垂下眼簾，是的，那個時候我以為我很重要，現在才明白，我其實只不過是芸芸眾生，無足輕重。

甚麼意思？玲瑩的眼光又掃了過來。

沒甚麼。現在看來，你的地位穩固，大多數人都沒有離心，我想我再留下來也是多餘的了。

既然這樣，玲瑩接過他的辭職信，看來我只好照准了。

他的心一緊，一時之間空盪盪的，沒著沒落。眼光有些散亂的感覺，焦點驀地集中在她檯面的一角，許多的擺設之中，孤寂地立著一個水晶音樂球盒，而且似乎已經蒙塵了。

他笑嘻嘻地說，水晶球會保祐你一帆風順……

但這句祝福已經隨風飄去，不再鮮活了。

謝謝你多年的關照，他伸出手來，再見。

輕觸了玲瑩伸出的兩個指頭之後，他迅速轉身離去，他不願意給她看穿他心中的那股酸楚味道。人到中年前途茫茫，那倒也並沒有甚麼了不起，天無絕人之路，只是他沒有料到玲瑩這麼絕情，連一句挽留的話也沒有。

或許，我的引退，正中她的下懷？

然而，就算是她出聲挽留他，難道他真的會收回自己的辭呈？

他記起武俠小說裡常見的一句話，青山常在，綠水長流，後會有期！

抬頭只見那夏日朝陽當頭灑下，他伸出手掌遮住額頭。街面上依然人車爭道，市聲喧囂，有誰關心不相干的人發生了甚麼變故？

趙承天踽踽獨行，這些年的風雲變幻，緩緩在他眼前掠過。

一九九六年六月十日至七月三十一日，香港——廣州——香港；

一九九六年十月十七日至二十一日，修訂於長沙芙蓉賓館。

刊於《星島晚報・星象》一九九六年六月二十二日至八月七日

# 天外歌聲哼出的淚滴

一

機場候機室的燈光從頭頂蒼白灑下，蕭宏盛看到，落地玻璃窗外的跑道上，一架巨型飛機正在緩緩開出，騰空那剎那心神一悠的空蕩蕩感覺，便像電流一般感應在他身上。此去關山萬里，何日君再來？

「何日君再來」這句話，還是昨晚伴著笑顏從他嘴上溜出來的，不料此刻忽然憶起，卻已經是別一番心思別一番滋味。畢竟那氛圍已經迥異……

杯光酒影下的餐廳，他還記得洪紫霞笑靨如花，「……這句話，該是我問你呀！」

喝完了這一杯，請進點小菜，人生難得幾回醉，不醉更何待……

那旋律在他耳畔悠揚而起，待到定神來，只有那高腳玻璃酒杯清脆地一聲碰撞，餐廳喇叭播出來的，卻是渾厚男音唱出的〈Only You〉。他的心一動，張嘴想要說甚麼，卻又不知從何談起。

這時即使可以說了，哪裡還有甚麼歌聲？滿耳都是嚶嚶嗡嗡的人聲，間或廣播喇叭傳出女音播出的最後召集聲。

過了機場海關，也只有勇往直前了，哪裡還有回頭的餘地？他甚至也分不清楚，身後到底有沒有揮別的手在輕揚？

一排排靠背椅上，幾乎都坐滿了等待起飛的乘客。都是匆匆過客，奔波在這路途上。舉目一張張都是陌生的臉孔，怎麼一下子我就被拋棄在這冷漠的茫茫人海中？

空中的道路依然遙遠。

定睛望著那螢幕，班機遲飛，卻沒有確切的時間。可長可短，可慢可快，這種不確定性，令他有了無數種猜測的可能，也似乎給他某一種具可塑性的希望。難道在這同一片天空下，即使有了看不見的距離，卻仍然可以呼吸到那種對面拂來的氣息？

就像那年春天，龍華的桃花盛開，那灑落一地的花瓣，艷艷地依然帶著粉紅的色彩，只有香如故？啊呀不對，那一團團火一般迎風招展的是深秋香山的紅葉吧！而四月的太平山春雨連綿，那杜鵑花也漫山遍野怒放了……

花兒為甚麼這樣紅？嗯，那是電影《冰山上的來客》的插曲。曾經握住的手，如今哪裡去了？猛然醒覺，他感到手足冰冷。

莫非是室外的冷空氣滲透了進來？但周圍的人並沒有甚麼特別的反應。坐在他旁邊的一個胖子，頭垂得很低，身子不斷地往他這邊傾斜過來，重重壓在他肩膀上，竟睡得死死的。他暗示性地動了一下，那胖子立刻警覺，睜開迷茫的雙眼，抱歉地笑了笑，坐正了，閉上眼睛，不一會，又慢慢往他這邊再度傾斜。實在太睏了吧，這人？他既不想出聲令人尷尬，又不想把自己的肩膀就這樣借給不相干的人，於是在胖子靠過來之前便站起身，他看到那胖子撲了個空，驚醒他自己的狼狽模樣，覺得有些滑稽。

對不起，這肩膀不是給你靠的；雖然同是天涯淪落人。

假如是紫霞……

一股柔情緩緩從他心底升起。

但紫霞此刻在哪裡？

不論紫霞在哪裡，他都已經沒有辦法坐在她面前了，如昨晚。被困在這候機室裡，他有些進退失據的感覺。唯一可以跟外界聯絡的，也就是電話了。

難怪打電話的人要排隊。

排隊就排隊吧，反正百無聊賴，有的是時間。他的思路驀然明確到某一點上，心立刻悸動起來，如鹿撞。

他也不知道該說甚麼。

喂！是我呀，我走了……

飛機遲到，很悶，打個電話聊聊天……

啊呀，我也不知道怎麼會撥這個電話……

好幾個「台詞」輪番閃爍在他的腦海中，話到嘴邊，他張口結舌說的竟是：「……這回我真的走了……」

而且是帶著笑聲，有瀟灑走一回的味道。但他的心頭卻有些苦澀。

他握住她的手不放，啞聲道：「我心裡很難過……」

她避開他的眼睛，微笑著說：「常來常往嘛！」

他蠕動了一下嘴唇，卻猛然望見那的士司機帶笑的側臉，竟生生地叫他無語。

在昏暗的燈光下，他目送著她跨了出去，樓上樓下響起了熱烈的對話，他頓覺自己的多餘的人。

的士又向前一竄，他望見她的背影一閃，便消失了，依稀好像留下一句：「一路當心……」

他仍記得她穿著那高領米色毛衣一臉微笑的模樣。

只不過那已經是去年寒夜裡的微笑了。

朦朦朧朧一覺醒來，花開花落又一年，人在旅途中，已經無暇仔細分辨，這節日與平時到底有甚麼不同了。實際上宏盛根本也常常無法分清，這一天與那一天有甚麼區別，除了發生了不同的事情之外，太陽似乎也都一樣從東方升起，到西邊落下。假如不是因為要趕赴機場，恐怕他也會與平時一樣從容，哪裡還有心思急急地觀看初升的太陽？連那的士司機都笑問：「今天還趕路？」

應該是精心選擇的日子。

於他而言，本來提前或者推遲離去，都沒有問題，只是，他不想在A城待下，在這個日子裡。

他聳了聳肩膀，「一個日子罷了，也沒甚麼太特別。你不也一樣？」

司機說：「找生活嗎！」

生活無非也就是這樣，他逃避節日，甚至元旦。

當然也不是沒有過除舊佈新的心情，當元旦的鐘聲乍響，全城歡騰，大街上的汽車和維多利亞港的輪船，一齊按響了長長的汽笛，把寒夜渲染得熱氣騰騰，熱吻從天邊悄然降落，但覺此情只應天上有。

是哪一年的除夕了？怎麼遙遠得好像抓不回那記憶？只有汽球的爆破聲，還有那〈友誼萬歲〉的歌聲響自四面八方。是在海城夜總會吧？徐小鳳歌聲悠揚，年輕的旋律激蕩著滄桑的心，原來這世界是這麼美好。

一年復一年，他再也沒有心情去追逐那浪漫之夜了。何況，身在他處，在節日裡，他總不能纏著別人相陪吧？紫霞笑靨如花，「……那有甚麼要緊？你可以到我家來嘛……」

但他卻寧願放逐自己，在萬里長空獨飛。

也說不準是甚麼樣的一種選擇，此刻他卻隱約感覺到，那是下意識的逃避。紫霞也不是沒有邀過他：「……都來了，上去吧？」他搖搖頭，每次都笑道：「下次吧……」

也許紫霞也察覺到那種微妙的思緒吧，只輕輕地說了一句：「三過我家門而不入，啊？」

他也不記得當時是怎麼回答的了，也不想去咀嚼那心情。只是無意追索答案，那答案卻冷不防竄上他心頭：莫非，他不情願面對的，是她家的另外一個人？

每一回也都是在那寒夜中乘的士送她回家，不是順道，而是專程拐個大對角線。走出餐廳，他揚了揚手，那輛的士停在他面前。夜空飄起了濛濛細雨，若無還有，灑在臉上，如水霧，涼涼的，好像夜深人靜時候一首淒清縹緲的歌，隱隱約約，待要仔細辨認，卻已一閃即逝，無蹤無影。

紫霞一手拉開後座車門，回眸說了一句：「繞個大圈子，還是我自己回吧！」

他遲疑了一下，假如她並不想他送……

他卻把心一橫，強笑道：「那怎麼行？就當我想跟你多聊一會吧！」

他也不知道這是否有些強人所難，但假如不是這樣果斷，那他就在這毛毛雨的街邊告別了。太陽下山明早依舊還會爬上來，但是這一揮手告別，明晚卻肯定不會在這濕漉漉的街邊說「再見」了。

但你難道可以留住這個時刻直到永遠嗎？他知道他不能，只不過想要努力延長握別的時間罷了。這實在有垂死掙扎的味道，面對命定的時刻；但人在某種情勢下總會逃避物理時間，而將自己投入心理時間隧道中去。

至少在心理上，他模糊了那冷峻的現實。

就像他摩挲著她柔軟的手心，她卻四處張望，好像心不在焉的那個剎那。

那一剎那，他有些自尊心受損的困窘，只不過她既沒有掙脫他的心，他也就有了從容的台階。他一直在猜想，到底，她有情還是無意？

其實他也並非刻意親近她，說來說去，大概也就只能歸結到一個「緣分」吧？

即使她的電話號碼，也是鬼使神差從天而降。

她說：「……我早就寫信告訴你了呀……」

沒有。至少那封信沒有收到。是甚麼樣的一封信？結果就在人間蒸發了，連同她告訴他的電話號碼。

他那時也只是A城的匆匆過客，沒有電話號碼，那也只好失之交臂了。

但無意中便從一個不相干的人口中拿到了，只不過她卻遊埠去了。

他聳了聳肩膀，放下電話，對自己說：不能怪我……

可是有誰會怪我呢？沒有。只不過既然來了，連招呼也不打，未免無情。但我已經盡力而為。

謀事在人，成事在天。

反正明天就要離去，撥不過去的電話，在人生中也只不過是小事一樁，何足道哉！

說是這麼說，但心卻不由自主有些不自在了。就像事事順利，但最後卻留下一個小小遺憾一樣。

甚麼遺憾？待要細細追究，那感覺卻在雲山霧罩之中，朦朦朧朧不肯現身。

也許，遺憾便成了希望？

他搖了搖腦袋，好像想要搖掉那些不著邊際的念頭。簡單收拾好行李，他和衣斜躺在床上，隨手拿起本甚麼書，剛翻到第一頁，電話鈴便響了。

有些懶洋洋的，他提起了電話筒。

突然，他便坐直了身子。

那灌進耳朵裡的聲音，竟叫他心跳。

但過了一會，他才省悟到，這乍聽的聲音，是發自紫霞的口中。

後來，他曾經笑著對她說：「……不知道為甚麼，雖然是頭一次聽到你的嗓音，我卻覺得很親切，好像多少年前就認識的老朋友一樣……」見到她微微一笑，也不說話，他忽然感到有些失言，是有些討好的味道，但這確實是他發自內心的感覺。

這世界上的人，可能還真可以分為「有緣」和「無緣」兩大類。有些人無論如何經常接觸，卻始終走不進你的心；但有的人只須一面，便可以常駐心上。

但他不能這樣對她說。

而在接到電話的時候，他覺得她一個筋斗便從天外翻了回來。

也好在自己留下了電話號碼，其實他並不抱任何希望，只不過習慣使然。

這酒店房間，只不過是匆匆過客歇息的地方，他根本也不奢望在這有限的時間會發生甚麼奇蹟。

但奇蹟便這樣自然而然的發生了，如這清脆的電話鈴聲，輕輕劃破了他寧靜下來的心湖。

放下電話筒，他仍然有些懷疑究竟是不是在夢中。

就像在那個寒夜裡，她俏生生地站在他房門外一樣。以往在他腦海裡偶然浮現出來的無數種可能性，電光火石便在眼前定影，那字跡那聲音立刻變得立體玲瓏，他好像認識她許久許久了。

難道紫霞竟是他在前世的知交？

是那種親切的感覺，乍見就沒有了他平時對陌生人的距離感。後來他也曾經閃閃爍爍地說：「……這種感覺很奇怪，至少我是不曾有過的……」她聽了只是笑，「是嗎？是嗎？不過，在我的眼裡，你那時只是一個匆匆的過客……」他頓時語塞。他不明白她是脫口而出，還是故意拉開距離。以他的心高氣傲，當然也不情願給人看輕了。

其實那時他也並沒有任何非份之想，只有一顆溫溫暖暖真真誠誠的心。自然，他也有眼前一亮的感覺。朦朦朧朧，他總是認為，那張臉孔，那個神情，那種姿態，在遙遠的甚麼年代，他見過，而且熟悉得似乎伸手可及。

突然間他便想起，人是不是有前世？明明是一個陌生的地方，在他眼中卻似曾相識。那日，他走過一間林中小屋，便有這種被電擊的感覺。他肯定這輩子從來沒有踏足過這A城的郊野，可是又明明有久遠的模糊記憶，而且越來越顯得清晰。他甚至記起他爬過的那棵白楊樹，秋天的夕陽斜斜灑下，那片片葉子反射出金光，在微風中嘩啦啦地響動。他走近那棵樹前，仔細地撫摸樹皮，那刻下的字跡依稀可辨：「記住這豐盛的歲月」。他越思索就越覺得，那時，他便用那把黑柄的折刀，一筆一劃地刻的。洪紫霞的笑聲清脆，「這歲月，怎麼叫豐盛？」他也說不清楚，只好含含糊糊地說：「這是一種感覺嘛……」

驀然一驚，恍惚的心神馳回現實，他極力回顧，他明明沒有去過那郊野，可為甚麼會有那種感覺，令他越想就越覺得確然有過那棵白楊樹，有過那秋天的夕陽，而且還有紫霞那玲瓏的笑聲。他抬頭望著那陽光，但覺晃眼的金星亂冒中，有一群歸鳥吱吱飛過。他差一點便要武斷地對紫霞說：「……我肯定在遙遠的年代見過你……」但他終於也還是沒有出聲，說出口來，也許紫霞會笑他發神經。

許多事情就是這樣，只能在心裡沉思默想，一旦宣之於口，旁人看來便是不正常。但你確然是我靈魂上的朋友。他在心裡這樣叫著，靈魂卻已經掉在那盈盈的眼波中。而這眼波也成了他的記憶，在同一片天空下，只是已經隔著不可逾越的空間。

只有電話可以穿過距離。

終於也輪到他了。

按下一個號碼，每一按都如一次心跳。

但是佔線。

他有些微的失望，但也想及，佔線證明她在，心又從空空蕩蕩的感覺中回到了現實。現在也就是等待了，不必擔心她不知道奔走在哪一個角落。

她總是說：「……你看看這交通……」

他當然也有體會，那天傍晚約她吃飯，不料竟沒有一輛空的計程車。他一向都不遲到，何況跟紫霞相約？即使是在冬夜裡，他也急得滿頭是汗；但卻一點辦法也沒有。等他趕到，只見紫霞在寒風中縮著肩膀佇立的模樣，他差一點便想要一把將她摟在懷裡，可是他終於只是微笑著抱歉「……沒有想到……」

他暗想，她心中大概已經把他罵了千百遍吧？換了是他，也會焦躁無比，何況是像紫霞這樣的漂亮女人獨自站在寒流乍起的街頭？

沒有一點紳士風度。

可是這並不是他的過錯，她笑著說：「……我差點就要離去了……」

他看出在她的笑容背後閃過一絲不快，卻又不知道應該如何恰當地表達自己的心情。幸好紫霞也並沒有發小姐脾氣，他忙說「……我也領教了這交通……」

在車水馬龍的夜街上躥下跳，哪裡想到竟沒有一輛計程車停下。他甚至覺得自己像個小丑而臉熱了，可是除了繼續奔走，又哪裡有其它辦法？

不管怎麼樣，那噩夢已經擱淺，僅僅是為了紫霞並沒有被凍得拂袖而去，他也要讚美這個冬夜。紫霞拉開車門，街上的一股冷氣被她一帶，在關上後座車門的同時，他感覺到撲面的寒意。一種憐憫和自責混合而成的柔情從他的心湖升起，他輕輕地拍了拍她的肩膀。

一切盡在不言中？還是沉默是金？

有些事情是不能解釋的，如果要從頭到尾巨細無遺一一說起，就算有時間，也未必有心思。許多時候只好欲言又止，知我罪我，也都全憑感覺了。

輕拍她的肩膀，也是一種下意識的動作，在黑暗的車廂裡，他甚至也看不清楚她的面部表情。街邊的霓虹燈光閃爍而來，不斷地映在她的側臉上，明明暗暗，而她卻端坐著，如一尊莊嚴的銅像。他甚至不敢動彈了，唯恐驚醒她渺茫的夢。

有朋自遠方來的心情？

他也不大明白，怎麼在剎那間就會這樣迷糊？這些年來走南闖北，他總以為自己的心已經給磨礪得十分粗硬了，哪裡還會有脈脈溫情流瀉？

十八歲那天青色的心，已經遠走了……

誰知道只要一息尚在，隱藏在心角的那顆最柔軟的靈魂，便會飄盪而來，在適當的時候。

這一向以來的沉靜，大概也是因為外界沒有甚麼足以令他心動的衝擊力出現吧？

紫霞無疑是漂亮的，但他也見過不少漂亮女人，在他看來，比漂亮更引起他靈魂翻飛的，還是精神上的投合安詳。他已經超越了為單純的漂亮所迷惑的年紀。

不知道這是因為已經淡漠，還是因為已經成熟？

那個時候跌入情網，也全然是為那耀眼的面孔所俘虜。是一種震懾得不可逼視的眼波吧？最初他甚至連對視的勇氣也沒有了。

也只是在抓拍的一瞬間，快門按下，宏盛才感到那刺人的光芒。

回頭一笑百媚生，這個袁如媚？

這個燦爛的笑容，便這樣被定影在銅鑼灣的人流中。

忽然發現給人拍攝，袁如媚皺著眉頭，走了過去，氣哼哼地說：「給我！」

他看到她伸出手來的模樣，分明又帶著一點嬌憨的味道，連忙解釋：「我是攝影記者……」

一面掏出自己的名片。

「記者？」她用拇指和食指輕夾那張名片，一面用不屑的眼光瞟了一下，一面說：「記者就有權亂拍？我又不是古董文物，也不是明星……」

他張口想說：「你比明星吸引人……」

但卻終於說不出來。這等話，即使出於真心誠意，人家也會認定是別有用心的恭維話罷了；他知道。

沒有想到就這樣在街頭相認了。

後來當他看著她畫他時那副認真的模樣，不禁笑道：「我們可真是不打不相識……」

她卻說道：「別動！」

其實她畫的是風景畫，給他素描，已經破例了。她放下畫筆，他問她：「有甚麼感覺？」

她掃了他一眼，「好像觸摸著你臉上的每一處神經一樣，弄清你面部的輪廓走向……」

他感覺得到她那時的真情，一點也不摻假。他心中一熱，忍不住便把她擁進懷裡，任那油彩濺到他衣服上。他覺得她的悸動，就像第一次擁抱她一樣。那時，

她喃喃地說：「……喜歡我的人，都不在香港……」

當時便一愣，他問的明明是：「喜歡我嗎？」

是有些答非所問。

不過他沒有追問下去。他知道世上有好多事情是很難說得清楚的，就像他明明知道她的丈夫在美國，卻不能抑制地愛上她一樣。

這當然已經是稍後的事情了，不過回想往事，他覺得一開始就有了預感。不然的話，以如媚不到三十的女性，光靠畫畫，怎能維持生活？

只是沒有想到她老公在美國做生意，他以為她可能是香港甚麼富豪的外室。但他不敢開口問她，倘若不是，那豈不是太過傷害她？

他甚麼也不追問，只要兩個相處的感覺良好，其它也就不必在意了。他甚至有些自欺欺人地暗想：她要是想說的話，早就說了；要是不願說的話，也必然有她的理由。既然如此，我又何必強人所難？

話是這麼說，但當他置身於她獨居的城市花園家裡，便有一種坐立不安的躁動感覺。當時他也不很明確，到底是為了甚麼原因，這舒適的環境竟會叫他這般浮躁？到了許多年之後，人事已經全非，他才省悟到，原來，在他心底埋藏的某種不安情緒，竟悄悄地被這間房子的裝飾給證實了，只不過他當時寧願當駝鳥而已。

二

排隊的人依然很多，而且一堆人擠在三部電話機旁，各嚷各的，表情豐富；只有櫃檯後那負責收錢的女職員，一臉的冷然，好像一切人間煙火都與她毫不相干。這樣的環境，連說話的心情也沒有了。他不能想像，最溫柔最機密的話，可以在這樣的氣氛下自然流瀉出來；也許，提起電話筒，也只能帶笑說一句：「……再見，珍重……」

要是有個隔音間就好了。把自己關在那個獨立的小天地裡，四顧無人的感覺真好。可是，難道他真的可以毫無顧忌地盡訴心中情？

他不知道。那道心理障礙，始終橫亘。他向來拙於言談，以為任何的語言都是蒼白的，說出來不是無力便是過火，哪能恰到好處？只有心靈的流動才最真實不過，可惜不能直接傳真。他寧願那血管那脈搏那心跳可以一眼望穿，那就不用再多費唇舌了。

而紫霞總是那樣矜持的笑容，令他想到不知誰說過的那麼一句：「……看起來她很孤傲……」他雖然不認為她拒人於千里之外，但也覺得有時很難抵達她的內心深處；不像袁如媚，也只不過一來二去，便已經無話不談。

如媚笑道：「你說我單純？是蠢吧？我不會拐彎抹角，該怎麼樣便怎麼樣。」

他一愣。當然不是這個意思。他決不是利用她的單純，一直以來，他以為最重要的便是溝通，假如心意不能相通，無論如何都有障礙。

那個時候，如媚真的對他很好，他可以感覺得到。那回，他奉命出差西北，當時如媚去了美國，在長途電話中知道了這個消息，她只說了一句：「……你也該出去散散心了……」

放下電話，他怔忡了半天。

其實也只不過一個星期罷了，而且如媚並不在香港，但不知為甚麼，他心裡總有一種沉甸甸的感覺，倒好像這一別，便是跟如媚永遠分隔在天涯海角一樣。

沒想到他動身前的那一晚，如媚竟出現在眼前，投身到他的懷裡，絮絮地說：「……我對我自己說，一定要趕回來見你，不然的話，我不會安心……」

她把一件件東西掏出來，拿到他手上：人民幣、Walkman、潤喉糖、傻瓜照相機……

他心頭一熱，啞聲道：「照相機我有……」

「那是工作用的，拍個紀念相甚麼的，還是用傻瓜機好，方便。」如媚微笑，「你多照幾張，拍回來給我看看。」

每當回首往事，他便會為這個夏夜感動。

袁如媚的眼神、笑意，連同那溫柔的昏黃燈光，以及那陣陣吹送的冷氣，彷彿伸手便可以觸及。

他以為這便是天長地久了，但後來每每想及，他總是有些疑惑：這是不是有些告別的味道？

假如這極度的溫柔竟象徵著分手，那他就寧願沒有這一夜。可是回心一想又覺得，無論如何，在漫漫人生旅途中可以碰到這樣的溫馨時刻，總也算是自己的福分。

如媚她不顧一切地提前回港，所有的目的，只不過是為了給他送行，「……今夜，你再抱我一次……」她說。

也許這便是戀愛中的女人。

但是，戀愛中的男人又何嘗不是如此？這個夏天的夜晚苦短，卻並不是沉醉在情慾之海，只是一種十分溫暖的感覺。半夜醒來，微光中他睜眼看到一綹黑髮濕漉漉地掛在她的額頭，一直延伸著遮蓋她合著的右眼眼簾；他忍不住輕輕地把它撥開，她忽然睜開一隻眼睛，睡意濃濃地咕嚕了一聲：「很睏……」身子卻往他懷裡鑽去。

畢竟是剛搭長程飛機，而且還有那要命的時差。

這麼匆匆趕來，倒好像是一場生離死別似的。不對不對，怎麼就會想到那裡去了？如媚一片柔情滿腔熱血，飛行萬里，兼程趕來，還不是因為我？不然的話，她還要在美國多待一個月……

於是便有一種虛榮的滿足感。

至少在這場兩個男人的較量中，他感受得到她的天平明顯地向他這一方傾斜。

但他不想去正面證實。

有許多事情，只可意會，不可言傳；他願意就這樣，讓他所珍重的東西悄悄地客觀存在，而不願經過言語的渲染，變得刻意或者矯情。

他從來也不覺得自己有甚麼過人之處，可是，如媚卻以她的行動，叫他明白甚麼叫做魅力。

也許也未必是魅力，只不過是情人眼中……怎麼說呢？我又不是西施！

但如媚的眼睛溫熱。

那天中午，他正埋頭工作，冷不防就聽見接待小姐揚聲叫道：「蕭宏盛——有花到！」

他幾乎以為是幻覺。

但他望見許多眼睛「唰」地望了過來，有個女孩調侃說：「你就好啦！我們女孩子都還沒有收到，你就收到了！你的女朋友真是太好了！」

這才想到今天是情人節。

那一束鮮花，是滿天星襯著的紅玫瑰，捧在手裡只感到嬌艷欲滴，又好像青春躍動的痕跡。

雖然那卡片上只有寫了他名字的上款，卻沒有署上送花人的下款，但他的腦海立刻浮上如媚的笑臉。

他記得他無意中說過：「……我這一輩子沒有送過花給別人，也沒有收到別人送的花……」

那天晚上，他們駐足一家花店門口看花時，他很隨意地講了這麼一句。當時，如媚應了一聲：「那你現在還不快快買一束送我？」他只是笑了一笑，「這樣刻意，反而不好。」如媚帶笑哼了一句：「不是捨不得？」

當然不是。只不過凡事都要自然。

也不是沒有機會，平安夜跟她逛尖東海旁，突然便從暗影裡躥出一個女孩，手中捧著一捧花，追著他說：「先生，買枝花送你的女朋友啦！你女朋友這麼漂亮，配上這枝花更漂亮……」

到了這個時候，不要說是四十塊錢一朵，便是四百塊，也就是一句話了！

但如媚卻把他一拉，回首對那女孩說：「對不起，我們不興這一套……」

宏盛卻有些不捨，「也沒有多少錢，物輕人意重……」

如媚笑道：「不要那麼虛榮好不好？而且愛在心裡，也不用太講究形式。」

話是那麼說，他卻真心誠意地想要在這溫馨的夜晚，借花獻玉人。

只是說不出口，雖然不是刻討好。

而且機會也就這樣眼睜睜地錯過了。

本來應該是水到渠成的事情，怎麼一來二去便阻塞在這樣的情狀裡？

他唯有輕輕嘆了一口氣。假如重新再來，一切便顯得跡近刻意安排，既然不自然，他唯有放棄。

沒有想到如媚不聲不響，竟選定這樣的一個日子，冷不防便差遣一束耀眼的鮮花，輕輕飄到他的桌子上，令他滿懷紅橙黃綠青藍紫地絢麗繽紛，有如那年農曆大年初二之夜維多利亞海灣騰起的煙花。

辦公室男男女女在起鬨：「嘩！佳人多情……」

他訥訥地說：「是啊，沒道理，啊？會不會是送錯了對象，不是我的？」

但在內心裡，他卻明白極了。

也就是心有靈犀一點通吧？

如媚笑道：「既然你從來沒有收到過鮮花，那我就讓你破一下紀錄……」

至少也要五百塊錢吧，這束情人節的鮮花？

「也不算太貴吧，但求開心。」她說：「你開心嗎？」

當然開心，而且感動。但是不值得呀！錯開情人節，這束鮮花大概兩三百塊就可以了吧，又何必一定要趕在這一天？

但如媚不以為然，「日子當然絕對重要，不然的話，這一天跟那一天又有甚麼區別？」

他頓時語塞。

想起尖東海旁的平安夜，他甚至差點問她：「那四十塊和這五百塊怎麼比？」不過終於還是忍住了。他不想給她以耿耿於懷的感覺，男子漢大丈夫，如果這般糾纏於婆婆媽媽的瑣事，也太無聊了。

他唯有說：「謝謝。」

那天下班，已是華燈初上時分，但見銅鑼灣鬧市滿街都是手捧鮮花的少女，唯獨他是個男人。她們個個笑吟吟地顧盼自豪，他卻有些狼狽不堪，生怕熟人看見。

袁如媚笑著搖搖頭。

他卻連忙把那束花往她身上一送，「鮮花配美人，我一個大男人，抱著鮮花滿街跑……」

「那有甚麼？男人更高興！」

「不是我。」他的眼睛投向那夜街上的車水馬龍，霓虹燈下，流過來的是黃色車頭燈，流過去的是紅色的車尾燈。這尖沙咀的夜景，就這樣流進他記憶的屏幕裡。

其實他是很感激於她的一片心意的，只不過缺乏合適的環境，他說不出口。

如媚卻有些不高興了，「你不要鮮花，是不是要寶劍呀？我可沒有！」

他當然不是這個意思，急切切間又無力挽回局面，他總不能嘻皮笑臉去對討她歡心。不是不想，而是實在放不下這個面子。

後來如媚摟著他的頭，嘆了一口氣，「你這個人，就是不知好歹……」

怎麼會不知好歹？只是他不愛宣之於口罷了。

他總是記得她的每句話，甚至每個眼神。

那回他發燒，她聽了，放下電話，便搭的士趕來，手上提著哈密瓜和無核葡萄。

他心裡一熱。看到她慌慌張張的樣子，他不用問也可以猜到，還沒吃飽，她就把她的朋友拋棄在飯桌上了。她常常這樣，別人吃飯，中間便溜出來打電話，也並沒有甚麼要緊的事情，他卻更可以觸摸她貼近著的一顆心。

但他在骨子裡卻始終有一股傲氣，不願低聲下氣。

他也常常問自己，這是不是因為自卑而產生的自傲？

當如媚負氣地把那束花往垃圾筒一扔的時候，他的心一跳，大吃一驚。他想飛身撲過去，已經來不及了。假如他放得下臭架子，最多也就是把它撿回來，大事化小，小事化無；但他克服不了心理障礙。假如就這樣兵敗如山倒，那將來還有甚麼置喙的餘地，在如媚面前？

只不過是一時之氣，事後卻叫他後悔不迭。明明是一件甜甜蜜蜜的美事，怎麼一個不經意，竟變成了如此不歡而散的收場？

如媚硬梆梆地說：「……我不是要強迫你呀，宏盛，你不要我的花也可以……」

他的心一陣絞痛。剛接到那束玫瑰花的時候，一慌神，他的手指便被玫瑰的刺扎了一下，一滴血立刻冒了出來，鮮紅得可以跟那玫瑰花媲美。有微痛的感覺，他下意識地用嘴去吮那血，似乎有點腥味，但不敢肯定；連忙掩飾著打個哈哈。

被玫瑰刺無端扎了一下。並無惡意卻引起如媚的不快。這個浪漫情人節之夜，莫非是樂極生悲？也不是事後諸葛，當時就有了一種不好的預感，只是他盡力強迫自己不往那方面去想。而整個的情緒，他與她已經難捨難分了。

他終於老著臉皮，跑到她家陪罪。

她嘆了一口氣，「我們好像是刺蝟一樣，擠在一起互相傷害，分開又覺得孤單寒冷。」

但他不這麼想，即使看來並不現實，他依然嚮往著天長地久。

而他也不懷疑，那個時候，如媚跟他一樣，也期望著天長地久。

在輕風徐吹的維園之夜，並排躺在那綠色草地上仰望星空，有稀疏的星星在閃耀。如媚的聲音好像夢一般飄了過來：「要是在草原上就好了……」

蒙古草原的夏夜，天高地廣，星星繁多而且晶亮。涼風不斷吹來，哪裡還需要甚麼冷氣機？

說著說著，如媚便輕輕地哼起：「……大青山頂上蓋房子還嫌低，我坐在哥哥你身邊還想你……」

是那草原上的民歌哩，只聽得他心裡一陣甜蜜的迷糊。

那個時候，她在那邊速寫。

他幾乎就要問了：「你跟誰去的？」

但終於還是沒有開口。

假如她說：「我跟……」那又怎麼樣？還是不知道為好。

難得糊塗。

只要此刻感覺良好，又何必去破壞？

如媚說：「……你不如辭職，我們到大陸去旅遊，租個車子，去草原去戈壁，去新疆去西藏，你去拍照，我去畫畫，也不枉這一生……」

他立刻神往。假如能夠擺脫這世俗的羈絆，在廣闊的天地裡做一對自由的小鳥，簡直就是神仙過的日子。

「你說呢？」如媚盯著他的眼睛。

他的視線滑開了。小鳥飛翔在天空，其實也未必完全自由自在，也許有老鷹窺測，也許有獵槍在侍候，冷不防便遭到致命一擊。

難道這世界並沒有一塊世外桃源？

但他不能直言，也不是虛偽，只不過他知道，那會傷她的心；而在此刻，他最不願意做的事情，便是傷她的心。他不能忍受她不開心的樣子。

結賬之後，她說了一句：「你稍微等一等，我去打個電話。」

不用她說甚麼，他也知道她打甚麼電話，突然間他便湧起了一股說不出來的滋味，頓時令他有些心不在焉。

他的視線離開了她站在那一角打電話的背影，她剛說的話卻洶湧著不能在他的記憶屏幕上退潮。當時他也擔心她期望過高，是一句老話吧：期望越大失望也越厲害。他很想給她潑點冷水，這種事情，用淡然的心情去看待，也許還會有意外的驚喜哩！只不過她正說得興高采烈，又哪裡體味得到他那頗有分寸的暗示？

她說她去打電話的時候，他下意識地抓住她的手，她笑吟吟地說：「怎麼啦？捨不得呀？」他只好放手，或者說是那走過來的侍者的眼光令他不由自主地放手。如媚揚了揚手，嬌俏地扔下一句：「你就等著我的好消息啦！」

但好消息並沒有等來，他望見她那暗淡下來的臉色，便明白了那結果。她完全沒有思想準備，滿懷期望卻從高峰中摔下，也難怪她不能接受了。他拍了拍她的肩膀，說了一句：「走吧！」

她本來以為她的第一本畫冊可以順利出版，哪裡想到在給了她並不可靠的空頭承諾之後，那出版商忽地改變態度，強調在經濟上的不可行性。

宏盛一直也沒有追問，為甚麼這出版商先前會那樣給她以希望，隨後又變卦？但他也有他的猜測，他認定，在這個功利社會，恐怕都脫離不了交易，大概是如媚在美國的先生，與這個出版商有甚麼生意上的關係吧？但如媚不說，他也不想糾纏。

踏出這紅屋餐廳，夜空正灑著傾盆大雨。宏盛張開那把黃色的雨傘，用右手撐著，左手輕撫如媚的肩膀，慢慢走進雨林中。那豆大的雨點嘩嘩地敲在傘面上，如喑啞的鼓聲，他的褲腳很快就給濺濕了，有一股冰冷的感覺從腳跟升起，一直濕透他的靈魂。

準備橫過馬路的時候，斑馬線的紅綠燈亮起小紅人。停候在路邊，雨勢隨著不定風向飄舞，突破雨傘的圍護，他把傘極力往如媚那一側遮去，涼涼的雨水成片地灑在他的右肩上，滲透他的背心，緊貼著他的肉體了。

他打了個寒噤，忙以大動作掩飾。

如媚依然情緒低落，他熱血上湧，半擁著她，柔聲道，「沒關係，天塌下來，還有我呢！」

也只不過是脫口而出的一句話罷了，雖然絕對真心，並無虛言，但他也知道經不起推敲；這豪言壯語，無非適時地表達了自己的一種憐愛之心。

明知自己只是一個凡人，哪有本事頂天立地？

但如媚終於有了笑容，說：「我太傻了……」

在夜雨中街燈下，他以為看到的是一種淒美的笑意，幾乎就要說了：「你既然那麼喜歡，不如自費出一本吧，我幫你……」

幫她甚麼呢？也只不過是奔走罷了，至於金錢，她並不缺。

可是他也摸透了她的心思，她向來自傲，假如由他說出來，她會不會覺得有傷她的自尊？人家幫她出版，可以證明她的畫的價值，自己掏錢出版，會不會感到沒有面子？

但聽得如媚在說：「……我現在好多了，你這麼一說……」

而在他的內心裡，那種失望的感覺深深，假如可以，他願意為她做任何事情。

那種一剎那的情緒，不知為甚麼竟會永恒留駐心頭，而且後來也因此而勾起那個夏季雨夜的回憶。也就是這麼一句他不經意流瀉出來的話，令如媚印象深刻，當她失望的時候，便會皺著眉頭說：

「要是你能對我再講那句話就好了……」

但他不會矯情，不是出自心頭的話，又怎麼講得出口呢？他沒有辦法強迫自己昧著良心說些逢場作戲的假話。他也很驚異於自己心理上的這種微妙變化，甚至懷疑是不是在骨子裡潛藏著喜新厭舊的因素？但想來想去，只覺得自己處於被動狀態，他所珍視的那種默契，似乎已經從如媚的身上消逝了，儘管她並沒有立刻從他身邊引退。他甚至不能接受這個現實，變得有些恍惚，甚至有些力不從心。

如媚推開他，說：「怎麼搞的呀你？表現這麼差勁！枉我封你為『大內第一高手』！」

他有些羞慚，無言以對。

心靈的感覺看不見摸不著，卻最真實，即使嘴上口沫橫飛，但有情無情或者是並不投入，怎能分辨不清？即使蜷縮在他懷裡，如媚也總是變得心不在焉，於是他便明白，她已經從深沉裡走了出來，帶著一種無所謂的態度，這讓他失去了心跳的律動，可是她卻反過來埋怨他。他不說甚麼，心裡卻在想，對不起，我不是只需慾不要情的男人，有了情才會有慾，既然兩顆心不再碰撞，那我也就無能為力了。

都說男人具動物性，或許是真的吧。我也有過青春的煩惱，記不得是哪一年了，那天下班，阿勤便說：「喂，去沖涼呀，我請你……」沖涼？回家去就是。

阿勤大笑，「你是真的那麼天真，還是裝傻？」

看著那狡猾的眼神，終於明白是怎麼一回事。

「嫦娥奔月。」阿勤指著那招牌說。

我立刻逃走了。阿勤譏笑道：「你是不是男人呀？有哪個單身男人不去滾？」

也懶得去解釋。我知道，不論怎麼說，阿勤肯定認為我裝模作樣假正經。

此刻唯有沉默是金。

他也知道他自己不是聖人，不是坐懷不亂的柳下惠，哪能清心寡慾？不過他不肯用金錢去購買肉體，一想起跟一個素不相識的陌生女郎初見便交錢上床，即使對方再如何性感漂亮，他也不能克服心理障礙。而男女之間，他總認為心理因素絕對壓倒生理因素。就像同樣還是面對一個國色天香的袁如媚，他前後心境竟會如此不同。

一直到最後，如媚也並沒有說甚麼分手的話，但她的熱情不再高漲，卻有蛛絲馬跡可尋。以前她每次遊埠，總是對他說：「你不要送我的機，回來時你接我吧。我們不要離愁，只要重逢的歡樂。」每次遠遊回來，儘管機場人山人海，她也總會借個機會挨了過來，側起臉讓他吻一下。但到後來，她不要他接機了，他問她：「為甚麼？」她說：「飛機經常誤點，你何必白等？」

他當然知道不是真的，不過他也不想追問下去。許多事情，最要緊的是要知趣，假如不知趣，也許會問出個滿天星斗來，那又何必自取其辱？

不過他心裡很悲哀。就好像是眼睜睜看著夕陽絕望地西沉，他卻一點辦法也沒有一樣。是的，毫無辦法。此刻太陽西斜，但是那一班飛機仍然沒有任何消息。如媚說：飛機常常誤點。那時他心中不以為然，怎麼今天偏偏不幸被她言中。

如媚的那句話，他以為早已淡忘了，今天冷不防又再冒了出來，這才叫他想到，其實他一直耿耿於懷，只不過他以為不再介意，哪裡知道一旦有適合的時機，便在他耳畔響動著復活了，而且叫他的心有些隱隱作痛。

但終於也弄不很清楚，這種感覺，是為了如媚那一句早已成為歷史的話，還是為了別的甚麼。

那時他尊重如媚的意見，不曾送她上飛機，是近乎自欺欺人：難道不送就沒有了別離？但他只能微笑著說：「好。」既然他愛如媚，那就不要逆了她的意。這次自己要上飛機了，如媚卻早已飛到美國定居，這世界上還會有誰為我一路送行？

除了紫霞。

或者更準確地說，他唯一的希望，便是紫霞來送他。送君千里，終須一別，就算是她送到機場海關，那又怎樣？手一握，還不是始終要分開？只可憐他竟在乎那種感覺，實際上，他也不大記得清，望見那回眸的一笑，究竟是在送機的時候，還是在下車的時候。

他該問問紫霞……

為自己幼稚的想法，他搖搖頭。紫霞已經不在他的視野，這是一種明明可以感覺得到，但卻無法觸摸的冰冷的事實。

距離是個天涯，即使是身處同一個城市。

這城市那麼熱鬧繁忙，人海茫茫，怎能輕易在某一年某一月某一天某一個剎那便迎面相遇？那機會不是沒有，只不過渺茫。何況自己已經被隔離在這候機室，就算是紫霞忽然想要找他，也已經不可能。

彷彿已經隔成了兩個世界。

也不是沒有可能。惶惶然上了飛機，找到自己的座位，剛坐下，一回頭，啊呀！旁邊含笑望著他的，不是紫霞是誰！

狂喜過後才發現，那是電影裡的鏡頭，成了幻像。

這嚶嚶嗡嗡的機場候機室依舊，他打了個盹。再看看電話機旁，輪候的人們依然絡繹不絕。

三

蕭宏盛只感到百無聊賴。

為甚麼這時間過得慢悠悠，連螞蟻都比它爬得快哩。無聊之外，心情也煩躁。

原來時間並不是只是物理的，有時還是心理的。

他走到落地玻璃窗那邊，只見中午的陽光直射而下，亮麗地在機場跑道上騰起一種耀眼的暖色。那起起落落的飛機，怎麼沒有一架可以載我破空而去？

並不是歸心似箭，但是既然已經被困在這裡，回頭不能，也就只好火速向前了。

如果上了飛機，一切都在轉動之中；如果被限制在此處，生命就好像是靜止了。假如真是靜止了，可以無所感無所思，那反倒好了，可惜又不能。

不能遏止的，是滾滾的思潮。人有記憶，不知道是可喜還是可悲？假如人人都可以轉眼就忘卻，做人也許就可以快活得多。

今朝有酒今朝醉？

紫霞說：「……我上大學的時候，宿舍裡的床頭上，擺著一瓶二鍋頭……」

這二鍋頭有甚麼好喝？

你不明白，她說。

緩緩的，她點起一根香煙，抽了一口。

她噴出的煙霧嫋嫋娜娜，散向天花板。

往事如煙……

他偷眼望了一下她食指與中指輕夾煙頭的姿勢瀟灑，顯然並不是裝模作樣。雖然他並不抽煙，但可以接受。讀書時，他班上三十幾個男同學，最後只剩下兩個不抽煙，其中一個便是他。也並不是認為抽煙不好，只是他覺得並不是享受，所以沒有興趣。

紫霞笑道：「刺激？那咖啡不也一樣？」

那怎麼相同？咖啡飄香，光是那個味道，便……

他說：「我不是怕刺激……」

怕刺激也就不會喝「人頭馬」白蘭地了。

酒香。燈飾。樂聲。

落地長窗外，霓虹燈招牌閃爍，亮著車燈的車子淹過來又流過去，這都市之夜，可以這樣凝住嗎？

夜色多麼好，令人心嚮往……

而且是雨夜。

那夜雨若有若無地灑下，肉眼看不大清楚，只有那街面反射出的亮光，才可以看到那濕漉漉的一片。還有那慢駛的汽車陣。再仔細一看，擋風玻璃上，都擺動著划水器，雙雙對對地從左划到右，又從右划到左。

視線回到對面，紫霞兩手捧著高腳玻璃杯，臉卻側向街面，凝住的輪廓，如一座懾人的雕像。

此時無聲勝有聲？

他不忍驚動她，也就自成了另一座笨拙的雕像。

卻被悄聲而來的女侍者破壞了這靜謐的氛圍。

這難得的雨夜，餐廳裡生意寥落，空蕩蕩的，簡直就有包房的感覺。女侍者送上菜式之後，便樂得遠遠地站在一角聊天。

這個世界恍惚就剩下對酌的你和我，甚至連世俗的塵囂，也被隔絕在玻璃面的那一側，只管燈紅酒綠地成為一種背景，悄悄閃爍不止。假如沒有色彩的流動作為陪襯，這擠來兩人世界，會不會寂靜了一些？還是求之不得？不知道紫霞是怎麼想的，但他心裡卻在十分熱鬧地對話。

萬語千言卻又不知從何談起，此刻唯有不言不語。紫霞的笑聲，又將他帶回現實裡，但紫霞明明依舊凝望著窗外，在她那張側臉上躍動著街上車流折射的光影，她的眼神似乎墜入了遙遠的地方，唯然嘴角含著一絲隱約的笑紋，但這笑紋，是決然不會發出聲音的，就像靜夜裡悄悄盛放的曇花一樣。

夜來風雨聲，花落知多少？

紫霞卻說：「花開花落，也是有聲音的。」

他用眼神打了一個問號。

「你聽不到嗎？」她一臉虔誠，「嘶的一聲，花開了，啪的一聲，花落了，在夜深人靜的時候。只要有生命的東西，就該會有聲音……」

說的也是，只不過我沒聽過，但可以想像。

不知道紫霞是出於想像，還是有敏感的耳朵超人的聽力？她說：「只要多一點同情心就可以。」

他所感慨的，卻是寒夜裡落花哭泣於那短促的生命。鮮花比煙花還要寂寞，煙花在夜空中有流動的色彩，襯以炸開的啁啾聲耳語聲，五光十色之外，還有音響。

而鮮花呢？只有紫霞聽得見它生命的律動。只是不知道她聽不聽得出我的心的悸動？

輕啜一口那白蘭地，酒味香醇，流入喉管，有些微的苦辣味道騰起。

臉頰泛紅，是因為不勝酒力嗎？應該不會，連二鍋頭也只是一句話罷了，沒有理由喝不了這白蘭地。

紫霞笑道：「我早已經退出江湖，海量，是那個時候。現在根本不怎麼喝了。」

但臉紅未必表示不能喝酒，喝下酒而臉色發青的人，看來能喝，其實酒力都悶著，反而傷身。他說：「臉紅酒散，你肯定能喝。」

「那個時候罷了。」她說。

在吃吃喝喝間一連灌倒四條大漢，她仍談笑風生，怪不得人人都豎起拇指讚她一句：女中豪傑！

他也看不出來。在他的眼裡，她始終女人味十足，很難想像鬥酒時豪氣干雲的模樣。

「是氣氛。」她說：「有了氣氛，就一定能喝。如果只是喝悶酒，半杯就可以醉倒。」

說是那麼說，如果沒有酒量，那是有膽量，最終也還不是醉倒酒場？

好在有如媚擋住。

那些人是存心要把他灌醉，看看他的醉態吧？不管他怎麼推卻，但七嘴八舌圍攻而來，再不喝就是不給面子了，他只得喝了一口，為了不想把那場面弄僵。

誰知道喝了第一口，便再沒有任何防線可以抵擋了。他說：「我不會喝。」但是人人都起鬨，「喝了這一口，證明你能喝，不喝就不是朋友了……」

兵敗如山倒。

又不想跟他們翻臉，他只好喝下一杯。

但他仍然不肯放過他，他已經有些昏昏沉沉了，再喝下去，今夜真是不醉無歸了。好在如媚排開眾人，說：「他不能喝，我來代他喝！」

人人起鬨：「嘩！你公然代他出頭呀？」

如媚一笑，「正是。誰來跟我鬥？」

似乎立刻給她鎮住了，沒有一個人應戰。宏盛雖然有逃脫的輕鬆，卻又慚愧於如媚的庇護。他明白，他們故意要他出醜。儘管他平時對酒敬而遠之，此時卻多麼希望自己就是個酒仙，可以當著他們的嚎叫而面不改色。

但終於也只有如媚救了他。

她說：「你該一開始就滴酒不沾……」

「是你的畫展開幕的好日子，大家這麼高興，我不想發生甚麼不愉快的事情。」宏盛苦笑，「沒想到他們非要把我灌倒不可。」

「能夠過我這一關嗎？」她冷笑。

慚愧慚愧，說甚麼男子漢大丈夫一人做事一人當，到頭來還不是個女流之輩「救駕」？

忽地便一驚。不是女流之輩，是女士。這個世界，女性越來越強，這個女強人那個女強人，叫男人自慚形穢。如媚也應該屬於女強人的性格，她說：「我肖虎……」

猛虎撲羊？

她的女強人性格，在於她對繪畫的執著上，宏盛有時甚至想要問她：「你畫這些東西，在香港有沒有出路？」

她只是置之一笑。

自然她不用為生活奔忙，可以瀟灑得起。而她周旋在各色人等中間，也是遊刃有餘。

「你怎麼那麼古板？說說話嘛！」她說。

相逢開口笑？但他不能。也不是不會說話，只是性格上他並不是見面就熟的那一類人，要他言不由衷嘻嘻哈哈地與陌生人應酬，總是覺得彆扭。

如媚嘆了一口氣，「我原本想得太理想，我帶你去認識我的朋友，你帶我去認識你的朋友……」

他聽得很感動。其實他又何嘗不想能夠像她那樣，手握一隻酒杯，滿場遊走？但他有自知之明，人的性格很難改變，太過勉強自己，說不定還會弄巧反拙。

「枉你還是記者呢！」她說。

我只是一個攝影記者，又不用怎麼採訪。必要採訪時，我自然也能夠動口，只是，純粹為了無謂的應酬，我不想太委屈自己。

「就你清高！」如媚哼道：「告訴你吧，清高可當不了飯吃。跟人保持個關係，有點聯絡，有甚麼不好？」

這也許正是如媚的乖巧之處。

他看著她剪綵，他看著她致詞，周旋在眾男士之中，她笑嘻嘻的，滿面春風。他驚嘆於她的從容不迫，而且顯得十分得體。

他只是遠遠地躲在一個角落望著她，他知道，這個時候，他只是一個無關緊要的觀眾。他看著她那身粉底紅藍相隔的上衣，想起陪她在時裝店奔走的那個晚上。

「也只有你肯陪我挑衣服了。」她說。

其實他不喜歡逛時裝店，何況如媚也挑剔得很，大概因為她是畫家的緣故吧？

「真累。」下來的時候，她長長地舒了一口氣。

「我也替你累。」他說。

她把的她的頭靠在他肩膀上，「女人再強，也總得有個結實的肩膀靠一靠……」

男人又何嘗不是如此，在奔走到灰頭土臉之後？何況還有那些刺人的滿途荊棘。

只不過男人不可以對女人說：借你的肩膀靠一靠……

不能說，但有時可以做。

如媚嘆了一口氣，「你呀你呀……」

是在沙田吧？那個夏天的夜晚。

在上下兩條馬路之間，有一道長滿樹木的斜草坡。

躺在那草地上，透過樹葉間的縫隙，他望見稀疏的星星，「比在維園看到的要大要亮……」

如媚「吃」的一聲笑了起來，「這算甚麼？在大草原上，那星星才叫又亮又多哩！」

他的心一跳：又是大草原！

但此刻沒有大草原，只有小草地。夜風從枝葉間跑過，發出嘩啦啦的一片聲響，如夢幻。

「很睏……」如媚慵懶地哼了一句。

這時世界縮小成這一片小小的草地，草地上只有我和她，一切的言語都成了累贅，此時無聲勝有聲。

紅唇半啟。眼波橫流。漫天的星星顛倒著紛紛墜落，那拖著的長長的餘韻，也是熾熱的嗎？

而他卻明明感覺到不可遏止的悸動，從肉體到肉體，從心到心。靈魂卻徐徐地遊出，在有意識和無意識之間漫天翱翔，在慣性滑行中達到終極目的，他長噓了一口氣。

如媚伸手撥了一下他的頭髮，「滿頭大汗！」

他閉上眼睛。耳畔卻不斷地呼呼響起車聲，從頭上，從腳上，掠過。

這時他才重回現實，突然便一驚：莫非是色膽包天？

不能說不必說也不知該怎麼說，激情過後唯有相視一笑而已，無言中卻已經沉澱成為歷史。

而這一切，歷歷如昨，立體玲瓏得好像看得見摸得著聞得到，色香味俱全。如媚幽幽地說：「誰叫你不早幾年碰上我呢？」

他頓時啞口無言。就算是能夠說甚麼，也都是空話廢話吧？如媚卻橫了他一眼，「你看看你看看，一到關鍵時刻，你就只會保持緘默！」

還說甚麼呢這個時候？他不能勸她跟他私奔吧？但他又不能說些哄她開心的假話。

如媚說：「看來，無論怎麼樣，我都比你強悍。」

他承認。他一向認為，女人比男人有韌力，在嬌弱的外表下，其實往往有更頑強的生命力。

那時，她從黃土地寫生歸來，送了他一套紅色的剪紙。她說：「我住在一戶人家，那個女主人的手藝很好，我請她剪了兩幅，這一幅給你。」

是猛虎撲羊圖。

他攤開在桌子上，指著那構圖，說：「這倒在地上的是我，那狠狠撲下來的是你。你看我多可憐……」

如媚笑道：「我可不是這個意思。」

他說：「這是潛意識的反映。」

但他並不介意，甚至有些暗自歡喜。不管是誰撲誰吧，也總是那樣糾纏在一起了。當時他以為永生永世也不會分開，即使如媚永不離婚，而他永遠單身，他也不計較那名份。

他甚至不清楚如媚打了甚麼主意。有一回，她握著他的手，「我們在一起，也有兩年了吧？」

他一怔，他倒沒有計算過日子。

「兩年也夠了，雖然不是太長，在人的一生中有這樣的兩年，便可以成為永恒。」她好像自言自語。

他的心結成了一巨大的問號，但是終於也沒有問出聲來，他讓這個謎語懸在那裡。懸著，有如那人們抓著的電話筒，看著看著，在他的眼前竟化成一個個黑色的小問號排列，也不知道是困窘於那些蠕動的嘴巴有甚麼說不完的話，還是疑惑於自己該對著那話筒說甚麼。

## 四

蕭宏盛衷心地感激著電話的存在，不論遠近，只要一摁電話號碼，立刻就把對方的聲音拉到耳畔，有如就在身旁那樣可以緊密交流。

可惜不能看到對方的面貌。

只是，那聲音流瀉而來，自然便可以聯想到對方的情態，憑著往日的經驗。除非對方是不曾謀面的一個人。但即使是陌生人，也可以根據那聲音，展開想像的翅膀；至於準不準確，那又是另一回事了。

不要說電話，連電腦也還不能顯示對方模樣呢。在夜深人靜的時分，他坐在家中的電腦前，腦子的細胞特別活躍，一點睡意也沒有。這個時候，他是指揮千軍萬馬的元帥，那些符碼無一不俯首貼耳，即使他指示錯誤，電腦也只是沉默提醒，並不會使他失去面子。打著打著，他的靈魂便飄飄盪盪，好像在漫天滑翔，而且隨心所欲，無所不至。為了生活，白天在功利場上拚鬥廝殺，即使遍體鱗傷，只要一退回家裡，面對電腦，便有如面對一個溫馨的情人，可以訴盡所有的秘密心事。

這一刻他自由無比，有如意識的流動。

突然間他便一愣，怎麼會有阻滯？

一個陌生的訊號竟與他的電腦聯網，是誤闖他電腦的神秘怪客？

這讓他想起了那部美國電影。

也喚起了他強烈的好奇心。遲疑了一回，他忍不住去回答她——雖然他其實並不知道對方是男是女，但他在直覺上已經把這陌生人先行歸結為女性了。

這電腦上的交往熱烈無比，每到午夜時分更是高潮迭起。並沒有任何涉及感情的話題，一切的對話都在外圍進行，即使綺玲還沒有入睡，也都可以公開進行。何況綺琴從來也都不曾往他那電腦螢幕上瞄過一眼，她說：「一個大活人，也不知道是玩機器，還是給機器玩了？」

她說他太沉迷電腦，但卻並不知道在他內心深處有一種深深的寂寞感，無法擺脫。有時他也試圖向她暗示，期望獲得理解或者安慰，但綺琴卻不以為意，好像根本沒有聽懂他靈魂的絕望呼叫。打電腦打得難分難解，有時他會回頭輕聲求她：「給我倒杯茶，好嗎？」她卻冷冷地崩出一句：「有手有腳，你不會自己來？」

他立刻有一種窒息的冰冷感。

但紫霞卻笑著說：「人在本質上都是寂寞的。你沒有辦法解決別人的寂寞，別人也沒有辦法解決你的寂寞。所有的寂寞，歸根結底，還是要靠你自己去面對去解決。」

我怎麼沒有想到這一點？或許是因為自己依賴性太重了，以致認為可以借助別人強有力的手臂？

再細細一想，也並不是就不能自己動手了，只不過他期望的，實在是一種心靈深處的交流，哪怕只是一個動作，一個姿態，或者一個眼神。

但是並沒有。他所企望的心理上的和諧，並沒有得到。他不知道究竟是在甚麼地方出了差錯，也不想再去細究。

唯有那跟他在電腦中無言對話的陌生人，成了他隔著茫茫空間的「情人」。

他甚至不知道她究竟是在香港，還是在地球的某一角？也不知道她是老還是少，是醜還是美，是高還是矮，是瘦還是胖。甚至，確切地說，他也不知道對方是男還是女，可以他卻不可制止地跌入一種暢快的精神樂園之中。午夜，變成了屬於他個人的秘密領地。

當那訊號消逝，他從沉醉中醒來，四周萬籟俱寂，便會有一種迷茫萌生：我是不是掉入了不可自拔的魔障中？

但也只是一剎那的反思罷了，到了次晚，他便周而復始地緊張地等待著與那個從空中翩然而來的神秘怪客做無聲的交談。

「是你的電腦情人吧？」綺琴看都不看，遠遠地便在客廳裡嘟囔了一聲。

明知她言者無心，他卻猛然吃了一驚，敲下去的手指摁錯了鍵盤。

電腦雖然堅決但卻溫柔地指出他的失誤。現實生活中我怎麼就沒有一個這樣的情人？

紫霞一副輕鬆自如的笑顏，「……這只能說，命中註定。生活本來就已經天生這樣安排，不可改變。」

擊在他心裡，如給利刀剜了一下。

看來，紫霞是個幸福的女人，口口聲聲說：「……我很知足，也不想有甚麼大作為。我的家庭幸福，我離不開他，他也離不開我。我這一生，除了他，沒有一個男人可以令我動心。」

心動如水？還是心如止水？

但宏盛自然不會開口追問。

心亂如麻。這個晚上他背水一戰將紫霞逼到死角，毫無迴旋的餘地，為的就是討個水落石出。明知這幾乎是無望的戰爭，但他仍不惜赴湯蹈火。他安慰自己說，即使是慘遭滑鐵盧，我也是一個拿破崙。是悲劇的英雄？這問號竟使他的心充滿了壯烈感。

紫霞仍在絮絮地說：「……有些人認為我可以找到更好的，但我不覺得。反正我甚麼都不在乎，只要有他。他是強盜也好，總統也好，對我都沒有甚麼區別。我也說不出是甚麼原因，你可能也會覺得，他也並不是那麼出色……」

他的確不覺她的丈夫有多麼吸引人，也不僅是他一個人的偏見，他知道許多人都在暗暗替她叫屈。但別人的感覺又有甚麼用？最要緊的還是紫霞自己。或許她丈夫果真有外人不能洞悉的內在美，誰知道？

他的心堵得慌，卻盡量保持著微笑，「聽見你這麼說，我恭喜你。無論如何，我都希望你快活。我嘛……看來是在用肉拳去嘗試銅牆鐵壁的硬度了！」

紫霞「咭」的一聲笑了出來，「告訴你吧，我很依戀他。如果他不在家，我一個人總是惶惶然，甚麼事情都幹不了。只要他在家，我也不必跟他說話，但心就安定下來，做甚麼事情也都很踏實。很奇怪的感覺。」

再說下去，恐怕就是那句「在天願做比翼鳥，在地願結連理枝」了。

宏盛努力保持著傾聽的風度，驀然望到紫霞的雙眼發光，彷彿在咀嚼一段甜蜜故事最懾人心魂的精彩細節，他的心潮翻江倒海湧起一股股又苦又澀的浪頭。

絕望把他推進死胡同，前路已盡，回頭卻是一片茫茫黑夜，他不知道還有沒有返身回到起點的精神和力氣。但紫霞一副輕鬆的口吻，似乎並不在意他該怎樣從跌倒的泥濘中爬起身來，只是一味地說：「……我是十分信賴你的，不然的話，我怎麼會獨自見你？」

也許她說的是真心話，並且認為是對他的一種好評，但他卻深深地被傷害了。我蕭宏盛雖然喜歡你，但也決不會強人所難。男女之間的事情，也說不上有多少道理可講，但我並不是卑鄙小人，一個巴掌拍不響，你不願意，我怎會胡來？孤男寡女同處一室又怎麼啦？

他啞聲道：「我很尊重你。我並沒有其它甚麼陰謀。當然我不是柳下惠，不過也沒有美女坐懷的福氣，所以我也還不至於會迷失本性，你放心。」

「我不是這個意思。」紫霞笑吟吟，「你知道我不是這個意思。我也很尊重你，只不過，這種事情……不可能。不過你不要在意，我們還是好朋友對吧？」

「我還是喜歡你。我不想瞞你，我也不在乎我的自尊心。」他的眼睛望向那淡藍色的窗簾，風一吹來，便徐徐抖動，如心的震顫，「是怎麼樣就怎麼樣，我不瞞你。」

紫霞也跟著望了望那飄飄的窗簾，「那就把感情轉化一下吧，你就當我是妹妹好了。」

他苦笑了一下，不吭聲。說得倒輕巧！說轉移就轉移了，你以為我在練氣功呀？假如可以這般輕易滑走的話，當初也並不是真情了！

「你笑甚麼？」紫霞問道。

他的笑臉背後，心卻淌著血。不過他明白，自始至終，也都是他自己在唱獨腳戲，豈能怪人？

而且其實早就有了暗示，於今他一一回憶起來，便覺得自己悟性實在太差。

也不一定是笨吧，只不過當時迷醉在自己構設的圖畫裡，每句模棱兩可的話，他都會迫不及待地往有利於自己的方面解釋，怎能不越陷越深？

紫霞說：雜誌社會派她去海畔的B市。

他立刻決定去看她。

急急忙忙跳進飛翔船，看那玻璃窗外的海水湧動，他以為他是一條自由自在的魚。

傍晚時分從酒店撥電話過去，與她同行的女伴說：「……她在沖涼……」

立刻，他的腦海裡便朦朦朧朧地呈現出洪紫霞裸身的模樣，但又給駭住了。我是不是很猥瑣？但是他自問並沒有其他甚麼畸念。

再撥電話聽到紫霞的聲音時，他很想以一副玩世不恭的腔調，調侃一聲：「……我在想像你沖涼的樣子……」但終究也不敢出口。

紫霞卻在那一邊笑罵：「你說話怎麼這樣怪怪的？吞吞吐吐，一點也不爽快！」

他無言以對，只得強笑，「喂喂，我趕山趕水來看你，你就致這樣的歡迎詞呀？」

紫霞哼道：「怎能怪我？又不是我請你來的，你自己要趕來……」

是不能怪她。她白天都忙著在外面活動，只有那天晚上帶著一臉的倦容跑來，第一句話便是：「累死了！」

公事在身，他也明白。

但她說：「明天一早我們就走了……」

他立刻有被遺棄的感覺，怎麼風雲變幻說走就走？

也怪他自己太貪心，回程船票訂在三天後。那時紫霞說：五天後離開……

猝然的變化令他措手不及，但又不能哀求她多留兩天，只好用一副滿不在乎的口氣，輕輕鬆鬆地說：「你走你走，我正好在這裡好好度幾天假……」

「那你自己當心。」她說：「不能怪我。」

「當然不怪你。」他笑著說，一面努力壓抑內心裡的負氣，「從頭到尾，也都是我自己搶著要來的。」

他想這樣也好，既然來了，也就獨個兒待下來吧。不管這決定是對是錯，也總要有面對的勇氣，不能只是一味軟弱地逃避。

何況，即使她能留多幾天，也都只是忙著她的事情；他不想到頭來好像領了她的恩惠似的。他甚至在幻想，或許紫霞一走了之後，某個瞬間突然會想及丟下他孤零零地擱淺在Ｂ市，那麼無助，因而產生一種或者憐憫或者過意不去的心境，那就值得了。

但看來紫霞毫無歉意，在她來說，大概這也是天經地義的安排，要怪也只有怪我蕭宏盛自作多情了。

這當然是後來的頓悟，只可惜當時他仍沒有覺醒。甚至當他滿懷祝福誠意地送她一盒水晶音樂球《幻影》的時候，紫霞帶著幾近拒人於千里之外的神情，說：「我一般是不接受別人的禮物的，對你已經是很例外了……」

他的心「咯噔」了一下，好像跌碎了一樣。

重新整理思緒，他吃吃地說：「我不是這個意思。我沒有居高臨下，也沒有任何功利目的，只不過是一片心意，十分虔誠的。如果你誤會我另有企圖，那……」

怎麼一片誠意也會弄得這般一團糟？

一定是有甚麼地方接錯了線路。

假如這麼一點小小的心意也會引起誤會，那紫霞她也太小看自己也小看我蕭宏盛了！

而紫霞的那話語雖然平和，但他卻懷疑，她是否隨時就要扔出一句老話：「糖衣炮彈！」人與人之間，是不是果真這麼難以完全溝通？

而紫霞卻已經轉換了話題，笑著說：「你們香港男人，喜歡到大陸來包二奶。我看真不公平，也是因為經濟差異吧，大陸那麼多年輕漂亮的女孩，香港男人花一點錢就把她們給包了，你們香港男人……」

他一愣。怎麼便扯到包二奶的問題上了？

忙說：「其實包二奶的香港男人，也未必真有錢。真有錢的恐怕也不會跑到大陸……」

「便宜嘛！」紫霞哼了一聲。

莫非她也把我打入想要「包二奶」之列？天！這層次也太低了，侮辱了你也侮辱了我……

他說：「包二奶純粹是為了肉慾，為了發洩。與愛情無關。也不是所有的香港男人都這樣。這種事情鬧得沸沸揚揚，倒好像是凡到大陸的男人，一概都不懷好意，這也是不公平嘛！」

「想當初，香港也只不過是個小漁村……」

他立刻不以為然，笑道：「你這話，就像阿Q說的，我先前比你闊多了！」

爭論這樣的話題，根本沒有甚麼意思，紫霞又說了一句甚麼，他沒聽清，也不想追問。

紫霞的一句「包二奶」，叫他情緒低落。

這樣的事情，他連想也沒有想過。他不想隱瞞他對紫霞的愛意，但一直把它浪漫化了。只是因為喜歡，也並沒有更具體的目的。

他說：「我對你只是一種感覺，但絕對沒有下流的想法，你可以相信我。」

至於終極目的是甚麼？他以為是水到渠成的東西，至少一開始他並沒有任何的計劃。

假如是為了肉慾，又何必這般奔波這般自討苦吃？午夜十二點，他獨睡的房間清脆地響起電話鈴聲，敲斷他的胡思亂想。雖然不大可能，但他卻固執地認定：除了紫霞還能是誰！也不能說是他自以為是，因為除了紫霞之外，也沒有人知道他住在這房間了。

趕忙提起話筒，流進他耳朵的，果然是女聲，但決不是紫霞：「先生你寂寞嗎？」

人人都寂寞的啦！廢話！

不過他卻警惕起來，生硬地答道：「有甚麼事情？」

女人說：「要不要姑娘陪呀？」

終於也碰到流傳了很久的故事了，正待將話筒扔下，他忽地又產生惡作劇的心情，便問了一句：

「怎麼陪呀？」

「先生你願意怎麼陪就怎麼陪啦，只要先生你高興。」

「多少錢呀？」

「五百塊。」

「啊呀，我沒那麼多錢。」

「先生你講笑啦！你一個香港老闆，五百塊錢小意思啦！服務真的很好，人又年輕漂亮……」

他突然失去了繼續開玩笑的興致，連忙收線。

他甚至害怕那電話會再次響起，但沒有。

年輕漂亮又怎麼樣？沒有感情，一切都是虛假的。明明都是一場交易，「包二奶」是批發，這「一夜風流」是零售，本質上沒有甚麼不同。

不過，他當然不跟紫霞提及這件事情。

其實他也明白，洪紫霞一向的高傲，也是因為她漂亮。美人總是容易給男人們簇擁，蕭宏盛雖然理智上極不願意成為當中的一個，但是卻不知不覺在情感上滑落。我畢竟是個俗人，自然也不能免俗。不過他又覺得自己也並不是沒有見過世面，甚麼樣的靚女沒有見過？回想起來，大概是那個晚上她瑟縮街頭的模樣，就那樣潛進他心裡，讓他感覺到一陣揪心的疼痛。

等你等到我心痛？

張學友的歌聲緩緩響起。這個時候我也心痛，一個人留在這裡動彈不得，而洪紫霞一大早就離開了，甚至臨走前連一個告別的電話也沒有，上天好像刻意懲罰他的自輕自賤。

這時，中午的陽光正好，它亮亮也灑在他房間窗下的馬路上，車子不多，交通因而暢通無阻；而在街邊矗立的棕櫚樹，正在微風中輕輕搖擺。突然，亮麗的柏油路面漂過一團黑影，接著又恢復亮光；原來是天空雲塊翻飛的投影。

他立在窗前，有些發呆。

那黑影，是一團又一團地掠過，於是路面便暗一陣亮一陣，富於節奏感。這種節奏也一陣重一陣輕地敲擊他心房，有一股陰暗不定的情緒，始終徘徊不去。

紫霞所乘搭的早船，該早已抵達彼岸了吧？隔海她踏上碼頭，還會不會有回頭的望眼？那晚送她回來，一路無言，他沒話找話地說：「一路小心。」她笑著說：「沒事，幾個作伴，而且那邊有人接應。」他本來也知道這些，說這話無非是為了打破沉默帶來的壓抑感，當然也順便……表示一點關切之情。就算是她含蓄地婉拒了，他也不能自制地滿懷著柔情送她，眼眶裡是不是含有薩克管才能奏出的眼淚？他不知道。月夜裡，只有附近的士高舞廳傳來的節奏強勁的樂聲，沒有催人淚下的薩克管緩緩吹起。

在樹影下握住她的手，他抑制住激動的情思，沉沉地說：「再見。小心。珍重。」

她回頭一笑，「再見。多多保重。謝謝啊！」

聲音清脆，高揚而快樂，沒有一點離愁。

也許對她來說，這一別，簡直如釋重負？

望著她的背影走向那大堂亮著燦爛燈光的招待所，他跟自己打賭：假如她還會回過頭來，那就證明……

還沒等他想好，紫霞那穿著橫條圓領T恤和藍色牛仔褲的背影已經一閃，吞沒在拐角處。

紫霞一去不回頭……

那修長的身子那麼一晃，燈影下好像是一個大大的驚嘆號，但立刻便像在電腦螢幕上那樣消逝了，即使他想要追上去，也追不回那目標了。

忽然便覺得，紫霞那麼飄走，真有點像這空中飄過的流雲，來無影，去無蹤。

又一塊黑影在街面掠過，他的心裡充滿了悲哀。

這三天，他成了酒店裡的困獸，除了按點下樓去餐廳吃飯，他把自己關在房子裡，不看電視，也不翻報紙，長時間把雙手枕在腦後，他躺在床上，仰望天花板；他恍惚聽得見那時光在他耳畔汩汩流過。

有些百無聊賴，但也難得有這般鬆弛的機會。

女服務員問他：「怎麼不去逛逛市容？」

他本想告訴她，他不是來旅遊的，不過轉念一想，大概也說不清楚，他也就笑而不答了。

# 五

這個城市一下子就變得陌生起來，雖然蕭宏盛以前也來過幾次，但每次都匆匆忙忙。有似曾相識的感覺，但並不深入，他甚至叫不出街道的名字認不出酒店的方向。可是在心理上畢竟認定這是一次故地重遊，來的時候輕輕鬆鬆，突然之間洪紫霞便離開了，他這才意識到，四顧茫茫，他在這裡連一個認識的人也沒有。

紫霞把他扔給了這個城市。這城市十分安靜悠閒，不像香港，任何時候都是車水馬龍、人頭湧湧，常常令他十分煩躁。可是這時候他竟懷念起香港來了，不論怎樣，香港是他生活的地方，不像在這裡只是一個一無所有的匆匆過客。

莫非，在骨子裡，我還是喜歡那熱鬧的生活？

害怕寂寞，蕭宏盛連一個人上路都不樂意，但結果他卻偏偏總是獨來獨往，為了職業上的需要。但那一回，如媚悄悄地飛回到Ａ城，找到他：「……我特地趕來，明天陪你一起飛回香港……」

一股熱血上湧，他竟說不出話來。

在飛機上，袁如媚一直斜靠在他的肩膀上，忽然輕嘆了一聲：「我們總也算是一齊坐過飛機了！」

他一愣。他是對她說過，多希望一起走……

但這一回由如媚口中幽幽說來，倒好像是在還願，他立刻有一種說不上來的不好的感覺。

但他不知道為甚麼。

後來才知道，如媚其實是用這個方式，向他道別。她說：「……以後回想起來，我們也有更多的內容可以回憶，不至於腦子裡空白一片……」

可是這真的是值得一輩子刻骨銘心地記住麼？

如媚把鑲上有機玻璃纖維的那幅畫推到他前面，「送給你，做個紀念吧！」

他的心揪痛了一下。

雙手捧起，畫面上只是兩株狗尾巴草似的無名花。如媚指著說：「那邊的人們把它叫做『長相隨』……」

他的心動了一下：長相隨？

又是從內蒙大草原畫回來的，看那迎風搖曳的姿態，一時之間他也不知該說甚麼好。

長相隨只是留下個空洞的意念罷了，袁如媚已經決定去美國定居，長相隨在她丈夫身邊了。

他也悲愴地追問過：為甚麼？

袁如媚端起那杯咖啡，望向紅男綠女川流不息的街面，道：「九七快到了……」

她丈夫在美國立下了腳跟，她能不去嗎？換了是我，我也會去。香港以後會變成甚麼樣，沒有人能夠知道……

但是他總覺得應該還有其它理由，比方說，如媚認為已經到了分手的時候。

他猛然想起如媚的那句話：「……我們在一起，也已經兩年了吧？」

也許，在她看來，兩年便是一個期限，也是短暫的一生。

「我走了，你也好好找一個人，成家吧！」如媚說得很平靜，至少在表面上不觸動任何感情。可是他卻固執地認為，這並不是真實的她。

一直至現在，蕭宏盛也始終相信，跟他在一起的日日夜夜，袁如媚絕對是真心誠意；不論如何挑剔回想，他也不能昧著良心說，袁如媚由始至終都沒有一份真情。

真情與假意，總是可以在沉澱下來之後分得一清二楚。

只不過也許後來情已逝，再說也枉然。

「無論如何，我們曾有過……」如媚說。

是有過一段熾熱得快要將自己焚燒殆盡的日子，那到底是甜蜜的還是灼痛的？一言難盡……

他從頭到尾幾乎說不出甚麼話來，直到如媚起身，伸出手來跟他相握，說了一聲：「再見……」

就像以前的老規矩一樣，他沒有去機場送她。

她總是說：「不要送，只要你接。」這一回她也說：「……我不能忍受送行的場面……」

他也是。

他望著她融入人流中，站在街邊，揚手召的士的模樣。她一去不回頭，就如洪紫霞一樣，給他留下最後一眼，便是那窈窕的背影。

只是，如媚告別時，手很緊地握了過來，宏盛覺得手心似乎有汗，這一握，好像也有萬語千言盡在於此的意思；不像紫霞，甚至連在最後握別的時候，也只是輕輕地伸出幾個手指給他觸了一下，並沒有任何回握的熱情。

他甚至有些後悔，到了這個地步，也許連握個手也該免了吧？偏偏他又不想顯得太小家子氣。

甚至最後的對視，紫霞的眼角眉梢也都盡是笑紋。

離別，對於她來說，看來並不是甚麼一回事。他惜別的話已經湧到舌尖，也終於給他吞了回去。

紫霞不會流淚，大約是因為我不值得她流淚。連如媚離去的時候也沒有淚。

很早以前，如媚就對他說：「……我已經沒有眼淚，不論碰到甚麼事情，喜怒哀樂，我都不會流淚。也許，如果將來哪一天我和你告別，我可能會掉出眼淚來。」但是也並沒有。

他只看到如媚一雙不動的眼珠，暗淡得沒有光澤，令他心悸。

本來如媚的眼睛也是水汪汪的，像紫霞。

紫霞是一家生活雜誌的編輯，只因為偶然用了蕭宏盛抓拍的一張香港人的照片，無意中結識了。

也只是機緣巧合而已，宏盛出差A城，那天辦完公事，閒極無聊，在酒店胡亂翻名片，突然便見到「洪紫霞」這個名字。

並不是一見傾心，在他看來，紫霞是那麼年輕，而且那麼傲氣，好像是茫茫人流中飄浮的一朵彩雲，虛幻得似乎不在人間。

但接著便莫名其妙地不可自拔，在以後的日子裡。他明知當中橫亘著一道鴻溝，而且覆蓋著白雲，望不到溝底是何等模樣，但他已經制止不住湧身一跳了。

這時，他聽見的，只是恩雅那種彷彿飄自天外的歌聲，縹縹緲緲，迷迷茫茫，卻極有韻味。

這個吉爾特人的歌聲，謎一般地神秘。有時他會想，她到底是在哼唱，還是在祈禱？

而宏盛便被催眠似地勇往直前了。

他覺得必須追趕時間，雖然他一向不覺得自己已經老去，但究竟歲月不饒人。

他與紫霞的年齡差距，常常令他絕望不已。三十歲的紫霞正當花季，而他已經是午後的太陽。他為自己的青春日子無多而慨嘆，卻無力扭轉乾坤。

僅僅為了這一點，他便感到自卑。

而且他認定，他也就只剩餘一點年華了，趁著熱血還沒有完全冷卻，他必須當機立斷，期望可以趕上愛情的末班車，呼嘯而去。

也就剩下這麼一點點勇氣了，倘若不抓緊，他知道自己只能隨波逐流聽任命運的安排。

但現在他還不甘心放棄。

老了臉皮迂迴曲折去多方暗示，以紫霞的聰明，他相信她早就明白無誤地破譯他的淺白「密碼」，但她卻不動聲色，若無其事，令他有些束手無策。

她說：「……自從我成人以來，一直到今天，總是不斷地碰到各種各樣諸如此類的事情……」

他絕對相信，以她的魅力。

而事前沒有想到的，是蕭宏盛他自己竟也成了這些男人中的一個，這叫他十分悲哀。

本來他也不是沒有過一切聽天由命的想法，欣賞紫霞也未必一定要擁有她；只不過他畢竟是凡人，具有俗世男人的一切弱點，加上自身家庭生活的種種不如意，他竟不能抑制親近紫霞的念頭。

也許遠觀最美？如水中花，鏡中月……

但血肉之軀終究情不自禁。

紫霞笑吟吟地說：「……在我的眼裡，除了我先生，其他男人都不存在了。有時候我跟我先生開玩笑，說，我是不是有些不正常？」

他也笑吟吟地聽著，其實紫霞的話卻硬生生地敲在他心裡最柔軟的部分，而陣陣發疼。

看來我真是自作多情了！她就這麼幾句話，便已經把我當成透明物體。

但嘴上卻說：「我真的要衷心祝賀你了……」

那個晚上便有些失眠，除了遭到拒絕的尷尬難堪，他也苦苦思索自己何以會這般不堪。

但他無法解釋清楚。

迷迷糊糊中便跌入半睡半醒的淺淺夢鄉，他走入一片森林中，前面赫然有一條巨蛇擋住去路，他雙腳發軟，釘在那裡，既不能前進一步，也不能退後一步；他與蛇對峙成一個凝鏡。他張口結舌，想叫也叫不出聲。驚醒滿頭都是汗，好一陣都動彈不得。那猙獰的蛇已經在眼前消失，他卻心有餘悸。

他打開床頭燈呆想，紫霞坐過的那張椅子，在燈影下寂寞孤立。驀然便想起弗洛伊德學派的說法，夢見蛇與壓抑夢想的性有關，他一驚。

也不知道這種說法有沒有道理，而且他想來想去也找尋不到任何足以支持它的證據。莫非那只是潛意識作怪？

朦朦朧朧中腦海裡突然電光火石般劃出一句：當你微閉眼簾，我已投入深淵。

還沒有完全明確那是甚麼意念，他已經再度昏昏沉沉入睡。當那條蛇捲土重來，頑強地潛入他的夢中，他又驚醒過來。心咚咚亂跳，他望了望手錶，時針指向早晨六點鐘。這時，正該是紫霞他們離去的時刻吧？

本來他可以睡懶覺，但夢境連連，使得他一點睡意也沒有了。

漸漸的，他重壓的心獲得了一點紓緩。這大概是置之死地而後生吧？已經絕望了，再沒有甚麼可以去幻想，他反而有重生的感覺。

自然是一種再也沒有任何期望的重生。

他甚至懷疑，匆匆忙忙將紫霞逼到不能迴避的死角，他為的就是這一句明明白白的答案。

這幾乎就是快餐式的一來二往，而他也明白，時空不允許他細水長流，他以為，憑著一副真情，假如可以打動她，也盡可以了；假如不行，以後也就沒有希望了。

這種想法似乎有些功利，他也承認。他對紫霞說：「我不是柏拉圖，當然不是毫無所求。不過，天地良心，我是真誠的，絕不是玩玩……」

心裡卻在想：好在我從來沒有在她面前說過輕浮的話。也不是這顆心純潔，只不過在她面前我不敢放肆。邪念嗎？當然不是沒有。是屬於男人的一種狂想吧？但也只是點到即止，甚至在靈魂深處，他也不敢褻瀆了她。

但紫霞她卻似乎把他看成了一般街上的男人，頂多也就是安撫他：「……我對你，已經是很隨和的了……」

他也絕對相信。也不是沒有聽過別人對她的評價：「她呀！才貌雙全，當然很難接近的啦！」也因為毫無把握，但又不想放棄，他冒進了。明知在前面等待的，只是一段情感的墓誌銘，堅硬而冰冷，他卻依然義無反顧地一頭撞了過去。

完全只是為了表白而已。

因為他下意識中認為，此刻不說，他便會將那句直截了當的話永遠封凍在心底。

但他不甘願這樣沉默。

好比煙花，即使燃燒過了也就是一片寂靜，但它畢竟在夜空中劃過，曾經燦爛一時。

會不會永恆，那是另外一回事。

他只是把表白當成了一件當務之急，大有只問耕耘，不問收穫的豪氣。他安慰自己說：能夠坦率跟她說、敢於坦率跟她說，畢竟還是男子漢大丈夫。

謀事在人，成事在天。

直到潰退，他也還在自我安慰：總算是了卻一件心事，從今以後，我可以輕裝。

好像全部目的只是為著求個了斷罷了。望斷紫霞最後的身影，他獨自走那回頭路，暗淡街燈下，他聞得到茉莉花香隱隱地在夜色中潛來，卻也已經沒有那種沁人心肺的氣息，只覺得那短短的路程不知怎麼走也總走不到。原來，有了結果，心頭也並沒有一輕的感覺。

只是他明白，他的目光不再年輕，他的步伐也不復輕快。他本來以為內心堅強得足以抗拒任何風暴，誰知道只須輕輕一碰，便頓時六神無主。只不過在紫霞面前，他仍要強裝笑臉，彷彿這只不過小事一樁。

但他知道，有一份沉甸甸的情感，已經像流星一般，墜落在他荒蕪的心田，成了一塊再也不會發光的隕石。

自從如媚遠走高飛之後，他自以為已經不再相信愛情。即使再熱烈的男歡女愛，到頭來還不是一樣經不起時光的磨蝕而灰飛煙滅？如媚當初的真情，哪裡去了？

如媚嘆了一口氣，「我知道你怎麼看我的，我也沒辦法。不過，我可以告訴你一句，從頭到尾，我是真誠的。只不過我沒辦法離開他，我知道這並不是愛情，只是一種親情，沒有任何激情，但可以維持，因為有女兒……」

他也能夠理解，只不過心仍不免受傷。

都說只有女人才容易受傷，滿街不是流行過那首〈容易受傷的女人〉麼？其實，男人又何嘗不容易受傷？只不過男人不能在大庭廣眾面前失態，即使有天大的委屈和悲傷，也唯有強忍著留到夜深人靜之時，一個人偷偷地把眼淚盡情流瀉，或者乾脆就……吞到肚子裡。

於是他便和王綺琴結婚了，沒有甚麼轟轟烈烈的感情波瀾，只過著一種很世俗的生活，他以為已經不再心動如水。

過去了的戀情好像是風一樣，只能感覺得到卻不能看見，有時他甚至也會有些懷疑：曾經有過袁如媚麼？曾經有過那一場熾熱的愛情糾葛麼？它從哪裡來，又到哪裡去？徬徨四顧，他甚至覺得連一點可以把握的證物也沒有。

除了那一幅她畫的《長相隨》。

他本來把它立在客廳的組合櫃裡，但不久便不知給綺琴收到哪裡去了。他也曾經裝成不經意地問她：「咦，那幅畫呢？怎麼不見了？」

綺琴哼了一聲：「那麼難看，放得這麼顯眼幹甚麼？」

他有些心虛，便不再吭聲。

連這個實物，也好像不存在了。是不是人世上一切曾經發生過的事情，都可以不算數？

就算是那幅《長相隨》可以堂而皇之地掛在客廳當眼的牆上，袁如媚也已經從他的眼中消逝了。

在苦悶而又無聊的日子裡，他便會溜過去，翻看那些已經有些褪色的相片，如撫觸結了疤的傷痕。留下的是一些合影，存在他的銀行保險箱裡。

可惜那個時候還沒有過膠這一說，不能保持鮮艷的色彩。不過即使活色生香如故，難道還有力保持當初那份鮮活的愛情麼？

往事如昨，歷歷在目。

那張穿著睡衣的合影，他坐在床沿，如媚站在旁邊，兩手環繞著他。他記得是用閃光燈自拍的。

那張在港澳碼頭附近對著鏡子的合影，怎麼頭髮都倒向左邊？哦，記起來了記起來了，那天路過，如媚說：「我們在這裡拍一張吧……」

難怪他胸前掛著相機。

對著鏡子就這麼一摁，於是便有了迹近錯體的這一張相片。雖然他並不迷信，可是當如媚離去，他一看到這個景象，不由得便會有些疑惑：難道這相照得有些邪門？

所有的這些相片，都是雙份。如媚臨走之前，把一堆相片和他寫的信件當面交給他，鄭重地說：「這都是我的，只是交給你暫時保管，主權屬於我，我隨時可以收回……」

他當時就覺得她在佈置退卻，不過回心一想，比起一把火將這往事燒成灰燼，她總還算不太絕情。至少她絕對相信他的人格。

## 六

在那個B市最後的夜晚，他懷著最後一線希望，憧憬著奇蹟的發生。

但是並沒有，並沒有紫霞回頭的望眼。她的背影走得那麼從容，跟大街上的腳步沒有甚麼兩樣。就算是她回眸一笑，那又能夠證明甚麼？現實冰冷而縹緲，簡直不可把握，能夠把握的便是絕望。

只有恩雅的歌聲，寧靜聖潔有如從天外飄來，令他懷著宗教般的虔誠，膜拜那寂寞的夜空。於是紫霞連同塵世的一切漸去，他熄燈仰臥床上，心頭一片清明澄澈，那歌聲那迴響，令他的眼角溢出一顆淚滴。

哀莫大於心死，一切都可以這樣埋葬了嗎？

只不過他已經無能為力。既然努力過了，最後仍要全軍覆沒，只能認命。

也許此生注定沒有緣分，非戰之罪。

也並不是計較成敗，只不過有一種很真摯的情感，深深埋葬在他的靈魂深處。他強笑著對紫霞說：「……我不收回，但是從今以後我不會再提。」

打落牙齒和血吞，男子漢大丈夫，何必婆婆媽媽黏黏乎乎惹人討嫌？縱使有天大的理由，也無需乞求人家的同情。雙方只要有一個人沒有感覺，就絕對不能勉強。

而且，人再強，也強不過命運。

何況，紫霞只是輕輕地笑著，好像沉靜在甜蜜溫馨的回憶之中。他甚至覺得她有些殘忍，明知他的心思，卻偏偏宣揚她的如魚如水。

或許，她正是用這個方式來徹底摧毀我的一切非分之想，以使我死了這條心？

其實他是極度敏感的人，只須她的一個暗示，他便會立刻退卻，倒不是膽怯，而是不願捨棄自尊。那個時候，如媚便曾經搖著頭說：「你呀，沒見過像你這樣的男人。男人都要百折不撓，不然的話，怎麼顯出誠意？」

但他不這樣想，誠意應該是雙方的，「……比方你和我，就不存在甚麼問題。」他說。

後來如媚要走了，他連一句挽留的話也沒有。

如媚也問過他：「我說我要去美國，你怎麼不叫我留下來？你捨得呀？」

他的心隱隱作痛。

只是，他竭力表現得平靜一些。

他抬起頭來，直視著如媚，「說又有甚麼用？比方說吧，我真的叫你留下來，你難道真的會留下來不成？既然說不說都是一個結果，那就甚麼都不要說了。」

一切都不必說，她既然決定去了，那必定有她非得要去的理由。她的視線飄到窗外，他也跟著望了過去，那一片夜海上，正飄過燈火通明的渡輪，好像夢中劃過的流星，他聽見她低聲說道：「那也不一定。要是你真的求我，我或許答應你留下來，你說沒有這個可能嗎？」

他的心頭一熱，幾乎就要開口相求了。

可是他立刻又清醒過來，就算是她答應下來，那恐怕也是一時衝動。她終究不屬於香港，留也留不住。

青山遮不住，畢竟東流去。

到時，也許就是無休止的摩擦與矛盾，還不如趁彼此仍有情意便斷然分手，至少也可以留下一份美麗的回憶，勝似相互厭倦成為陌路人。

不在乎天長地久，只在乎曾經擁有；他這樣告訴自己，心裡卻十分明白，只因為已經走投無路，只好這樣安慰自己了。

是近於鴕鳥的心理，不過人生在世，恐怕有時也免不了要當一當鴕鳥的，我蕭宏盛又豈能例外？身邊的朋友一個又一個移民去了，說他完全沒有感覺，那自然是假話，可是，他又能夠怎麼樣？

綺琴也總是在他耳畔絮絮叨叨：「你看看人家，一個個不是移民美加就是移到澳洲，你倒是想想辦法呀，九七轉眼就到，你不為自己考慮，也要為孩子著想啊！」

他苦笑著應她，「要是我有大把錢，那還用說？如今這個環境，移甚麼民？不要說人家會不會接收，就算是接收了，到了那邊靠甚麼謀生？難道真的要去唐人街的餐館洗盤子維生？這麼一把年紀……」

綺琴愣了半晌，才說：「怎麼人家那麼容易，我們就這麼難？上天真不公平！」

「你以為好混呀？如果好混的話，隔壁林先生一家就不會回港了。」他說。

那天在電梯口碰到，林先生就說：「走遍天下，還是香港最好！」

他明明知道林先生一家就像許多香港人一樣，移了民報了到又再跑回香港，畢竟這裡是一塊福地，至少在九七來到之前，還可以撈一段時間。

林先生說：「到了九七，就難說了，這也就是我們要搞移民，先買好後路的原因。」

九七以後會怎麼樣，蕭宏盛也不知道，綺琴問他：「你能夠保證不變？」他聳了聳肩膀，「我又不是大人物，也不是算命先生……」

他只是懷著不變的願望，有些無奈地留下來罷了。只不過飯後茶餘提起這熱門話題，他卻也不肯在那些即將移民的親友面前自認沒有經濟能力，人家問起，他只是一味笑著說：「我嘛，我是留港派。五十年不變嘛！」

人人搖頭，「沒見過像你這樣沉著的……」

他只是擺出一副莫測高深的模樣。

也不完全是裝模作樣，已經顛簸了半生，他不想再離開香港了。他對綺琴說：「外國地方再好，也始終是外國人的。你以為西方就沒有種族歧視呀？我看多多少少也會有。總之，有錢就能買自由，沒錢那就不要妄想。」

畢竟他的心依然跟大陸有千絲萬縷的聯繫，即使回去旅遊也常常碰到不開心的事情，但不能想像這輩子永遠不回頭。

那些親切的朋友令他難忘，相聚的時候便常常懷舊，彼此都說：「現在這個時代，念舊的人不多了……」

也許在滾滾商潮中，這本來也是不足為怪的事情，他笑道：「是我們落後了，跟不上時代……」

他有時也會有些困惑，也許大陸的朋友私下也會認為他沒有用吧？他們對他說：「你在香港，怎麼不去做點生意？多點銅臭味，也不是甚麼壞事情。」

他也不知道該怎麼說才好，只能說性格決定命運吧。他明白他自己該扮演的角色與位置。「做生意，也是一種本事，就憑我？哪裡行啊？只好認命。」他說。

「也不要太清高了。」有人勸他。

他苦笑，「你以為我不想呀？只不過不能罷了。要是我能夠做到李嘉誠，怎會不做？但我有那本事嗎？」

他從來就不曾糞土金錢，這個社會很現實，沒有錢，寸步難行。他只恨自己天生一碰到數字便心煩意亂，頭昏腦脹。

不要說別的，就說稅務局每年寄來的個人收入申報表，每回都令他心煩。其實也並不太複雜，只不過一旦要和數字遊戲一番，他便覺得好像是世界末日來臨。

既然如此，此生除了拍點紀實照片之外，大概也沒有甚麼出息了。

他也已經認命。

忽然間，如媚一個筋斗便翻回香港。但他從她的身體語言中獲得訊息，情已逝。他強笑著，心潮卻有悲傷的暗湧一浪接一浪；再熱烈的感情，是不是也會有淡化的一天？

而那回她離開香港時，並不是這般淡然的神情。這一次，她悄悄地來，根本沒有叫他接機；而且不是到達當日就打電話給他。

袁如媚望著寥落的食客，問了一句：「怎麼搞的？這家菜館以前晚晚都爆滿，怎麼現在人這麼少？」

「是啊，經濟不好嘛，股市又跌，誰還有閒錢？」他望了望四周，「能省就省。何況九七快到，一般人的心態都是存點錢在手裡，不管以後怎麼樣，也都安心一點。」

也不是信口開河，那晚他搭的士過海，司機便慨嘆：「……現在不好做。尤其晚上，出來玩的人少了，常常都是開著空車在街上遊蕩……」

完全是一副生意難做的失落感。

「物價也嚇人，比起我三年前走的時候，貴了不少……」如媚說：「昨天我去逛了一下，就有那個感覺。」

他也不是不知道。剛才一路走來，商場的店舖間間冷冷清清，他就不禁暗想：他們到底是怎樣維持經營的呢？據說舖租越來越貴……

大概只有工資越加越少，今年的加薪幅度，也就是向通貨膨脹率看齊罷了，加了等於沒加，這個日子怎麼過？不滿意嗎？老闆聳聳肩膀說：沒辦法，你自己看著辦吧。

他知道老闆胸有成竹，報紙從業員從搶手貨變成了剩餘貨，從市場的供求規律來看，自然便不那麼吃香，沒有炒魷魚就偷笑了，還能要求甚麼？只好忍氣吞聲，先保住飯碗再說。

遠的不說，年來關門的，便有《現代日報》、《華僑日報》，如果加上娛樂雜誌，還有《星期天周刊》。謠言滿天飛，甚至言之鑿鑿地說：這兩年陸續來，最後只剩十二家報紙……

到了這種地步，還有甚麼抗拒的餘地？

吃完晚飯，他剛想付賬，如媚早已把金卡一丟，說：「我來我來……」

這也是她一貫的作風，但今夜卻令他的臉孔發燒，唯有訕訕地說：「這是我的地頭，應該由我來……」

甚麼時候就變得這般計較了？

明知不復以前的濃情蜜意，卻畢竟不能視同陌路人，在如媚回美國的前一天，他打電話給她：

「今晚送送你。」

如媚說：「去希爾頓酒店吧！」他聽得心中一跳，在最纏綿的日子裡，那裡的鷹巢廳正是他們消磨時間的地方；那兩年的除夕之夜，他跟如媚握著手，聽著葉麗儀唱歌的情景，便潺潺如在眼前流過。

但今夜不是除夕夜，今天是一九九五年四月二十九日，也是希爾頓酒店營業的最後一夜，以後，希爾頓就要拆卸，不復存在了，難怪酒店內擠滿了前來告別的人們，連貓街外都排成了人龍等候入座。假如不是如媚預訂了座位，哪裡還能夠這般從容進去？

二十五樓的鷹巢廳裡，大都是一對對的中老年人，今夜十足是懷舊夜，也是惜別夜。人家惜別希爾頓，我惜別袁如媚。

自然也只是不再抱任何幻想的惜別。

連續三十年的除夕，葉麗儀都在這歌台上以歌聲告別往歲，今年除夕已經沒有著落，她破例在不是除夕的晚上高唱她的拿手名曲〈上海灘〉：「……愛你恨你，問君知否，似大江一發不收……」

那歌聲在寬闊中顯得有些悲涼，難道此情不再？

人們相擁著翩翩起舞，他竟覺得眼眶有些發熱。如媚輕聲說：「我們也去跳吧！」

旋轉著他便有些朦朦朧朧，這希爾頓的最後一夜，莫非也是他和袁如媚的最後一夜？

葉麗儀的歌聲，迴盪著令人心酸的韻味。今夜以後，再也不能在這裡靜聽她的這首招牌歌了……

如媚似乎也很傷感，「繁華璀璨之後的寂寞，不能忍受。也許九七後香港也這樣。你想不想去美國？大家朋友一場，能夠幫你，我一定會幫……」

難道真的去投靠她？他緩緩搖了頭，說：「我的翅膀已經太過沉重，再也飛不動了。謝謝你的好意。」

# 七

二十年後，蕭宏盛已經垂垂老矣；他孤獨地躺在床上，自知那個命定的日子正在來臨。離開這個世界，其實他也沒有甚麼太捨不得，只是，他心中仍然還有未了的情緣，不知道應該怎樣劃上句號。

兒子和女兒都垂淚問過他：「有甚麼要我們辦的事情，您儘管吩咐，我們一定照辦……」但他搖搖頭，微笑著說：「沒有甚麼了。我去了之後，你們好好照顧媽媽。」兩顆混濁的淚滴忽地從眼角滾了出來。

一向以來，他的身體不錯，甚至連他自己都以為永遠都會這樣強壯。沒有想到自然規律不可阻擋，到頭來風燭殘年又有哪一個可以在歲月面前逞強？望著鏡子照出的衰老容顏，一種虛弱的感覺明明白白地呈現出來。

他知道大勢已去。

在躺倒之前，他便去過銀行保險箱做最後的告別。好像撫觸青春年華，他將那些與如媚的親密合影，還有如媚給他寫過的片言隻語，又再仔細地看了一遍，好像要把它們深刻在心底，然後咬了咬牙，全部帶走。

帶走只是為了將相片和信件付之一炬，望著紙片在火光中發黑，燒成灰燼，他就覺得自己的生命差不多也就這樣消耗殆盡。

本來，自從如媚遠走高飛之後，他就以為自己也已經徹底地死了那顆躍動的心；哪裡想到到了末了才發現，原來燃起了的大火，並不可能完全熄滅；而發生過的事情，也不可能一筆勾銷，只不過那個時候他已萬般無奈，唯有自欺欺人地故作瀟灑罷了。

他也不是沒有考慮過：是不是可以拜託兒女，代他珍藏這一段秘密的歷史？

不管怎麼樣，事實終究是事實，他希望兒女可以知道他的過去，也能夠尊重他的感情。他知道這樣做必須擁有很大的勇氣，甚至要冒著不被他們諒解的危險，這他都想通了，自認為值得一試。他甚至也想好了該怎麼開口：「無論如何驚駭，我請你們盡量保持冷靜，並且能夠設身處地為我著想，我並不想傷害任何人……」

但到了最後時刻，他卻決定緘默不語。為了不傷害綺琴，所有的秘密必須跟他一齊從這個世界上消逝。

也不是故意隱瞞事實，但是當這事實的公開只能叫人悲傷的時候，他寧願不說真話。既然那麼多年都這樣過來了，我又何必在身後留下一個殘忍的故事讓她獨自在晚年去細細咀嚼其中的苦澀味道？

但燒毀之後的大慟，令他覺得再也沒有甚麼希望。或許他的健康急劇惡化，根本就因為心中已經失去了最後的支撐力？

那種精力枯竭的趨勢不可阻擋，他在心理上也不是沒有掙扎過，為了還不曾料理的後事。他不知道在那最後的時刻，他會不會眼睛也閉不上？

如媚甚至連他離開人世的消息也不知道，多少年來，他們已經失去了聯絡，而且他們兩個一向也沒有甚麼保持聯絡的共同朋友。除了他們自己之外，在這個世界上，大概也只有天和地，以及太陽、月亮和微微拂過的風，曾經為他們的綿綿情意作證。

那個時候只覺得死亡是一個遙遠的神話，根本不具威脅。他笑著對如媚說：「……到了那個時候，也不知道你會不會趕來送我最後一程？」

本來只是不經意的一問，不料話一出口，心便一沉，他甚至也摸不清自己的心理。

如媚卻伸手掩住他的口，「別瞎說。你會長命百歲的。我還沒走，你總捨不得拋下我，一個人走吧？」

當然捨不得。可是……

可是現實已經人事全非。距離是個天涯，而橫在心間的，是如煙的往事；人生大概也是完全難求全。如今他最後的願望，只是告訴如媚一聲：我先走了。這願望是那麼卑微，但是看來卻沒有辦法完成。

轉念一想，她不知道，也許更好？

這樣的大劫，從叱咤風雲的人物到芸芸眾生，又有誰能夠逃得了！只不過是遲早的問題罷了。即使不告訴她，她也該會想像得到，我的日子不多了。

突然便想到洪紫霞，她也該五十歲了，不再那樣顧盼生姿了。可是她還有時間，至少二十年後，她才會覺得人生的無奈。不知道到了那個時候，她還會不會有那樣高傲的笑容？

而袁如媚只須用十年的時間，便會追了上來。十年生死兩茫茫？在那不知名的地方，不知道還有沒有再見的緣分……

## 八

重重地打了個盹，蕭宏盛驚醒了自己。他驚異地望了望四周，明明依舊困在候機室，只不過那煩悶的漫長等候時間，令他陷入有些迷糊的狀態。候機的乘客個個神情木然，他也依然不曾彌留在病床上，那二十年後的景象，是他的幻象，還是上天給他預演的一個最終場景？

神智在慢慢恢復，廣播不時轟響，也並沒有捕捉到明確的訊息，但他有個預感：延誤了六個小時的班機，似乎已經有了起飛的可能。

袁如媚漸漸遠去，咦，洪紫霞呢？他絞盡腦汁，但只記得這個名字，卻完全想像不出很確定的模樣，她一會像這樣，一會像那樣，可塑性極高。

遊離的思緒突然固定在某一點上：在這個A城，又哪裡有過甚麼洪紫霞了？洪紫霞只是一個幻影，無端便在他的腦海中生根，迷離朦朧地成了他的一腔心聲。

他只是獨來獨往的匆匆過客，沒有回頭的望眼，也沒有送別的揮手。

但他確然記得，還是如媚專程飛到A城接他的那回，正值夕陽西下時分，那陽光把紅房子照耀得一片懾人心魂的色彩。那是家西餐館，那色香味從昏黃燈光下溢出，又有一種童話似的韻味。但他們只是放輕腳步從那窗外掠過，好像唯恐驚破那種不可言說的氛圍。

懷著吃飯的目的而去，結果卻過餐館之門而不入，在宏盛的記憶中，這還是頭一次。也許也正因為如此，他才感覺到那印象特別深刻吧。假如那次果然進去就餐，也許所有美好的期望會在一瞬間落空，也難說得很。

保留一份永恒的美麗記憶，實在太不容易。如那香港的「紅屋」，而今偶然路過，他已經有往事不堪回首的慨嘆。那末，這洪紫霞，會不會是路過紅房子的印象，因為袁如媚而異化成的一個虛擬的人物？

他沒有辦法肯定。這洪紫霞好像是一陣縹緲的風，來無影，去無蹤，在這樣一個被限定的封閉環境中，嫋嫋娜娜地從他的心靈深處掠過。

但風從哪裡來?又吹向哪處?憑著他凡人的一雙肉眼，又哪裡看到清楚?

他只好認為，洪紫霞未必真的曾在現實中闖進他的生活，但他卻無法絕對否定她的存在。

他望向那排電話機，再也沒有人排隊輪候了，那些人彷彿在剎那間便自動消失。他可以輕易地走過去，抓起電話筒，打任何想打的電話，比方說打給洪紫霞。

洪紫霞的電話號碼……

沒有。腦子的記憶系統裡沒有洪紫霞的電話號碼。再翻看電話簿，也沒有洪紫霞這個名字。

洪紫霞只是個代號而已。

他再努力地思索了一遍，才確然省起，在A城他並沒有甚麼朋友，一個也沒有。為了甚麼竟會在那種非理性的狀態中自以為有特殊的情結?從頭到尾，他只是曾經跟袁如媚漫步在A城的那個黃昏街頭而已。

也跳過一次浪漫的舞，在那爵士樂之夜。水晶燈下，咖啡飄香，而在室外，正飄著迷迷濛濛的夜雨。是A城那年的冬夜吧?現實中已經遙遠得不可企及，卻時時照亮他寂寞的回憶。他還記得他輕托她的腰際，踩著那節拍，一面笑著在她的耳畔說道:「……怎麼這裡的燈光這麼亮?」

唯有半明半暗，才能夠把情調烘托到至高境界，但那裡的燈光，卻燦燃得一覽無遺，亮得就像眼前這機場候機室之夜一般。

這時，夜色從四面八方漫了過來，停機坪上的飛機都亮起了燈，另有一種氣氛。

廣播乍然響起，終於也輪到他那個航班的乘客入閘登機的時候了。

一陣輕微的歡呼響起，苦候已久的人們幾乎是爭先恐後地排隊，是不是這六個鐘頭無言的等待，更煽起了似箭的歸心?

他也有逃離困境的乍然釋放的感覺。

只是好像有一種不能破解的謎語懸掛在那裡一樣，他又回頭望望那排電話機，肯定在這最後一分鐘也並沒有要從這裡打出的電話，便隨著人群緩緩往前移動。

中午的太陽已然沉落在地平線上，冬天晝短夜長，原本應該在陽光下的航行，神不知鬼不覺便被推遲到月色中潛飛，證明人往往不能控制大自然。

他完全以無可奈何的態度接受任何現實中的變化，甚至突然冒出的虛無的洪紫霞。

在自己靠窗的座位坐定，他閉上眼睛假寐。

機艙裡的廣播響起，提醒起飛前的注意事項。請勿……請勿……請勿……

為了安全的原因。

手提電腦？這個剛響過的字眼，驀地像一顆墜下的流星「咚」的一聲撞擊他的心房；他想起了那神秘的指令，那和他電腦聯網的訊號。

他用的是家庭電腦，飛到A城，自然便沒有辦法隨身攜帶。在他離去之前，他的電腦仍在與對方對烈地無言對話，也並沒有甚麼功利的因素，只不過在漫漫長夜裡卻活躍了他的思維，增加了他的生活樂趣。他也沒有給對方留下即將離開香港一段時間的訊息，當他離去，因為他覺得從來未曾謀面的對方，只是像外星人一樣縹緲，也不知道是不是一個存在的事實，他沒有必要報告行蹤。

這六個鐘頭的錯位狂想，會不會是對方的電腦指令追蹤而來，與他的腦子形成了某種聯網？

他知道這種猜想簡直滑稽，不過他對任何未經證實的東西都無意排斥。至少到這個時候為止，他只能這般解釋這種混亂的現象。

電腦都可以在某種偶然的機遇中與毫不相干的另一部聯網，那末人腦呢？所謂的心靈感應，是不是可以歸結到腦子聯網的一種？

洪紫霞只是虛幻地闖入，也許她根本就是袁如媚以腦子聯網的形式輸入到他腦子裡的訊號。

忽然便一驚：袁如媚和洪紫霞相差十歲……

可不要只是一個被指令的虛無的替身而已！

他不敢面對這個令他驚疑的問題，因為只要他再想深入一步，便不可避免地直接面對一個黑色的大問號：這個突如其來的非現實的故事，是不是如媚在另一個世界裡向他傳送的詭秘消息？

那末，如媚她是不是已經……

他赫然想起那個二十年後的情景。

難道如媚要比他走得更早更快？不可能。可是他又該怎麼解釋這心血來潮般的大紊亂思緒？

他戴上耳筒，恩雅那縹緲有如來自天外的歌聲響起。飛機正在加速，圓形窗外掠過一片夜景，他的心驀然一悠，飛機騰空，A城的萬家燈火，逐漸遠去了。

一九九五年四月一日至五月二十八日，香港——珠海——香港。

刊於《星島晚報・星象》一九九五年七月五日至八月二十三日

# 記憶塵封

夏末下午的陽光依然很毒，葉清良靠在德輔道中街邊欄杆上，汗水從額頭冒了出來。假如別人知道我是從九龍趕過來的，大概會笑我太傻了吧？不過，大半生日子也就這樣過去了，也不必在乎不相干的人品頭論足了。

何況鬧市中的路人來去，自顧不暇，哪裡還有時間去理會別人的閒事？他也就樂得做一個熱心的見證者，繼續守候。

電車叮叮噹噹地從街中駛過，把他盯著「龍記」的視線遮住，等到電車西去，又有一輛東行的雙層巴士，就停在「龍記」前，原來是塞車。怎麼偏偏在這個時候讓他失去追蹤的線索？他看了看手錶，正想橫過對面，那輛巴士啟動了，留下的一片視野裡，幾個上了年紀的伙計在拉鐵閘，「龍記」就這樣靜悄悄地告別香港。

當時，時針指向下午四點鐘。

一九九八年八月三十一日，曾經風光一時的「龍記」，就這樣成為歷史。而它的結業，也標誌著附設茶舞晚舞的可吃中菜的中式西餐廳，從此在香港絕跡。

當他這樣感慨的時候，麗盈哼道，就你這樣纏纏綿綿！都市的步伐就是這樣，你可以說它無情，但是舊的不去新的怎會來？

說的也是。「荔園」也沒有了，「皇都」電影院也結業了，甚至連啟德機場也停止了運作，還有甚麼滿載歲月風塵的東西可以長留？就拿這一天來說吧，「中巴」退役，「松坂屋」關門，相比起來，「龍記」又算得了甚麼？尤其是近些年來，它做的幾乎都是熟客生意，甚至連結業的消息也只由侍應私下通知。

餐廳老闆說，老字號要結業，有些不好意思。

其實只是潮流變了，本來是很好的東西，但年輕人的口味不同了，又有甚麼辦法？

但不管怎麼樣，「龍記」已經成了記憶，他再也不能夠到這裡靜靜吃頓晚飯，更不用說隨著那悠揚的節拍，跳起那懷舊的慢舞了。

為了目送「龍記」的最後一刻，他特意請了兩個小時的假。他對老闆說，家裡有急事。

他沒有告訴麗盈。他知道，如果說了，麗盈肯定會叫道，甚麼？你瘋了呀？為了一個莫名其妙的餐廳，你竟然去請假！現在是甚麼時候了，到處都是風頭火勢，老闆動不動就炒人魷魚，你不要把自己的頭伸到刀口上！

最後會一句話扔過來：幼稚！

他也覺得自己有些幼稚，甚至可能有點情緒化，不過並非一時衝動。對於他來說，「龍記」隱藏著他的青春歲月，麗盈怎麼會知道？

那鐵閘轟然落下，好像就此與整個世界隔絕，也把他永遠排斥在外面的街頭。

就像金曉嵐與他之間一樣，雖然他在夢中時時呼喚她的名字，但在現實中他卻永遠和她運行在永不相交的各自軌道上？

曉嵐的淚水晶瑩，說著說著，便掩面而去。

他呆在那裡，半晌做聲不得。

恨不相逢未娶時？

你聽我說……

但曉嵐已經充耳不聞。

雖然也只是朦朦朧朧的情意，但彼此也都心知肚明。

我已經別無選擇，她的神情悲痛欲絕。

明天她就要嫁人去了，她上醫院看他，塞給他一張遲來的請帖。

這樣也好，你去不了，大家都好過些。

其實他也不是躺在床上爬不起來，如果他執意要去，有誰能夠阻擋？

但他卻慶幸有了不去的借口。

他實在不願意看到她穿上婚紗，新郎卻不是他的場面。

即使是內心嚴重受傷，他也寧願像野獸似地躲進山洞裡，自己悄悄舔掉傷口。何況受傷的也未必只是一個他，還有她呢！

一想起她，他便心痛如絞。

是我沒有那個福氣。

也不能這樣說，只不過我們沒有緣分罷了。她強顏歡笑，來世吧，來世你可要等著我，不要匆匆忙忙跟別人結婚……

他笑，一言為定！

但淚水卻湧了上來。來世？都說有今生沒來世了，現在輕飄飄地從口中溜出的承諾，根本渺茫得連他自己都不能相信，但他認為起碼是個誠意。

我很悶，今晚你不如陪我去看一場電影吧！

逃出醫院易如反掌，何況跟她看電影，他求之不得。

是《仙樂飄飄處處聞》，重映的舊片。

看到一半，他感覺到她在黑暗中輕輕抽泣。他有些手足無措。本來，他的心情就很鬱悶。只不過不想讓她太傷感，只好強裝開心。他不知道他應該掌握甚麼樣的分寸。

沒有等到他想清楚，他的手已經滑過去，輕輕握住她的手。他感覺到她縮了一下，但在他的堅持下，她終於任由他了。

他感到手心在淌汗。

他的心在怦怦亂跳，不知道她又怎麼樣？

明天，就在明天，她就要變成一個美麗的新娘，躺在別的男人的懷抱裡，他的心就如被錐子亂戳一般地陣痛。

他當然不能這樣對她說，他不想傷她。何況，她完全可以回敬一句：那你呢？你不是早就抱著別的女人？

已經是一個不可挽回的事實，或者是錯誤，此生大概也無法彌補了。

他唯有在心裡默默祝福她，儘管努力了幾次，口中卻說不出來。

回去的路上，坐在的士裡，彼此都不發一言，空氣沉悶得難受，只有那開得很充足的冷氣，吹得他感冒，直到後來很多年，他都仍然記得，那是個夏天的夜晚。

而曉嵐做別人的夏天新娘的那一夜，他正躺在醫院的單人病床上，閉目假寐。

也說不清是甚麼樣的一種感覺，在他滿腦子流轉的，只是她喃喃的一句話：我很難受……

最親熱的動作，也只不過擁抱她而已，她在他耳畔呢喃，如果可以的話，我們就這樣一直抱著，不再分開。

但終究不能。

或許他畢竟只是一個普通的男人，帶有男人的致命傷。既然他不能給她以最後的保證，她唯有找尋她的歸宿。

她說：女人的青春有限。

她哀哀地嘆了一口氣。他沉重地嘆了一口氣。全世界也跟著嘆了一口氣。

或許還有尖銳的嘲笑聲。

他哪裡不知道也有一雙雙妒嫉的眼睛在窺測？只不過都藏在偽善的笑容之下罷了。

甚至還有一種流言，說他與她早就睡過了。乍聽之下他有些勃然，這種無聊的想像，他自己倒無所謂，但對曉嵐很不公平。

曉嵐卻一笑置之。管它呢！他們愛說甚麼，就讓他們說去！嘴長在他們臉上，你怎麼可以禁止得住？如果你生氣，不是太笨了嗎？

想想也是。何必中他們的奸計？

如果是真的，給他們說說解悶也無妨，如今卻只擔了個虛名，想想真的太虧了！

嘴上這麼說，好像是在自嘲，其實在他內心裡卻有一種強烈的暗示。

曉嵐說，不管怎麼樣，不必與他們一般見識。我們怎麼樣，關他們甚麼事？

他也摸不清她到底如何想法，待要再把話題深入下去，卻驀然驚覺自己已經心猿意馬，他有些赧然地住口。

也並不是在她面前注重自身的形象，他只是珍惜與她萌生的那種朦朧情意。大概也不是太朦朧，至少彼此也都明白對方的心意。只不過他已經不再是自由的男人，又不能做到不顧一切重新再來，他又哪裡可以要求曉嵐為他做甚麼？

曉嵐淒然，我已經別無選擇。

此後，在許多夜深人靜的時分，他躺在床上，聽著樓下街道間歇的小巴或者的士馳過的聲音，眼前流轉的，盡是她那種無奈無告的神情，叫他差一點就霍然而起，風裡雨裡，也就只管跟著她去了！

你不能，她說，我知道你不能，我也不想勉強你。你即使跟我，將來萬一有甚麼不順心，只怕你會怨我一輩子……

他一愣，熱血頓時冷卻。他從來也沒有想到會有這樣的場面，不過，人生路漫漫，將來的事情，有誰能夠知道？假如不能跟曉嵐這般溫存下去，他寧願不要開始。

她望了望他，是嗎？

他也問了問自己，是嗎？

不是。我不是柏拉圖。我是個有情有慾的平凡男人，哪能那麼偉大？不過，他希望追求完美。可惜世上完美難求。

他也問過自己，難道因為這樣，他就不敢開始了嗎？經歷過，始終比一無所有要強，何況人生是一條單程路，有去無回。沿路走去可以不斷回頭，但已經不能回走。

生命本來就這般脆弱，昨日永遠不會再出現，我們用自身來消費時間，想想也十分慘烈。曉嵐嘆了一口氣：真希望有來世。

他連忙強笑，來世我們約定了，一定要相互找到，否則你不嫁我也不娶。你要記住我這個右肩上的疤，茫茫人海你也可以認出我。我記住你脖子上的那塊紅痣，紅塵滾滾也不會讓我目迷五色。

曉嵐笑了，伸出手來，勾住他的手指。

這大概便是一種誓言吧？

這時，他們正在尖沙咀的「許留山」喝冰水，周圍都是二十來歲的年輕男女，那一陣陣的喧笑聲把他們淹沒了。

她說，年輕真好，一切都可以從頭來過。

他說，我們也曾經這樣年輕過。

但如今他們都已經是中年情懷。他說，沒想到都這麼一把年紀了，依然還有這樣的激情，好像有點不正常。人都會老去，這是不可抗拒的自然規律。她說，最重要的是心境年輕。在我的眼中，你是不會老的。

那不成了神仙，或者妖怪？

你想得倒挺美！你有千年道行嗎？

當然沒有，不然的話，就不會這樣陷入困境了。

話一出口，他便有些後悔：不知道曉嵐會不會多心？

好在沒有。

她只是輕啜著那碗「西瓜西米撈」，一副悠然自得的模樣。

他也摸不透，到底是她沒有想到致命的情結，還是故意掩飾自己。

按她的性格，如果觸及到她的傷痛，她很難隱忍不發。不過她是個慧黠的人，在許多時候，為了維護一個良好的氛圍，她也可以委屈自己，談笑風生。

這也更叫他不忍令她難堪。

我只不過是個柔弱的女孩，一心想要有個男人來保護我，我的要求不算高吧？她說。

他頓時語塞。如果可以的話，他必定挺身而出，去做她心中的白馬王子。只不過在現實生活中，他卻已失去了這份資格。

他只能夠祝福她，帶著隱隱的疼痛。然而心情卻異常矛盾。

那晚走在銅鑼灣街頭，迎面看見她與她的丈夫手牽著手，一種酸痛的感覺驀然湧了上來。事後一想，這種感覺有些莫名其妙，但卻是最純樸的反應。

到了許多年後，他趁著一個適當的機會當面向她提起，她卻笑著說，孩子都生出來了，牽個手算甚麼？

說得也對。他也明白，還有些做鴕鳥的味道，但是，他就是沒辦法抑制自己。

如果可以的話，他寧願迴避，但是他站在馬路當中的電車站上，左右的車道上車子飛馳，他又沒有上天遁地的本領，唯有困在這個「孤島」上，眼看著她與她的先生手拖著手，就那樣在冬夜的寒風中走了過來，而電車卻又偏偏不見蹤影。

他甚至後悔，平時都不搭電車，今天怎麼啦？莫非這就叫做鬼使神差？

而那雙牽著的手一直沒有分開。

他已經記不得都應酬了幾句甚麼話，只不過那種受挫的感覺，多年後的今天想起，也仍然叫他抬頭無語問蒼天。

其實他也明白，她有她的生活，他也有他的生活，何必這般耿耿於懷？

彼此的生活軌道是那麼不同，他不知道她起床的第一件事是做甚麼，而她也不會清楚他睡覺前有甚麼習慣。相識二十年，交情不可以說不深厚，但是內在的東西卻相互認識得不多，想想也很不甘心！他說。

「你想知道甚麼？」

很多，他說。

比方呢？她問。

他苦笑著搖搖頭。不是不知道，而是說不出口。比方說她做愛的模樣……

這念頭一閃，他甚至有些駭住了，甚至恍恍惚惚聽到曉嵐一聲呵斥：你怎麼這樣！

但曉嵐依然笑吟吟，因為她不能理解他沒有說出口的意識。

許多話也就是這樣埋葬在他心底，變成不曾出唇的秘密。

只是到了不久前，在得了一場大病之後，他有一種大徹大悟的感覺：歲月催人老，有許多事情如果不及早去做，只怕將來也未必有時間了，甚至連表白也是。

但他甚至不敢面對她，只好求助電話。

他囁嚅地說，其實我好像還是很愛你的……

她在那頭笑了起來，好像？甚麼好像？是就是，不是就不是，甚麼好像？

「好像」只是個掩飾詞，他以乎放不下面子。

甚至連這樣閃爍的措詞，一旦出口，他的臉也竟火辣辣地燒了起來。

你甚麼時候聽我這樣直接說過？

沒有。

不是不想說，只不過很難開口。

我曉得。但你現在怎麼又說了？

大概是大徹大悟吧。

其實早在她告訴他，她要結婚去的那天，他便想要表明心跡。他記得當時他與她坐在他病房下面的涼亭，八面微風拂來。他望著穿著白衣白帽的護士在不遠處來去匆匆地穿過，嘴唇動了一動，想要說甚麼，卻終於忍住了。那個上午很安靜，只有從左近一間教會女校傳來的清脆喧嘩聲，在表明這是課間休息時間。

曉嵐還會不會記得教堂傳來的鐘聲呢？只怕早就淡忘了。但是那回上大嶼山寶蓮寺求籤，大概是會記得的了。

不用問，她求的是姻緣。

她跪在那裡，雙手合十，喃喃地，不知說了些甚麼，然後去搖那竹籤筒，嘩嘩嘩嘩，那撞擊聲一下一下有節奏地傳出，她閉目虔誠地祈禱，究竟有甚麼意向？他看著那支竹籤排眾而出，終於「啪」的一聲掉在地上。

她撿起那支竹籤。

煙霧繚繞，她的眼睛睜開了，卻又好像被燻了一下，再度閉上。

這支竹籤，是不是就決定了她的命運？

她去找人解籤，他識趣地迴避。

這是很私人的問題，他不想令她難堪。

回程時坐在渡輪的頭等艙裡，天色昏暗下來，他望著她的側面，想要開口問她，但她一直不言不語，視線一味投向茫茫夜海。

後來他才猜想，或許就在那一次解籤之後，她下決心嫁人。

但他一直沒有問她，她也沒有說起。

當時他只知道好像有個男人在追求她，他雖然焦灼，卻又有無力阻止太陽下山的無奈感。即使是夏天，夕陽西下的時分，涼風陣陣襲來，在海灣游泳，也有了陣陣涼意。這個芝麻灣的浪花已經遠去。只在褪了色的相片上留下不可磨滅的痕跡：他與曉嵐站在淺灘上，都穿著泳衣，一式的微笑，目光一致，好像在閃耀著青春的驕傲與渴望。

儘管那天都說了甚麼，他也不復記憶了，只是他依然牢牢記住那個氛圍。也就是天南海北地閒聊吧，也不會涉及感情，沒有情話，但心情甜蜜。

那個午夜，他偶然收聽電台普通話節目，咦，那個女聽眾是從芝麻灣打來的？雖然夜色如墨，但他卻油然想起那十幾年前的一幕。只不過他只是到此一遊的遊客，除了海水青山與藍天白雲，他眼中也只有曉嵐的倩影笑顏了，哪裡會知道這一帶的田園風味？更不知道直到今天，那個女聽眾為了跟電台主持通話，必須步行十幾分鐘去找電話打。

這好像是都市裡的「天方夜譚」，如果不是由那位女聽眾親口說出，他也不會相信。這時他才明白，香港雖然不算大，但卻有許多有風情的地方他都沒有去過。女聽眾口中的村落遠離鬧市，交通不太方便，卻有它樸素的大自然風貌，沒有疏離的人際關係。他很想對曉嵐說，甚麼時候我們再走一趟芝麻灣？但他終於也沒有開口，因為他不想讓她為難。

其實他也不一定非要去芝麻灣不可，但是為了重溫，他對芝麻灣有一種難解的情結，就像那晚從電台上播出這三個字，便叫他的心潮澎湃，時光倒流，往事巨細無遺地呈現在眼前，又是一個不眠之夜。

他也曾經試探著對她說，人到中年，再不運動，只怕不行，不如你陪我，每星期五早上爬柏架山徑當晨運……

她說，好是好，不過孩子纏身，我哪裡走得開？

也就是婉拒了。

他不敢再說下去，只好獨自上路。

許久沒有去活動了，清新的空氣，令他感到自由自在。

在鬧市的一角竟會有這樣一片樹木遮蔭的天地，讓人有遁入山林的感覺，實在難得，怪不得沿途來來往往的晨運客不斷了。

他告訴曉嵐，假如不是有人發起護林運動，只怕那裡也已經給推土機推成水泥森林了。

那些掛在山徑兩邊的綠絲帶，依然在秋風秋陽下輕輕飄動，他看到了護林人士的片片心意，既感動又慚愧，相比之下，自己只不過是個置身事外的冷漠旁觀者，本來不應該享受到這塊綠地的好處。

他也不知道當時為何會那樣麻木，大概是覺得反對往往無效吧？但也可能捨不得花出時間去奔走。

後悔了吧？曉嵐說。

長期在商業都市中翻滾，他不能擺脫自私的想法。

誰叫你在銀行工作，天天和錢打交道，雖然錢不是你自己的，但也搞得你滿身銅臭了！曉嵐笑道，不過話又說回來，這個世界沒有錢又不行，唉，真難。

或許這也是現實寫真。

他也常常警惕自己，千萬不要成為俗人，如果淪為一個凡夫俗子，那離他做人的初衷實在太遠了！不過在不知不覺之間被蠶食，他也實在沒有辦法。

還是你好，在家裡畫畫，陶冶性情。賣得出就賣，賣不出也不要緊，又有老公養著，不會與金錢打太多的交道。他想這樣對她說，但終於還是沒有說出口。他從來也沒有在她面前提過她丈夫，這次也不想破例。他也摸不清這到底是甚麼樣的一種心情，到底是不顧事實，還是有自己的方式。旁人也許覺得可笑，但他卻認為這是忠於自己的感受。他不可能違心地嘻嘻哈哈，因為他覺得那樣既褻瀆了自己也褻瀆了曉嵐。

想想也很迂腐，曉嵐大概都不在乎了，他怎麼還會這般執著？何況鐵一般的事實不可能改變。連曉嵐都說了，沒見過像你這樣的人！

他說，我也就只剩這一點堅持了。

他真正想要說的是，我已經一無所有了，如果連這最後的堅持也失守的話，只怕我也完全淪陷了自我的個性。

有時他也會納悶：曉嵐怎麼可以那麼從容在他面前提到她先生？

而他從來就不提麗盈，在她面前，也不是刻意，只不過覺得沒有必要。

是不是她不如他那樣在乎他們之間的感情？

那回，她說：晚上我們去看一場電影吧！

好像是《傾城之戀》。

當然好。也只不過是一場電影而已，他也沒有想到其它。不過這個夜晚卻因此而絢爛。

他正要出門，她突然打電話來，算了吧！

算了？他一怔。不過也沒有追問，只是不無遺憾地回了一句，好吧。

既然她改變主意，他還有甚麼話好說？

不過他心裡萌生出一種委屈的感覺，到頭來，我葉清良只不過是招之即來揮之即去的小角色罷了……

後來才知道，她的先生不高興。

她說，他本來表示過無所謂，哪會想到真的要跟你去看電影了，他嘴上沒說甚麼，但臉色立刻就黑掉了。

他只是微微笑著，表示理解。

但心裡卻強烈地感到，他們兩人畢竟是夫妻，而我只不過是個不相干的人罷了。

就算真的去看電影，那又怎麼樣？他有時也真摸不清她的心思。他大著膽子輕輕抓住她的手，但她的手竟然一點反應也沒有。他對於這種境況大為惶惑：人非草木？但她明明就沒有甚麼感覺。

也只不過僅僅是手與手的接觸罷了，他都無法有甚麼突破，更遑論其它了。說來說去，他也明白，他跟曉嵐像花又像霧的情愛，始終朦朦朧朧，不能落實。

也不是沒有憧憬過，在一個適當的日子，擺脫香港世俗的生活，他和曉嵐去外面的世界散散心。美夢幾乎成真，幾個人相約一起去泰國旅行，曉嵐興高采烈地說，現在這麼便宜，再不去，就太笨了！

雖然是一群人，但曉嵐的丈夫走不開，他也單槍匹馬，他心中充滿了歡樂感覺。

到了真要成行的時候，其他人個個都打退堂鼓，都說：走不開……

既然走不開，還湊甚麼熱鬧？當初根本就不應該瞎起鬨！

不過他嘴上仍說：不要緊。

真的不要緊？她問，我聽你的聲調都不對了，至少也有點不開心吧？

他默然不語。

過了一會才說，其實只不過是參加旅行團而已，你姑且可以當做你報你的名，我報我的名，偶然碰上，做個團友……

但你知道不可能是這樣的，我們不是偶然碰上，也不僅僅是團友那麼簡單。萬一傳了出去，人家不說是預謀才怪！

他苦笑。原來，說到底，她還是有忌諱。那末，我只不過是一廂情願罷了。

他想對她說，我只不過想跟你一起旅行，留下個共同走過的行程而已，絕不會有非份之想，難道你這樣都不信我？

不過他還是沒有說出來。她信的話，早就信了，如果她不信，他說了也沒有用。

何況他也未必真的值得她完全信賴。

忘了是多少年前的一個夜晚了，一起吃完晚餐，他說：到我家去坐一會吧？

曉嵐驚異地看了他一眼，到你家？

他的視線望向街上馳過的小巴，她們不在，到台灣旅行去了。

曉嵐的反應很快，那不行，上去了，只有我們兩個，也不知道會發生甚麼事情。

他的臉火辣辣地燒了起來，倒像是他早就設下甚麼陷阱似的。

明知自己並不是那麼純潔，曉嵐是他這一生最心愛的女人，他不可能面對著她而無動於衷。不過他也不是色膽包天的男人，他最多也就是抱一抱她，或者吻吻她的臉甚至嘴唇，如果她同意的話。但他不會太過分。

他強笑，是不是怕我強姦你？

那倒不是，曉嵐說，只怕我也把持不住。

一股又甜蜜又酸楚的感覺湧上心頭。

但他明白，在曉嵐的心目中，他並沒有足夠的分量。他總認為，一個女人如果真的愛上了，只怕比男人還要轟轟烈烈。

本來他早該有自知之明，只可惜他卻不能決絕地掉頭而去。碰壁之後即使不會胡攪蠻纏，但心卻依然不死，只要有適當的機會，便會復活。

他甚至也並沒有甚麼目的，也並非一定要和曉嵐有甚麼肉體上的接觸。很久以前，他對曉嵐說過，要是我們能夠一起去旅行一次，那就好了。曉嵐只是笑，也不置可否。

那個時候，曉嵐還沒有結婚。

還沒結婚的曉嵐，當然還很自由，但她也只是那麼笑著，不曾點頭。如今曉嵐結了婚又有了孩子，又怎麼會輕易答應他？

他自認完全理解她的心情。

但想要一起去旅行，只不過希望在人生路上留下一絲可資回味的痕跡，等到我垂暮之年躺在床上，也可以有個心靈上跳躍的空間，如此而已。

那個時候，他已經老了，再也走不動了。

不過，有多少人會相信他沒有色心？包括曉嵐。

那只不過是你的借口罷了！男人盯著女人，除了上床，還有甚麼？

他覺得百辭莫辯。

知我者謂我心愛，不知我者謂我何求。

人家愛怎麼想，就讓人家想去吧！但曉嵐不應該也這樣看我。

曉嵐說，我沒有呀，只不過人言可畏。

我有。我有色心。如果可能，我當然要你。我不想瞞你。不過我雖然是世俗的男人，但我認為我還有自己的分寸，除非你願意，否則我絕不強求。

除非有感情，不然的話，我不會這麼無聊。他甚至不明白，曉嵐怎麼把參加一次旅行團的旅行看得那麼嚴重。

我再也經不起失敗了，她說。

他也摸不清這失敗的含義。

是跟他的失敗，還是跟她丈夫的失敗？

他半開玩笑地說，就算真的過去了，我和你又不會睡一個房間。

傳來傳去就難說了，她說。

他本來以為她比他瀟灑，哪裡想到到頭來她比他還要緊張。說那個「管他呢」的金曉嵐，到底哪裡去了？有時他也摸不清，到底是她言不由衷，還是此一時彼一時。他自己也有過這樣的經驗，口頭上說說容易，到真的要付諸行動，那就是另外一回事了。

大概他也不可以對別人要求太高吧。

只是因為珍惜，所以才挑剔。當他這樣對她說的時候，已經是坐在咖啡館的時候。

這個秋夜，有了一些涼意。窗外細雨若無還有，無端煽起一絲朦朦朧朧的愁緒。明月剛剛還在照耀大地，怎麼一下子就變得無影無蹤？原來良辰美景並非總是永恒。

但下雨也有下雨的妙處，她說。

今夜是不是應該喝杯咖啡？那冷冷的氛圍，正需要騰起的熱氣來平衡。

有時他也會覺得，自己實在已經老去，哪裡還有熱情和精力投注於感情戰場。他搖搖頭說，想想也很可笑……

有甚麼可笑？我才不覺得可笑。

是可笑。不過，大概也可以自我解嘲，我還不至於暮氣沉沉。

你當然不會。

那你是明顯抬舉我了，可惜不是事實。只不過我有些不知老之將至就是了。

說著，有一絲悲涼的味道湧上他心頭。以前他從來沒有想過一個老字，但近來生了一場病，上吐下瀉，才令他心生恐懼。原來，日子一天一天地過下去，人也一天一天地老了。曉嵐只不過是他的一個青春夢境，或者說是他的一個虛幻夢想，終究還是有緣無分。

他甚至開始思考，當那最後的時刻來臨，他此生到底有甚麼遺憾？

一生的憾事當然很多，只可惜生命是單程路，一去就不能再回頭，無法再挽回了。那麼，曉嵐是不是他心中的最痛？

他畢竟是個平凡的男人，又不是天生情種，當然也並非只是全心全意地苦苦等候曉嵐，特別是曉嵐令他絕望的時候。

又不是沒有其他異性喜歡我，我又何必去做一個莫名其妙的苦行僧？

當他看到曉嵐與他先生當眾打情罵俏，便不免沮喪。曉嵐你也太殘忍了，你不會不知道你這樣做會叫我的心抽痛。你要親熱你要顯示甚麼你儘管回去做好了，你又何必在我面前這般肆無忌憚地表演？

其實這個世界廣闊得很，只不過他的眼光太過狹窄罷了，於是滿腦子流轉的，也都就是金曉嵐的影子罷了。

現實中的曉嵐，已經游離在他生活軌跡之外，好像是一顆流星，雖然明顯地燃燒，但畢竟只是剎那芳華。他根本追蹤不了她的心路，他甚至不知道她有沒有思念過他，哪怕是在瞬間？

這一切也都因為曉嵐刻意展露家庭幸福的模樣，而令他不能釋然。

他覺得自己猶如與風車搏鬥的唐・吉訶德，所有的柔情蜜意撲空，只剩下飄飄盪盪的他，無依無靠，上不著天下不著地。

他苦笑，我是不是很蠢？

誰說的？她瞪了他一眼，你這樣說是甚麼意思？我不懂。

他沒有再說下去。有些話只能適可而止，太過了，徒然讓人討嫌罷了。

欲言又止，難怪汪冰如說他有太深沉的痛苦，總是沉默如一座冰山。

就算是冰山也並不沉默哩，只不過尋常不太容易聽到它在深層的躁動而已，他說。

呀，冰如笑了起來，我現在就聽到冰山在做熱身運動！

那個晚上，他們正坐在香格里拉酒店的咖啡廳瞎聊。玻璃窗外有雨絲飄來，蒙上了一層雨霧，將太平山下的七彩燈飾，籠罩得朦朦朧朧。室內的爵士樂隊在演奏爵士樂，燭光閃爍中，好像在傾訴一段悠遠空濛的心事。

只有那咖啡飄香，永遠也驅之不散。

那是一種很溫馨的感覺，然而也僅僅就是一種慵懶的溫馨感覺而已。或許他可以跟冰如天南海北無所不談，甚至談及男女之間最私隱的事情，但卻從來沒有邪念。

曾經滄海難為水，除卻巫山不是雲？

也並不是他沒有邪念，在他的內心深處，他也是很喜歡冰如的，只不過他不想觸動到那一個層面，因為走到了那一步，想要退回來，只怕不易。

如果冰如無意，他甚至要冒著粉碎眼前這份溫暖友情的危險。

他只能把那份躁動的情感，埋藏在心底。

喂，看來我真失敗，難道你對我一點意思也沒有？冰如促狹地說。

但他終究摸不清她的用意。

她並不是一個輕浮的人，但她性格爽朗，他不能夠以世俗的眼光估量她。

高攀不上，他笑嘻嘻地說，我能夠有像你這樣一個紅顏知己，已經三生有幸，上天待我不薄，我怎麼可以得寸進尺？冰如但笑不已。

有時他也會猜想，冰如的家庭生活到底如何？可惜她從來也沒有談及她的丈夫。他只知道她丈夫做生意，而她經營小花店，也只不過是聊以打發時間，並非志在賺錢。

認識她，也是因為買花。

而且是為了送給曉嵐，回想起來，似乎生活真的有點太諷刺了。

也不知道買了多少次花，當然也揀著她的生日，或者是情人節，或者心血來潮的日子。冰如笑道，你對你女朋友真好。

也許與冰如的交往，也就是這樣開始的。

後來冰如也問過他，你那女朋友呢？

他笑著反問，你怎麼知道一定是女朋友呢？難道不會是太太嗎？

冰如聳聳肩膀，說不清楚，只不過憑經驗，或者是一種直覺。

果然厲害，他說。

但他並沒有更清楚地說些甚麼了，倒不是想要刻意瞞她，而是他感覺到曉嵐雲山霧罩。

曉嵐嘆道，從來沒有人送花給我。

他知道那其中的滋味。都說女人愛花，如果一輩子都沒有異性送過花給她，那她豈不是太失敗了？可能是一種虛榮，不過也是事實。人的一生不過幾十年，有如過眼雲煙，如果連一束鮮花也沒有接過，那一生豈不像花兒敗落？

他安慰她說：會有的。麵包會有的。

那麼愛情呢？有了麵包，有沒有愛情？

曉嵐苦笑，這個世界，麵包與愛情很多時候都不能兩全。光有愛情有甚麼用？人活著，沒有麵包，還能活得下去？

是不是又是魚與熊掌的問題？

但他故意講笑，沒有麵包也不要緊，反正我不是俄國人，不是以麵包為主食。只要有米飯，也就可以活得很好了。

曉嵐望了他一眼，你知道我說的是甚麼意思。

他只好住口。但曉嵐那帶著一絲憂鬱的臉色，卻令他有一種心痛的感覺。

他悄悄給她送花，大概也是出於這感覺吧？

雖然沒有落下款，但她還是對他說，你的花我收到了，是安慰我的吧？

他想要否認，卻已經不可能了，曉嵐說得那麼肯定，他哪裡還有否認的餘地？如果我否認，而她又掌握了真憑實據，那豈不是會給她留下一個印象，認為我喜歡說謊話？

他不想讓曉嵐看扁他。

只要她收到鮮花後開心一些，那他的目的也就達到了。至於他的自尊，倒也無所謂。

後來才知道，他所送的鮮花從來不過夜，只插到她丈夫回家前，便給丟棄了。

他忿忿地想道，我的價值，是不是只有一個白天？

他明白她的心思，不想她丈夫看到，引起不必要的誤會。但他又算是甚麼呢？過渡時期的一件擺設？

本來他早就應該明白這個道理，只可惜他太過浪漫，以至弄得有些一廂情願了。

曉嵐說，你不要怪我，反過來，如果我送花給你，難道你可以公然留在你家過夜？

想想也是。輪到自己，行嗎？

不過也不是沒有過這樣的經驗，是冰如送的。他有些手足無措，喂喂，這個……說著，他手忙腳亂要去掏錢，你做生意，沒有理由叫你做虧本生意呀！

冰如笑道，你可不要以為我向你暗示甚麼，只不過這花捱不到明天，反正沒有人買了，我不妨做個順水人情。

那束玫瑰花絕對不是殘花，冰如這麼說，只不過不想讓我尷尬罷了。說來說去，她是女中丈夫，我卻好像患得患失的小男人。

他心中泛起對於這嬌艷的紅色玫瑰花的一種依依之情，回家的路上，幾次經過街邊的垃圾箱，他都閃過扔了進去的念頭，但終於還是抱回家裡。

踏進家門的那一剎那，也有些硬著頭皮的味道，生怕麗盈劈面就問，誰送的？

但麗盈並沒有問甚麼，只是盯了那束花一眼：你怎麼突然這樣浪漫起來？

他只是嘿嘿笑著，並不答話，連忙便找個花瓶把它插了進去，好像是插在他心裡一樣。

但鮮花終究要凋落，幾天後，他懷著悵然的心情，把它丟進垃圾桶。

早丟與晚丟，那結局還不是一樣？早知如此，那晚在路上丟掉也是一樣，我終究無力讓它永遠那般燦爛盛開。

但區別也在這裡：這束玫瑰花，總算也在他家度過青春時刻。

如果想到結局，這人生也都一樣無奈，何況玫瑰花？人一生苦苦掙扎，最終依然不能留在這個世界上，假如這麼一想，在生命的過程中的一切掙扎，又有甚麼意義？而這玫瑰花擺在花店，丟棄在垃圾箱，還是插在自家見證自己的日常生活，哪怕只有幾天，也已經有不同的意義了。他有一種葬花的心情。

但他不能對曉嵐說，我可以呀……

他不想炫耀，更不想把冰如抬出來為他個人去「爭光」。也許是不想讓曉嵐多心吧？那次一群人吃飯，說笑之間，曉嵐就問了，你們大家研究一下，清良為甚麼討那麼多女孩子喜歡？

人人嘻皮笑臉，他也跟著嘻皮笑臉，是嗎是嗎？有這樣一回事？我怎麼不知道？

心裡卻竊喜。是一種虛榮感吧？那晚捧著冰如送給他的那束玫瑰花回家，一路上引來男男女女的目光，是艷羨？還是不以為然？他也弄不清楚，不過他有些不好意思起來。一個大男人，捧著鮮花到處亂走，算是怎麼一回事？何況今晚不是情人節！

但即使情人節，也不用再送花給曉嵐了，我又不是錢多到用不完，要拿來消遣，更何況再寬容，男人終究也有男人的尊嚴，既然曉嵐並不當他送的花是一回事，他也就止步了。說到底，曉嵐於他只是水中月、鏡中花。

寶劍配英雄，鮮花贈美人。我不是英雄，只是情場失意者，哪有甚麼寶劍？曉嵐雖是美人，但已經不用鮮花來襯托了，我葉清良又何必自作多情，盡幹些蠢事?!

他嘴上不說，但曉嵐卻感覺到了。就憑他不再送花，以女性的敏感，她已經準確地捕捉了訊息。

那晚正坐在蘭桂坊的「1997」吧檯的高櫈上喝果汁酒，曉嵐嘆了一口氣，我有我的難處。活在這個世界上，又有哪一個人沒有難處？只不過每一個人的取捨不同罷了。

或許又是一個性格決定命運的故事。

在這樣的一個地方，在這樣的一個夜晚，很容易勾起一種朦朦朧朧的意緒。也不是沒有想過把心一橫，乾脆靜心與冰如來往，也不一定懷有甚麼終極目的，但至少冰如看來不會對他若即若離。但那種念頭剛剛冒出，他便悚然一驚，葉清良呀葉清良，你是不是正在市場上揀貨，沒法買這一件索性就另挑一件充數？

他頓時感到有一種褻瀆感。

本來以為自己有海枯石爛的情意，哪裡想到到頭來還是肉身凡胎一個，即使在他認為神聖的情愛路上，也免不了左顧右盼、東張西望，一旦有些挫折，便丟盔卸甲，落荒而逃。

莫非還是目迷五色？

這個花花世界，也還真是太迷人了。

但即使他的心也會越軌，目光卻始終在曉嵐身上徘徊，午夜夢迴，他也百思不得其解：莫非這是前世的冤孽？

朦朦朧朧，迷迷糊糊。那個夏天太熱，冷氣轟鳴，是不是有乾柴烈火的味道？假如不是突如其來的電話鈴響，只怕他與曉嵐已經又是另一番景象了。

被乍然打斷的情潮再也澎湃不下去了，曉嵐掙開身子，淒然地說，我覺得我自己很賤……

這句話深深地刺傷了他的心，但急切間又找不到甚麼話說，他只好默默地陪她走一段路，送她到電車站，只見她頭也不回地登了上去，他望見她坐在上層窗口座位的背影，一動不動如一座雕像，漸漸遠去了。

滿街的燈光蒼白，好像有甚麼東西遺落在他的心田。

他在電車站待了許久，電車停下又開走，人潮瀉下又湧上，他卻像一棵靜立的樹。終於，腦袋從一片空白中恢復知覺，他深深地嘆了一口氣，看來我自己太自私了！

只是在這樣的環境，這樣的氛圍，這樣的心情下，曉嵐才會幾乎跟他越界。但他不願意她只是因為一時的激動，他不想趁人之危，他尤其不想她將來後悔。與其她後悔，倒還不如甚麼也不曾發生過。也許這會令他終生遺憾，但他也願意承受。

強摘的瓜不甜，他說。

也不能怪曉嵐，畢竟，那個時候，他已經成家，而曉嵐依然待字閨中。他也知道，這是一種不平等的守候，因而也就更加珍惜她，唯恐有甚麼地方虧待了她。

在言語之間你來我往情到濃時，曉嵐也曾經咻咻地埋怨過，你為甚麼不等我……

但他不是未卜先知的諸葛亮，假如他知道在他的生命路程中將會有一個金曉嵐等待著他，他怎麼可能不等她？

也因為太過珍惜，自從曉嵐婉拒上他家的建議之後，他就再也不敢造次了。有時他也會暗問自己，我是不是很流氓？但一想到曉嵐只是個幻像，他便輾轉不能成眠。

他坐在客廳的沙發上看電視，其實那些畫面都不能入腦，只有曉嵐的微笑，揮之不去。

已經是好多年前的事情了，他突然接到曉嵐的一封信，他急忙撕開，跌出來的是她的一張微笑著的相片。那信上寫著：很久便想要送你一張相片，只是一直找不著合適的。現在這一張地不太好，不過勉強還可以吧，就送你留作一個紀念。

起初是一喜，接著又是一驚，送相片？是不是意味著甚麼？鄰近的女同事望了過來，滿臉都是疑惑。他趕忙收拾心情，假裝投入工作。

不久，便傳來曉嵐要結婚的消息。

原來，相片象徵著一個句號。

他雖然萬般不捨，卻也沒有甚麼理由反對。也沒有那個權利。到了這種地步，他唯有沉默是金。

你很冷漠，好像置身事外，後來她問，連一句話都沒有？

你想我說甚麼？既然你決定嫁人了，我還能說甚麼？

她瞟了他一眼，只要你說一句別嫁，我就不會嫁人。

他的心頭一熱，想要說，我不配，但轉念一想，又不妥當。曉嵐伶牙俐齒，反過來給她搶白一頓，除了撕破臉皮，我哪裡還有還手之力？早就給她殺得落花流水了！

也許這種沉默便註定了這樣的結局，他只有認命。

只要她幸福，那也就是了，我又何必一定要把她佔為己有呢？

然而，隨著年華逝去，他越來越感到，這一生他錯過了黃金機會。曉嵐那時曾經目光炯炯地問他，有沒有勇氣成為我的丈夫？但他沉默不語。倒不是他眷戀趙麗盈，只不過他覺得他有他做人的義務。到了這個年紀，麗盈已經沒有多大的選擇了，他於心不忍。冰如也笑問他，為了別人，你就這樣犧牲自己？他目瞪口呆，也不知道應該怎麼說，只有訥訥地說，沒有，我哪裡有那麼偉大？

可能也是一種慣性使然。想要打破一種格局，牽涉的問題太多，他已經不再年輕，已經沒有精力，沒有時間重新折騰了。

你這一輩子就是這樣，老是為別人想的多，為自己想的少，曉嵐嘆了一口氣，你甚麼時候也該為自己想想了。

為自己想甚麼呢？做人就是這樣，當甚麼責任、義務都完成了之後，自己便已經走到了生命的盡頭。有如蠟燭，照亮了別人，毀滅了自己。

他也曾經幻想過，等到孩子都大了，都已經不要他照顧了，反而他成了孩子的負擔的時候，他就立刻退隱，或者就跟心愛的人浪跡天涯。

是曉嵐，還是冰如？

雖然他鍾情曉嵐的心從未變過，但他也曉得，曉嵐只怕不會捨下一切陪他去走生命的最後一段路程；他甚至也不知道冰如會不會，無論如何，他和冰如雖然交情不淺，但卻從來也沒有捅破那隔著的一層薄紙。

他有時也會懷疑，他對冰如的感覺，會不會是一種自作多情的誤區？

甚至他也會暗自指責自己：莫非我是在迷迷糊糊地把冰如當成曉嵐的替身？

如果真的是這樣的話，不論對於冰如，還是對於曉嵐，都不公平。

他雖不想這樣做，然而有時卻身不由己。在潛意識裡，大概也有一種反叛在躁動，冰如也未必比你金曉嵐差呀……

只不過愛情本來也不能這樣從功利角度作比較，而他也明白，這只不過是在絕望之後的自我安慰，以顯示自己存在的價值。

人說義無反顧，他卻覺得自己負荷不了。如果再不能適當地鬆弛自己，他就要崩潰了……

曉嵐始終只是天邊的一顆星，離他太遠。

他不能滿足於柏拉圖式的愛戀。

只要你明白我心中只有你，那就夠了，她說，這比甚麼都重要。

有道理。心靈比肉體更重要。但是當肉體在現實生活中永遠隔絕，再純情，只怕也有一種身心疲憊的感覺。

他永遠只是曉嵐真實生活外的過客，始終也弄不清楚深夜裡她的睡姿究竟是怎樣的？他也不知道情到濃時她又是何等模樣？他本來以為對曉嵐是那麼的瞭如指掌，現在才赫然發現，所有的一切只是表面現象，他哪裡又曾經深入過一絲一毫？

那時曉嵐說，只要她接聽電話，她老公必會挨了過來，手在她身上游走。雖然沒有說得那麼具體，但他可以想像她所沒有說出的一切了。

他帶著一絲醋意，說到底，那人想要做甚麼，都是可以的了。

言下之意，他最多只是紙上談兵。

即使有機會，他也絕不敢造次，萬一曉嵐翻臉，他卻不知道該怎麼辦了。

原來，在他的內心深處，他是那樣的珍惜和尊重曉嵐，以致有些縮手縮腳了。

曉嵐卻說，有甚麼辦法呀！他有他的身份，我也要盡我的義務。

這個義務可圈可點。

曉嵐說，你不也是要扮演你的角色盡你的義務嗎，在家裡？

他苦笑。已經有多久沒有動過麗盈了？他也不知道。不過他不願意跟曉嵐說。說了又怎麼樣？或許她也不會相信。

信不信也都是那麼一回事了，他也不是想要她知道他生活中的深層真實。但他卻在乎她的家庭生活。他常常會猜想，在他面前笑吟吟的曉嵐，到底是怎麼在她丈夫的壓力下呻吟？她的眉眼在他面前跳動，卻已經是另一種面貌另一種風情了。這些念頭帶著某些情色的味道一閃而過，卻又震懾了自己：難道我日日夜夜所追逐的，都是那些形而下的東西嗎？

我只是個俗人，他喃喃自語。俗人有俗人的思路，誰也勉強不得。

我最擔心的是，當你要離去的時刻，我不在你的身邊……

指的是最後的日子降臨吧？

是有些殘忍，但誰也不能夠避免。他一驚，有一種悲哀的感覺如水一般瀉了過來。

我老了。原來我真的老了！

但他卻搞不清楚，說這句話的，到底是曉嵐，還是冰如？

縈繞在他心中的，只怕是一種無言的恐懼，有些莫名其妙，但卻絕對真實。

他並不願意孤獨上路，那是一趟有去無回的單程路，眼睛一閉，心臟停止跳動，生命畫上了休止符，脫離煩惱人生，或許也是一個解脫，然而他再也不能有回頭望眼了，不論是對曉嵐，還是對冰如，甚至對麗盈，還有全世界的人。

不過，生離死別，見不見最後一面，其實也沒有多少差別了，誰也無力與死神抗爭，既然如此，那又何必苦苦掙扎？

但終究還是渴望有一雙溫柔的手撫慰他最後溫暖的臉。是坐在香港公園的石櫈上吧，秋風輕輕，從夜色的深處飄了過來，撩起了些微的冷意。他躺在曉嵐的腿上，仰望夜空，有一顆明亮的星星在閃爍。她用手蓋住他的雙眼，你睡一會兒吧！好像是被催眠一樣，他迷迷糊糊地睡去，只覺得頭枕在軟綿綿的波浪，載浮載沉，夢境高遠而寥廓。忽然覺得臉上一涼，睜眼卻看到曉嵐低下的眼睛含著盈盈淚水，有兩滴已經滴了下來。

難道曉嵐也會為他哭泣？

原來只是南柯一夢。

曉嵐哼道，你以為我是鐵石心腸？

那倒不是，他從來也不曾這麼認為。但曉嵐既使對他並非無情無義，但也僅僅止於言語口舌之間的來往，再要深入，只屬幻想。

此生彼此的角色已經固定，既然曉嵐不肯有絲毫突破性的改變，他也只好認命。

曉嵐說，做男人要百折不撓……

但他卻不。即使言語上受挫，他也會赧然止步。

那天在言語中情緒漸漸高漲，結束前他冒出了一句，吻你。她笑，回了一句，先想一想啦！他的熱情頓時潰退，也只不過是表達一種意象，並沒有任何突然行動，她也這樣矜持，我葉清良圖的是甚麼？

有時他甚至有些疑心，曉嵐是不是有了別的俊男？

也並不是他太過敏感，曉嵐的乖巧，他又不是不知道，何況他總覺得，那個趙西蒙有些醉翁之意不在酒的味道。

曉嵐說，是畫廊的老闆。

一頭撞進九龍酒店的咖啡座，在閃爍的燭光下，猛然見到曉嵐，還有趙西蒙，他的心咯登了一下，卻強笑著伸手。

回到座位上，已經有些心不在焉了。跟他一起來的幾個男人笑道，喂喂，你怎麼啦？是不是那個靚女弄得你有些失魂落魄？

他一驚，連忙打起精神，哪裡的話？你們沒看見有俊男陪她？

那不是問題，也不說明甚麼，問題在於你自己是甚麼意向？

他察覺到一個個也都帶著窺視的嘴臉，便哼了一聲，我不像你們這麼邪！

勉強支撐場面，等他發覺，曉嵐和趙西蒙已經離去，連那小桌上的燭光也滅了。

雲遜眼尖，笑道，你望甚麼望？人家早就走了，還等你呀？

他大惑不解。

雲遜說，他們走的時候，那個靚女還舉手揮別，我們都看到了，而且回了禮，就你一個視而不見，你還能夠否認不是掉了魂？

我近視，他嘟囔著，朦朦朧朧的，我怎麼看得見？她又沒有走過來握別……

在這樣的燭光之夜，在這樣的鋼琴聲中，最好便是擁著美人跳一回。但美人已經遠去，空留下許多問號，叫他苦苦思索。

他又不能夠開口問她，喂，那個甚麼趙老闆，對你很不錯呀！

萬一曉嵐發起惡來，人權呀，我跟誰交往，不必請示你吧？那我就不免有些自取其辱。

他也不一定完全說不過她，只不過唇槍舌劍到頭來不免兩敗俱傷，他寧願選擇迴避，那回他打電話找她，她卻說道，我們要出去了，回頭回你。但並沒有。次日才打電話來，對不起。他隨口溜出一句，知錯了呀？她立刻提高聲調，我有甚麼錯？

他一愣，忙說，開玩笑而已，不必認真。

這時他才明白，話是不能亂說的，一句戲言，在對方聽來，有時就會變得嚴重了，世上的誤會，大概也是這樣產生的。人跟人之間，哪能隨時隨刻都合拍？

也幸好他懂得閃避。

也使得他在她面前口將言而囁嚅，即使很想約她去長洲觀看獅子座流星雨，終於也沒有出聲。幾乎可以肯定，她去不成。她哪能通宵待在外面？只不過他不願意說破罷了。

冰如說，我陪你去！

觀看流星雨，好像是在參加嘉年華會一樣，光是在人群中擠來擠去的感覺，便叫人有一種說不出的溫馨味道。

凌晨兩點開始，夜空便像佈滿了閃光燈一樣，閃閃發光，燃亮了他心裡的每一個角落。流星在長空中爆開後，散發出的一縷縷煙圈便凝住了，有時還現出心形的圖案，令他心中一動。冰如一面歡呼，一面叫道，那是火流星！他並不知道，他也不知道冰如原來有天文方面的知識，不免有些慚愧，但那種美麗浪漫的氣氛，又讓他有此時無聲勝有聲的感覺。

雖然是漫天光華，但隨著黑夜消盡，那種燦爛的景象也消失得無影無蹤。

為了這個剎那，你巴巴地等，覺得值得嗎？冰如在渡輪回航時，笑盈盈地問了一句。

他望了望窗外，四海茫茫，有一種空曠的感覺。也沒有甚麼值不值得，我覺得該做的想做的就趕快去辦，時間稍縱即逝，哪裡容得你猶豫徬徨？而我卻已經左顧右盼失去太多東西了。

人生苦短，必須當機立斷。而且人也不總是能夠把握自己。就說這獅子座流星雨吧，有天文學家預言，下次在二〇九七年十一月十五日再來時，便會撞向地球，令地球毀滅。

世界末日？冰如望了他一眼。

他很高興她也有她不知道的東西。

那豈不是說，人不論怎麼努力，最後還是躲不過命運的安排，抗不過自然的威力？

不過，你和我都已經看不到這一天了！他說，甚至連你我的兒女也是，最近的也就是孫子輩了，將來的事情就讓他們自己解決吧，也許到了那時，科學更發達，能夠轉危為安，我們何必杞人憂天？

有甚麼辦法可以解決地球的危機？

把彗星擊毀！他沉沉地說了一聲。

電影《末日救未來》的翻版？

不是幻想，而是絕對可能。

對話的時候，他們已經坐到船尾的甲板上，靠著椅子比鄰而坐。秋夜的海風陣陣吹來，涼意深深。海闊天空，卻沒有一顆星星。要是有星星，哪怕只有一顆，恐怕也會給這個夜晚留下一絲亮色、留下金色的回憶吧？

是一種很奇怪的感覺，當渡輪緩緩靠上港外線碼頭，中環的燈火燦爛，他卻已經沒有在大海中的那種心情。

他想對冰如說，多謝你陪我癲了一晚，但終於沒有說出口。

折騰了一夜又一日，他要趕著回去睡覺，明天又是一個上班日，他不能掉以輕心。聽說他要去的時候，麗盈早就不以為然，看來你的位子已經坐得不穩了！如今到處裁員，在這樣的節骨眼上，你還請假去看甚麼流星雨，流星雨跟你有甚麼關係？我看你是活得不耐煩了！他喃喃地說，我請大假呀！麗盈哼道，你大假太多了呀？有大假也留著陪家人出去旅行呀！我真覺得你有些不知所謂。何況你也不要以為請大假就沒事了，老闆要開刀，隨便抓住一個借口就可以動手，你又不是初出茅廬的小夥子，這一點的社會經驗也沒有了？

他當然也不以為自己做了主任便穩如泰山了，但他需要鬆懈一下。已經兩年沒放過一天大假，人又不是機器，何況辦公室政治又那麼可怕，再不休息一下，精神高度緊張而又暗箭難防，他會發瘋的。何況有冰如同行，以後有甚麼後果他也不理了，走一步算一步吧！

但去完了長洲，看完了流星雨，他卻有點不安了：明日回到銀行，會不會變天了？

只見總經理黑著臉，連總經理室的門也不關，便提高了嗓音，如今人人都在奮戰，你卻一走了之，你的任務完成了沒有？

原來是在推廣信用卡，每個人都有必須完成的客戶名額。

還差兩名。兩名罷了，用不著那麼緊張吧？

總經理把手中拿著的杯子重重往桌上一放，「砰」的一聲，有些許的咖啡濺了出來。不是名額多少的問題，而是你的態度問題！

他的眼淚幾乎奪眶而出，這就是老臣子的下場了？連請大假也要遭受這樣的訓斥？

他不敢回頭張望，他知道，總經理室外，那些同事肯定在偷眼笑他。活到這個年紀，還要這樣被當眾羞辱，也不知道前世造了甚麼孽？他的氣往上直衝，差一點就要拍案而起，就算前路茫茫，也要爭一口氣！

但還是強忍下去了，眼淚也往肚子裡吞。如果只是自己一個人，那倒也變得輕鬆，可是他肩上揹負的終究是妻兒老小，哪裡容得他那麼瀟灑？人降生在世界上，莫非命裡要承擔這麼多的義務？自己的臉皮和自尊也就不值得多少錢了。

踏出了這個銀行的大門，以這個年紀，肯定就是失業了，他明白，總經理更明白。如果在前幾年，他稍微做出個姿態，總經理便極力挽留他，甚至不惜加薪。銀行生意好，人才爭奪戰劇烈，水漲船高，哪像現在，為了節省開支，裁員從工資較高的中層人員開始，他只覺得刀光劍影籠罩全身。

但再怎樣委屈，在冰如面前在曉嵐面前甚至在麗盈面前，他都隻字不提，好像根本沒有發生過甚麼事情一樣。表面上的理由冠冕堂皇：上刀山下火海，男子漢只能自己闖去，何必叫旁人擔心！但實際上他卻明白，他不想讓她們看輕了。畢竟，針刺不到自己身上不會覺得疼，把心靈的傷口展示給別人看，最多只能收回一兩句同情的話，於事無補。

所以他從來不大願意跟別人訴苦。廉價的同情固然不需要，假如給別人搶白幾句，那更是自取其辱。活在這個世界上，人在本質上即是寂寞的，是好是壞，最終也都需要自己承擔。過去了的事情成了歷史，曾經有過，總比一片空白強。流星之夜朦朦朧朧，朦朦朧朧的意境，朦朦朧朧的情意，是不是還有朦朦朧朧的憧憬、朦朦朧朧的未來？

朦朦朧朧就像「龍記」結業前，他和曉嵐帶著惜別的心情匆匆趕赴的最後一個週末之夜似的，燈光閃爍，老歌悠揚，男男女女一個搭著個肩膀，「拉龍」跳起了長長彎彎的蛇舞，他望著曉嵐的眼睛，那末，這「龍記」的傳統，是不是今夜就畫上了休止符？

而在他的內心裡，惋惜的並不一定只是「拉龍」，而是一個青春時代的甜蜜記憶。今後恐怕再也沒有一處更溫馨的實地，可以讓他時空穿梭地回到跟曉嵐眉目傳情的夢境中去。

也許曉嵐也懷有相似的心境吧，不然的話，她怎會跟他盤桓到晚上十一點半，「龍記」打烊的最後時分？自從她嫁人之後，即使和他去喝杯東西，不到十點鐘，她總是匆匆離去。這一夜，她已經是破例了，我還能怎麼樣？

打烊之前，餐廳播出〈最後的華爾茲〉，他擁著曉嵐，緩緩跳出的是風雨同路的舞步，還是載浮載沉的歲月？如果可以的話，他很想就這樣一直跳到天涯海角，一直跳到月落日出，然而，〈最後的華爾茲〉一曲既終，最後的時刻降臨，時間的腳步，有誰能夠阻擋？

走出「龍記」，他仰望夜空，都市的週末沒有星星。曉嵐說，星星都已經給燈光摘走了。

但曉嵐的笑容卻掩蓋不住她行色的匆匆，他嘴上不說，心中卻滿不是滋味，也不知道是為了曉嵐的謊話，還是為了自己的寂寞。跳了這最後一舞又怎麼樣？即使手上的體溫猶在，但她照樣又回歸到她固有的生活軌道上去，而他也照樣思念到天明。

那是個輾轉難眠的夜晚，閉眼盡是投身深淵的感覺。

也不是沒有閃閃爍爍地追問過，那感覺究竟怎麼樣？但回答只是：兒童不宜！

不是無可奉告？

他卻不能再糾纏不休了，無論如何，他不可以涎著臉，我早不是兒童了……

何況問的時候表面上雖然笑嘻嘻，但在內心深處卻有一種苦澀酸楚的感覺在悸動。他想到得到的回答當然是味同嚼蠟，然而他卻不能確切知道，哪句是真，哪句是假。如果她說如魚得水，他問來豈不是在自我傷害？

最好甚麼都不知道，甚麼也不聞不問。原來，做人難免要阿Q一些，不然的話，恐怕很難生活在這錯綜複雜的世界上。

但他已經記不清楚，他是問曉嵐，是問冰如，還是在夢中問一個並不確定的異性。因為在理智的時候，他明明知道，諸如這樣的問題，實在難以啟齒。假如對方發起惡來，分分鐘都可以告他「性騷擾」。

何況這已經涉及到私隱權了。她也完全可以反問一句：那你自己呢？我？他愣了一下。那已經是十分遙遠的事情了，他和麗盈，遙遠到幾乎沒有甚麼具體的記憶。有時麗盈也會旁敲側擊，喂，你是不是未老先衰，還是突然變成性冷淡？他只是顧左右而言他，連他自己也很難把握得明明白白，當然也不能對麗盈說，我不想。他不想在言語間傷害她，那樣未免太過殘忍了。

但他卻很清楚，他依然是血氣方剛的男人，他依然躍動著青春熱血。也並不是因為麗盈不再年輕不再漂亮，其實不論年齡還是容貌，麗盈也未必不如曉嵐或者冰如，如不過那種微妙的感覺已經消失了，他也無可奈何。

也不是沒有抗拒過這種危機，他也壓制過自己，但終於節節敗退。年紀愈大，他愈感到生命的脆弱，時光一去不復返，有朝一日當我赫然驚覺，只怕做甚麼也都已經無能為力了！可憐的單程路，可憐的單程車，一腳踏了上車，我偏偏又還目迷五色，是不是在自討苦吃？而他又不能做到心如止水，他需要一種心靈的碰撞，但他與麗盈並沒有。

如果僅僅滿足於男歡女愛而不追求心靈上的合拍，他也可以守住麗盈，心無旁騖。多少人都這樣過日子，似乎也自得其樂，偏偏他卻不能滿足。人生一晃幾十年就過去了，我實在不甘心於接受命運的安排。

只不過人言可畏。那些妒嫉的眼光，那些搜捕的眼光，還有那些變態的眼光，這些眼光組成一張惡毒的網，虎視眈眈，他豈能不防？即使他灑脫得可以不顧一切，曉嵐只怕也不能，甚至冰如大概也不能。到頭來，他豈不是要獨舞到天明？

人到中年萬事哀，以前只是聽說，如今都深深感受到了。愛情不是沒有嚮往，但已經身不由己了；職業不是沒有追求，但已經不能把握了。甚至連身體也不再那樣強壯，老眼開始昏花，記憶力開始退卻，這上有老下有小的日子，距離逍遙快活實在太遙遠了。他忽然記起年輕時一個朋友對他說過的一句話：五十歲以前一定要儲好一筆錢。

當時他聽得有些不屑，你怎麼那麼市儈？人生在世，並不是只有金錢而已……

現在才明白，理想與現實總是有個不可踰越的障礙。假如他真的有了足夠的錢，只怕當總經理訓斥他的時候便可以很豪氣地打斷，我不撈了！只留下那張胖臉驚愕不已。

但他終究不能。在金錢，在生活面前，自尊心又值多少錢？鬼叫你窮呀！

只可惜連感情上也不富裕。這世界上哪有甚麼傾城之戀？嘴上說說倒也還輕巧，一旦認真了，只怕也都躲在各自安全的戰壕左顧右盼。曉嵐如此，冰如如此，

他自己又何嘗不是？

也許是一種惰性，也許是無力打破那種已經形成的格局。人生如夢，夢裡如霧……

即使曉嵐對他懷著情意，他也明白，在很大的程度上，那是精神層面上的寄託。有時他也會覺得，他只不過是她的一種幻像。

夜深人靜的時候，他也會叩問自己的靈魂，假如曉嵐真的可以捨棄一切，和他奔向天涯海角，他是否可以坐言起行？他並沒有那樣自信，且不說麗盈的反應，他連自己有無能力照顧曉嵐也沒有把握。

他知道他沒有能力，曉嵐如今生活悠閒，即使她願意，他又哪裡能夠忍心讓她受苦，跟著他去浪跡天涯？

有沒有錢其實不要緊，只要我們開心就可以了，何況我手上也有一筆錢……

那豈不是說，我不但不能支撐你，反而還要成為你的負累？說到底，我是男子漢……

男子漢又怎麼樣？男子漢就不用吃飯了？用你的用我的又有甚麼所謂，那麼認真幹嘛？

他沉吟不語。

也並不是沒有心動。人家說我靠女人就靠女人吧，只要自己活得愉快，那又有甚麼！何況也不是每個男人都有這等福氣。不過萬一將來曉嵐後悔，只怕當初一切美好的回憶，也都會變噩夢，他不想有這樣的結局。

說甚麼有情飲水飽，那只不過是自欺欺人之談，生活中有太多的事例足以證明：貧賤夫妻百事哀。與其到頭來相愛變成互怨，他倒寧願趁早揮劍斬情絲，即使心中的傷口不能痊癒，也總勝過理想幻滅。

那麼，我們是註定有緣無分了？

他不敢接觸曉嵐的目光。我不值得你這樣情深義重，何況我已經老了……

曉嵐掩面而去。

但他極力追憶，卻又不敢肯定那究竟是曉嵐，還是冰如，或者兩個都不是，只不過是一場夢境，一個幻影，或者是心魔。

他慘然一笑，我葉清良何德何能，怎麼會有這樣的紅顏知己傾心相愛？大概正因為實際生活中根本沒有，這才引起心湖中的無數漣漪，以致幻想聯翩。

假如一切都可以重新安排，那該有多好！只不過生命無情，未曾曲終弦已斷，這大概也是人生永遠不可彌補的缺憾。

曉嵐說，現在真不敢照鏡子。

當時她在翻看年輕時的相片。年輕的曉嵐笑靨如花，那青山那白雲那草地那流水似乎都在春風中沉醉，她亭亭站在樹下，好像在等待一個美麗的時刻。

青春無限，也有用盡的時候嗎？

但儘管她臉頰上的紅顏已經消褪，他也並不介意。我不也一樣不再年輕瀟灑了嗎？

青春永遠都是一筆用之不盡的財富。

既然青春已去，他也就幻想著有一個美麗和諧的黃昏，或者靜靜地住山邊湖畔，每天面對著朝陽升起、夕陽落下，回首前塵，也是一個令人嚮往的晚年。只不過他不知道到底有多少可以值得回憶的片斷，他總覺得此生活得太過庸碌，與自己的初衷相差得太遠了！

有甚麼辦法？冰如說，人活在這個世界上，便要受到制約。你總不能真的想做就去做。如果你真的不理世俗眼光，結果你會發現到你不由自主地便掉入一種被獵捕的境地中去，你難道不怕晚節不保？晚節？我連早節也沒有呢，理那麼多幹嘛？不過我不夠堅強，明知可以不理那些追捕的眼光和吱喳喳的議論，但心理又不足以強大到可以抵抗一切流言蜚語。明明想這樣做，結果也都放棄了。他沉沉地嘆了一口氣，責任、義務，耗盡了我的年華。

一步走錯，滿盤落索。生命與青春根本經不起折騰，稍微遲疑，我已人到中年萬事休。

曉嵐是他心中的煙花，燦爛溫熱的夜空；而冰如是他眼裡的雪蓮，冷艷飄香在天邊。如果生活的齒輪沒有咬錯一格，他本來應該是個幸福的男人，然而，現實中他只有踽踽獨行在他那寂寞的心路。

他覺得他實際上只不過是別人生活中的一個點綴，或者是盛宴裡酒足飯飽後的一道甜品，根本無足輕重。驚覺自己有些自憐自哀的味道，他趕緊收拾心思。

男子漢大丈夫，即使遍體鱗傷，也不要向別人展示傷口，更不要當眾流淚；再痛苦的心情，也不會有人跟你一樣有切膚之痛。實在忍不住，倒不如躲進被子裡，在夜深人靜的秋夜裡顛倒人生高歌狂舞，讓思潮泛濫決堤。

明天又是一個清涼的日子，太陽照樣從東方升起，流星雨去了聽說還會再來，地球毀滅的日子，真的已經逼近了嗎？

只有那靜靜的笑靨，常駐在他逐漸衰弱的心房閃耀不止。

一九九八年十月二十五日至十一月二十五日寫成；
一九九八年十月二十九日至十一月三十日。
刊於香港《文匯報・世說》

# 沒有帆的船

## 一

快步穿過辦公室的時候，他滿面春風地向那些手下打招呼。

炎熱已經過去，這秋涼，真好……

但是他總覺得男男女女的表情有些奇怪，莫非我今早穿得有些怪異？

關上經理室的門，他對著鏡子照了一照，並沒有發現甚麼異樣。

管他呢！也許他們中了「中秋金多寶」六合彩巨獎，所以個個變得傻傻的。中了也沒有甚麼了不起，最多就是他們把我炒了，我可以再請人呀！甚麼東西都不是沒有甚麼人就不行了，只要有錢，本事再大的奇人，也可以請到。

敲門聲。他知道是女秘書艾達給他送來他照例要喝的咖啡。

有甚麼消息？他問。

沒有呀。艾達避開了他的視線。

他愈發納悶。

等艾達走了出去，他漫不經心地翻看報紙。

突然間，他的心一跳，甚麼？「尋人廣告」？而且是他母親的尋人廣告。

逐字看下去，但見白紙黑字寫著：

湯鄺玉霞尋找丈夫湯世成。自您於一九九〇年九月一日失蹤後，一直沒有音訊，各方人士如知其下落者，請即與本人代表律師書面聯絡。

一九九七年九月十日
湯鄺玉霞代表律師
莫英生律師行

不用看隨後的地址電話，他都已經記住了。

莫英生，他也熟悉。只不過既然成了他母親的代表律師，他當然也不再把這個莫律師當朋友。

看來是要攤牌了。

他並不怪莫英生，兩軍對陣，各為其主，他理解。只不過至少在這個非常時期，他不會再與莫英生去蘭桂坊摸酒底杯底喝酒。

莫英生醉眼朦朧地望著他，沒辦法，以我和你老爸的淵源，我不能拒絕你老媽。人在江湖，有許多時候是一點辦法也沒有的。你不要介意……

他斜眼瞟了莫英生一眼，不要那麼說，說到底，做律師，也是一盤生意，有生意，沒理由不做呀！

難得你這麼通情達理，剛才我還擔心，怕你想不通，跟我翻臉呢！

哈哈哈！他舉起酒杯一碰，男子漢大丈夫，我怎麼會為這麼一點雞毛蒜皮的事情動氣？你也太小看我了！

相對將杯中酒一飲而盡。他感到一股火辣辣的酒滾過他的喉嚨，直下他的心田，驀地騰起了迷迷糊糊的意識。友情為重？哼！現在哪裡還有這支歌唱？只要有利可圖，友情算得了甚麼？

在他心中早已楚河漢界劃了一道赫然的分水嶺。

如今這廣告，到底是不是莫英生出的主意？也許，當他們碰杯的那一刻，莫英生早就想到了這一招，只不過不告訴他罷了。

即使現在知道是莫英生在策劃，也已經不重要了。既然莫英生是對手，想必定會全力以赴把他置於死地。一大筆律師費，當然不是白拿。而他最重要最現實的工作，便是起來應戰。

兵來將擋，水來土掩……

也並不是沒有見過世面，當面握手言歡一轉身便暗箭傷人，難道還見得少？滾滾商場早就使他練就鐵石心腸。滿面笑容又怎麼樣？面對著一個又一個的人，心中總要佈陣設防，否則，一步走錯，滿盤皆輸。

只不過人心終究是肉做的，又不是銅牆鐵壁，哪能對一切都毫無反應？

比方在女色面前。

真的是英雄難過美人關？還是自己的道行還不夠，沒想到我湯炳麟竟會這般潰退。

好在也只是在女色面前幾乎潰不成軍，商場上，我依然勇猛如虎。

中五畢業，他爸爸斜著眼睛對他說，我看你也不是甚麼讀書的材料，算了，你就收拾心情，去打理旺角那家快餐店吧，好歹也是個經理……

他知道老爸覺得他沒出息，而他的後母鄺玉霞更是語中帶刺，是呀，你命好，有個有錢老爸，你不用怎麼做，也是一輩子衣食無憂！

其實他最討厭別人說他是「太子爺」了，不過，既然升學無望，他只好忍聲吞氣。

媽的！不要給我發達……

老爸說，你才十八歲，剛剛成年，社會經驗不夠，你可不要給人騙了，雖然這個快餐店虧掉我也不在乎，但究竟也是我的血汗錢呀！

旺角那家幸運快餐店，地點很好，照理應該很旺，但實際上卻月月虧損。如今老爸叫他去坐鎮，是不是有點要他往火炕上跳的意思？

老爸手中有十家快餐店，家家賺大錢，唯一虧本的，就交給了他，哪有那麼巧的事情？

後母嘿嘿笑道，這可是求過籤的，不能賴誰。連神仙都說只有你才能力挽狂瀾！

老爸望著他，天將降大任於斯人，必先勞其筋骨。

他知道說也沒有用，於是甚麼話都不說了。

老爸雖然是親的，但卻已經與那女人聯成一鼻孔出氣，再去求情，只怕徒然自取其辱。

兒子又怎麼樣？血緣又算得了甚麼？到了關鍵時刻，所謂父子情，怎能抵擋得了那鶯聲燕語的枕頭狀？

置之死地而後生，或許會出現甚麼奇蹟也說不定。如果只是接手隨便一家經營順利的分店，後母只怕又會風言風語，當然啦，他又不需要動甚麼腦筋，一切都已經上了軌道，白癡去做也一樣會賺錢！

他說，好，我去。

後母一轉身便走開了，究竟是生父，他老爸拍了拍他的肩膀，嘆了一口氣，本來我想供你去加拿大讀書，現在看來你也沒有興趣了。你就把這個快餐店當人生試驗場好了，我也還虧得起，就當是你交的學費吧，我也不給你壓力。

他懷疑他老爸本來就已經打算把這旺角的快餐店關掉，如今這般地說來，他覺得不免有些虛偽，但他也不吭聲，免得他老爸急了，連這個最後的機會也不給他。難道真要他一輩子做受後母白眼的「二世祖」？

背水一戰，走馬上任。

這時他才發現，旺角快餐店裡盡是老臣子。他們的口頭禪是：沒有功勞也有苦勞……快餐店前的人行道，日日夜夜行人川流不息，為甚麼就不見有甚麼人拐進來吃點東西或者喝杯甚麼？他也不動聲色，嘴上依然李叔張伯陳阿姨叫得特別親熱，其實卻在暗自觀察。從來也沒有充當過這樣的角色，他只覺得又新奇又刺激。只有有權有勢的人，才可以如此這般地主宰別人的命運。

即使是小小的快餐店，那也是一家「店王」。

操生殺大權的滋味，果然不同！

也不是沒有給他們機會，他低聲下氣地對老臣子們說，我不把你們看成是伙計，你們也不要當我是老闆，我們組成個「兄弟班」，大家合作一起打江山，ＯＫ？

水漲船高，你好我好大家好……

但老臣子們都只是默然地點點頭，轉過頭去個個依然故我，叫他無從入手。

甚至還聽到風言風語：哼！哪有那麼便宜的事情？賺了大錢，還不是老闆落袋，關我們甚麼屁事！

他老爸也問過他，怎麼樣？你有沒有辦法搞好？不要說我沒有給你機會！

後母甚麼也沒說，只站在一旁撇嘴冷笑。

他知道她在等著看他的笑話。

如果這一役他慘遭滑鐵盧，那他就永無翻身之日。後母也許就要趁這個機會，狠狠摧殘他最後的自尊。她可以抑揚頓挫地對他老爸說，你看看你看看，不是我對他有甚麼偏見吧！你給他機會，他也不反對，但他自己沒有把握住。既然他不是這個料，那也無話可說了，可別以後傳來傳去，說成是我這個後娘刻薄他了！

無論如何也要咬牙撐住，老臣子既然軟的不吃，那就只好給他們硬的，為了自己的生存，有時狠心一點也是必要的，我是男人，哪能一味的婦人之仁？何況婦人也未必仁慈，像我後母。

人不為己，天誅地滅。何況我是自衛。

特殊的情勢下，必須採取特殊的手段。他也不再發出任何警告，到了月初發薪的時候，他即時將老臣子全都炒掉，一個也不剩。

大師傅沉叔說，大少，你也太絕情了！

做生意不能帶感情，你們不能幫我賺錢，我沒有其它辦法。他說，這是迫不得已的，我也已經按勞工法例向你們做出賠償，大家互不拖欠，扯平了。

沉叔望著招進來的一批新人，嘆了一口氣，看來你已經下了決心，我們說甚麼也都沒有用了！

在那個剎那間，他也感到有些不忍，只不過硬挺了過去，又覺得理所當然了。他說，我開的是快餐店，不是慈善機構，一切都以經濟核算為準。

鐵腕政策之下，誰想要賺取那份工資，誰就要真的付出。

哪個人付出多少，我都曉得。我不會虧待任何一個人，水漲船高，只要賺錢，我定會論功行賞。

他深知重賞之下必有勇夫的道理。

這幫年輕人，果然令快餐店面目一新，他望著蜂擁而來的食客，打心裡笑出聲來。揚眉吐氣的感覺，原來是這麼美好。

甚至連他後母也換了另一種面孔，阿麟，我早就知道你不是池中物……

他本來想要諷刺她幾句，但轉念一想，也不必有風駛盡帆，於是便笑了一笑，只不過是運氣罷了。

對於我來說，快餐店能夠轉虧為盈，實在是意外收穫。老爸笑逐顏開，有其父必有其子，你果然有我之風，沒有給湯家丟臉！

虎父無犬子嘛！他說。心裡卻哼道，當初你又不是這樣的講法！

這個世界，牆倒眾人推，一旦你得勢，人家便會跟紅頂白好像早就是伯樂一樣，說甚麼想當年……

他的商業興趣給調動了起來，因為這初戰告捷的甜頭。他有時也會納悶，莫非我血液裡奔流的，始終也是老爸那商人的基因？

原來，有些東西是可以無師自通的。

快餐店漸漸納入正軌，即使他不在，那些伙計也是照常運轉。美琪也曾經問過他，他們怎麼不偷懶？他笑，偷懶對他們有甚麼好處？

跑出來打工，無非就是想多賺幾個錢，當賺錢成為大家的共同事業的時候，偷懶的人自然會成為眾矢之的。

而他的眼光也決不只是放在這家快餐店上，快餐店雖然開始賺錢，但太辛苦，一天要做十幾個鐘頭，而且連假期也沒有。這樣下去，只怕連女朋友也別找了。

美琪說，是啊，如果你還在快餐店的話，只怕我也不會認識你。

他摟著她熱情高漲，喃喃地回了一句，是我的終究還是屬於我的……

他利用快餐店的空檔去炒股票，居然也有斬獲，才二十一歲，他便成了「百萬富翁」。

美琪也常常埋怨他，你本來就是太子爺，飯來張口，衣來伸手，何苦跑出來自己捱？我就沒有辦法，如果我不做保險經紀，家裡也沒錢養我。

為了賺錢，有時也只好冷落佳人了。男子漢大丈夫，事業第一。

他說，我要證明自己的價值。

即使在女朋友面前，他也不願意將家裡的真實情況和盤托出，他認為那是很失面子的事情。

好在現在他已經成為地產公司的頂級經紀，月薪高達三十萬。

回過頭來再看那快餐店，簡直不值一提。

他也曾對老爸說，我已經盡了力，旺角快餐店現在賺了錢，我也沒有多少時間去打理了，你看怎麼辦吧！

老爸似乎有些良心發現，拍了拍他的肩膀，你我兩父子，還分得那麼清楚嗎？當初我就已經打算虧掉它，你讓它起死回生，當然應該屬於你。

他想想也是。至少自己的獨生子，十間快餐店分了一間，這不是便宜了那婆娘?!

也只是月底結賬的時候，他才會帶著美琪走一趟。

你這個老闆，當得倒也輕鬆寫意，也不用操甚麼心，回來就分錢。

風險是我的，哪像他們，不論怎麼樣也都有工資出。而且，賺得了多少錢呀？

她笑。我知道你是單身貴族，那點錢不在你眼裡，不過好歹也是老闆身份呀，香港地，不是人人都能夠做老闆，說到底，還是打工的多，你就是人上人了！

甚麼人之上？他一臉壞笑，在你之上就夠了……

美琪一愣，隨即明白過來，她順手擰了一下他的手臂，就你想得這麼邪！

他的卻一盪，反身摟住她，你是不是嫌我不夠嚴肅？

檯面上的電話鈴聲突然響起，令他回到現實中。

原來是美琪。

你看到了嗎？那廣告？你打算怎麼辦？

他沉吟了一下，走一步看一步吧！

美琪哼道，就你這麼若無其事。

他笑，又不是第三次世界大戰爆發！更不是世界末日，何必自己嚇自己？

放下電話，他卻知道自己並非真的談笑風生。畢竟是一種法律上的挑戰，他不能等閒視之。

不是為了那一點錢，在地產代理這一行混了八年，那點錢對於今時今日的湯炳麟，已經沒有多大意思了，但是還有那一口氣。

如果不是那女人步步進逼，他拱手讓回也不是問題。

他的視線又落回那攤在檯面的報紙廣告上，腦筋在飛快地轉動。

終於，他摁了內線電話號碼，吩咐艾達，請羅律師安排個時間，我要見他。

## 二

那個胖胖的男客，一直在糾纏著他。雖然他覺得已經解答得十分詳盡，但胖男客依然說，……我現在買的不是一斤菜，而是一套房子！

他當然明白那種心情。雖然對他來說金錢從來都不是甚麼問題，但他卻非常清楚金錢的重要性。人在這個世界上如此奔忙，到頭來還不是為了金錢？即使他一向對顧客服務周到，有問必答，那也是為了那份佣金。

美琪總說他口水多過茶，你又不是跟他們做朋友，只不過是做生意罷了，說那麼多幹甚麼？

他也知道如果有金錢上的來往，與對方太過熟悉，可能會礙於情面，不能立於不敗之地。好在他已經學會公私分明，聊天歸聊天，一說到金錢，他立刻會退到堡壘裡面，完全在商言商。

可是你要賺他們口袋裡的錢，哪能一味冷冰冰？如今地產公司那麼多，人家也不是非得光顧你不可。他有他的「必殺技」，在生意面前，他必定做足工夫，決不偷懶。昨夜美琪約他吃晚飯，但他為了今天應付這個胖男客，必須開夜班將所有材料準備好，只好推掉了。

美琪失望地說，慣了……

他好言安慰，成功必須付出代價。

他告訴胖男客說，那房子銀行已經估價二百五十萬，可以按揭七成，我給你計算了一下，你分期十八年最合算，而且負擔也不會太重……

美琪也常說他太笨，估價費至少也幾千塊，如果房子賣不成，那豈不是偷雞不成反蝕一把米？

幾千塊也不是甚麼大數目。

但是一次一次的幾千塊加起來，就不是小數目了！

他知道美琪是好意，不過，做生意，目光不能太過短淺，小財不出，大財怎麼進來？做我們這一行，最重要的是口碑。人家覺得你服務周到，自然會介紹別的客人來。

你別跟我講這些道理，這些道理我全懂。我們做保險的，也一樣是這個道理，問題在於我們從來不掏自己的錢，哪裡像你，生意還沒有做成，便要先支出！

雖然他不同意她的看法，但畢竟明白她是心疼他，所以他也就不吭聲了。

這大概也是歲月見真情？

那個時候，美琪好像恨不得把他口袋中的錢都掏光。

他以為她是顧客，才讓她嫋嫋娜娜地飄進經理室。艾達打內線電話，湯先生，外面有位靚女指名要見你。見我？我不認識甚麼鄭小姐！艾達說，她說她一定要見你，事關重大！

甚麼事情那麼要緊？反正手中暫時也沒有甚麼事情做，會會這位靚女也好，且看她葫蘆裡賣的是甚麼藥！

靚女隔著檯面坐在他對面，抽出一包煙，望了望四周，才直視著他，可以嗎？

也給我一支。

吞雲吐霧是不是有助於談話氣氛？

他噴出一口煙，鄭小姐，你是不是想買房子？有甚麼需要我的幫助？

美琪咯咯直笑，我當然想買房子，全香港的人都想買房子啦，只不過未必個個都有本事，這房價發瘋似地在漲，我可買不起！

別客氣了，人家都說保險業好賺，個個駕靚車住半山，哪像我們這麼辛苦？

你說的是最頂級的幾個，不是我。保險從業員是金字塔形，我在最底層，沒有工資，每個月必須拉到一定數額的生意，才不會給炒魷魚，你不知道我有多慘！

看到她楚楚動人的樣子，他的心忽然潮濕了。打開天窗說亮話，你是不是要我幫忙吧！

湯老闆人人都說你好人，真是一點也不錯。你幫我買一份保險吧，不然的話連這份工我恐怕也會丟掉！

他嘿嘿笑著，我是個生意人，不是開慈善機構，如果人人都這樣求我，我怎麼辦？下不為例。直到現在，也只有我一個人開口吧？

他想告訴她，你已經是第一千零一個了，可是當他看到她的眼睛閃呀閃的時候，忽然便失去了說「不」的勇氣。

是一種給淹沒在海裡，有點透不過氣的感覺。

好吧，你既然說我是好人，如果我不買你的話，只怕你對我的印象會改觀。

多謝，她笑得如鮮花盛放，不過，以你的江湖地位，我不相信你會在乎別人怎麼說你！

他一愣，驚覺自己似乎已經有些把持不定。啊呀，我今天怎麼啦？好像吃了甚麼迷魂藥似的。縱橫商場這幾年，甚麼美女我沒見過，怎麼今天會……

美琪已經把一份計劃書推了過來，而且嬌嬌嗲嗲地給他解說。

他一點也沒有聽進去。對於他來說，那只不過是一筆小數目而已，他不在乎。不過商場上的規則，並不在於錢多錢少，而在於鐵石心腸，他才不願意被別人當成傻瓜哩！而眼下他有兵敗如山倒的感覺，只為了一時的仁慈。

然而他只能簽字作實。

男子漢大丈夫，跟一個女人說話哪能不算數？一言既出，駟馬難追……

你放心吧，我要嘛不做，做了你的經紀，我必定會全力以赴，服務到最好，隨傳隨到。

那倒也不必，我又不是皇帝。

她笑，有甚麼問題你隨時call我。

他並沒有找她，但她時不時就來電，甚至乾脆摸了上來。他看得出手下那些地產經紀擠眉弄眼的神態，卻又不能下逐客令。

男人要有風度，不高興是一回事，但也必須給人面子，畢竟人家是年輕靚女。

心中早就不知不覺地建成一堵牆，是一種職業習慣吧，在金錢遊戲中，你不吃他，他就會吃你。

細細回想起來，他心中橫起的警戒線，源自於半被迫地成為她的客戶，使得他懷疑，她跟他交往的全部目的，都在於他口袋裡的錢。

你放心啦，她說，買保險，其實是幫了我又幫回你自己，你絕對不會吃虧。

他笑了一笑。你當然這麼說啦，換了我，我也會對我的客戶說幫了我又幫回你自己。這話一點也沒錯，你買成了房子，有地方住了，不是幫了你嗎？

所以，跟顧客打招呼，頭一句往往都是：有甚麼能夠幫到你？

不這樣講，難道可以說：喂，你有甚麼東西要我辦讓我賺你的錢嗎？

美琪斜著眼看他，你就是心軟。

心軟？他笑。當初如果不是我心軟，只怕也不會掉進你的陷阱裡面去了！

美琪打了一下他的手臂，你真是得了便宜又賣乖！

是你掉進我的陷阱還是我掉進你的陷阱？

那個時候，他們正在赤柱法國餐廳撐檯腳。

是個浪漫的週末。她問了一句，今晚你不用去搏了？

美女在前，天塌下來當被蓋。

就你油嘴滑舌，怪不得搞地產！

我是有良心的地產經紀，你沒有體會到？

打情罵俏的時候，還沒有登上二樓吃晚餐。是在夕陽西下時分，他們坐在樓梯前的小酒吧裡享受人生。

白酒還是紅酒？侍者一臉殷勤。

如今紅酒流行，來到法國餐廳，怎麼能夠不喝一杯法國葡萄酒？

他舉杯搖了幾搖，停住，定睛一看，嗯，掛杯不錯，到底是好酒。

你倒好像是品酒專家似的！

不敢。我只是略有所知，這色香味……

是有點賣弄的味道。不過酒喝得多了，不是專家也成了半個專家啦，只不過在美琪面前可以炫耀，在真的專家面前，他當然知道自己還未入門。

也只是在美琪面前，他才這般點評，他不能在她面前顯得無知。

屋外斜射的秋陽殘紅，照得赤柱大街一片燦然，只見華洋男女來來往往，一時之間竟讓他的思緒縹緲起來。

中學剛畢業的時候，到底是繼承父業，還是去外國讀書？他有些猶豫不決。

夢娜摟著她，幽幽地說，我肯定去加拿大的了，爹地媽咪一早就計劃好了，我不能違反他們的好意。

我想信做父母的都不會不替子女著想，但是他們的想法未必符合我們的實際。代溝，你知道嗎？有代溝！

如果你不去，我一個人很害怕。就算是陪我吧，你跟我去加拿大，反正你們家的經濟條件也允許。

他的熱血翻湧，幾乎就一口答應下來。

那時也是在赤柱，也是在日落時分，但不是這法國餐廳，而是在黃麻角道上漫步。左邊是「鄧肇堅運動場」，右邊是海崖樹叢，一路慢慢走去，樹蔭遮天，隱隱約約露出了夕陽被金黃的海水襯托。抬眼盡是金黃色的樹，金黃色的路，金黃色的行人，當然還有金黃色的半抱在他懷裡的雷夢娜，似乎在輕輕地悸動。

像這般溫柔艷麗的落日，以後他再也沒有見過。

可是他卻硬起心腸對夢娜說不。

那一剎那間，他認為他忠於自己的感覺，但當夢娜果然遠走高飛之後，他才感到一種揪心的疼痛。至今憶起，也仍有些沉重，雖然是幼稚的愛情，但那是初戀情人呀！

本來以為關山萬里也可以地久天長，哪裡想到即使是現代科技如此發達，竟也維繫不了隔著大洋飄動的心，不到半年，夢娜在長途電話中嘆了一口氣，我們分手吧！

也沒有追根究底探問內情，心已變，再說甚麼也枉然。ＯＫ，只要你開心。

你開不開心？

美琪的聲音縹縹緲緲地傳來，他驀然一驚。

連忙堆起笑容，像這樣的傍晚，這樣的氛圍，這樣的醇酒，這樣的美人，今晚不醉無歸！

你就想！

原來言之無心，美琪卻聽成另有弦外之音。

還是上二樓吃法國餐吧。

在夜色中，燈光柔和。窗外是一片夜海，濤聲乘著晚風有節奏地一陣陣傳來，酒不醉人人自醉。

那浪漫情調不可阻擋，難怪飯後美琪已經完全沒有了主張，風裡雨裡也任他拿主意了。

良宵過去，美琪睜開眼睛，有些羞澀，捶了他一下，男人都是這麼急色……他無言以對。這一切根本在計劃之外，莫非酒能亂性？或者在迷亂中，他把她當成了雷夢娜？他也搞不清楚。才認識半年，他也覺得太快了一點，但到了這個地步，他已經不能輕易抽身。

美琪膩聲道，我已經是你的人了……

或許是命中註定，他接受了她，甚至連心中的那點警惕，也漸漸消融了。他告訴自己，既然和她在一起，那就要相信她。

美琪也有意無意地問過他，如果我要你放棄眼前的一切，跟我去外國讀書，你幹不幹？他的心打了個突，沉思一會，才抬起頭來：不會。我夢想中的事業剛開始，至少現在我不會丟開。反正我還年輕，過幾年吧，過幾年我達到了一定程度，我答應你，我跟你去外國讀書。

你覺得很有奔頭嗎？高官們都在呼籲，叫市民不要急於買房子了，說不定政府會推出甚麼打擊房價的措施……

看你怎麼做啦！我始終覺得有得做，大有大做，小有小做，人總是要住房子的，香港地少人多，甚麼時候地產都不會不值錢。打擊措施？政府怎麼會去干預房價？那是很危險的，香港的整個經濟問題呀！

他瞟了她一眼，你信我啦！

但即使是她信他，那個胖胖的男客卻未必信他，一連串的問題排山倒海而來：房價還會漲嗎？我現在是不是置業的最好時機？如果我剛買，房價就大跌，我豈不是太吃虧？不行，我得好好再想想……

媽的！要是我真的那麼料事如神，我不是諸葛亮也成了地產大王李嘉誠啦！然而顧客至上，胖男客問題再刁鑽，他也得強忍怒氣，和顏悅色地一一回答。

但胖男客還是說了一聲再想想，便溜之大吉。

美琪說，你可以再打電話跟進呀！

一看那德性就知買賣做不成，我才不花那工夫。

你倒是眼觀六路，耳聽八方呀！

你以為我的時間太多呀？明明做不成生意，還糾纏它幹甚麼？時間就是金錢，真有甚麼閒情，也早和你一塊消磨去了，跟這肥佬應付一下可以，我才不會投入太多心思。

原來我錯怪了你。

我跟他周旋的過程，也是觀察的過程，起初可以給他一點甜頭，一見到他沒有誠意，趕快收手，這就是做地產生意之道，不放棄每一個希望，不吊死在一棵樹上。

你真叫我刮目相看。

這只不過是經驗之談，如果沒有這兩下子，我怎麼可以賺那麼多錢？

她怔怔地說，我做保險，八年了呀！怎麼就施展不開？

他拍了拍她的肩膀，慢慢來。

## 三

湯炳麟雖然是笑著對美琪說話，但心裡卻不希望她太過進取，只因為做保險經紀處處陷阱。

特別是年輕貌美的保險經紀。

認識美琪之前，他看到過一則報道：女經紀為了拉客而跟一百多個男客上床。

當時也只是好奇罷了，看過也就算了。哪裡料到如今又浮現在他腦海裡，揮之不去。

這也是現實中很難解決的矛盾。年輕貌美的女性容易拉到保單，但卻危機四伏；男人沒有多大危險，但拉客的難度卻太大。

他說，你小心一點，不是熱鬧的公眾場所，你不要赴約。你的穿著也要密實一點，小心駛得萬年船。

她笑，你對我們這一行有偏見。

不管怎麼樣，我是為你好。

是從八卦周刊看到的消息吧？

他點點頭。以前不關我的事，但現在關我的事啦。

那個報道我也看過，太誇張了吧！一個女經紀要和一百多個男客人上床，那跟做妓女有甚麼分別？如果每招一名男客戶便要獻身的話，那不是好沒有空？不如做妓女，收入沒準還更多！

見她有些負氣，他忙說，我不是這個意思，我只是怕你上當。你這麼漂亮……

她打斷了他的話，你是戴著有色眼鏡看我們這一行。

看了那麼多負面報道，沒有一點心理影響才怪呢！不過他不可以這麼對她說。

其實完全是好心，怎麼三言兩語一個不小心就走到岔道上，空氣也變得凝重起來？

莫非人與人之間的溝通，真是那麼不容易？

想要道歉一句，但年少氣盛的他又放不下這個架子。一向以來，手下的人只有對他唯唯諾諾，甚至連他老爸還有後母他都從不放在眼裡，要他厚著臉皮對她說一聲Sorry，心裡儘管願意，無奈卻說不出口。

一言不合不歡而散。

回到家裡和身一躺，思前想後還真有些後悔。那個女經紀是那個女經紀，美琪是美琪，幹嘛要拉在一塊？何況那個女經紀有一百多個男客戶的電話號碼，其實很正常，為甚麼一旦她出事，人家便會往那方面去聯想？

也就是年輕貌美女性的錯！年輕貌美就會給許多男人以性幻想的餘地。

他提了幾次電話想要摁號，最終都放棄了。

他沒有勇氣跟她對話，次日早上路過花店，突然靈機一動。他吩咐店員把那束紅色的玫瑰送到美琪的公司去，並且在致意卡寫上：Sorry!

美琪果然笑逐顏開。

他可以想像，當這束玫瑰花招搖而去的時候，那些男女同事艷羨的目光，該讓她獲得多大的滿足感！

就像是中了六合彩一樣！她說。

或許這就是虛榮心吧，一時之間成為全公司的焦點，簡直跟明星差不多了。

在保險公司當經紀，壓力大，競爭性強。

可是，既然沒受過高等教育而又想要賺大錢，那也只好出來搏一搏了。

那次開大會，三個成績最好的經紀上去回答問題：你的奮鬥目標是甚麼？

第一個是肥仔葉西門。我的奮鬥目標，是一部靚車和一所房子！

第二個是高佬李志堅。我的奮鬥目標，是一部「奔馳」和在半山區的花園洋房！

第三個是靚女葛麗絲。我的奮鬥目標，是做老闆，做王中之王，后中之后！

她吃一驚，怎麼個個都口出狂言？

不料，總經理總結，說葛麗絲最有出息。一個人如果不把目標定高一點，那就不會得到所要得到的。記住，這是競爭的世界，是弱肉強食的世界，你們不要跟我講甚麼斯文，我要看到的只是成績！成績！你們替公司賺錢越多，公司也絕不會虧待你們，越會給你們更多的好處。

不但說，而且有措施有行動。

肥仔葉西門本來成績很好，甚至給他一個單獨小房間坐了，後來成績下降，立刻就被踢出來，重坐大堂。

何況還有那公開張貼的成績表，誰好誰壞，也全都在眾目睽睽之下。

她也曾經私下發牢騷，這樣連隱私都沒有了！

不過老闆也有老闆的說法，這是公司規矩，你不做便拉倒，大把人要來！

為了拿到新的保單，有時也不得不施點美人計。

那些男人色迷迷的，並不是對保險有興趣，而是對她有興趣。

靚女，簽了保單，跟我去吃飯看電影呀！這還算是比較斯文的男人。

那晚，她聯絡了好多次的男客，電話裡約她說談合約，她說，就在中環的那家「大家樂」吧！

她以為那是公眾場所，人來人往，即使此人不懷好意，也不至於在大庭廣眾之下太過猖狂。

哪裡想到晚間那家「大家樂」沒有幾個人，她拿起計劃書口乾舌燥地解說，那個叫彼得潘的男人忽然一把抓住她的手，鄭小姐，我們交個朋友吧！

她一驚，雖然明白那弦外之音，但她還是強笑著連消帶打，我們已經是朋友了呀！

彼得潘的眼睛灼灼發光，你明白我的意思……

這時，一個侍者走了過來，她連忙乘機把手抽回，顧左右而言他。

彼得潘沉下臉，生意當然也就做不成了。

看著那瘦長的身影揚長而去，她忍不住爆出一句粗話。這個小男人，他以為他自己是甚麼？如果個個男客都這樣，我豈不是很不得閒？

但有時也迫於形勢，不能不虛與委蛇，只要不過分，她也只好硬著頭皮接受下來。世界上沒有甚麼東西是沒有任何條件的，我要他的投保，他要我的美色，各得其所，也算是一種公平交易吧！

比方說摸摸手。

據說根據律例，異性不經對方同意摸手摸腳，就可以構成性騷擾罪，但律例是死的，人是活的，只要在可以容忍的範圍，還是可以變通。那個胡先生道貌岸然，卻又明明流露著一種情慾，但也就是陪他看看電影，在暗影中間或摸摸我的手，我又沒有實際損失，既然他是我比較大的客戶，我也就把這個應酬當成必然的了。

如果可以清高的話，我當然也想，但是清高是要有錢作後盾的，如果我的生意額不夠理想，老闆哪裡還會客氣？只怕連坐在大堂的機會也沒有了！這是商業社會，一切也都以金錢來做衡量的砝碼了。

有時她也會懷疑，自己的選擇到底對不對？

面試的時候，總經理對她說，我們保險公司工作人員，分為兩類，一類為受薪顧員，享有所有員工福利，如果升到高級職位，還可以獲得花紅獎金；另一類為推銷代理，和老闆並沒有正式僱傭關係，不能獲得僱佣條例下的福利，收入就看你的成績，可以大起大落。

要嘛領一份普普通通的工資，吃不飽也餓不死；要嘛冒點危險去闖天下。

她把頭一昂，我做推銷代理。

一方面好勝，另一方面她也想要置之死地而後生。她認為人的彈性很大，逼一下自己，也許可以出現奇蹟。

如今才發現，想要從人家的口袋裡把錢掏出，原來是多麼辛苦的事情！

收入多的時候，那些僱員一個個都眼紅，嘩！還是你們上算，一個月的收入等於我們半年的工資。

生意做不成，一點收入也沒有，那些僱員一個個冷笑，哼！不要以為你自己高人一等，錢有哪一個不想要，但也要看看自己的本事，沒有那麼大的頭就不要戴那麼大的帽！

看來，我還是修煉不夠，她對炳麟說，這一行，未必真的適合我。

那倒也未必，凡事起頭難，你做這一行時間也不算太長，你再耐心一點，循序漸進，反正你也不是等著開飯，賺不賺錢也沒甚麼大不了。你不成，還有我呢！

你做地產的時間也跟我差不多，為甚麼你一帆風順，我卻磕磕碰碰？她皺著眉頭問他。

人跟人不能比，有才能的問題，也有運氣的問題。不過他不能這樣對她說，唯有拍拍她的肩膀，慢慢來，我只不過走運，你看看周圍吧，像我這樣才不到三十便有這樣成績的地產經紀，能有幾個？

如果我像你那樣，家裡有錢，我才不會出來這樣混哩！飯來張口衣來伸手，多好！

他笑。我只是想要證明自己。你也知道，我家裡是後娘，雖然她也不至於刻薄我，但我要向老爸伸手拿錢，她的臉色總不會好看的了，我才不要看她的臉色做人。如今是我自己賺的錢，誰能夠管我？

你就好啦！可憐我一言難盡。

反正你有我，賺錢也只不過用來買花戴。

那不一樣，她哼道，你剛才還在說，不是自己賺的錢，用起來也彆扭……

那怎麼同呢？他打斷她的話，我說的是我後母跟我，你怎麼自動對號入座？我跟你的關係，我賺錢你花錢，天經地義！除非你不把我看成是你老公……

不要臉……

我不要臉，要整個的你！

## 四

糊裡糊塗便成了八卦雜誌的封面人物，而且大字標題印出：「太子爺不靠父蔭走上發達之路」。

早上路過報攤，他用眼角掃了一下，見到有人買下那份雜誌，他心裡暗暗歡喜。

但表面卻不動聲色。

迎面一個婦人指著他說，咦，你不就是那個太子爺？

立刻便圍上了一群男女，七嘴八舌指指點點。

警察趕了過來，甚麼事？

一看到他，哦，原來是太子爺……

成為公眾人物的滋味，就是這樣。

忽然便一驚，要是有人趁機打劫，豈不糟糕？

警察給他驅散人群，沒甚麼好看的，大家散開，不要阻礙交通！

他立刻突圍而去。

甚至有些怯意，人怕出名豬怕壯，怪不得好些有錢人都不願意出名。不出名而有錢，實惠。有錢而太出名了，每分鐘都有可能成為綁匪的目標。

你又不是地產大王王德輝，綁匪怎麼會綁你？要綁也是綁超級富豪啦！你還不夠資格！美琪安慰他。

但世事難料，只要有點錢，就要承擔風險。

綁匪也不傻，他們肯定也詳細計算過，綁這個綁那個都是大罪，要幹的話，怎麼會不選擇哪個人值得綁？香港的富豪排下來，幾時才會輪到你？

有道理。不過他仍然覺得，這個虛名出得冤枉，早知如此，就不該接受訪問了。只不過是一時的虛榮心罷了，而且那個漂亮女記者芝莉魅力不可擋，叫他無法說「不」。

芝莉汪汪的眼波橫流，朱唇輕啟，嗲聲嗲氣地問他，如果你父親所有生意都交給你，你會繼承父業做快餐店呢，還是繼續做你的地產經紀？

他集中精神，使出渾身解數，在靚女面前，他不可以表現平庸。我會繼續做地產經紀。

為甚麼？你接受父業，一大筆錢立刻就在你的名下，但如果你做地產經紀，不知要付出多少的努力，也未必一定能夠賺到那麼多錢。你願意冒這個險？

他笑。我天生不是那種吃現成飯的人，對我來說，賺錢不是必要，而是樂趣。如果我可以靠自己的努力，賺到比我老爸的財產更多的錢，那就證明了我的實力，證明了我在這個世界上存在的價值。萬一不行，大不了把本錢虧掉，那又怎麼樣？我沒辦法發達了，但我還有退路，回家去跟老爸伸手，又是好漢一條。

看起來你是進可攻退可守，先天條件優厚。再問你一個問題，如果你貼上五十萬，就可以成為這一行頂級經紀的第一位，你會不會幹？

做「大哥大」當然風光，也很誘惑，也可以滿足我的虛榮心，不過做人還是要靠自己的真本事。何況我現在已經名列前茅，離最頂級不遠，我不相信靠我的努力會達不到。

看來你十分自信。這份自信你來自甚麼力量？

以往的成績。還有我的努力，還有我的年輕。

年輕絕對是本錢，我同意。照你這樣，前途不可限量。再問你一個問題，如果你的女朋友嫌你沒有甚麼學歷，要你去外國讀書，你怎麼選擇？

他的心忽然疼了一下，醒過神來才明白，剎那間他又想起了夢娜。夢娜已經遠去，眼前的只有美琪，而美琪從來也沒有向他提過這樣的問題。她說，這個世界，只要能夠賺到錢就行，讀那麼多書幹甚麼？書越讀得多越蠢。他嘴上哼了一聲，那也不見得，讀書讀得多，只有好處沒有壞處，現在的社會，像我這樣的人不多了。心裡卻有些得意，做到這樣的程度，我也算是個異數。

對不起，是不是我的問題問得不合適？如果你認為不合適，可以不答。

事無不可對人言，何況是靚女問的。我認為學歷也並不是絕對的，沒有學歷又不能夠成功，當然應該去讀學歷。但如果成功了，有沒有學歷都不要緊，像我，反正好歹也是Top Sales了，讀不讀書有甚麼要緊？當然，錢賺夠了，到三十歲吧，為了充實自己，如果我女朋友希望我去外國讀書，我會考慮的。

為甚麼？

人的一生應該分好多階段，在現階段我認為賺錢最重要，但一輩子拚命賺錢也沒有甚麼意思。

到了某一個階段，人就應該嘗試另一種東西，以前沒有機會嘗試的東西。不斷地變更不斷地嘗試，才不會停滯不前，人生才會變得絢麗多彩。我在這一行也混了八年，再過三年我三十歲，也差不多該轉了。

芝莉把錄音機關上，多謝你的合作，湯先生。

換來的是圖文並茂的直擊報道。

你是我的偶像，美琪膩聲道。

是甚麼偶像？是因為我上了封面，還是因為我是性感偶像？他涎著臉挨近她。

你不要以為上了八卦雜誌就是明星了，這麼風騷！美琪橫了他一眼，人家感興趣的，是你口袋中的錢！

一語驚醒夢中人。

美琪說話這麼飄忽，剛剛還安慰我不必擔心被綁架，現在又說人家覬覦我的錢，前言不搭後語，是不是連她對我也沒有一句真話？

他不肯相信她會這樣無情，只因為他早就淹沒在她的溫柔鄉裡。但是，當初拉他買保險，隱隱約約卻成了他心中的一根刺。當美琪柔情似海，他在海中泅泳，也會懷疑自己，到底是不是在商場待得久了，慢慢就變得多疑起來？

雖然他並不是斤斤計較的人，開心的時候，跟顧客可以談到手舞足蹈，口沫橫飛。

老闆也提醒過他，無論如何，你跟客人其實是對立的關係，我不反對你和他們拉近距離，不然的話，生意怎麼做？

但他有時為了表現自己的見識，說起話來不免滔滔不絕。

是一種表現慾吧？

其實那個女記者芝莉還問過他一個問題：按你的標準，名譽地位、金錢、家庭、愛情、朋友，如果要你安排個順序，你怎麼個排法？

這個問題太棘手，不過他不想迴避，特別是對著這樣的一位年輕靚女，免得人家誤以為我沒有智慧。

他清了一下嗓子，家庭第一，因為如果不是我家裡有錢，我就不可能放膽去做，也不可能有今天的成績。朋友第二，在家靠父母，出外靠朋友，靠朋友幫忙，我的事業才能夠這樣順利。第三是女朋友，在商場上奮戰，有時會很寂寞，女朋友的鼓勵和支持，可以令我振作。第四是金錢，沒有金錢，甚麼也都別談，金錢不是萬能，但是沒有金錢萬萬不能。最後一個是名譽地位，因為它是身外之物，只不過是個附加的東西罷了。如果讓我選擇，我還不如要個快樂平安。

芝莉說，果然英雄出少年，連回答問題，你都有你的率直與特別之處。

那隻伸過來的手柔若無骨，滑得幾乎留不住，令他年輕的心騰起迷濛的霧，這是寫文章的手嗎？但回過頭來，他仍要面對電腦面對地產市場面對各種面孔的客戶。

沒料到這段抉擇沒有刊出來。

他想想也好，他不是不知道那回答太過矯情，為了自己的公眾形象。

跟老爸關係馬馬虎虎，跟後母鄺玉霞幾乎勢成水火，我怎麼會把家庭排在首位？朋友？商場上的朋友還不是跟紅頂白見利忘義那一類？有好處大家稱兄道弟吃吃喝喝沒有甚麼所謂，一旦有利益衝突，又有誰會為朋友兩肋插刀？一直以來還不是我孤軍奮戰！女朋友只是調味品，生活中的平淡與疲累，不能不調劑，但是女朋友也未必永恒，像夢娜不是一樣飄走了？甚至美琪，我也不能說不愛她，但我總有一種捉摸不定的感覺。說來說去，金錢最重要，有錢能使鬼推磨，只要手中有了錢，還有甚麼事情辦不到？世人們天天忙忙碌碌，還不是就為了這個讓人眼開的金錢麼？至於名譽地位，是一個人活在世上的價值肯定，就算虛浮，有誰能夠絕對拒絕？

自己的標準答案根本站不住腳，芝莉沒有把這一段登出來也好，免得有做戲的感覺。

哪裡想到是分期，大概因為有噱頭，不能一期就全部拋出吧？

至少，夢想發達的人，就非得追看不可。

他坐在辦公室裡，心不在焉地翻看那本雜誌，艾達敲了敲門，送上一杯熱騰騰香噴噴的咖啡，使得這個帶著些微寒意的秋天早晨也頓時溫暖起來。

他心滿意足地呷了一口，這速溶咖啡，味道當然沒「馬天奴」的現煮咖啡那麼好。那個冬天的晚上，寒流襲港，他跟夢娜在那裡喝藍山咖啡。那個晚上，成了他的初夜，也成了她的初夜，手忙腳亂卻又充滿了新鮮刺激的誘惑，他顫抖著，全力摟著她好像在茫茫夜海裡泅泳，渾身乏力游向終點以為便是天長地久，哪裡料到轉眼間夢娜已在天涯成了陌路人。

他嘆了一口氣，沒有藍山咖啡，這速溶咖啡也湊合。到底是艾達善解人意，不用吩咐，她便會明白我的需要。

他也知道，大老闆待他不薄，像他這樣的職位，除了有獨立的辦公室外，還配備女秘書，差不多是總經理的派頭了。美琪哼道，你以為你有寶呀？他這是在收買你，讓你給他賺更多的錢！你別沾沾自喜，你老闆在吃小虧佔大便宜，到頭來他是最大的贏家！

他又何嘗不知道？不過人總是有虛榮心，人心是肉做的，老闆待我好我當然要努力回報，何況水漲船高，回報的結果又反饋到我身上，我也得益呀！

你不如自己跑出來當老闆，免得被老闆剝削。

做老闆也不那麼容易，至少要有本錢，有眼光，有決斷，還要有膽量冒險，哪像打工那樣省事？工字不出頭，你沒聽說過？

看打甚麼工了，如果捱一份牛工，那當然不幹，可我是打工皇帝，比一般小老闆還要威風得多，而且工作也駕輕就熟，我何樂而不為？美琪扁了扁嘴，沒想到你這麼沒有上進心！

我不追求那虛名，而是講究實利。老闆的頭銜聽著挺好，但光好聽沒用，錢賺不到有甚麼用？

他心裡很清楚，商場如戰場一樣講究實力政策，你有實力便是舉足輕重的人物。像我以頂級經紀的身份享受總經理一級的待遇，倒不是老闆對我另眼相看，而是我是他手下很重要的一隻棋。

即使要個總經理當一當，以他氣勢如虹的營業額，老闆也絕對不會說個不字。

實際上大老闆也試探過他，只要你願意，你可以在一人之下，萬人之上……

也就是當「副帥」了。

但他不想跟老闆太貼近。這個老闆太精明，別看一副求才若渴的樣子，其實做起事來心狠手辣。倒還不如保持一點距離，霧裡看花，我看他也好，他望我也美。

只要我能夠給他賺錢，我的地位就絕對穩固。虛名有甚麼用？

是不是真的這樣呀？美琪斜眼望著他，八卦雜誌這樣報道你，你看你很enjoy呀！如果你不在乎虛名，就不會有這樣的表現了！莫非那個靚女記者……

他吃了一驚。美琪好像觸到了甚麼要害，讓他心虛。

他強笑了一下，喂，你不要這麼直接嘛！給我一點面子好不好？我也是凡人俗人，我當然不能不受誘惑，名利之心人人皆有，我能例外？只不過人有時不免要標榜一下自己，給自己留條後路，你不要讓我沒彎轉……

看死你這個滑頭！爭名奪利又有甚麼不好，這個世界，人人都這樣啦，除非你沒有本事，只好對別人說，我不在乎名利！

隨她怎麼說，只要不窮追芝莉就可以了。

雖然跟芝莉絕對清白，甚至連一句曖昧的話也沒有，不過他知道自己的內心在蠢蠢欲動。在行動上沒有表示，在思想上早已越軌。假若美琪揪住不放，只怕他也會方寸大亂，只因為心裡有鬼。

話又說回來，那張封面相，倒把你的神態捕捉得恰到好處，怪不得那些妹妹仔都說：嘩！白馬王子呀！那張相到底是誰拍的？是那個靚女嗎？

又是一驚，他忙說，我也不知道，應該不是吧，我記得那天她帶了一個攝影記者一起來，我也不知道是甚麼時候拍的。管他誰拍的，反正與我無關……

其實那攝影記者是不存在的，芝莉在訪問的空隙照相，他明明知道，而且還笑著說了一句，把我拍得靚仔一點，不要破壞我的形象。芝莉答道，那是我的工作，你放心。握手道別時，他還補上一句，拍的相片，能不能給我洗一份？

或許，這是潛意識地在設法維繫聯絡的借口吧？

芝莉嫣然一笑，飄然而去。

那電梯門關上的一剎那，他看見她那一身蘋果綠的套裝一閃，便永駐在他心間。

# 五

美琪當然有她的魅力，不過，那個時候如果不是他爸爸突然失蹤，令他在徬徨中無所適從，只想找個人依靠的話，恐怕也未必很快會墜入情網。

美琪闖入他的生活中，也是天時地利人和。

是綁架案吧，但是甚至勒索電話他都沒有接到過。

他也問過他的後母，但鄺玉霞只是嚎啕大哭，半晌才說，沒有……

探員來來往往，進進出出，甚至派員在他們家駐守了好多天，但一點動靜也沒有。

他表示，只要能夠救回我阿爸，錢無所謂。

雖然老爸他並不特別好，但他作為獨生子，卻不能見父親危險而見死不救。這個時候，父親所有的不是已經從他的記憶中消退了，只剩下所有的好處。他有一種痛徹心肺的感覺。

但多少錢也找不回他父親了，他父親湯世成好像已經從人間蒸發了！

那時他才二十歲，進入地產代理這一行才一年。

二十歲的脆弱人生，他沒有一個可以說話的人。

這時美琪闖了進來，是不是上天給他的一個安排，讓他在深夜裡寂寞與傷心侵襲而來的時候，疲累了有個肩膀可以靠一靠，流淚了有人幫著拭去？

不知不覺便已經七年了，那種感情好像也淡了下來，難道果真是「七年之癢」？

有時美琪也會嫌他不再浪漫，更不要說給她突然一個驚喜了。即使她生日，最多也就是吃飯罷了。

美琪說，不如去吃燭光晚餐吧！

但他也提不起興趣。都老夫老妻了，隨便吃一下就算了，我還要趕回去做事呀！

那份情懷已經遠去。

他有時覺得，仍然和她廝守在一起，只不過是一種習慣，或者是一種義務。

美琪也不是沒有暗示過應該結婚了，但他只是裝作沒有聽懂她的話，逼得急了，他便以說笑的口氣說，男人三十而立，我還沒有三十……

也不知道她是不是聽懂了，反正她不再提起，他也樂得相安無事。

有時候他也會問自己：美琪到底是不是自己結婚的對象？

但他也不能給予明確的回答。

也許是自己都還沒有結婚的衝動吧！得過且過……

而父親失蹤的創痛，慢慢也就淡漠下來。偶然相及，他也會感到驚異：是不是再大的痛苦，經過時間長河的沖刷，也都可以歸於平靜？

起初他並不能夠接受父親突然無影無蹤這個事實，他十分負氣地對警方說，就算不能將我父親救回，我也認了，但不能連他的屍體也沒有呀！難道他在這個地球上就這樣煙消雲散，甚麼也沒有留下？

警方回答，湯先生，我們明白你的心情，但是我們不是神仙，查案有許多時候要靠一點運氣。一有消息，我們會以第一時間通知你們。

美琪將他拉走，低聲道，你也太衝動了。

我是納稅人呀！我們有權要求警方努力辦案，如果每個市民都可以這樣失蹤，我們活著還有甚麼保障？

說著說著，淚也掉下來了。

是一時的感觸吧。

美琪柔聲道，你要哭就哭出來吧，這樣舒服一點，不要老是鬱積在心頭，那會傷身。

也是有美琪的陪伴，他才不至於特別孤獨。

但是事過境遷，當初的千般溫柔萬般憐愛，原來就像一場春夢一樣，即使完全沒有消逝，卻也不再那樣濃烈。

當時他二十歲，她十八歲。

花一般的年華，只不過思想不夠成熟。本來應該給自己多幾年的自由，尋尋覓覓，或許可以找到更好的一個，例如馬芝莉……

思潮在自由遊移中碰到一個柔軟的實體，他驀然一驚，醒了過來。四周靜悄悄，只有冷氣機的聲音輕輕響動，畢竟是秋天了，真的有些冷了，他將被蓋拉到齊脖子處，卻再也睡不回去了。

莫非是日有所思，夜有所夢？

美琪好像也驚醒了過來，迷迷糊糊地嘟噥了一句，怎麼？還不睡……

他有些心虛，輕輕打著鼻鼾，假裝又睡了回去。

美琪睡在他身邊，他卻想著另一個女人。

本來他叫美琪回家，但美琪說，太晚了，除非你送我，不然的話，我一個人不敢回去。

還不到十二點，本來也不算太晚。但既然她這麼說了，不是送她回家，便是留她過夜。他覺得有些累，不想來回折騰，只好說，你留下吧。反正又不是第一次。

就算她願意自己走，他也有些不放心，近來她家附近發生幾宗非禮強姦案，萬一……

他不能讓自己陷於不義的境地。

第二天醒來，因為睡眠不足，他有些暈眩。

美琪說，你就休息吧！長命功夫長命做，你今天不上班，天也不會塌下來。

今天早上約了羅律師。

我怎麼不知道？沒聽你說過。

不想你跟著我煩，所以不提。反正都是那些瑣碎事情，可能會有一場官司，要跟家裡人法庭上見，雖然是後母，但臉上也不好看。

他心裡也有些驚異，我怎麼就沒有想要跟她說的慾望？假如時光倒流回到七年前……

時光一去永不回，往事只能回味……尤雅是這麼唱的吧？是的，往事只能回味。

但羅律師語氣嚴重，看來，你後母要大動干戈了。

原來，根據法律，一個活生生的人，如果失蹤了七年毫無消息，也從來沒有人見過他（她），那就可以按他（她）已經死亡處理。

問題在於你父親的遺囑。也許執行的結果，是要把旺角那家幸福快餐店也撥歸你的後母，也就是你父親的未亡人。

羅律師，我不是在乎那份財產，但是幸福快餐店有我的一份心血，也是我從商的第一步，是個重要的紀念品，我不能白白失掉它！

不過，法律上的東西，卻未必如此，雖然我絕對同情你。羅師嘆了一口氣，從表面證供看來，恐怕對你不利，不過我會盡力而為。

他不知道結果會怎麼樣，但他十分在意。

除了爭一口氣之外，也還因為他認為，勝敗對他都具有某種象徵意義。

既然如此，美琪望著他緩緩地說，你就去求你後母吧，好歹也是母子一場，她只不過發洩一下罷了，只要你願意開口求她，我想她也不會做得太絕。

想想也只有走這條路了，他說，阿姨，你放過我吧，那家快餐店對我很重要。

鄺玉霞似笑非笑地望著他，你從來不肯叫我一聲阿媽。你早就自立門戶了，而且撈得風生水起，怎麼還會在乎這麼一個小小的快餐店呀！

那也不能這麼說，我想要保留它，不是出於經濟上的原因，只是因為那有我的一份努力一份感情，不是可以用金錢來衡量的！

這個我不懂。我只知道我要維護我的合法權益，屬於我的我一定要力爭，不屬於我的我絕對不要，事情就這麼簡單，我想你也會明白事理……

他不禁氣上心來，但又拚命按捺住，沉聲道，你要多少錢，開個價錢出來。

喲，大少，你以為我在敲你呀？那你就想錯了。我知道你現在有大把錢，但我不稀罕，我剛才也都講了，該是我的就是我的，不是我的我也不要。如果你也抱著和我一樣的態度，那就天下太平囉！

真他媽說的比唱的還好聽！

他知道大勢已去，想要她回心轉意，只怕比叫太陽從西邊升起還難。不要再糾纏，他從牙縫裡擠出了一句，那好，我們就在公堂上見個勝負！

鄺玉霞好像勝券在握，嘿嘿笑道，我奉陪到底。

悻悻而去，他只覺得兵敗如山倒，臉面也都失盡了。

回去跟美琪一說，美琪疑惑地睜大眼睛，你媽咪這麼絕情？不會吧……

不是我媽咪，是我的後娘！

他心中甚至有些怪怨她出的主意，只不過他不好意思說出口罷了。

他說，我去找她，簡直就是自取其辱！

美琪安慰他，一個人不能甚麼都好，不能太貪心。我聽說一個人如果甚麼都太順利的話，會遭到天譴。一向以來你都一帆風順，如今可以平衡一下了。

他吃了一驚，莫非此話有甚麼玄機？

美琪又說了一句，豈能盡如人意，但求問心無愧。

怎麼啦她今天，說起話來好像很深沉似的，跟她以往的應對不同。

只是他已經無心去深究，擺在他面前的官司，令他煩躁不已。

## 六

美琪一早便打電話給他，今天能不能陪我去呀，一個客人叫我去大嶼山……

怎麼要去那麼遠的地方？算了吧，少了這麼一個顧客，也不一定是個損失。

那不行，這是我的工作，也不一定是錢的問題，我也要有成功的滿足感。

但今天我不能陪你，今天我那間中學的同學會成立，議定我當會長，也就是出錢的啦！我不去不合適，人家會誤以為我臨陣退縮。

你不是說不想拋頭露面嗎？她幽幽地問了一句。

他有些慚愧，隨即回了一句，做點好事嘛，回饋社會，也是必要的，倒不是為了我個人。

其實是有揚眉吐氣的心理，他沒有上大學，當時幾乎所有的老師都看不起他，那些上了大學的同學也斜眼看他。如今他們都會全體一致地仰望他，令他有衣錦榮歸的感覺。此時再不拋頭露面，更待何時？

美琪嘆了一口氣，算了，我自己去吧。

電話掛斷了，他鬆了一口氣。

反正是大白天，美琪一個人去，也不會有甚麼問題。

心中卻驚異於自己的冷漠。假如是以前，他會放心讓她一個人去嗎？那個時候她去餐廳會客，他也會躲在一角另據一桌吃飯，為的是怕她吃虧。

那時她發現了，還很不開心，你監視我呀？

但現在好像一切也都顛倒了。有時他把一切歸咎於忙碌，卻連自己也說服不了。

難道是一切都歸於平淡？

但是假如他知道美琪竟會一去不復回，無論他如何分身不暇，他也會陪她走一趟。

臨走前，美琪還賭氣地扔下一句話，你又說人怕出名豬怕壯，我看你內心裡還是熱衷出名！

好像是一顆燃燒彈，她的這句話撩得他無名火起，他甩下電話筒。

是因為擊中了要害，令他惱羞成怒吧？

如今他想要再對美琪說一聲sorry，也已經不可能了，美琪被人姦殺，棄屍在海灣。

他甚至連認屍的資格也沒有。

兇手是個貨車司機，即使被捕了，招供了一切，又有甚麼用？美琪再也不能睜開她美麗的雙眼了！

一種疼痛的感覺在他的心湖蔓延，無論如何，他畢竟她相戀了七年。

假如他陪她去，她就不會這樣橫死。那些猥瑣的男人，只會欺負女流之輩。美琪也真是的，已經說了多少次了，叫她不要跟那些賊眉鼠眼的男人周旋，她偏不聽！

那回他偶然撞見她跟一個男人打情罵俏，後來她解釋道，那是一個保險顧問。

值得嗎？就為了一份保險？

那有甚麼？讓他在口頭上吃吃豆腐，又不曾動真格，我也沒有甚麼損失。這個世界上，有哪一個男人不好色？可能也有，一種是同性戀，一種是性無能……

但他一點也不覺得好笑。你迹近玩火，你以為甚麼事情也不會發生，可是有誰知道？你好像是利用男人心理，但你知不知道，也許你會給男人利用？到了那個時候，只怕你後悔也來不及了！

哪裡想到竟一語成讖。

其實那時也只是一時的氣話罷了，根本沒有料到後果真會這般嚴重。

晚上躺在床上，一閉上眼睛，美琪的身影便飄飄而來。

只不過幾天前，美琪就睡在這張床上，側著身子摟住他。她的體溫，她身上的香氣，似乎仍然繚繞在他身邊，不肯散去。

那末，她的靈魂會不會回來再看我一眼？

他睜開眼睛，美琪似乎就坐在床邊，一動不動。

你回來了？你沒有死？他衝上前去抱住她。

美琪笑盈盈地，誰說我死了？我才不會死呢！我還沒有跟你結婚，我還要跟你生孩子，我和你還有好多好多日子要一齊過……

他不知道該說甚麼好。

半晌，他想拍拍她的肩膀，不料卻撲空。

他大叫一聲，原來是一場噩夢。伸手一抹，滿頭都是汗，莫非這就是冷汗？定睛一看，啊呀七孔流血！

是因為心虛吧，他卻告訴自己，不必有心魔……

他不知道為何要去當甚麼勞什子同學會會長，揚眉吐氣又怎麼樣？也只不過是自我發洩自我滿足罷了，誰會真的認為過去太小看人了？美琪都說了，要說有錢，你們那些同學當中，幾時輪到他們？也就是沒有人願意去當那冤大頭，這才把你捉來硬充，偏偏你自己又自我感覺良好，那就沒有辦法了。他明知她說到要害處，卻還是不肯認輸，那也要我願意！

或許這樣的結局，是上天對我的懲罰，叫我因此而感到內疚？

馬芝莉卻說，不關你的事，你又何必硬往自己身上拉？你這樣下去，不但苦了自己，恐怕鄭小姐也不想見到。

他也沒有想到，再見到芝莉，竟然是為了美琪。

芝莉說，我想採訪你一下，因為你是在鄭小姐遇害之前，最後聯絡的人。

他遲疑了一下，可不可以拒絕？

我們是朋友吧？芝莉柔聲道，就當是朋友之間聊天好了，也不必準備甚麼，隨便談，ＯＫ？

他真的不知該怎麼說，特別是面對馬芝莉去談鄭美琪。至少，在他的內心裡，關係十分微妙。

我要對老闆交代，你就幫我這一回。

美琪遇害，已經成為一宗轟動的新聞，八卦雜誌也在追蹤報道，假如芝莉能夠拿到獨家訪問，當然與眾不同。問題是他肯不肯幫她這個忙？

我很難做呀，在你之前，好些記者都找過我，都被我拒絕了，如果我答應你……

這個世界，沒有甚麼絕對公平，關鍵在於你怎麼取捨。就算你認為不公平了，但人家仍然可以從不同的角度得出不同的結論，真的。你不如乾脆給我獨家，至少還有我這個具體的人感謝你。

他瞟了她一眼，把心一橫，好吧！

他又再次成她那份八卦雜誌的封面人物，只不過美琪已經永遠也看不到了。

夜深人靜的時候咀嚼人生，他也會感到滿嘴滿心的苦澀。美琪認識他是為了拉保單，而芝莉認識他是為了採訪。她們也都是為了各自的飯碗，才會跟我糾纏的，假如沒有任何利害關係，只在某種場合邂逅，又會有甚麼樣的結果？

當他這樣地問芝莉，那是在九龍香格里拉酒店的Napa一起吃晚飯的時候。

他甚至不知道，他到底和她處於甚麼樣的階段。

鄭美琪已經化入塵埃，沒有想到卻成就了他與馬芝莉的往來。

他一直認為，他沒有太過傷心，是因為有芝莉安慰他。那個時候，她一有空便來電話，我陪你散散心吧，免得你一個人又胡思亂想。

一接到她的電話，他便滿心歡喜。

也許美琪還在的時候，他便已經有了異心，只不過一直在瞞著自己罷了。畢竟他一直注重自己的形象，他不能在背後給人非議。

甚至連芝莉也說他，你是甚麼男子漢，這麼畏首畏尾！你以為你可以討好全世界呀？你知不知道，有些對你笑臉相迎的人，一轉過臉只怕罵你罵得最兇了！

說的也是，我湯炳麟頂天立地，手中有錢，又不必看別人的眼色行事，何必這般窩囊！

豈料上天給他掃清了道路，鄭美琪消失了，馬芝莉出現了。這樣的安排，簡直就是天衣無縫。看來，命運待我不薄。就算是芝莉當初有利用我的成分，但對我也沒有構成甚麼傷害呀！

芝莉哼道，你知道就好了！枉我對你這麼好！

我只是有些疑惑罷了。

緣分這東西很難說，我不知道我還會再去採訪你，我更不知道我會代替鄭美琪的位置。

世事如棋，還沒有走到最後一步，誰都不知道結局到底如何。

他甚至有些慶幸，他終究沒有對美琪說分手。也許這句話他遲早都會說，為了馬芝莉，但結果不用他說出來，一切難題也都迎刃而解，他既不用揹上拋棄女朋友的罪狀，卻又可以如願以償，兩全其美。

芝莉說，鄭小姐真可惜，紅顏薄命，無福消受。

他舉起那杯紅酒一飲而盡，或許這就是命運的安排吧，許多事情冥冥中已經注定。美琪連同他與她的戀情已經去如黃鶴，只有眼前的芝莉最具體、最真實，輕言淺笑活色生香。

你在想甚麼？芝莉瞪了他一眼。

沒甚麼，我想起投資問題。

你這個人呀，和我吃晚飯，也心不在焉。不知道是你的職業習慣太嚴重，還是你根本不把我放在心上？

沒有那麼嚴重吧？

他輕輕把問題滑過，心中其實在想著，原來人生愛情也是一場賭博，只不過收穫可能都在另一方面。例如和美琪相處好像就是投注，哪裡料到跑出來的卻是芝莉。

但以後呢？以後會不會有地久天長？

眼前是馬芝莉與他相伴，稍後會不會有李芝莉或者是趙芝莉加入？

人生無常……

不然的話，他可能永遠也是太子爺，或者永遠也是快餐店的小老闆。

也好在沒有滿足於快餐店生涯，不然的話，這場官司打下來，倘若輸了，豈非要流落街頭？

看來你很有眼光，芝莉說。

計劃是沒有的，只不過神推鬼擁。回過頭來一想，倘若下錯這步棋，我湯炳麟哪裡有今天這麼瀟灑？官司儘管打，打贏了只為出一口氣，打輸了也無傷大雅。只要手中有錢作靠山，進可攻，退可守，何等愜意！簡直就可以笑傲江湖遊戲人間了……

他舉起那杯紅酒，當然，不然的話，我怎會看上你？

哦，原來你是有預謀的，你死呀你，鄭小姐還在的時候，只怕你也不老實。

他忽地一驚，怎麼哪壺不開提哪壺？

但也強笑著，你真叫我傷心……

芝莉的酒杯碰了過來，發出「叮」的一聲，男子漢大丈夫，要鐵石心腸，哪有那麼容易傷心的？

鐵漢也有柔情呀！

不是無毒不丈夫？

他實在也摸不清芝莉的真意，唯有打個哈哈。

你今天不用做生意了呀？她問。

他拍了拍了手中的「大哥大」，關機了，電話都打不進來，今晚只是屬於你和我，天塌下來也不管了。

如果羅律師有急事找你呢？

那也不管。

是一個自我放逐的夜晚，可能會有損失，但任何事情都不可能沒有耕耘就有收穫。

他給芝莉再倒一杯酒，也給自己再倒一杯酒。

在現場樂隊演奏的悠揚旋律中，他有些醉眼矇朧，今夜不醉無歸……

也不知道是為了誰。

一九九八年一月

刊於香港《文匯報·世說》

一九九八年三月十四日至四月十八日

# 出頭

眼看那人手起刀落狂斬一名幼童之後奔逃，鬧市途人化成了凝鏡，他也沒細想，拔腳便追了過去，畢竟是練過短跑，他橫身一撲，便將那人扳倒；那人持刀揮了過來，他避無可避，才知道驚慌，閉目等死，卻聽到匡郎一聲，睜眼但見一個大漢已把那人反手扭住，按在地上，同時大喝一聲：咪郁！ＣＩＤ！

他抹了一額的汗，那大漢橫了他一眼，你是不是李小龍啊？咁勇！差點連命都沒有！

但他滅罪有功，獲頒「好市民獎」。

有驚無險，大難不死，必有後福！南亞海嘯之後，人人見到他都這樣說。想想也是，這世紀大災難竟然給我碰上，而且居然可以死裡逃生。

聖誕之夜拖著阿瓊的手在布吉的酒吧街上徜徉，彩色小燈泡一閃一閃地眨眼，狂放的音樂轟炸夜空，酒氣極性感地誘惑盪漾，半醉的洋漢擁著嬌小而衣著暴露的泰國年輕女郎，在街上踉蹌橫行，一頭撞到阿瓊身上，他大怒，但阿瓊一把將他拉開，你同醉貓一般見識，那你也是的啦！看一下那個身型先啦，講真的，你打得過他呀？

他一驚，酒也給嚇醒了，我不想妳吃虧嘛！

不自量力！阿瓊丟下一句。

他強笑，妳不記得我也練過空手道？

阿瓊冷笑，招式都未學全就放棄那種！

他一把摟住她，街頭格鬥不行，床上功夫天下無敵！

她白他一眼，鹹濕佬！

警方高調頒獎，強調警民合作，齊心滅罪的重要性。他面對鏡頭，春風得意。還是那位漂亮的Elaine，她媚眼流轉，黃生，又是我，我們真是有緣！

他的心一動。

但正式訪問時她就一副公事公辦的模樣，請問是甚麼動力令你甚麼都不理，飛身撲過去擒兇？

他笑，撲滅罪行，守望相助，人人有責！我只不過盡市民的一份義務罷了……

Elaine又問，你學過功夫？

少少啦！

你的偶像是……

當然是成龍啦！他的「警察故事系列」，我部部都看，不止一次！所有情節都倒背如流。

那你是不是想當武打明星？

他立刻興奮起來，是呀是呀，妳怎麼知道？

他似乎瞥見她嘴角露出一絲嘲諷的笑紋，連忙收聲，眼睛無目的地四望，沒有一個焦點，滿腦流轉的，是那張俏麗的臉孔。好市民只有錦旗，哪有獎金實惠？但如果能夠拍戲，那又不同講法。

但阿瓊卻說，也好，有名便會有利，你現在有了小小名氣，跟著就是利，明未？

他不以為然，上次大海嘯死過翻生，傳媒不是熱鬧過一陣，我同妳都出過風頭啦，大大有名，好風光，但是好快就沉寂，結果不是甚麼都沒有？發達？發夢都沒這麼早！現在還有誰提起？

她說，上次的驚險故事也賺了一點啦！你不記得啦？這次是滅罪故事，你看著吧，更勁，輪不到你不信！

二〇〇四年十二月二十九日的報紙，在頭版頭條以大字標題寫著：「二十五歲香港夫婦怒海求生七小時」，同時刊出他和阿瓊劫後擁吻的相片。

逃出生天還不忘在鏡頭前恩愛，是情不自禁是受人擺佈他也記不甚清楚了，但看到自己成了新聞人物，卻也得意了好幾天。他對阿瓊說，想不到我們會成為明星！阿瓊哼了一聲，明星？你以為拍戲呀？他們有給你錢麼？他訕訕地說，有風頭出，好過沒有呀！阿瓊懶懶地回了一句，出甚麼風頭哇？一張相罷了，有鬼用呀，你以為是支票呀？給你一張支票，那又不同！

看到自己在電視螢幕上的形象瀟灑，他頗為得意，阿瓊，妳看看，我做明星都行吧！她扁了扁嘴，你做傻豹就差不多！

但街坊卻把他奉為偶像，哇！良少，你這次是第二次上鏡了呀，一個不小心你好容易就變成小生，做鄭依健！

他嘴上打哈哈，不要嘲笑我呀兄弟！心中卻歡喜得緊，有朝一日我黃繼良……

真的有人要來買他們的漂流故事，說必須採訪，每天三個小時錄音，三天的時間，代價一萬元；

但要求內容必須震撼。他問，甚麼用途？對方說，甚麼用途你就不用理了！他不知道應該如何出位，阿瓊卻說他傻，理得那麼多，有錢拿，做個古仔也要的啦！

他想想也是，於是便隨口加了一幕陷入鱷魚陣的驚險場面。

報紙娛樂版透露，有電影公司準備開拍《海嘯餘生》，阿瓊手指指，哼哼哼！拿我們的故事去拍戲，有沒有給你編劇費先？

他想想也是，便跑去交涉，但那人一味冷笑，大佬，你不是燒壞腦吧？我們已經一手交錢一手交貨。不信，你儘管查一下合同！

也是沒經驗，糊里糊塗便簽了名；如今想要反悔也不成了。

阿瓊呆了一呆，那你可以要求當男主角，故事是你的，你又有親身經歷。

對方大笑，你以為你是劉德華，還是梁朝偉呀？電影是靠「卡士」賣座，不是靠那些不等使的東西！

甚至連要求署上編劇的名字也不行。你識分鏡頭劇本呀？你只不過賣故事給我們，交易已經完成，我們如何處理，不關你的事！對方聲大夾惡。

他只好軟磨，加個「故事提供」都行吧？方便我日後搵食。

對方拍枱，你都幾大想頭！你以為現在是在街市買菜，有得講價呀？

他落荒而逃。

黃生，我叫Elaine，是電視台女記者。

穿一身白色長褲，披一件米黃的風衣，長髮在寒風中微微飄舞，她不時用右手去撥好稍亂的頭髮；是那種風情寫在眉眼間的漂亮女孩，好像天生就該吃這碗飯。

一站位，她便一本正經，請問你們是怎樣逃過大難的？

想想還是心有餘悸，那叫不叫樂極生悲？

早就策劃度假之旅，聖誕那天到達布吉，嚐嚐串燒，吃吃芒果，待要將榴槤帶進酒店，卻被大堂經理制止，對不起，先生，榴槤不能帶進酒店。

據說有的房客不適應那味道。

唯有在酒店外吃完再說。

阿瓊憤憤然，世界上最好吃的水果，他們都不懂得欣賞，死蠢！酒店也是，不讓我們帶進去，就是侵犯我們的人權，告他們！

告甚麼告？你別那麼多事了，這是泰國，不是香港。他們不識欣賞是他們的事，我們吃我們的。來旅遊就好好玩，開開心心就是。

阿瓊也只是嘴上發發牢騷而已，一轉眼便又忙於計劃次日的遊玩大計。明天不如去玩海上摩托咧？

聖誕夜在燈光調暗的酒店餐廳吃聖誕餐，紅酒芳香，火雞卻味同嚼蠟，幸好聖誕樹閃爍彩燈，聖誕音樂輕柔迴盪，檯面蠟燭在玻璃罩內搖曳跳著無定向的靈魂舞，那氛圍，簡直叫他靈魂出竅，飄飄然好像又回到熱戀的時候。阿瓊嬌笑，本來就是重度蜜月嘛！不浪漫怎麼行？想想也是，孩子都有了，還從來沒有跟阿瓊這麼浪漫過，有錢真好！阿瓊瞥了他一眼，當時你還捨不得丟下孩子來玩呢！如果不是我堅持……

補度蜜月在布吉海畔，說不盡的波翻浪湧，那是怎樣的一個甜蜜溫柔之夜？

次日起床吃過早餐，睡意朦朧，回到房間，和阿瓊相擁著倒在床上，慾念又起，正待再續夜來纏綿之夢，忽聽到呼嘯的海濤聲鋪天蓋地而來，還沒弄明白是怎麼事，「匡」的一聲，裂帛似的，他驚見落地玻璃窗給砸得粉碎，海水潮湧而來，他也顧不得套上上衣，只穿著短褲，趕忙抓起一件T恤往阿瓊一丟，快穿！便拉著她的手，跨過露台的圍欄，大喝一聲，攀上屋頂！可是阿瓊乏力，怎麼也爬不上去，他死命頂住她的雙腳，用力把她推上去；他待要自己再攀上去，一個浪頭驀然捲來，將他拖進洪水中，嗆了他一大口鹹水。四顧茫茫一片汪洋，無窮無盡，海面上漂著許多雜物，還有浮沉的人頭，耳畔盡是帶著哭音的呼喊聲。很冷。他努力睜大眼睛，望到阿瓊在張口呼叫，但他甚麼也聽不到，意志漸漸有些迷亂，忽地一驚，他看到阿瓊奮身從那屋頂跳下，嚇得他大叫一聲，阿瓊卻已經游到他身邊，這才記起，婚前她拿過中學校際游泳比賽冠軍。死，我們也要死在一起！她喘著氣。他又氣又急，如果我們都回不去，阿玲以後誰照顧？她才三歲……

這時漂來一塊床板，他連忙抓住當救生圈，才稍微安心，可是卻身不由己地越漂越遠，回望酒店，已成了火柴盒那麼一點。這毫無目的的漂流，何處是終點？他有些絕望，肚子又咕咕地叫了起來。剛才趕甚麼趕？回房親熱，甚麼時候不行？何必急於一時？早餐吃不到一半便豪氣地離開，現在要能用那另一半充飢就好了！那悔意，令他更渴更餓，正萬般無奈，身邊漂來一個雪櫃，他慌忙抓住，打開一看，喜見浸濕的蛋糕，也不管味道如何，便一口咬下去，又甜，又鹹，軟塌塌的，幾乎想要吐出來，他急忙擰開一瓶礦泉水，喝了一大口；這個時候，再難吃也不顧了，保命要緊，不要說難吃，遲些只要能吞進肚子的任何東西，恐怕也照吞不誤，哪容得你再挑揀？他這樣勸告阿瓊，自己也才知道，飢渴是這麼可怖，像蛀蟲似的咬噬他的心肝肚腸，直至靈魂。是一種莫名的疼痛，渾身無力，好像隨時都會虛脫，他自我安慰：才過了午餐時間沒多久，不至於餓得這麼厲害，這一切只不過是心理作用而已；可是他越這麼想就越餓，腸子就絞得越痛。阿瓊叫道，你不要去想了，心理作用！我沒吃一口，都……還沒說完，一個浪頭打來，又將他們分開，在漂浮的人群中，他找不到阿瓊了。

這時，夕陽正在西下，他暗想，一旦天黑，只怕逃出生天的機會就愈發緲茫，一種恐懼感悄悄爬上心頭，他打了個冷顫。就在這時，他望見阿瓊就在三十米外抓著船板漂浮，他大喊，老婆！老婆！但沒用，他忽然想到，滿海都是老公老婆的淒厲叫聲，誰知道誰是誰呀？他改喊，阿瓊！阿瓊！但她還是一動不動，一個恐怖的念頭浮了上來：莫非她……這時才想起，他剛才只顧自己的肚子，沒擔心過阿瓊！他鼓足全身力氣使勁大叫，阿瓊！阿瓊！終於有了回應，他看到阿瓊慢慢抬起頭，嘴唇好像在蠕動，但他完全聽不到她的聲音，他將手中的那瓶礦泉水往她那邊丟過去，但差得太遠，他也沒力氣了。挺住呀！阿瓊，挺住！他聲嘶力竭，也不知道她聽到沒有。這時他才體會到，甚麼叫咫尺天涯。

夕陽把逐漸暗淡下去的海面映得閃閃發亮，可能都累了，但也可能是絕望了，再也沒有人呼喊，偌大的水域，一片死寂。那圓圓的橙紅色正向海平面下滑，以越來越快的速度，很快就要和它接吻；他暗叫完了，天一黑，遇救只怕更加無望。

但命不該絕，一艘拯救隊的快艇突突駛了過來，好像雷霆救兵一樣，硬是把他從絕望的深淵拖回人間；他心一寬，便昏了過去。

再醒過來，他腦海裡一片空白，一股難聞的藥味瀰漫著整個空間，原來是躺在醫院的病床，旁邊竟是阿瓊。

他一直以為碰到大漲潮，這時才知道，原來是世紀大海嘯。他全身好幾處擦傷，已經包紮好，還隱隱作痛。

大難不死，必有後福！人人見到他都這麼說，他也相信。可是一切都不順利，叫他沮喪。阿瓊安慰他，小小磨難當激勵。可是他不能淡然處之。一閉眼，他便覺得身現鱷魚陣中，群鱷一條一條地滑了過來，為搶奪人肉搏鬥，尾巴互掃，水花四濺。男男女女活活地被撕成好幾塊，血染紅週圍的海水，鱷魚們流著眼淚，在周圍游弋，然後像看準了目標似的，朝他游來；他看到那可怖的眼睛，一眨一眨的，不知在傳遞甚麼訊息。他看到那大張的鱷吻，露出上下兩排利齒。他大叫一聲，暈了過去，迷糊中還以為身陷電影《鱷魚先生》的鱷魚場面中，不能自拔。

悠悠醒轉，全身都是冷汗，卻弄不清楚是白日夢，還是午夜夢魘？

他對阿瓊說，可能我胡亂編造故事，得罪了鱷神，如今是報應，給祂追殺？

生人不生膽！阿瓊安慰他，你定是神思恍惚，元神離身，所以老發惡夢。我明天去給你拜神，包你安寧。

那時拄著枴杖用單腿走路，有如從戰場歸來的傷兵，卻意氣風發，因為一時之間他成了傳媒追蹤的公眾人物，自我感覺良好。沒想到也就是一陣風吹過，很快的，媒體就轉移目標，不要說是他了，連南亞大海嘯也成為過去，有幾個還會舊事重提？

香港人健忘呀！他嘆息。

阿瓊卻另有高見，不健忘又怎麼樣？人總得生活下去，總不能活在過去的陰影裡。你不想給人忘記，就得不斷有新聞，你看那些大小明星，有哪個不是不斷製造新聞，爭取曝光率？

他不知道勇擒賊人，是不是有搏見報的潛意識？

阿瓊拍著他的肩膀，是你東山再出的機會了！

週刊果然又熱情萬分地用他作封面人物，給他做專訪，大字標題是：「海嘯餘生再做罪惡剋星」，他又抖起來了。

阿瓊說，你看看，我猜的沒錯吧？這回你做明星都不過份！

他也飄飄然，特別又是Elaine再約他訪談的時候。

一回生，兩回熟，這次我們可算是老朋友了，請你幫幫忙，爆第一手內幕資料給我們。她說。

當然當然，他滿口答應，心中卻疑惑，這條靚女，今天說話怎麼有點怪怪的？擒賊就擒賊，有甚麼內幕可爆？

Elaine問他，聽說你們拿綜援，怎麼有錢去泰國旅行？

他嚇了一跳，新近捉賊你不提，卻提去年的陳年舊事，甚麼意思嘛！他意識到大事不好，心咚咚亂跳，有些緊張，哦，那是我賭馬贏來三萬塊，去鬆弛一下。我們從來沒出過埠，去玩玩也應該不是？

當然，Elaine似笑非笑，但我們收到風，說你們假離婚，騙取政府更多的失業綜援數目，不知你有甚麼回應？

他發覺她詞鋒愈發尖銳，猛然記起好多年前讀武俠小說有一句話：「善者不來，來者不善」，莫非這條靚女來者不善？好在他反應還不算慢，我們是離了婚，分開住。

離婚還一起去旅行同住一間房？

再見也是朋友，那朋友也可以一起旅行吧！人權喔！

當然可以，不過好似不是朋友那麼簡單，比方那張熱吻的相片……

過了大半年的事情，自己幾乎都忘了，她還記得，看來是做足了準備工夫；他頓時語塞。

你會不會覺得對納稅人不公平，對其他確有需要獲得綜援的市民不公平？旁邊的阿瓊突然插話，我們這一區有好多人都這樣做的啦！

好多人做，不一定就對，何況騙取綜援是犯法的！Elaine的口氣漸趨冷硬。

他一口氣吞不下去，哼道，我們放棄綜援，全家餓死算了！看富足的香港有人餓死，會不會成為國際新聞！

說罷拂袖而去，在尖沙咀鬧市亂逛，夏天的太陽猛烈，迎面碰上一大漢，笑著和他打招呼，喂！李小龍！做了英雄不認得我了呀？他定睛一看，是那個CID。大漢指了指一間茶餐廳，一起去喝下午茶吧！他擺了擺手，橫過馬路，頭也不回，逕自走了。

二〇〇五年九月十一日

刊於《城市文藝》月刊創刊號，二〇〇六年二月

# 空降

傑克要回來了。

方雅蘭好像是不經意地那麼一說，竟如一顆炸彈似的，把黃德明的心房轟出一個洞。在剎那間，他的腦海一片空白，只見雅蘭往老闆椅靠背上一靠，怎麼啦你？沒話說了？

那很好呀，他忙說。心裡千頭萬緒，不知道心口是不是有汨汨的血流出？

即使雅蘭沒有說得很明白，但他卻也已經斷定，傑克的「回來」，不是僅指回流香港，而且回流公司。如今經濟低迷，香港經歷金融風暴、科技爆破之後，家家公司都在瘦身，人人都要增值，年過四十想要找份理想的工作？即使你資歷不差，只怕也是沒有人肯請。那個傑克回流，除了此處，哪有其它出路？

沉默。空氣好像凝住了，有一股壓抑的難受感覺。

德明無話找話：他不是追隨太太去美國，過得很好嗎？怎麼又回來了，這樣的環境？

雅蘭笑了一笑，家家有本難唸的經。

聽起來她好像很瞭解內情。莫非這十年來，她與傑克都有熱線聯繫，只不過他自己懵然不知罷了？

他回來也有好處，他熟悉中國大陸市場，如有工作熱誠，我相信他可以有一番作為……

他忍不住說，傑克已經離開香港那麼多年，跟中國大陸基本上也脫節了，我怕他……

那也不能那麼說，他畢竟有基礎，雖然這幾年離開了，但他在美國也還一直追蹤中國市場的動向，要撿回來並不難。

既然你那麼說，我再說甚麼也是廢話了。他想這樣說，但終於沒有出聲。他十分明白自己扮演的角色，表面上，雅蘭是在徵詢他的意見，她總是說，公司有重大事情，總會先找你商量的。但實際上，她每次都已經有了決定，再循例知會他；不管他意見如何，根本都不會影響她的取捨。雅蘭剛剛成為「阿一」的時候，聽從傑克的意見，要炒掉一個女同事，他以為不妥，那同事並沒犯錯，只不過是在工作安排上和傑克爭執了幾句，傑克便眼睛一瞪，你是不是不想撈了？不想撈我就跟老細說！他對雅蘭說，這樣太跋扈了，大家恐怕不服。但雅蘭卻不以為然，兩個人火併，我當然要支持職位高的那個，不然他以後還有甚麼權威，以後他還怎樣發施號令？也許安妮並沒有錯，錯的是傑克，但有時不是對錯的問題，而是如何處理更加有利的問題。也就是在這一次，德明領教了她的辦公室政治手腕，既然反對不會有效，他又何必枉做小人？

但有時就是忍不住。比方提起傑克。難道妳忘了，那個時候，他是拿妳一手的呀！是有點挑撥的味道。他看到雅蘭的臉上閃過一絲不快的陰影，這句話該勾起她遙遠歲月的記憶了吧？

那個時候，雅蘭剛接掌這電腦公司的大權，位置卻還沒有坐穩，傑克一紙辭職信便遞了過來。雅蘭對德明說，也不知道他是甚麼意思？德明冷笑，那還不明白，不跟妳合作唄！他本來以為該他上台，哪裡想到跑出妳這匹黑馬！雅蘭哼了一聲，我也不曉得呀！要怪，他該怪大老闆，關我甚麼事！他笑，妳壓在他頭上，他不怪妳怪誰？

真該怪大老闆，三個副總經理，原本傑克排名第一，雅蘭第二，德明第三。忽然找一個扶正，雅蘭超越傑克，叫傑克這個大男人面子上怎麼受得了？但他擺明採取抵制行動，又令雅蘭面子上難堪。她憤憤地對德明說，這個傑克・李，不是當眾剃我眼眉嗎？

是啊，現在妳請他回巢，不也是剃我眼眉嗎？他心裡這麼想，但卻說不出口。

本來他就是唯一的副總經理了，雅蘭高升至董事局任執行董事，這公司便是她的天下。德明以為他是唯一的副總經理，升任並非擁有生殺大權的總經理位置，也是順理成章的事情，不料竟沒有，雅蘭讓已辭職多年的傑克從紐約空降，坐上這個位置。眼看到口的肥肉平白無故地飛掉，他心裡說有多不平衡便有多不平衡。但他還不能說，說了顯得自己小家子氣，一個大男人，能屈能伸，打落牙齒和血吞。

女秘書悄悄指著總經理的房間，刺探著說，黃副總，本來那個位置應該是你坐的……

他的心好像給剜了一刀，連忙強笑，誰說的，我很本份，我不是帥才，我知道我自己。

但躺在床上輾轉反側，他一夜不能成眠。

次日上班只見滿面春風的傑克遠遠便向他伸出手來，笑道，世界真小，兜兜轉轉，我們的同事緣份還沒完呢！

這便是老臣子的下場了。總以為多年媳婦終究可以熬成婆，哪裡料到不是你的便不是你的，有甚麼話好講？

雅蘭嘆了一口氣，那個位置不好坐呀！我以後會超脫一點，拚老命幹嘛？讓他去幹吧，他也有能力。

不是正式向他解釋，但從她的言語之間，他明白她的意思。他忍不住問了一句，難道我沒有能力？

她瞟了他一眼，有，怎麼沒有？

他知道她在打岔。

但這種微妙的關係，剪不斷理還亂，他既然不想失去她，有時便只好裝傻。

裝死躺下，其實心還不死，一有機會，他必須把釘子捶進她的心裡去。

雅蘭黑掉的臉很快又恢復常態，笑了一笑，好像剎那間便揮掉了一切不快。唉！人生在世，不必那麼執著，辦大事的人，哪裡理得了那麼多雞毛蒜皮的小事？我給他錢，他給我辦事，就這麼簡單，過去的事情，一筆勾銷！

這個雅蘭，當了執行董事，怎麼一下子就這麼男子氣起來？那個時候，她依偎在他懷裡，咻咻地說，女人再強，也需要有個港灣歇息……她的萬種柔情，於今哪裡去了？只見她風風火火，他也弄不清哪個才是真正的她了。

雅蘭倒也還罷了，最可氣的是傑克・李，他儼然以雅蘭的代表自居，跑到德明的面前，居高臨下地說，今天晚上你陪我去見客吧！

想著他在雅蘭面前謙卑的臉孔，他就怒火萬丈。雅蘭也真是瞎了眼，怎麼會欣賞這一個離婚男人！是有心魔。這個傢伙，既然已經離開香港，幹嘛又要巴巴地滾回來？

每當他遠遠看到雅蘭和傑克談笑風生的時候，他便無意地閃出這麼一個念頭：「九一一」時這傢伙身在紐約，怎麼不順便也把他給炸了？

雅蘭哼道，你可不要那麼邪惡，說話像阿爾蓋達組織成員似的！那是恐怖襲擊呀！難道你支持傷害無辜平民？

不是支持不支持的問題，而是精神發洩而已。又不是我想怎樣便怎樣，說說也不會真的叫他回到「九一一」去！

那可不一定，恐怖襲擊到處都有，沒有「九一一」，還有「十・一二」峇里夜總會的汽車炸彈恐怖襲擊。你不是希望這種襲擊也發生在香港，就為了傑克？

那妳也把我想得太恐怖了。我只不過是意念一閃，我又不是恐怖分子，我怎能操縱？

一言不合，不歡而散。

想想雅蘭說的也不是沒有道理，他話一出口，就覺得自己的心理有問題，看看峇里島的慘案，報紙刊出巨幅照片，但見衣服破爛的男女屍體堆疊在一起，到處一片瓦礫。他們只是歌舞昇平尋歡作樂罷了，哪裡想到一聲巨響之後，便死無全屍地告別這個世界，連一點思想準備也沒有。這些手無寸鐵的平民何罪？

那夜總會就在庫塔海灘附近，那年他和雅蘭去過。到峇里度假，好像已經是久遠的事情了，那時雅蘭還沒有高升，他們住進庫塔鎮酒吧街的「十四朵玫瑰」酒店，但這酒店不見有玫瑰，只有爬滿圍欄的紫籐。他笑道，可惜，不然我就摘一朵玫瑰給妳。我不要玫瑰，她回身抱住他，只要你。晚上漫步至同一條街的那家「沙里」夜總會，進進出出的大多是西方遊客，他們在那裡消磨了浪漫的熱帶之夜。不料，消息傳來，那家夜總會「轟隆」的一聲，便被夷為平地，叫他痛感到人生的無常。他想打電話給雅蘭說，妳看看，那是我們當年去過的地方呀！多危險！但轉念一想，如果她已經不在乎，怎麼去提醒也沒有用。他嘆了一口氣，坐在剛結束夜間新聞報道的電視機前發呆。

後來雅蘭也沒向他提及峇里的爆炸案，好像在他和她的生命歷程中，峇里就不曾存在過一樣。曾經發生過的事情，難道就可以像在黑板上的粉筆字一樣擦得一乾二淨呀？

不知道。而雅蘭卻問他，你緊張甚麼？

他也不知道。不是他覺得有潛在的威脅。他和雅蘭的關係，從來就沒有公開過。他曾經幽幽地對她嘆了一口氣，我們好像在搞地下情！開始的時候，雅蘭為了事業，不願讓人知道；到了她的地位穩如泰山，她更加避忌，而他也不願意讓人笑話，女朋友是自己的上司！

公司裡人人都說：黃生，你是優皮！

公司裡人人也都吱吱喳喳地說：方小姐是單身貴族！

甚至有人在私下說他們是金童玉女。雅蘭充耳不聞，德明卻慌忙制止，可別亂說！犯上呀！

沒有想到這種秘密狀態，竟讓傑克有了可乘之機。儘管還沒有確實證據，但德明卻隱隱感覺得到，這個傑克總是往雅蘭的房間跑，表面上是說公事，實際上醉翁之意不在酒。他聽著從房裡傳出一男一女的笑聲，他便為一種酸楚的味道所折磨。

雅蘭卻說他神經過敏，不像男人。

但他認為並不是他草木皆兵，男人又怎麼樣，男人難道就沒有感覺？

那個週末晚上，他上她家吃晚飯，夜已深，他瞟了她一眼，有點心虛，算了，我今晚就留在這裡……

但她卻笑著從後面推他走，回去回去！你在這裡，你睡不好，我也睡不好。

他覺得是託詞，真的睡不好，明天也是星期日。

他說：妳不是說，今天是我的生日，我大晒麼？

她笑，要不我怎麼會請你上來撐檯腳？

好像一餐飯便已經是皇恩浩蕩了。

以前不是這樣。以前總是她開口，別走……

是不是傑克回流了，她對我便這樣淡下來了？

但這樣的問號，只能埋在心底，免得自討沒趣，他推開房門，頭也不回地走了。雖然他想到留下是個預謀，但他能不能留下，心中卻沒有把握，畢竟今時不同往日，他也記不清有多久沒在雅蘭的家裡留下了。他只能試探，用迂迴的方式，假如給硬生生地拒絕，那他也太沒有面子了。比方牙刷和電動剃鬚刀，他就藏在褲袋裡，不讓雅蘭看見，否則太難下台了！虧雅蘭還是笑吟吟地說，男子漢大丈夫，不要那麼敏感！

敏感！無事生非幹甚麼？他恨不得在情路上風平浪靜，和雅蘭風雨同路。只是，樹欲靜而風不止。那個傑克，明明像徘徊在她旁邊的狼，那眼睛閃著噬人的寒光，難道她真的一點也看不出來？

不過，不論是傑克壓在他頭上也好，還是傑克在窺伺雅蘭也好，他都不能明明白白地表示怨氣，不然的話，雅蘭會說，你看你看，你怎會這樣喋喋不休？

雅蘭現在說話也拐彎抹角了。他生日那晚，吃完飯，便一起看影碟。是《劫後餘生》。雅蘭說，男人就該這樣，即使是身處絕境，也不該放棄。

他抑制不住回了一句，那是。不過也難說，就算是湯漢斯終於從荒島重返鬧市，但現實生活已經翻天覆地地變化，至少他的愛妻已經成為別人的太太。

雅蘭斜眼瞟了他一下，都說是「劫後餘生」了，如果生活中沒有甚麼改變的話，就不叫「劫後餘生」了。

四年的隔絕，足以令做太太的認定丈夫已然死去，並且改嫁他人，叫影片中的湯漢斯沉重；而他和雅蘭這十多年來日日相對，卻似乎也不能保持最初談情的感覺。人心的真正差距，是不是難以測量？

如果說他以前一直朦朦朧朧的話，那末，這個生日過後，他忽然覺得有甚麼已經完全不同了。

雅蘭說，你不要老是抱怨，你想想看，傑克會駕車，又會交際，懂得打點，我出去應酬，不找他陪我誰陪？

是啊，唱歌跳舞喝酒吹牛，傑克全都在行，有他在，保證不會冷場；哪像我這個悶蛋？當初喜歡熱鬧的雅蘭竟會看上他，連他也感到有些奇怪。但雅蘭那時卻說，愛是沒有理由的，說得出理由就不是愛了。那也就是緣份了，他喜孜孜地想道。

但緣份是這樣的虛無縹緲，來無影，去無蹤，不知不覺便消散了。雅蘭也並沒有明確對他說分手，但他都可以感覺到她的熱情不再，一個不再有熱情的戀情，已經名存實亡，他知道他已經無力阻止情態的發展，就像沒有辦法阻止太陽下山那樣，他目送那絢麗蒼茫的黃昏景色逐漸發黑，以至消亡，連一句話也說不出來。那個傍晚，他和雅蘭在峇里的金巴蘭海灘露天餐廳吃燭光晚餐，只見赤道橙紅的太陽在海平線的盡頭處那麼一跳，便消失在視野之外，西邊只留下漫天彩霞，雅蘭舉起那盛著紅酒的高腳杯，跟他碰杯，祝你生日快樂！那是他的三十歲生日吧！三十歲生日太過甜蜜快樂，根本不會想到三十八歲生日已是另外一番光景。他記得那時他感嘆了一句，夕陽無限好，只是近黃昏。雅蘭笑道，管它呢！只要我們在一起，那便是永遠面對嫵媚的夕陽，它不會下沉。

不會下沉只是心理作用，夕陽注定西下，月亮注定東升。如果沒有了夕陽，卻有一輪圓月明晃晃地掛在天邊，那又是另一番醉人的風景，就像那晚金巴蘭海灘的月亮，溫柔嫵媚，海風輕輕拂來，桌上玻璃罩內的燭火飄忽，他輕擁著雅蘭照了一張相，但願剎那永恆。如今相片依在，但他看著那片風景卻已朦朧不清。在心理上它已失去光彩，在視覺上它也已破爛不堪。咦，這是否因為新聞相片而異化？美麗的峇里、美麗的庫塔、美麗的沙里夜總會，怎麼一下子就變成滿目瘡痍？

天有不測之風雲，人有旦夕之禍福。

雅蘭竟會變得這般若即若離，他當初怎麼想得到？

朦朦朧朧間，他竟在黃子華主持的電視遊戲節目「一觸即發」的現場，只剩下他和傑克對決。他一直領先，心中有無限歡喜，如果領到那筆獎金，他便可以改變負資產的命運。但他在關鍵時刻答錯了，黃子華笑吟吟地說：現在你腳下的保險掣解封，六個洞有五個會打開，就看你的運氣了！六分之五的可能性？他一面拉杆，一面暗想，還沒有想清楚，他突然失重狂喊一聲便跌了下去。醒來一頭是汗，原來是一場夢。他猶記得夢中的傑克在他掉下去的剎那，似笑非笑……

負資產的身份還是不能改變。他本來曾經設想，就豪氣地那麼把手一揮，辭職！但現在看來還得在冰冷現實的面前低頭。如今這個市道，家家公司都在瘦身，不給人炒魷已經萬幸，哪裡還有本錢說走就走？志氣始終也抵不過欠銀行二百萬的事實，一走了之當然痛快，但銀行追數派人上門，手法就不會那麼斯文了，他能躲到哪裡去？

原來他以為唯有自尊可以與權勢相抗衡，如今看來人要擁有自尊，也並不是可以毫無條件。

天亮依舊上班去，見到雅蘭他笑著說了一聲早安，見到傑克他笑著說一聲早安，見到所有的同事他都笑著說一聲早安。春風滿面，唯有他的心在抽搐，沒有人看見。

二〇〇二年十月十五日

刊於《作家》二〇〇二年十一月號

# 旋轉舞臺

場內的燈光驟然暗下，秦少聲站在高臺上，探照燈驀地掃在他的身上。樂隊奏起了過門，全場觀眾掌聲雷動；他的心裡非常得意，右手抓著擴音器，左手揚了一揚，身子微微彎了一彎，自己覺得風度翩翩。「第十五場了，我絕不再加場。前十四場都十分理想，最要緊的，是好頭好尾，可不要讓這最後一場壞了我的大事。」他暗自想道，嘴角禁不住露出了笑容。

帶著那笑容，他引吭高歌，一級一級，沿著那高而陡的臺階，走下來。

剛剛站定，一個少女抱著一束鮮花，跑上臺來，獻給他，然後在他的臉頰上深深一吻。掌聲和口哨聲立刻淹沒全場，他越發興奮了。這回是勢力的一次大檢閱。他當然知道近來他在走紅，可是，當他的經理人建議他開個人演唱會時，他也嚇了一跳：「甚麼？我行嗎？」然而，他抵擋不住那名成利就的誘惑，特別是江金廊，最近開了五場個人演唱會，更加刺激了他，使他陡然生出背水一戰的雄心。他知道，這一役，只許勝不許敗，每個舉行個人演唱會的歌星都有一定的份量，假如反應冷落，血本無歸還不說，名聲掃地，那就慘了。在影視圈，一夜之間可以大紅大紫，也可以一落千丈；萬一遭到滑鐵盧，想要重新收拾江山，談何容易！懷著忐忑的心孤注一擲，竟然大獲全勝，潛藏在他心裡的傲氣驀然冒了出來，他不斷地在內心吶喊：「我成功了！我成功了！」

當然是成功啦，全場觀眾如醉如癡的表現，他都看在眼裡，他又不是蠢人，哪會不知道？他鬆了一口氣，心想：「總算給我熬出頭來了。江金廊的五場算甚麼？我一連十五場，不比他厲害得多？」

他努力抑制自己，內心的狂喜卻排山倒海而來，他暗暗地說：「江金廊，哈哈，你想不到我也有今天吧！」他的歌喉並不怠慢，仍然賣力地演唱，他覺得額頭上的汗開始滴落在他的衣襟。

唱完一首歌，司儀鄭盈盈在探照燈的護送下，走上台來，展開如花的笑臉，用她那電臺「唱片騎師」的圓潤嗓音，說道：「恭喜你，秦少聲，我想，在場的秦少聲迷們也和我一樣的心情，為秦少聲高興。這次個人演唱會，大家都知道，本來預定五場，供不應求，再加五場，還是不夠，以今天這一場是第十五場了。本來還有很多歌迷要求再加場，但是，秦少聲因為明天要去日本拍片，不能再增場了，在這裡，我代表他向買不到票的觀眾致歉。希望下次有機會再開多幾場！」

暴風雨般的掌聲又席捲而來，秦少聲幾乎迷失了自己。這十五場連貫下來，他也覺得辛苦，但是證實了自己的身價，一切也都不算甚麼了。他相信唱片公司會從中看到他的實力，他掌握了討價還價的資本。他想起剛剛唱出一點名氣時，那家唱片公司給他錄了一張唱片，還用恩賜的語氣對他說道：「我們給你出這張唱片，是冒一點險的，金錢的損失，公司的聲譽……」他忍氣吞聲，根本不敢計較甚麼，因為他知道，沒有唱片公司捧他，唱得再好，也沒有辦法走紅。壓價麼？你儘管壓好了；只要你肯出，機會總還是有的。現在嗎？現在就不同了，他終於可以用唱片公司老闆當初的口氣回敬：「我就是這樣的條件，你不接受便算了，大把人要我簽約，我們就此『拜拜』。」

他收拾起心緒，眼光往黑壓壓的觀眾席上一掃，臉上堆滿笑容，頻頻說道：「謝謝，謝謝大家的支持。鄭盈盈剛才講了，我希望下次演唱會儘量滿足大家的要求！」「那麼，秦少聲，你這次演唱會這麼成功，你個人有甚麼希望呢？」鄭盈盈笑盈盈地問道。

「我希望多唱點好歌給大家聽，希望大家繼續支持我。」秦少聲的話，立刻又招來掌聲和喝彩聲。有的觀眾還尖聲呼喊他的英文名字：「Stephen! Stephen!」

突然，一個少女歇斯底里地狂叫：「I love you!」

「嘩！這麼熱烈！我看我要先退場，不然的話，我就要成為不受歡迎的人物了！」鄭盈盈說著笑話，「現在請秦少聲唱他自己的新作〈龍飛鳳舞〉。請！」

鄭盈盈迅速消隱在黑暗中，七彩的燈柱掃過來又蕩過去，把他籠罩在當中，他叉開雙腿，半低著頭，左手半揚，右手的擴音器就停在在嘴的下方；他感覺到有一道汗水，又從額角緩緩流下，聚在他的眉頭。他猛然一揮手，汗滴甩落在臺上，凝在喉嚨的歌聲，就在剎那間爆了出來。拍掌聲和狂叫聲漸漸遠去，他完全掉進他的自我世界裡：龍飛鳳舞……龍飛鳳舞……龍飛鳳舞……

他的這首作品，凝聚著他的希望，他希望產生一種意外的效果。〈龍飛鳳舞〉的靈感，來自他不久前拍的一部電影的名字。他與江金廊在歌壇的名氣差不多，但不論哪一個導演拍的電影，請他兩人合作，口頭上是雙男主角，結果總是他淪為第二男主角。本來他並不計較，但他周圍的朋友總是有意無意地拿他來開玩笑：「喂，Stephen，不是吧，你怎麼做來做去都是做石堅？你看人家江金廊多威風，永遠都是打不死的曹達華！」聽得多了，他心裡也漸漸變得不是滋味。他懷疑，他們的潛臺詞，是封他為情場敗將，因為在影片中他總敗在江金廊手下。〈龍飛鳳舞〉本來說得好好的，兩人掛頭牌，而最讓他心動的，是劇情安排他與溫倩雅飾演的女主角有情人終成眷屬；不料，在拍攝的過程中，不知道怎麼回事，導演臨時修改情節，溫倩雅無端端又飛進了江金廊的懷抱。那天，他眼睜睜看著江金廊和溫倩雅緊緊地擁抱熱吻，雖然是拍戲，也已挑動他報復的怒氣。他們那火熱的長吻，好像一塊炭火似地的，烙傷了他的心。江金廊不但做神探曹達華，連情聖華倫天奴的角色也不放過，而且偏偏又惹上溫倩雅！〈龍飛鳳舞〉伴著他的憤懣在心頭沉澱，他尋思，總有一天，我也要〈龍飛鳳舞〉一番。

〈龍飛鳳舞〉這首歌終於譜成了，那是對他自己被忽略的發洩，他要憑藉這首歌揚名，取得補償。他唱得格外賣力，來支持他心理上的不平衡狀態；他唱著唱著，心頭鼓動起長期被壓抑的情緒，感情竟萬分投入，淚水也止不住冒了出來。

又是掌聲。又是喝彩聲。又是尖叫聲。「Stephen! Stephen! Stephen! I love you!」那不是溫倩雅的聲音吧？溫倩雅的聲音那麼柔婉，飄在耳邊，好像就是輕輕的春風；這叫聲，這叫聲不是她的，她不會這樣狂叫。

鄭盈盈像幽靈般出現在他的面前，忽地扯高了嗓門：「恭喜恭喜，好消息，恭喜你呀，秦少聲！」

秦少聲一愣，沒有這樣的臺詞呀！但他立刻有福至心靈的感覺，忙半開玩笑地介面：「又是恭喜，還沒到新年呢？怎麼那麼多的恭喜？」

「不要心急，讓我慢慢道來。」鄭盈盈故作神秘地眨了眨眼，然後面向觀眾，聲音忽然揚高：「我們剛接到消息，本年度五大歌曲評選結果剛剛揭曉，用憂鬱的聲調唱輕快的歌曲，秦少聲的〈龍飛鳳舞〉名列榜上！」

秦少聲的心快跳了出來，他定了定神，知道江金廊榜上無名，他的歡喜又更增了一層：「好小子，到底我還是擊敗了你了！」他討厭他的名字老跟江金廊黏在一起，而且自己總是他的陪襯似的；如今，他終於脫穎而出，把江金廊甩在榜外。震耳欲聾的呼叫聲和掌聲又再度漫來，他開心地笑著，不由得把擴音器交到左手，他伸起右手，張開食指與中指做了一個「V」字，歡呼他的勝利；一直到場內的歡呼聲漸漸低了下來，他才開口道：「多謝，非常非常之多謝。謝謝大家慶祝我的勝利，謝謝大家支持我，我想，在場許多聽眾朋友一定投了我勝利的一票！現在，讓我請一位嘉賓，與我合唱這首勝利的歌曲〈龍飛鳳舞〉，這位嘉賓是——」

他故意頓了頓，全場鴉雀無聲，急雨似的鼓聲中，探照燈往發黑的觀眾席一照，停在一位美豔女郎的臉上，那位女郎亭亭地站了起來，眼波一轉，竟使那燈光黯然失色。

「溫倩雅小姐！請！」

溫倩雅手裡抓著擴音器，樂聲驟響，她開口唱著，一面扭動她那柔軟的腰肢，粉紅的晚裝搖曳著，她似乎在刻意賣弄她的美好的身段；秦少聲迎上前去，握住她那柔嫩的手，兩人側身對著觀眾，面對著面，眼睛對著眼睛地合唱，雖然只預演過一回，卻合作得很理想，秦少聲感到特別滿意。啊，這眼睛。這雙美麗的眼睛。他看了她，好像要直透她的靈魂深處；他看到，她那明亮的眼睛在七彩的燈光下一閃一閃的，一時好像溫馨的春風，一時好像跳蕩的浪花，一時像水一樣地柔和，一時又像火一般地熱情。他還沒有完全把她摸透，但卻認定自己穩操勝劵。天皇巨星，誰能夠無動於衷？至少，從在山頂的那一場纏綿，他已經開始這樣認定了。

那晚為演唱會預演後，秦少聲用他的那輛「保時捷」跑車載溫倩雅消夜，把車子停在山頂，不說一句話，扳過溫倩雅的身子，他就壓了過去。溫倩雅在慌亂中失去抗拒的能力，熱情逐漸被他撩動起來。一個鐘頭後，溫倩雅整了整頭髮和衣服，微微喘著氣，嗔道：「你不知道我是江金廊的人嗎？」「怎麼不知道，但我要橫刀奪愛。」「你真壞！」「愛是無罪的。」「你怎麼會這樣大膽？」「我早就喜歡你，但那時我沒有本錢，我比不上江金廊，我不敢表示。但現在可以了，我現在有資格，便不會放過機會。」

溫倩雅柔順地把臉埋在他的懷裡，他點起一支煙，吸了一口，忽然好像不著意地說：「真傻，那人。」

「為甚麼？」她立刻知道他指的「那人」是誰。

「一時落後罷了，算不了甚麼，聽到我的演唱會場數大大超過他，他馬上就失去了鬥志。」秦少聲緩緩地把煙輕佻地噴在她臉上，謹慎地選擇著字眼：「又是借酒澆愁，又是痛哭流涕，非男子漢所為，要是我像他那樣，怎麼可能會有今天？」

「你不要說他了，你現在甚麼都有了，何必再去挖苦人呢？」

「這是弱肉強食的世界。」他當時還笑嘻嘻地說：「你要記住。」

一曲終了，秦少聲扶著溫倩雅的肩膀，送她下臺；想像著江金廊那灼灼的眼神，他漫起惡毒的滿足感，動作也就更加殷勤了，臨別前還伸嘴去吻了一下她那淌著汗的面頰，場內又捲起了海嘯般的呼叫，男男女女，不知道是妒忌還是羨慕。他卻一味想著：江金廊，那個時候，你是怎樣擁著溫倩雅在我面前大搖大擺地走過的!?如今風水輪流轉，也應該讓我秦某人出頭了，你怪我不得。

剎那間，他突然有點為江金廊感到難過。他們兩個人五年前同時出道，近兩年同時在歌壇影壇冒出頭來，同樣是二十四歲，而且常常合演一部電影，剛開始的時候，大家都相互欣賞，慢慢的，就疏遠起來，連拍電影時的空檔，也沒有甚麼話可講。回想起來，江金廊也並沒有怎麼對不起他，為甚麼他要把江金廊視為假想敵呢？是妒忌？是名利之爭？還是身不由己？他一時也弄不明白。他耳邊又灌來了迷醉的狂呼聲，他看到那些人在手舞足蹈；他又心滿意足起來，他覺得，自己的一切努力並沒有白費，反正他不是踩著別人肩膀往上爬，而是依靠自己的努力打出天下。「這是上進心。」他對自己說：「人在江湖，身不由己，不前進就是後退，我不能停下腳步，等別人趕上來；我要抓住每一個機會，我必須有個假想敵，來督促自己。」

這答案讓他心滿意足，他鬆了一口氣，很輕鬆地摘下戴在頭上的帽子，揮了一揮，就往觀眾席上扔去，他看到千百雙手在向那飛去的帽子狂抓，引起小小的混亂，他就在他蓄意製造的高潮中退場，結束了他最後一場的演唱會。

回到後臺，泉湧似的汗水，模糊了他一臉。他接過工作人員遞給他的毛巾，隨手擦一擦，心裡充滿了勝利的感覺：賺錢嘛，也就是在這幾年的事情了，必須抓緊，溜走了，就抓不回來了。

正思量著如何要求提高報酬，溫倩雅突然急步趨了過來，附在他的耳畔，悄聲道：「剛才聽電臺廣播，『唱片』節目主持人黎明強說了你一頓。」

「黎明強？他在電臺上捧過我的呀！他說甚麼？」他吃了一驚。

「他說，一個歌星一時的成功，未必就是永恒，得意時不要太忘形。」

「他為甚麼要針對我？」秦少聲皺著眉頭，喃喃問道。

「你也是，你唱甚麼不好，偏偏要唱他那首〈風水輪流轉〉？五大歌曲揭曉前，人家都公認那是大熱門，結果落選，你再唱它，不是有意挖苦是甚麼？」

他忽然覺得一陣暈眩，為甚麼要唱這首歌？他已經無法說清楚了，他苦笑著反問：「你說呢？」

這時，聽眾全部退了場。燈光也暗了下來；曾經分外熱鬧的場面好像一陣吹過的風，不留痕迹，只剩下空蕩蕩的椅子，木然在原地呆立。

一九八五年十一月十二日

刊於《良友畫報》一九八六年四月號；
《中國作家》雙月刊一九八七第六月號

# 元老

三道菜之後，又端上了紅燒雞翅。人人似乎都有了喘息的機會，於是，席間的吱吱喳喳聲又再度高昂起來，雷蒙更高舉他那高腳酒杯，大聲叫道：「來！王伯，我敬您一杯！」笑聲、起哄聲頓起，我費力地站了起來，端起那杯茶，不料，雷蒙卻說：「不行不行，王伯，我知道您能喝，酒王來的嘛，怎麼可以欺場？」

酒王？我怔了一怔，不錯，年輕時血氣方剛，無酒不歡，公司裡誰不知道我王仁彬的酒量？那次春茗，他們幾個聯合起來本想要灌醉我，不料我還沒醉，譚仔他們三個早就東歪西倒昏了過去。三個小伙子鬥不倒我一個，從此「酒王」之名不脛而走，我也以此沾沾自喜。但他們三個早已一個接一個地離開，環顧周圍，這公司的老臣子，也就只剩下我一個了！

見我發愣，雷蒙絕不鬆口，再次叫道：「來！王伯，您露一手給我們年輕人看看，不然的話，人人都會以為您這酒王是浪得虛名了！」

「我前幾年就戒了，」我苦笑，「今非昔比，再不能喝酒了，今晚我以茶代酒，多謝你的盛情。」

「不行不行，」雷蒙的酒杯仍然不放下來，而且做了個很誇張的大動作，「今晚不醉無歸！大家都要一醉方休！」

旁邊幾個女孩尖叫起來，七嘴八舌地說：「誰跟你醉呀？」「你醉你的，我們吃我們的！」「你就想！」我以為正可以乘亂輕鬆避去，不料雷蒙依然抓住我不放，他用左手做了個請大家安靜的手勢，等她們安靜下來，他才說道：「我堂堂男子漢大丈夫，當然不跟女流之輩鬥酒，我要跟酒王比比看，做個新酒王！」

見他如此狂放，潛藏在我心底的傲氣陡然給煽了起來。鬥酒？你配嗎？但我畢竟不再是當年血氣方剛的年輕人了，火氣早已收斂；也只不過是讓他在女孩子面前出點風頭而已，我既已沒有競爭的資格，又何必計較？我強忍下來，笑道：「不行不行了，如今是你們年輕人的天下，怎麼輪到我這個老朽！」

「薑還是老的辣嘛！」雷蒙並不放鬆，又叫道：「我們做後輩的，要跟著向您老學東西！」

我明知他醉翁之意不在酒，卻也無法將他的用心抖出來，只好一味作揖懇求：「就算是饒了我吧……」

「怎麼那麼失敗呀，王伯！」伊玲眼波流轉，嘴角含笑，「沒理由長他人志氣，滅自己威風呀！」

「是啊是啊，」雷蒙的眼睛一亮，立刻接口，一面說，我見到他的視線迅速往伊玲那邊一瞥，收回來才又盯著我，「何必英雄氣短……」

「英雄？」我苦笑，「我不是英雄。何況這也是沒有英雄的時代，何必在意？」

雷蒙張口欲待說下去，擴音器卻響起了年輕的女聲。我抬頭循聲一望，是女秘書瑪麗。她擔任今晚公司聚餐的司儀，剛及膝的裙子，將那一雙修長的腿誇張地襯托出來，流瀉著青春活潑的氣息。看來她十分清楚自己的魅力何在，那雙美目在水晶燈下顧盼之間，也不忘咯咯地笑著，莫非她上台是為了表演她迷人的笑容？我收回那紛亂的思緒，只聽見她在柔柔地說：「……公司為著酬謝全體同事過去一年來的通力合作，今晚特意請大家齊聚一堂，希望大家再接再厲，繼續大力支持公司！」

掌聲。笑聲。叫喊聲。

我看到老闆那一雙眼睛在鏡片後面閃閃發光，盯著瑪麗只是笑。嗯，趙老闆很滿意哩。沒想到瑪麗平時在老闆背後怨氣沖天：「都沒見過這樣沒人性的老闆，老要我們做呀做呀，薪水卻那麼少！」如今在大庭廣眾之下卻會這樣討好。她也真是的，也只不過是受薪而已，又何必如此這般說話，當自己是老闆的代言人似的？倒好像是你有股份一樣！就算是博取老闆歡心情有可原，也大可不必這樣賣力嘛。但是左右都在拍手，都在歡笑，假如唯獨我一個既不拍手也不笑，豈不成為今晚的「怪獸」？何況，老闆的視線探照燈似的掃射全場，萬一給他掃到了，豈不是留下不合作的證據？這罪名可不小。我悚然一驚，趕緊調動神經，勉力在臉上堆起笑容。

笑著，笑著，我盡力回想開心的事情，我甚至覺得自己終於笑得很真誠，很開心。是啊，也許瑪麗是對的，不跟公司共存亡又能怎麼樣？公司倒閉對我有甚麼好處？既然無路可走，也只好一心盼望公司業務蒸蒸日上，我也就可以心安理得一直做下去，賺取這份工資了。

「現在，我們請趙老闆向大家敬酒！」瑪麗嬌聲宣佈，「歡迎歡迎，大家鼓掌！」

我把視線從瑪麗移到趙老闆身上，只見他滿面春風地站了起來，手中端著一杯白蘭地酒，快步走向台上：「各位同事，大家辛苦了！有在座各位的忠誠合作，也才有我們『飛龍』集團的今天，我在這裡代表公司向各位敬一杯！」

聽他頓了一頓，我知道他又要開始回憶那光榮歷史，果然，他又繼續講下去了：「大家都知道……」我不知道聽他說過幾百遍幾千遍了，簡直可以倒背如流，我的思潮迷迷糊糊地開了小差。人是不是有命運呢？我到底還是留在「飛龍」，是不是命中註定？

只差一點，我就離開「飛龍」。那已經是二十年前的事了吧？我也才三十歲，因為身體不大好，請過幾次病假，趙老闆很不高興，當著許多男同事女同事面前罵道：「我們公司就是養了很多廢物，包袱太沉重了。工資照發，工作沒有做足，這是無底洞呀，怎麼得了！」我並不很蠢，當然聽出那弦外之音，但卻又一廂情願地希望他指的不是我。可是，趙老闆卻明顯地給我臉色看，我終於明白，現實無情，此處不留我，自有留我處，三十六計，走為上計，我立刻寫了一封措辭委婉的辭職信，次日早上便交給他了。頭幾天，趙老闆沒有甚麼動靜，我實在也猜不透他的心思，索性不理了。那時我還沒有成家，沒有後顧之憂，對於出路，並不擔心。

一個星期後，趙老闆一大早便召我到他的辦公室去，我也不以為意，無非就是當面攤牌，就此「拜拜」罷了，我早已有所準備，隔著他那張寬大的辦公桌，我坐在他對面，也不說話。

「阿王，你這是怎麼啦？」趙老闆終於開口，隨手從他的抽屜裡抽出我的辭職信，皺著眉頭說道：「你對公司有甚麼不滿意的地方？或者我有甚麼做得不對的地方，你是老臣子了，你就多多包涵……」

嘩！我還是頭一次聽趙老闆說得這麼懇切，不覺十分意外，一時也不知道該怎麼辦才好了。見我不出聲，趙老闆上半身傾前，將那封辭職信推了過來，「你的辭職信我不接受，幫幫忙，你不要走啦……」

到了這地步，我難道要與他翻舊賬？看來他已經明白自己太過份，我又何必再去揭他的瘡疤？我留下來了。

一個月後的一天，臨下班前，譚仔他們三個忽然跑到我面前，逐個伸出手來說：「我們不幹了，明天就不再來了，你多多保重！」

我一驚，他們辭職了？怎麼我事先一點風聲都聽不到？我抓住他們的手，半晌也說不出話來。那末，老臣子就只剩下我一個了？一種蒼涼的感覺湧上心頭。

我記得那天下班後，我仍呆呆地坐在辦公室裡不走。我思前想後，不禁滿腹疑惑，算算日子，老闆留我之際，該正是譚仔他們提出辭職的時間，莫非他留不住他們，回過頭來才又挽留我？

當時雖然有受騙的感覺，但並沒有甚麼根據。後來在無意中卻聽到瑪麗壓低聲音告訴我說：「你知道嗎？老闆說，你是公司唯一的老臣子了，所以無論如何也不能讓你走，不然的話影響不好，外人會問，老臣子怎麼一個個都走了？」

原來如此。可是已經有些遲了，我提出辭職時正好有另一家公司向我招手，事過境遷，我當然不好意思再回過頭來追問人家重續舊夢。這一待下去，又待了二十年，我從王仔成了王先生成了王叔今天甚至有人叫我王伯了，回首一望，這些年來我竟一事無成，開始是助理文員，如今也只是個文員。那時我輕力壯，手腳靈活腦筋快，而趙老闆也剛從他父親手中接管「飛龍」。

呀，那時怎麼相同？趙老闆似乎待我不錯，常常跑過來拍我的肩膀，誠懇地說：「王仔，好好做吧，你這麼聰明，前途無量，我不會虧待你的。」我聽了心裡飄飄然，只覺得有他這句話，不管兌不兌現，也儘夠了。士為知己者死。我稱不上是「士」，但遇到了知己，算是我的運氣，我內心的感激，就不用多提了。沒料到世事無常，想走又沒走，留下來後公司的人事穩定了，趙老闆又收起挽留我時的那笑臉，偶然碰到高興時便板著臉點點頭，不高興就乾脆把頭一轉，當我是透明的。我其實也摸不清他心裡到底怎麼想的，但我總覺得是我自己失策，既然提了辭呈，為甚麼又會改變主意？這故事教訓我，要嘛凡事啞忍，逆來順受；要嘛一經表明不再做下去了，就要不為任何的勸說甚至利誘所動。你利用老闆，老闆更利用你，看你有沒有利用價值？看你忠不忠心？笑臉攻勢只不過是一種權宜的策略，到頭來大局已定，吃虧的還是你，老闆把你捏在手裡，想你成為圓的就是圓的，想你成為扁的就是扁的，你奈他何？他現在還不是穩坐釣魚台？

這時，他已講完話，回到他的座位上，微微笑著，坐得那麼穩當，那麼自信，那麼愜意。而我，即使一樣是坐在這同一個水晶燈燦爛的天花板下，卻是另一番心情。有甚麼辦法呢？我年輕時的雄心壯志早就被生活的重擔壓得粉碎了，如今拖兒帶女，太太體弱多病，一家人的生活，就只好由我一個人獨力承擔了。到了今天，還有甚麼話好說呢？我那在讀中六的兒子，小時候便老是問我：「爸爸，為甚麼我的同學要買甚麼東西都可以，我就不行？」那時我雖然有些難過，但也沒有真正認識到那嚴重性，只是一味地說：「傻仔，人與人不同嘛，人比人，氣死人，你好好讀書，將來長大了，便甚麼都有了。」如今他當然不再問我諸如此類的問題，否則，我會告訴他，錢並不是一切，但沒有一點錢，在現實生活中也是十分痛苦的事情。是呀，人生也不過如而已，辛辛苦苦養大子女，自己也就像蠟燭似的焚掉了。

「下面，公司要頒發長期服務獎。」瑪麗說著，忽然笑出聲來：「也就是老人獎啦！」

老人獎……老人獎……這個字眼好像烙鐵似的烙得我的心一疼。剛進公司的時候，看看那些三、四十歲的人，便覺得他們老。那年夏天的一個中午，幾個人聊起當時正舉行的世界杯足球賽，談到球王比利，年紀大的孫老頭一臉茫然，我想也沒想便脫口而出：「啊呀，你老了，我們有代溝，我們看的電視節目，不會合你的胃口！」孫老頭望了我一眼，微微一笑：「是呀，我老了。不過，王仔，人都會老的，你王仔今天還年輕，但將來也會老的。」當時我也不以為意，反正我有大把青春，怎會去考慮這一個「老」字？但近幾年來，已經不在人世的孫老頭的這句話，卻無端常常轟響在我耳畔，使我十分後悔於年輕時的張狂；而我現在果然老了，恍惚也就是一眨眼的工夫。世界杯？現在又是世界杯決賽周舉行的日子，那些年輕的同事們從深更半夜追看電視衛星直播一直追到凌晨，每天打著呵欠上班，仍然津津有味地大談甚麼上屆冠軍阿根廷首戰遭遇滑鐵盧慘被視為弱旅的喀麥隆擊敗、球星馬拉當那又如何毫無表現……個個儼然都是足球專家。我呢，便躲在一旁沉默不語。我已經沒有像他們那樣通宵達旦地看賽事的精力，我認輸。說到忘形，雷蒙敲著桌子問我：「王伯，你說，蘇聯有甚麼理由敗給羅馬尼亞？而且是零比二！」見我沒有答話，他便像恍然大悟似的一拍自己的腦門：「啊呀！我差點忘了，只有我們年輕人才會看這樣劇烈的節目，王伯大概你是沒有興趣的了。」我不禁有氣，差點就要回敬他：「人都會老的，你也不例外，雷蒙！」但想了想，還是忍了下來。或許這是一個循環？當年我去嘲諷一個老人，如今自己老了，又再被年輕人嘲諷，也算是扯平了。我只是冷冷地看著他，心想，雷蒙，但願你好自為之，年輕不會永恆。不要說你了，想當年比利如何在足球場上威風八面，年紀大了不也要退下來？多少足球名將如碧根鮑華、告魯夫不也一樣？即使今天的馬拉當拉、古烈特，也終究會逃不出註定淡出的命運，所不同的是他們曾經擁有罷了。

「首先要頒發的，是二十五年服務獎。」瑪麗拿腔捏調，極力模仿電視台司儀在宣佈「香港小姐」頭銜誰屬時的語氣：「嘩！二十五年！請王仁彬先生領獎！大家鼓掌！」

掌聲響起，並不熱烈，但有禮貌。我的心怦怦亂跳，我這一世人，還從來不曾在大庭眾廣面前領過獎。還是旁邊的李小姐推了我一下，我才站起來，忽忽往台上走去。

我看到趙老闆向我露出了笑容，這笑容本來好像早已遺落在洪荒時代，今晚怎麼又會重現？趙老闆把一塊金牌遞給我，然後握著我的手，使勁搖了一搖，啞聲道：「阿王，謝謝你！」

謝謝我？我惶惑地捏著那塊薄薄的金牌，回到自己的座位上。伊玲把頭湊過來，拿過那金牌，叫道：「嘩！足金啊，王伯！」

她說得那麼真誠，教我不忍心對她說：「小女孩，二十五年的時間呀！熬了二十五年，混得像我這個樣子……」

心潮如巨浪拍岸，卻妨礙不了我豎起耳朵撲捉瑪麗的嗓音，清脆而嬌憨，頗具誘惑力。十年……五年……怎麼？這就沒有了？哦，我明白過來了：有資格領取「老人獎」的只有三個人，而我是元老中的元老。

「……不過，我下個月就要辭職了。」伊玲的這幾句話突然闖進我的耳膜，我不禁回頭望了她一眼，雖然有點突然，但並不驚奇。不走才怪呢。現在的年輕人，哪有長期留在一家公司做事的？還不是做一年半載便跳槽？誰會像我這麼蠢，一待就是二十五年！怪不得成了「老人精」。伊玲也做了一年吧？也算是不太短了，現在的年輕人做得了一年，已算是有耐性……

「我始終不明白，你為甚麼不試試多做幾家公司？」伊玲忽然問我。

現在？太遲了。五十歲呀，有哪家公司會要？報紙上的招聘廣告天天有，但都是「年齡在三十五歲以下……」五十歲？是老人精了，誰要？

我望了望瑪麗，又望了望伊玲和雷蒙，都是青春逼人。我勉強笑了一笑，無言以對。

一九九〇年六月三十日至七月六日

刊於香港《星島晚報．傳奇》一九九〇年六月三十日至七月六日

# 競爭

依玲坐在桌子後面開票，猛抬頭，又碰上站在鋪面的表姐夫的怪異眼光，心裡好一陣不舒服。

這幾天，他上班下班都纏著她，使她有些不耐煩，但嘴上卻也不好說甚麼。畢竟，她能夠從杭州來香港當外地勞工，也全靠他向老闆推薦。

那晚搭巴士回家，他就緊緊靠著她站著。車窗外忽然飛過有字的黃色燈箱，他大聲說：「你看你看！你知道那是甚麼地方嗎？很多男人都去的，不過我可從來不去。」

她看到周圍的男女乘客都望了過來，但他仍在那裡滔滔不絕，她臉上發熱，恨不得找個地洞鑽進去。正要岔開話題，卻發現他的大腿緊貼著自己的大腿，她不由得一縮，反感頓生：車內又不是擠成這個樣子！但表姐夫好像沒有甚麼反應，她又覺得可能怪錯了，他應該並非蓄意冒犯。

她也看得出，表姐夫每逢與她閒聊，便情緒高漲，以她二十八歲的人生經驗，她知道那是一種對異性亢奮的表現。也不過興奮一點罷了，他不敢怎麼樣的，好歹他是自己的表姐夫呀！她這麼一想，也就放心了。又豈止是表姐夫而已，自從她來這家海味鋪當會計，在陣陣魚腥味中，每天附近的男人便藉故跑來搭訕一番。原來做這行的，沒有甚麼女性，她便成了萬綠叢中一點紅。

就算是平平凡凡的女人，怕也會成為興奮的焦點，更何況她是杭州美女！表姐夫意亂情迷，也並不奇怪，只不過他當不至色膽包天，假如他胡來，鬧將起來，表姐面上須不好看。我姜依玲是何等樣人，他也不是不知道。

她釋然。

既然周圍的男人都爭相討好，她也就樂得周旋其間，反正也只是討口舌上的些微便宜，又有甚麼了不起？午後沒有甚麼工作，她隨口向坐在她左近的老闆問起一個粵語詞，老闆笑嘻嘻地告訴她：「你想想，頸是硬的嘍！」她表姐夫忽地像一陣風似的由鋪面捲進來，氣衝衝地叫道：「你以為你好幽默呀？『硬頸』就是『硬頸』，值得嘖那麼多口水？」

老闆有些愕然，望了她一眼，又轉過頭去，訕訕地說：「我怕她不明白。」

表姐夫「哼」了一聲，「這些東西跟工作有甚麼關係？沒有關係就別說啦！」說完便揚長而去。

她呆了一呆，問老闆：「老闆是他還是你？」

老闆苦笑：「金牙祥就是這個臭脾氣。沒法啦，誰叫他是老臣子，做了二十年。」

連老闆也讓他幾分，但她心中卻是無名火起。這算甚麼？做我的監護人呀？我連說話的自由也沒有了！就算是老爸老媽，也不會這樣。下了班，她第一時間衝出鋪子，急步跑向巴士站，不料剛站定，表姐夫也跟著就趕來。死啦！她絕望地暗自叫道；表姐夫已經緊貼在她身後擠上車子。

她眼睛望向別處，也不出聲。表姐夫踮起腳跟，平視著她問道：「阿玲，怎麼啦？你不開心？」

「以後你在店裡不要理我的事了，好不好？」她沒好氣地說，「求求你！」「哦，你生我的氣！我是為你好，袁大頭不是好東西，對你不懷好意，你可千萬要小心。我告訴你呀，他有梅毒，你要小心一點！」

那粗大的嗓門毫無遮攔，又引來無數詫異的陌生目光，她連忙噤聲，逃到另一邊去；越想越惱火，她恨不得一巴掌摑過去。袁老闆有梅毒，你怎麼知道？

她知道他十分留意她的動靜，像一條獵狗一樣這裡聞聞，那裡嗅嗅。那晚袁老闆帶她去沙田跑馬場賭夜馬。第二天一早，他便十分緊張地追問：「他拿錢給你投注呀？」

她白了他一眼，不睬他。是拿錢給我賭呀，而且贏的歸我，輸的歸他。那又關你屁事！也不去照照鏡子，沒有財也要有點貌吧，沒錢沒本事又是醜男一個，憑甚麼跑出來跟人爭風吃醋？

他問不出甚麼名堂，在鋪頭裡整個早上都繃著臉，一言不發。中午圍坐吃飯時，他突然當著眾人大聲問：「喂，是了，袁老闆，你今天給老闆娘fax過報到紙沒有？可不要犯錯誤……」

那些夥計們哄堂大笑，她卻對他的用意心中雪亮。

老闆娘在加拿大，他早就在私下告訴過她：「袁大頭畏妻如虎，每天早上都要fax張紙過去……」

他這一招，既提醒袁老闆，也提醒她。沒想到他還會想出這一石二鳥之計！

但她依然與老闆談笑風生，老闆悄悄地對她說：「以後我們少說點話啦，我看你那親戚，唉，算了，我看他情緒有些不穩定，費事再刺激他了。」

她知道老闆的意思，便帶著撒嬌的語氣說：「你要是不跟我聊天，我明天就不上班了，多悶！」哄得袁老闆笑逐顏開。

明知在兩年合約之內，她根本不可以自行離職，但袁老闆卻連忙挽留：「你做得很好呀！從下個月開始，我加你一千，好吧？好好做，你不用多久，工資肯定會超過他們所有的人！」

本來合約訂明，月薪三千五，兩年內不變，沒想到才做兩個月便獲加薪，她忙說：「多謝老闆！」

「多甚麼謝呀？」袁老闆笑道：「你們老遠跑來做工，無非想要多賺幾個錢，我好明白。」

她也笑，心中卻在說，得了吧，老闆，你當我是傻瓜？我無非是佔了「靚女」的便宜罷了。阿超就沒有這麼好命了，從東莞跑來當夥計，除了不時要跑出去給顧客送貨之外，入貨時還要將一麻袋一麻袋的海味從貨車上扛進鋪子裡。他也才二十出頭吧？身型又瘦弱，扛起重物搖搖晃晃，袁老闆便罵他：「你這個樣子，怎麼能找到吃呀？不如回鄉下做你的太子爺啦！」

即使阿超背過臉去嗚嗚大哭，袁老闆又何曾心軟？既然如此，我又何必不「恃靚行兇」？袁老闆私下掏出三百塊，叫她買地鐵儲值車票：「每個月我都會給你。」他說。她也坦然接受。她覺得，這是一種手段，因為袁老闆明白，她的表姐夫不可能天天搭車資較貴的地鐵。

「我會克服我的邪念，你給我一點時間啦！」表姐夫哀哀地說。

克服不克服倒也沒有大礙，只不過他處處以保護人自居，真的很煩。她想對他直言，「還我自由吧！」但她不忍。

看著老老少少的男人們在為她明爭暗鬥，雖然有些微的恐慌，但她仍有幾分不可抑制的驕傲感。

一九九二年十二月十五日

刊於《新晚報・晚風》一九九三年一月三日

# 主權轉移

天氣驟冷，召開主任會議的時候，大家圍坐在長方形的桌子邊，個個手中都捧著杯子喝熱茶。這個每星期一上午召開的例會，一向沉悶。

不過各人有各人的心境，他覺得沉悶，別人卻好像吃了甚麼興奮劑一樣，滔滔不絕。彙報工作呀，在老闆面前，當然要講得天花亂墜，不然的話，怎麼升職加薪？

徐主任清了清喉嚨，他便知道那開場白必定是：「哦，這個，我講幾句吧……」說是幾句，幾千句都有了，一直講到連老闆都嫌煩，將那話打斷為止。

誰都唯恐說得不夠詳盡，不能將自己的貢獻表述得驚天動地。聽著聽著，他感到臉上發燒，當眾這般自吹，眼睛都不眨一下，這種勇氣，是不是必得經過訓練才行？

只可惜他怎麼都學不會。

那個時候老闆也在私下說過他：「智源，你學一下人家啦，這就是生存本領。」

但他覺得她只是調侃他而已。

情到濃時，他也會滿懷誠意地對她說：「……你可真要特別警惕那些誇誇其談的人。」

她就笑著擰他一把：「你以為我是傻的呀？誰好誰壞，難道我不知道？」

其實他當然知道她相當精明。只不過心中總是有幾分狐疑：倘若她每天都在這種誇張語言的疲勞轟炸之下，會不會有一天便轉了向？

人心脆弱，沒有甚麼永遠不變的事情。

但他只能應她一句：「你不要以為我在說誰的壞話，我只是為你好。你應該相信，就算全公司的人背叛了你，我也一定會站在你身邊。」

她盯了他半天，緩緩地說：「這個我相信。」

「相信我甚麼？」他笑。

「相信你是個大壞蛋！」她投進他懷裡。即使是女強人，她也有像小鳥依人的時候。他伸手摟住她，歎了一口氣：「有誰會相信，你其實也是女人味十足？」在下屬面前，她總是抬著頭，皮鞋咯咯響，從公司的這一頭走到那一頭。他就聽過那些同事男男女女的都在竊竊私語：「哼，簡直就像一隻驕傲的孔雀，怪不得三十歲了都還沒有男朋友！」

吃了一驚，不知道那些話有沒有影射他的味道。但是想一想又寬心了，玉如一向謹慎，在公司裡總是板著臉，對任何人都是一副公事公辦的架勢，包括他在內。她是那樣投入地演繹著她的角色，以至他有時也會產生疑惑：到底，她心裡是怎麼想的？而他並沒有追根究底的習慣，等到膩在她家裡，玉如的溫柔，總是封住了他的嘴，他迅速地融化在她的烈焰紅唇中。

他只能說：「你呀你呀，你前世只怕是一隻狐狸精。」

她笑：「狐狸精有甚麼不好？既美麗又心地好，以色相報，你們男人只怕是日思夜想的啦！可惜我不是，不然的話你就不會這樣嘮嘮叨叨了！」

他想說她是，但又忍住了。眼前是活色生香的趙玉如，轉眼便是不苟言笑的趙老闆，甚至連他也常常分不清，到底是床上纏綿的玉如真實一些，還是辦公室威嚴的趙老闆真實一些？

他並不是不知道，辦公室的愛情，最好不要去碰。但是當愛情真的來到，他又不是聖人，怎麼有能力抵擋?即使明知眼前是一口陷阱，他也會毫不猶豫地一腳跨去，何況他覺得男歡女愛，決不會摻假。

思潮遊移，猛然便聽到阿力士開口說話了。人人都說這是新貴，他也覺得玉如對這個新聘來的主任另眼相看，但他出於男子漢的自尊心，總不至於當面問她：「你是不是……」

也不是沒有婉轉地表達過心中的疑懼，只不過只能在周邊遊走。但玉如何等醒目，立刻便捕捉到他迂迴傳來的訊息，臉色一沉：「你把我當成甚麼人了?要是你不相信我的話，智源，你大可以跟我一刀兩斷!」

他只好陪著笑臉：「我只是說說而已，你怎麼那麼認真?」

玉如哼道：「開玩笑?就算是吧，其實正表達了你心中最真實的想法!」他張嘴欲待再解釋，一時竟語塞，吶吶說不出話來。而玉如已經適時地投懷送抱，用她那溫軟熾熱的嘴唇，封住了他說話的渠道。

那滾燙的感覺，至今隱隱還在，但是玉如儼然是老闆，在用視線掃射各位主任的臉色。她的眼睛還沒有轉過來，他已經及時逃開，漫無目的之中，卻瞧見了一只眼熟的瓷杯，令他有悚然一驚的感覺。

明明是他送給玉如的瓷杯，怎麼一下子就到了阿力士的手中?

阿力士雙手捧著那瓷杯，滿眼的笑意，不知究竟是因為溫暖了他的雙手，還是因為他心中有溫馨的花朵在開放?

他的心很沉很沉地墜了下去。

玉如如此不重視他的禮物，令他格外傷心。丟掉倒也還罷了，她卻把它轉贈給阿力士，這明明在透露著某種訊息。

至少，玉如不會不清楚，他肯定會看到，只不過她不在乎罷了。

不在乎他看到，也就是已經不在乎他這個人了。

他有被當眾遺棄的痛苦，然而只有他和玉如心知肚明。這當中的故事，也許連阿力士都不知道，只以為玉如深情脈脈，一心將她印過無數次唇印的瓷杯賜給他獨享。

他弄不明白玉如是基於甚麼心理，但他明白大勢已去。不必玉如當面對他說：「我們分手吧！」他也應該知道怎麼辦。

是去年冬天的事情了吧？他在「崇光」看上了這個瓷杯，當做生日禮物送給她，她摟著他說：「你真是太知道我的心思了，我不需要甚麼貴重的東西，這瓷杯很普通，卻最實用。寒天裡我可以抱著它喝咖啡，熱天裡我可以抱著它喝冰水，跟我形影不離……」那個時候她說得一片情深，而他也聽得眼前一片雨霧紛紛。

他以為這也就是天長地久了，哪裡想到永恒是沒有的，他送瓷杯給玉如，玉如又把瓷杯送給阿力士，也許也在阿力士生日的那一天？

他不敢肯定阿力士是否知道這個瓷杯的來龍去脈，但是那自得的笑臉，他總認為另有一種捉摸不透莫測高深的意味。

老闆的叫喚，把他的思潮從無言召了回來，他一驚，茫然的眼光碰上玉如的眼睛，他有些混亂地說：「哦，春茗呀，當然要設大獎。甚麼大獎呢？公司去年業績一般，我看不要鋪張了，大獎給一個杯子就可以了，既便宜又實用……」

他看到個個人都目瞪口呆地望著他。

一九九七年一月二十五日

刊於《星島日報・天河》一九九七年二月十二日

# 身份確認

匆匆地開了門，慌慌張張反身關上，心仍然在怦怦亂跳。

她倚在那木門上，長長地吁了一口氣。

好在跑得快，不然的話……

也怪自己耐不住寂寞，可是，好不容易來到這個花花世界，卻不能享受那一切，跟困在鄉下又有甚麼區別了？不好好地走它一走，她總是不甘心，眼看這繁華鬧市，就在腳下延伸。

厲生總是對她說：「你就忍耐一下吧！香港有甚麼好看的？又沒有甚麼風景。你要看電影，我可以租鐳射影碟回來；你要吃的穿的，我也可以幫你買回來。你坐在家裡享福，皇帝一樣過的日子，有甚麼不好？」

她無話可說。

但心裡卻不服氣。早知道來到香港還要坐監牢似的困在家裡，她也不想來了。鄉下雖然窮些，但卻自由自在。如今她只能夠從窗口下望街道，這三十層樓的高度，使得她所看到的，只是玩具似的人和車子。這不大真實的形象，跟她那天興衝衝地乘搭的士而來，完全是兩回事。只可惜那個晚上太興奮了，她只顧張望那閃爍不已的七彩霓虹燈，卻沒有好好體味這香港的城市風貌。

那時候她以為天空任鳥飛，既然來到香港，今後想要左看右看還是橫看豎看，也都沒有甚麼問題。哪裡想到，香港依然還是空中樓閣。

厲生說：「忍一時風平浪靜，等到看準了風頭再說。」

厲生說：「香港很複雜，你千萬不要一個人上街，不然的話……」聽得多了，竟令她產生逆反心理。

加上那燈紅酒綠的誘惑，她決定趁厲生上班，悄悄地走一回。街上人山人海，多一個我也不多，把自己成天關在家裡，實在太笨了！

但沒有想到遠遠見到警察就已自心虛了，她逃也似的趕忙掉頭而去。

原來，只有這個家才是最安全的堡壘。

她剛剛定下心來，猛然便聽見那門鈴驟響。她欲待不開門，鈴聲卻一聲緊似一聲，驚天動地，令她的心劇烈跳動。

那人甚至用拳頭擂門了，她生怕驚動左鄰右舍，忙從防盜眼望去，門外赫然站著那個警察，令她魂飛魄散。

「開門！我知道屋裡有人！」那聲音低低地傳了過來，無法抗拒。

她的防線全面崩潰。那警察在屋內轉了一圈，好像是漫不經心地問了一句：「就你一個人？」

「我的老公上班去了。」她怯怯地說。

「你不用上班？」警察的目光灼灼而來，「好福氣呀，做少奶奶，不用上班，有老公養！」

她不知應該說甚麼好，連忙倒了一杯可樂，「阿Sir辛苦了，喝杯水，歇一會。」他接過去的時候，手重重地摸了她一下，她吃了一驚，趕快縮手。

他站在那裡，啜了一口，除下警帽，他把它當成扇子往自己臉上搧了幾下，喃喃說了一聲：「怎麼這麼熱？」

她一怔：這個冬天的中午，雖然不太冷，但也絕對說不上熱呀！？他卻已經轉移話鋒：「你的身份證呢？我循例要檢查一下。」

她一時之間張皇失措，半晌才說：「哦，我去拿給你看。」

唯有逃進睡房裡，在櫃子裡亂摸一通，但她終究變不出一張真正的香港身份證。

她欲哭無淚，回轉身去又嚇了一大跳，那警察已經神不知鬼不覺地跟了進去，以一種曖昧的微笑，直直地望著她。

「沒有嗎？」他問了一句。

她不知道應該怎麼回答，只顧說：「我有的我有的，我不知道放在哪裡……」

「如果有的話，我不介意在這裡慢慢等你找出來。」說著，他便乾脆坐在床沿，「反正我有的是時間，可以一直等到你找到為止，我才走人。」

她的腦海空白一片。

忽然間她覺察到一雙男人的手搭在她的肩上，男人的聲音就在耳畔絮絮傳來：「我有經驗的，我受過訓練，我可以看得出來，誰是偷渡客，誰不是。我一眼就看穿你，你逃不掉的。」

她感覺到自己好像是掉進陷阱的獵物。

他的嘴唇輕咬著她的耳垂，「沒有身份證，也不是甚麼大不了的事情，只要你識做，我也會識做，反正這屋子裡只有你和我，天知地知你知我知，誰都不知道，你才二十來歲吧，大把前途……」

她在心裡劇烈地說不，但卻抵擋不住那即時被遣返的震懾力，她只得讓他為所欲為，就在她的婚床上。

警察與偷渡客，變成了男人與女人。雖然萬不得已，但她並沒有抗拒，甚至順從著他的一切意願。她在他的壓力下屈服，眼睛有些散亂地四望，在那牆上掛著她與厲生在鄉間拍的彩色結婚相：她穿著白色的婚紗，微笑著；他穿著黑色西裝紅色蝴蝶結領帶，也微笑著。此刻，相片中人的視線好像在曖昧地望了過來，竟教她的心湖翻湧起一股又愧疚又酸楚的味道。然而，那脫下警服赤身露體的警察，已經還原成為本質上的男人，而且是一個粗豪的男人，她想要儘快地結束這種尷尬與羞辱的場面，偏偏他卻欲罷不能。

她散亂的眼光又看到狼藉在地板上的衣服，還有那枝點三八口徑的警槍。那警槍冰冷，大概也是一種權力的象徵吧？

終於，一切都成為過去。

那男人微微喘著氣，問了一句：「對了，你叫甚麼名字？」

事情已經發展到好像只是一場交易而已，這令她又產生更深層的悲哀。

她哀哀地說：我只求你放過我。

男人迅速地穿上了制服，立刻又恢復了警察的身份。他戴上警帽，扔下了一句：就當我們沒有見過，也沒有發生過任何事情。只不過你不要再上街去了，不然的話，我不知道你還會惹上甚麼麻煩。

聽著那皮鞋在走廊上咯咯而去，終於沒有聲音了，她倚在沙發上，酸軟無力。

那麼，以後就只能困在屋子裡麼？早知如此，那又何必當初？

可是，後悔已經來不及了。

她精神恍惚，甚至連下班後回家的厲生也看了出來，他拍拍她的肩膀，「怎麼啦？」她卻本能地一縮，強笑道：「很累。」

他狐疑地看了她一眼，不再說話。她卻在暗自心驚，假如那警察趁機要挾，天天上門，她應該怎麼辦？

一九九七年一月十一日

刊於《星島日報・天河》一九九七年一月二十五日

# 窺

從睡夢中驚醒，明儀聽到慎鴻粗重的呼吸聲，接著他的身子便像蛇一般纏了過來，暗夜裡，那雙手在她身上到處遊走。起初似乎還有些膽怯，慢慢好像看準了風頭，便狂野得沒有節制起來，一下子便鑽進她的睡衣裡面去。她的睏意盡去，無聲抵抗來襲的雙手。無力的阻擋，使他變成一個勇敢的鬥士不屈不撓。她半閉眼簾，只感到慎鴻的嘴唇從她的頸邊摸索著上升，忽地磁石般啜住她的嘴唇，舌尖也跟著突進。她緊咬牙關，喉頭發出輕輕的「唔唔」聲，想提醒他不要放肆，無奈他已經不能自制，自顧自朝向他的目標不懈努力。她的防線全面崩潰，牙關被他叩開，她只感到眼前化成點點金星，好像乘著一葉扁舟在怒海中顛簸航行。因暈眩而陷入半昏迷狀態，可是她的神經卻在警戒著，她恍惚老是看到一雙灼灼的目光，好像要噴出火似地一眨不眨。驚恐中她圓睜雙眼極力想要穿透這夜色，可是一切都是枉然，她仰視到的只是慎鴻的一雙燃燒著的眼睛。她暗暗鬆了一口氣，這才重又感覺到慎鴻仍在努力，他額頭上的汗水也滴到她面頰上、嘴唇邊。唔，好鹹，而慎鴻在不斷活動之外，還壓低了嗓音頻頻追問：「怎樣？感覺怎樣？」

這反反復覆的問話，聽起來斷斷續續，也不知道他是在認真追問，還是下意識地自言自語。其實自從那趙長貴租住閣樓後不久，每當慎鴻與她歡好，她的心弦都緊緊繃著，任她如何努力也無法徹底放鬆，但她知道她必須滿足慎鴻的英雄感。情到濃時，他總是半開玩笑地對她說：「男人嘛，總是希望自己天下無敵……」他沒說他自己，大概也還有點不好意思吧。但她明白他的心理。既然跟了他，她自然也不想太掃他的興，每次她也就盡力表現得十分享受的樣子，但慎鴻半不滿足，總是尋根究底地追問不已：「怎麼樣？啊？怎麼樣？」她只好極力壓低嗓門，含糊其詞：「你是我便知道啦……」

這回她連含糊其詞也做不到了，因為她認定，要是她一出聲，恐怕立刻就會傳到一雙豎起的耳朵裡。

趙長貴的耳朵真是出奇的長，幾乎可以垂肩，好像就是古時所說的「帝王相……」吧！不過那比例讓她一見就覺得有些異相，她不喜歡。趙長貴卻堆滿了笑容：「我一個單身漢，早出晚歸，也不煮飯，哪裡找這樣的房客？」她立即回答：「像我們這樣的二房東，沒有孩子，不會吵鬧，到哪裡去找呀？」

於是討價還價。她提高房租，那趙長貴嘻皮笑臉地說：「遇上我這樣的房客，你應該減價才對。」

她不肯，咬著嘴唇只是一味搖頭。

「這樣吧，你再和張先生考慮一下。」最後，趙長貴這樣說：「我明天再來聽消息，好吧？」

她只是想要快快擺脫他，便一口答應下來。

當晚在飯桌上，慎鴻聽了，聲音忽地拔高，眼光直盯而來：「啊呀，上了年紀的單身漢喔，你怎麼不答應下來？」

「那個人面相不好，我不喜歡。」她答道。

「又不是揀老公，管他好看不好看？」他衝口而出，一看她的臉色有些不對，忙又補上幾句：「好看才危險呢！我們這個閣樓，只夠一個人住，年輕女孩不會來，年輕男人我又不放心，你一個人在家喔！這個五、六十歲的老頭正合適，錯過了，以後難找……」

他有他的道理。算了，做二房東也不容易，招個三房客來，分擔大半的房租，自然是上策。我也不能出去工作，他一個人在工廠打工，能賺多少錢？萬一將來有了孩子，一點積蓄也沒有，怎麼辦？罷罷罷，他說得也對，又不是挑老公，管他的模樣如何？何況這個人也是早出晚歸，不會常常碰面。

慎鴻的汗水又流了下來，她也滿頭大汗了。天氣真熱，這夏天，想要開窗也不敢，開了窗有風，涼快一點，但風會撩起那窗簾，床就成了不設防。即使窗外只是夜空，她也覺得有偷窺的眼睛在閃爍。她抗拒。慎鴻好幾次都嘲笑她神經過敏：「就你這麼多心！人家自己還忙不過來呢，有誰吃飽撐了沒事幹來偷看你？別疑神疑鬼啦！」她卻不以為然：「小心駛得萬年船，萬一給人看到，不是虧了？無端的損失，我才不幹。給你看好過給別人看，你不在乎，我在乎！」在乎就要付出代價，汗流浹背也沒辦法。甚麼時候能裝上一部冷氣機就好了。一室的冷意，可以將酷夏的悶熱驅走；再怎麼折騰，也應該不會渾身是汗了吧？

其實即使可以開窗又怎麼樣？風也並非總是往這個方向吹。白天連窗帶木門都打開了，屋內也不見得涼快。這裡又不是三面單邊的新樓，向著天井的那窗口，由白天到夜晚都是一片陰沉。陽光照不進來，輕風也吹不過來，牆內哪能不熱？連風扇製造的風，似乎也是熱的。那幾天，趙長貴穿條內褲，背心，趿著拖鞋，在屋內團團亂轉，一面叫熱。給他叫煩了，她沒好氣地說了一句：「你熱就找個地方涼快去吧！又說早出晚歸？」趙長貴聽了，也不動氣，一味笑嘻嘻地說：「我放大假呀！這是人權喔，你不是連我放大假都不准吧？」

她橫了他一眼，也不想糾纏下去了，便不再作聲，心裡卻有些懊悔：是啊，怎麼沒想到，做工一年還有七天大假哩！她看著他孟浪的神情，內心有些吃驚，但表面卻強自鎮定，板著臉孔，堅持不與他開玩笑。她覺得他是那麼一種人，只要混熟一點，他就會得寸進尺，而永遠不會放棄心中的目標。

她無法撤除警戒線。

本來那閣樓高高在上，沒人住的時候，她也從未注意過那方位。自從趙長貴睡在那裡，她的心便無形中打了個結。畢竟是多了一個不相干的男人，不比得兩人世界之時隨心所欲，不論甚麼時候，關起門來就是自家的天下，愛哭愛笑愛叫愛鬧，誰又管得來？現在也還是不會有人管，但有甚麼理由把夫婦間最隱秘的生活公諸於這個房客面前呢？不管慎鴻如何張狂，在黑夜中她始終咬緊牙關，硬是不吭一聲。偏偏慎鴻卻有不同的心思，頻頻追問：「怎麼啦……冷感呀？」搬進一個陌生人，倒好像對他完全沒有甚麼影響。

纏得多了，她也無法忍受了。當他重新壓在她身上，又氣喘吁吁地重提那並不新鮮的問題：「……你說呀……你說呀！」一股怒氣忽地攻心，她咬牙說道：「說甚麼呀！你不知道隔牆有耳？」

「嗨！我道是甚麼呢！」他滾到一邊去，仰面躺著，聲音大大地說：「要看儘管看，怕甚麼！」

「虧你說得出口……」她的臉一熱，沉聲道。

「做得出，怎麼說不出？」他哼了一聲。

「那你去表演算了，還可以賺錢哩！」她愈想愈氣，開始尋找刺激對方的字眼。

「那要看我高興不高興了。」他冷笑了一下。

「你怎麼會不高興？現在沒有機會你都拚命在找觀眾，你當然甚麼時候都高興！」她拉起被單一直蓋到自己的脖子上，她感到更熱了。

他好像語塞，沉默了一下，重重地翻了個身，忽地又粗聲粗氣地說了：「你這個人就知道叫我賺錢賺錢賺錢，從來不知道賺錢有多辛苦！你有本事你出去做呀，我幹嘛要這樣拚命賺錢？」

「你……」她的心頓時沉了下去，萬語千言立刻也咽了回去。這個自私的男人！當初你也不是不知道我無法出去工作的，還說甚麼你照顧我一生一世，原來只不過是貪圖我的美色而已。算我駱明儀瞎了眼，所託非人。要不是我走投無路，幾時輪到你張慎鴻！愈想愈委屈，她一翻身，背對著他，閉上眼睛，淚水止不住溢出眼眶。豎起的耳朵撲捉周圍的聲音，但聽他微微打著鼻鼾聲，卻已自顧睡去了。她更加生氣，不由哽咽起來，猛然想起還有那個趙長貴，她的心一跳，連忙止聲，睜開淚眼，模糊中似乎又看到那雙灼灼的好像老狼的眼睛。她慌忙用右手手背擦拭雙眼，再往那閣樓望去，哪裡有甚麼眼睛？微光下只有一個隱約的側身往裡躺著的人影，彷彿睡得正熟。

她的心情煩躁，翻來覆去睡不著，又覺得不舒服，便起床上洗手間去沖洗。剛亮開燈，她又覺得趙長貴似乎也在閣樓欠起身，望了過來，她一慌，立刻把燈熄了，轉身跑回床上，心猶在怦怦亂跳。睡神已經遠離，她仰躺在那裡，胡思亂想起來。不會吧，這個趙長貴？已經是老傢伙，我才二十五歲，做他的女兒都可以，他不至於會有甚麼非份之想吧？

一覺醒來，天已經大亮。她望了望身畔，張慎鴻早已上班去了。她懶洋洋地坐起身來，打了個呵欠，也不知道昨晚是怎樣迷迷糊糊地睡去的，好像還發夢，說了許多夢話，這時頭卻有些疼。穿著睡衣找了一粒止痛片，她趿著拖鞋上廚房去倒熱水，一腳踏進去，嚇得尖叫起來，她冷不防看到趙長貴就在面前咧嘴對她笑！

「幹甚麼呀！那麼大個人還躲在廚房裡嚇人！」等回過氣來，她沒好氣地斥責他。

趙長貴只是笑，「沒有呀，我也是來喝水呀，我給你倒吧，順手……」

她沒有理睬，回身便走。趙長貴跟到客廳，陪笑道：「開電視吧，可以嗎？張太，很悶。」

悶？她瞪了他一眼，只見他一副空虛無聊的神態，她不由得心軟了，懶懶地答道：「你愛看就看啦，不必問我。」

熒光屏上閃出的是曹達華和于素秋。她瞥了一下，哼，是粵語殘片哩，這對師兄師妹正並肩下山。她再掃了趙長貴一眼，但見他的眼睛在發光。真不明白，這種老掉牙的黑白武俠片，怎麼還可以吸引人？大概他年輕的時候是曹達華、於素秋迷吧？

她輕輕地歎了一口氣，回頭拿了一把掃帚掃地。掃到趙長貴腳跟前，他好像也不察覺，她提高嗓音叫了一聲：「麻煩你把腳抬高！」他抬頭望了她一眼，乖乖地照做了，他的武俠夢似乎也被驚醒了，望著她只是笑：「張太你真勤勞，這屋子全靠你打掃，打掃得這麼乾淨！」她不理他，繼續掃她的地，可是她老覺得，趙長貴的眼睛，已經離開電視螢幕，賊溜溜地往她身上掃射，讓她有一絲不掛涼颼颼的感覺。醒悟到自己仍穿著薄薄的粉紅睡衣，她的臉一熱，慌亂間一時不知該怎麼辦才好。

她見趙長貴從沙發上站起，走了過來，猶豫了一下，沒等她反應過來，他的一雙手便伸過來搶掃帚，卻落在她的手背上。她的手一縮，他也沒抓穩，那掃帚便自己「啪」的一聲倒在地上。

她下意識彎腰撿起，忽覺一隻手搭上她的肩膀，她本能地一縮，回頭一看，只見趙長貴陪著笑臉。她哼一聲，正待發作，想了一想，也就忍住了。地也不再掃，她氣衝衝急步到廚房做飯去。她以女性的敏感，明顯地感覺到趙長貴的念頭。男人？男人是不是全都是這一副猴急相，不論老少？鍋裡的油已經發燙，她隨手從砧板上抓了一把蒜頭片，丟了進去，一陣白煙騰了起來；嗯，男人。慎鴻那個時候收留我，不就是因為我是靚女嗎？一切都好像是交易，他養我，我獻身，如此簡單而已。

一股微焦的味道直襲她的鼻端，啊呀，蒜頭片都焦黃了。她趕忙將菠菜倒進去，然後攪動鍋鏟炒菜。又是一陣白煙冒了上來。是啊，慎鴻要的很直接，他留我，似乎就有了佔有我的權利。萍水相逢，我對他並沒有甚麼感情，但我必須付出才有所得。閉了眼睛，也還可以接受，他雖然外貌平平，我也不知道他為人如何，可是，沒有別的路可以走，這個險我一定要冒；至少，他只大我幾歲，心理上好些。這個趙長貴算甚麼？一個又老又醜又窮的房客，憑甚麼想佔我的便宜？

她熄掉煤氣爐，正待把菜裝到盤子裡，趙長貴忽地又像鬼影似的飄進廚房。這廚房本來就窄小，兩個人擠在一起，她察覺他有意無意地碰撞她的身體。她忍無可忍，喝道：「好了喔，你！」

她看到趙長貴怔了一怔，很快又恢復笑容，若無其事地說：「啊呀，張太，你知道嗎？偷渡是要被遣返的……」

她拿著鍋鏟的右手抖了一下，嘴上卻說：「你說這個是甚麼意思？關我甚麼事？」

「關不關你的事呢，我就不知道。」趙長貴扁了扁嘴，「不過你心裡應該最清楚。對了，晚上你常說夢話吧？」

她嚇了一跳，只顧用鍋鏟盛菜。趙長貴話裡有話。我昨晚說了甚麼夢話？猛然間，她的身子一緊，竟從後頭被人攔腰抱住。她尖叫了一聲，拚命掙扎，趙長貴卻死不放手，一面喘著氣，一面把嘴湊在她耳邊，幾近語無倫次地說：「……你乖乖的……我不會……虧待……你……要不……你也……待不住……」

「遣返」這個字眼，使得她頓時軟弱起來。趙長貴更不怠慢，手忙腳亂地向她全面壓迫，好像立志要在分秒之間攻陷橫亙在面前的神秘堡壘。她咬牙忍住了，但覺趙長貴的雙手愈來愈倡狂，伺機潛進她的睡衣裡摸索。她開始恢復抵抗的勇氣，但卻軟弱無力，心裡一片混亂，徬徨無主。趙長貴的嘴吻著她的後頸，一邊氣喘吁吁，喃喃地說：「……我會好好疼你的……」她打了個寒噤，只覺得好像有一條毛毛蟲掠過，這算甚麼呢？天！這算甚麼呢？

但趙長貴仍未滿足，她感到他愈來愈焦躁如一頭困獸。終於，他的手用力一扯，當場扯掉了她睡衣上的鈕扣。她驚叫了一聲，拚盡全力將他推開，哭著大喊：「好了！你不要再走過來了，你這禽獸！」

「禽獸？」趙長貴冷笑，「你罵甚麼都沒用。今天，你不給我，你就得遣返！你以為你是甚麼，你是偷渡的！你要留在香港，你就得乖乖的，聽我的話！」

她又被懾住了。千辛萬苦九死一生偷渡香港，難道就這樣完了？她不甘心。如果她甘心的話，當初也就不會把自己交給張慎鴻了……

思緒恍惚間，她看到趙長貴又逼近而來，涎著臉說：「那有甚麼？你不說，我不說，誰知道？沒人知道又怎樣？我不願意呀！看著趙長貴蠻有把握的模樣，自己儼然成了她的囊中物似的，她的心中更升起一股無名怒火。她握緊鍋鏟的右手手心在冒汗，她扯著嗓子高聲怒罵：「你以為你是誰？你只不過是個老廢物！想玩我？癩蛤蟆想吃天鵝肉！」

趙長貴根本不理她的警告，笑嘻嘻只管逼上來，也容不得她再思量。趙長貴張手撲了過來，她便把鍋鏟用力一揮，那線條一定很優美吧？只聽得「呼」一聲擊在硬物上，趙長貴往後便倒了下去。

她自己也給嚇住了。定眼一看，趙長貴躺在地板上，雙手捂住額頭，仍有血從指縫間滲出來。

她呆了半晌，腦海裡一片混亂，恍惚還有警車「嗚哇嗚哇」地亂叫，淒厲而孤獨地迴蕩在這夏日中午的天空中。

一九九〇年十二月十日

刊於《P.B.I》一九九一年一月號；
《台港文學選刊》一九九三年九月號

# 碧玉岩

詩人的心微顫了。

憑著石欄俯瞰，臺北的閃爍燈火盡入眼簾。但他的心潮澎湃，卻不是為那美麗的夜景，而是為此刻就在身旁的伊人。

思緒飄飄蕩蕩，心不在焉。

當丹萍的一聲低呼輕輕傳來，漾在他心湖時，側過臉去只見她的笑容那麼純真，卻怎麼也抓不住她的語意。

他的眼睛打了個問號。

丹萍舉手理了一下山風揚起的長髮，「我說呀，這夜景美不美？」

「美。在這麼耀目的燈火中，也不知道哪一盞照在你家門？」他試探著。

「吶，」她指了指一處地方，「就在那一頭。」

「哦。」他應了一句，儘管他實際上也還沒有摸清方位。思潮又漫了上來。她家？她家應該是甚麼模樣？

「……只可惜我的家小，只有兩房一廳，一間房我爸爸媽媽睡，一間房我睡。不然的話，你不必住酒店，可以住到我家來……」

她是這樣說過。

他也是從她的這句話探悉，她還沒有結婚。

「那男朋友總是有了的吧？」他說：「你這麼漂亮！」

她溫文地笑著。過了一會，才答：「以前有過，但現在沒有了。」

「是那個人沒有福氣……」

「也可能是我沒福氣。」

那語氣有些無奈，落在他心湖，嫋嫋騰起一股如煙似霧的朦朧感覺，但他不知道應該說甚麼好。也只不過是萍水相逢罷了，又不是甚麼深交，還能說更深層的話麼？

但他無法否認他的心在悸動，當三天前首次與她相見的時候。她那種溫情的笑臉，從此便一直閃爍在他的腦海裡，再也不肯褪色。

他又有些慶倖，本來他也嫌麻煩，準備隨便把那蘇繡留在臺北甚麼人手裡，叫這位李丹萍小姐來自取，後來改變主意，難道是鬼使神差？

他一直想不清楚。

從蘇州動身之前，友人託他說：「這位李小姐，雖然是我未見面的親戚，但你有甚麼困難，儘管出聲，她一定會幫忙，她來信都很熱情。」

他不好意思拒絕，只能替那朋友帶了。

到了臺北，每天宴飲不斷，他幾乎把這件事情給忘得一乾二淨，等到記起，已是訪問行程的最後三天了。

冥冥中一定有甚麼神靈指引，他竟站到她面前。

想像中的拘謹，並不存在；她的輕語淺笑，好像一股春風，他只覺得生來就與她相識相知。

他想像做會計成天與錢打交道，定是枯燥的人，一旦見面，恐怕連話題都難以找到，哪裡想到她會喜歡詩。他不禁暗暗心喜，與這麼漂亮的小姐談天，正可以一展自己所長……

但他不露聲色。

只覺得她是個禮貌周全的溫柔女子，一聽到他為眾多的贈書發愁，她立刻表示：「你把書都留給我，我替你航寄。那麼重，你怎麼帶得了？」

「這怎麼好意思？」他吃吃地說。

「我保證寄到，你放心好了。」她微笑著，「不會貪污的，給我點面子，好吧？」

他立刻明白，這李小姐善解人意，不想讓他難堪，「卻之不恭，恭敬不如從命。」他說。

後來他聽人家說，這幾十公斤重的書，郵費可真不便宜呀！假如她很富有，那倒也還罷了，但她的工資也不過兩萬台幣。

他心頭湧起無言的感激。

那時她正駕著車子，在夜色中緩緩駛過一條寂靜的馬路，街燈燈光明明暗暗，一閃一閃地勾出她那溫婉的側臉，他情不自禁地伸出手去，輕輕按在她的左手背上，也沒有顧及會不會影響到她的駕駛。

他看到她直視前方，嘴角似乎有一絲笑紋，手也沒有縮走，驚覺到自己的手心淌汗，他急忙撤了回來，雖然彼此都不曾吐出一個字，但車廂裡的氣氛，卻明明顯得有些不自然了。急切間也不知道應該樣打破這僵局，但他知道，沉默越久，那情勢就會越沉重，這時，錄音機正播出葉倩文的〈瀟灑走一回〉，他靈機一動：「你愛聽嗎？」

也不知道她點頭還是搖頭，悠悠撞進耳膜的，卻依稀是葉倩文那把揪心的嗓音：「……留一半清醒，留一半醉，至少夢裡有你緊隨……」

忽地又插進她的問話：「很有意思吧？這歌詞？」

他不知道應該怎麼反應才算得體，只好笑道：「你喜歡流行歌曲？」

她並不回避：「喜歡。」

他頓時覺得自己有些假清高，明明喜歡，卻又怕別人說他庸俗，實在遠不如眼前這位少女這般坦誠。他在她那發自本色的言談面前，自認矮了一截。

「你不喜歡？」大概見他不吭聲，她轉過頭來瞥了他一眼。

他望見她那靜靜的笑靨，竟不由自主地有些癡了。

「我也喜歡唐詩宋詞呢。」

「那你知道柳永的〈雨霖鈴〉了？」

他看到她點頭，便張嘴背下那首詞。

是有些賣弄的味道，不過也不失為一種保持活躍氣氛的方法，他覺得，假如沉寂下來，他便會侷促不安。

但他的話音剛落，便聽到她輕聲說了一句：「好像漏了幾句。」

是嗎是嗎？他有些赧然，忙問：「哪幾句？」

「執手相看淚眼，竟無語凝噎。」

他一怔，是呀！怎麼會漏了這絕句？

只好解嘲：「老了，不中用了，連記憶力也不行了！」

他嘴上笑著，其實心裡有些悲哀。他一向記憶力極好，今天想要露一手，偏偏就出了洋相。才五十出頭，也不算太老吧，難道真的沒有記住了？只是，在她的面前，我也真可以說是老的了……

她緩緩地說了一句：「我看你風華正茂……」

聽得他一喜，隨即又想到，她的這句話，大概也只是出於客氣吧？

猛然間清醒起來，他覺得有些害臊。這是怎麼啦？今晚竟婆婆媽媽，盡想些不著邊際的事情，要是紫娟知道了，不臭罵我心生邪念想入非非才怪哩！

連忙驅走心猿意馬的思緒，正襟危坐，車子已經慢慢停在他住的酒店大門口。他也不知道怎麼下的車，只記得好像是彼此互道了一聲：「晚安。」

好像還說了一句「再見」吧？

再見的時候，已經是他在臺北的最後一晚了。

而且是在夜色中的碧玉岩。

只是，燈火燦爛的夜景，看得久了，也就是那樣的了。何況，左左右右儘是雙雙對對相互依偎著的情侶，叫他既羨慕又有些不自然。山風陣陣吹來，他打了個冷噤，雖然極力掩飾，丹萍還是覺察到了，「怎麼啦？冷啊？」

他笑道：「怎麼會？現在是夏天，又不是冬天。」

說著，他背轉身去，看到山上的那座寺廟，想起了晨鐘暮鼓。這時還恍惚有僧人們吟經的聲音，拖得長長而具樂感地隨風掠過。

空即是色，色即是空？

可惜他卻還未達到那種至高境界。

只聽得丹萍又說：「你明天就要走了，不然的話，還有一個地方，看夜景比這裡更好。」

「這裡就很好了。」他說：「畢生難忘。」

「你別那麼誇張啊！」她笑：「看夜景有甚麼了不得了？何況臺北夜景也不很出名。」

他張了張嘴，欲言又止。

難道他可以說，因為有你陪我，就算是在一座破山崗上靜坐，也是畢生難忘？

只好說：「看風景，其實是看心情。心情好，風景也自然漂亮，自然難忘。」

「這不是詩論吧？」丹萍笑眼流轉。

「是謬論。」他故作輕鬆，「胡說八道。」

「臺北比起蘇州來，怎麼樣？」

他望著她那雙溫柔的大眼睛，一時之間竟不知道怎麼樣回答了。臺北當然比蘇州繁華啦，蘇州哪有臺北這般燦爛的燈火？可是他不願意在她面前這樣說。他當然也不能睜著眼睛說瞎話，說蘇州要比臺北熱鬧。

「各有各的好啦，很難比較。」他終於避開她的視線，取巧地回答。

「蘇州是不是好在有小橋流水人家？」

小橋流水也還是有的，只不過真的去看了，恐怕還是覺得停留在唐詩宋詞中更愜意。他掠了掠被吹亂的頭髮，說：「你去了便知道啦。」

「又賣關子！」她扁扁了嘴唇，「你都知道，我大概也沒有甚麼機會去大陸的啦！」

她的話輕輕說來，卻沉沉地擊在他的心盤上，一種別離的愛意，重重地壓得他的靈魂無法翩飛。

下山的小徑，穿過一片林子，把燈光和月光擋在林外，只有他與她的影子依稀。這林子的範圍窄小，他知道他擁有的最後機會並沒有多少了，心猛然怦怦亂跳，他一把抓住她的手，也不說話。

她溫順地任他握著，兩人默默地牽著手緩緩而行。這時他只覺得自己掌握著柔軟的小手，但求就這樣走到天涯海角，即使是天塌地陷，也不會理會的了。

但是幸福總是短暫的，甚至還沒來得及轉一下甚麼念頭，眼前豁然大亮，早已跨出了林子。

汽車在歸途中疾馳，誰也不說一句話。

迴蕩在車廂內的，又是葉倩文的〈瀟灑走一回〉。

他沒話找話地說了一聲：「我們今晚，算不算是〈瀟灑走一回〉？」

「你知不知道，我剛考到車牌，」她說：「你是我的頭一個乘客。」

他吃了一驚，隨即一笑，就算是出甚麼意外，我雷振宇也認了！風裡雨裡火裡水裡也都跟你去了，你要我的命，你就拿去吧！

正想到癲狂處，驀然便閃出了紫娟那張緊皺眉頭的臉，他立刻感到肩膀沉重，連說話都沒有心思了。

躺在酒店的床上，他翻來覆去也睡不著覺。一看手錶，已經午夜十二點。連想也不想，他彈了起來，抓起電話便狂撥號碼。假如接電話的不是她呢？電話鈴聲剛響了兩下，他便清清楚楚地聽到她「喂」的應話聲。

他慌慌張張的，也不知道說了些甚麼。突然他的心一跳，丹萍的聲音溫溫柔柔地滑了過來：「幾時再見你？」

他心頭一酸，強笑道：「恐怕是下輩子了。」

一夜沒有睡好，從機場大廳撥電話至她辦公室，但她的同事說，她吃午飯去了。他的心立刻鉛一般下沉：莫非連最後的告別也實現不了？但他不死心，過了海關，他又直奔投幣公用電話機，總算找到她，眼看機上顯示的倒數數位快跳到「0」字，他只來得及說一句「希望你找到好丈夫……」

「咔嚓」一聲，線便斷了。

一九九三年九月十六日

刊於《星島晚報・星象》一九九三年九月二十五日至二十九日；
《湖南文學》一九九四年二月號；
《小說選刊》一九九六年九月號

# 三十五歲生日

潔娟躺在床上，夜漸漸深沉，她卻雙眼大睜，一點睡意也沒有。

三十五歲了。

好像只不過一眨眼的工夫，她就已經三十五歲了。

真是時光一去永不回。

今天是她的生日。生日，又有甚麼好慶祝的？人人到了這一天，好像都非得慶祝不可，其實還不是老了一歲？而人是不能夠從頭再來過的。時光倒流七十年？那只不過是電影罷了，現實生活中哪有可能！如果可能的話，我溫潔娟還可以從容把一切重新安排過……

一直拖到今天依然還是小姑獨處，她不知道是自己太過挑肥揀瘦，還是命運不好。那時擁有大把青春，總是不把這等事情放在心上。即使有異性明顯大獻慇懃，她也不假辭色，冷冷地拒絕了。

那個頭一個追求她的男孩，是叫大衛吧。那時她剛在一家洋行當秘書，大衛覷覥著湊近她，覷了個空，便說：「溫小姐，今晚有沒有空？我想請你吃飯看電影……」來了來了！她渾身細胞警惕起來，也沒有再細想，便已脫口而出：「哦，不行。晚回去阿媽會罵我的……」

語氣生硬，直把大衛轟得差一點抱頭鼠竄。

看著他那狼狽的模樣，她心裡竟莫名其妙地浮起一種惡意的快感。

男人？男人有甚麼了不起？一抓就是一大把，就看本小姐有沒有興趣！

以後呢？以後也有好幾個，她都不加考慮，連眉眼都不曾動一下。

於是她便有了「冷面女殺手」之稱，但一直過了許久，她才風聞。回到家裡，她對著鏡子左照右照，想到看看自己如何「冷面」，但卻始終找不到答案。心狂傲地一想，管他呢！冷面就冷面，女殺手就女殺手，他們愛怎麼說便怎麼說，何必介意！但歲月卻從來不曾留步，她想要不介意，也已經不可能了。一過三十，她就有了一種危機感，她常常想起一句話：「女人三十爛茶渣」。加上再也沒有甚麼男人向她表示好感，使得她更加惶惶然。

多麼後悔那時的倔強！

不然的話……

而實際上，自己卻仍是獨身女郎，也就是他們口中的「老姑婆」吧？要多難聽有多難聽。不過也不要理睬他們吧，他們說我「老姑婆」，我還說我自己是「女強人」哩！

老姑婆也好，女強人也好，也都只不過是一種稱號而已，假如不想獨身終生，總要還我女兒身。男人嘛，總是喜歡依人小鳥。

決定煙視媚行。

不料看慣了她潑辣作風的男同事們，好像被嚇呆了似的，甚至比以前更加逃避她。

表面上毫不在乎，但內心的愁苦，又有誰清楚？自己又不能跳出來去追男人！

卻沒想到無意中會認識安迪。莫非這也就是緣份？

那天下午茶時間，接線生告訴她說：「……有位柴先生找你……」

柴先生？她迅速地搜索她的記憶系統，好像並沒有一個姓柴的是她所認識的人。納悶，但又好奇。

立刻趕到會客室去。

是個陌生的男人。

他站了起來，伸出手，自我介紹：「不好意思，溫小姐，佔你一點點時間，我姓柴，是保險公司經紀……」

原來是來招生意的。

她立刻說：「對不起，我對保險不感興趣。」

但這個柴安迪卻絕不退縮，看到她有送客的味道，仍死纏住不放。

她想要斷然拒絕，但看他那有些稚嫩卻又熱切的臉孔，心竟油然有些不忍。

只好聽他滔滔不絕說下去。

他的嗓音低柔，好像一股緩緩的水流，只聽得她眼睛發睏，好像隨時都要睡去。是一種不設防的感覺吧？

算了算了，保就保吧，反正也不要太多的錢，也樂得給他一個人情。

「謝謝你，」柴安迪喜形於色，「溫經理……」

也不知道怎麼一來二往，由喝喝茶發展成逛街看電影，她迷迷糊糊地墜入情網。

在情到濃時，安迪便在她耳畔哀哀地說：「……你是經理，我只是一個小經紀，配不上你，我擔心……」

她也好擔心。安迪比她小五歲，職位又不如她，她不在乎，但他是男人，能夠沒有別的想法嗎？

年齡是不可改變的事實，但職位卻事在人為。特別是做保險這一行的，誰的客人多，誰便是英雄，職位、金錢便隨著滾滾而來……

既然真的愛他，當然要拚命為他著想了。

她決心動用她的一切關係，從朋友到親戚甚至家裡的人。

人人都笑她：「好哇，人家大義滅親，你倒好，為了哥哥仔搜捕所有的人……」

她笑。心裡卻在哭。「哥哥仔」？我叫他「小弟弟」還差不多。不過也沒辦法了。遲早是我的老公了。不給他賣力，給誰賣力？

安迪的客人果然越來越多，錢包腫脹。同時她也發現，他不再像從前那樣對她千依百順了，有時甚至一臉不耐煩，叫她難堪。

比方今天是她三十五歲生日，她並沒有想要慶祝的意思，但他柴安迪也該有點表示吧？沒有。連個電話也沒有。

等到晚上十點鐘，她忍不住去電話傳呼他，不一會，他回了電話，氣哼哼地說：「……大姐呀，我在談生意……」

她知道這該是個不眠之夜。捱過今夜，明天的陽光是否就燦爛了呢？

她懷疑。而夢卻遲遲不肯來。

一九九三年五月七日

刊於香港《大公報．小說林》一九九三年五月十五日；
北京《啄木鳥》雙月刊一九九七年第三期；
北京《小說選刊》一九九七年九月號

# 街角咖啡館

坐在街角那家咖啡館，她呆望著落地玻璃窗外的天色絕望地發黑，路燈一盞盞亮起，霓虹燈招牌一塊塊閃爍；視線茫然落回手中的餐牌上，情侶套餐？完全沒有食慾。上午他怎麼說來的？一個內線電話把她召進經理室，他把手一抬，示意坐下，她猜也猜得出，臨近春節，該是發獎金的時候，不免有些緊張起來。他沉吟了一下，令她感到他越來越陌生，這就是康國華，那個在床上溫柔無比的康國華嗎？他清了清喉嚨，打起官腔，這個，妳知道啦，現在市道不好。（咦，傳媒不是都在說，香港經濟復甦了嗎？）我們公司去年的效益不好，（年年都這麼說的啦！大賺說成是小賺，小賺說成是不賺，平衡說成是虧本；當初不是你這樣形容老闆的嗎？）而妳又老不加班，（人真是善變，以前你還是這市場調查公司的小職員的時候，不老跟我說，那些老加班的人，工作能力差，有甚麼理由八個小時做不完工作？）妳看看美茜她們，天天加到八九點才走，星期六星期日還回來加班，以公司為家，妳可真的要好好向人家學學！（你以前不是說，要是你當了老闆，頭一個就把這個小娘們給炒了？）

此一時彼一時，這樣詰問他根本就多餘，所以從頭到尾她都保持沉默，只是在心中自我發洩而已。不給花紅就不給吧！也不會餓死。（他笑笑說，對了，妳這樣想就好。）問題不在於錢，在於是否尊重我的工作！（妳這樣說就不對了！）罷罷罷！上甚麼山唱甚麼歌，那時他和我一樣無奈，我是他從精神到肉體上的盟友；但現在他是老闆的頭號紅人，怎麼同？那天中午也是在這個咖啡館，海倫湊過頭來，在她耳畔壓低嗓音，那個太監幾衰呀！在老細面前滿臉媚笑，轉過頭來對我們呼呼喝喝，簡直不是人！她的心一疼，卻兀自強笑，不會吧？可能他心情不好，算了吧，大家同事一場……海倫笑罵她，喂！老老實實，妳是不是蝕過底給他？這樣幫他！她臉一熱，妳說到哪裡去了，我是就事論事。心中卻暗叫慚愧。海倫又說，教精妳啦哪，這樣的男人，敬而遠之就對了。她又一驚，怎麼？這時，咖啡館已經空空蕩蕩，海倫望了她一眼，不知妳是天真呢還是無知，說白了就沒勁了！

那麼，昔日那個可憐兮兮的康國華，現在是不是在脂粉叢中得意忘形了？怪不得去年初他便笑成了一朵燦爛的花，我看過相書了，我今年大吉大利，事業有貴人扶持，步步高升；桃花運很旺，愛情路上所向披靡。要風得風要雨得雨，正！她聽了也開心，卻啐了一句：你就想！

沒想到他果然一帆風順，甚至有些令人大吃一驚，他上升的速度簡直跟火箭一樣，三兩下就變成了一人之下眾人之上。海倫憤憤地問：他憑甚麼，這個擦鞋仔！她吶吶地說：是啊，他憑甚麼？反問海倫她其實拷問自己。難道相書的預言，如今真的兌現？那末，桃花在哪裡？那晚她在這家咖啡館問他，他一把摟住她，咩就係妳啦！她還想說甚麼，但嘴唇已經給他熱烈的嘴唇溫柔覆蓋，她軟弱無力地覺得，此時無聲勝有聲，甚麼話也都不必講了。

可是不講並不等於甚麼事情都沒有，她總覺得國華怪怪的，不但不再像以前一個星期至少有五個晚上約她，甚至她主動約他，他也老是推托。她忍不住發火，週末晚上還要工作？你有沒有搞錯？他苦著臉，妳以為我想呀？食得鹹魚抵得渴，這一行坐到這個位置，我不能不付出呀！逆水行舟，不進則退；還有，高處不勝寒啦，妳也知道。她恨恨地丟下一句，就你最懂！你再這麼慇懃，跟舞男也沒甚麼兩樣了！

話說得絕情，但內心裡卻依然深信康國華。老闆娘都徐娘半老了，以他挑剔的性格，怎會委屈他自己？（可是，如今盛行姐弟戀呀！當初娛樂圈的「王鋒戀」不是鬧得沸沸揚揚的麼？）他好像看穿她的心思，涎著臉說，妳看看妳看看，吃醋了不是？妳也別把我看得那麼扁，妳老公我是不是賤人呀？不是吧？我的記錄一向良好吧？她想想也對。沒想到記錄是暫時的，始終有被打破的一天，後來她在這裡喝著咖啡拚命回憶時，這才明白，當時的康國華早已移情，全世界都知道發生了甚麼事情，只有她一人蒙在鼓裡。

我是不甘願，她說，男朋友變心，十匹馬也拉不回來，算了！但我最介意的是，我好像白癡一樣給他耍了，妳們肯定在背後笑話我！海倫拍了拍她的肩膀，妳別多心，那時你們搞地下情，瞞盡天下人，我們又不是福爾摩斯，有誰會知道？是啊，那時他說，辦公室戀情不好張揚，公開出去有百害而無一利，還是低調好。她以為他是為了保護這段情，自然沒有異議；哪裡想到鏡頭一轉，原來他早就有了後著，她並不是他的最佳選擇。我只不過是他騎牛搵馬的那隻牛罷了！她哀哀地說，眼淚很不爭氣地湧了上來。那妳讓他騎了多久？海倫湊過來，在她耳邊壓低聲音。她一掌拍去，嗔道，妳怎麼這麼鹹濕！哪壺不開提哪壺！

啜了一口那溫熱的咖啡。今天顧客怎麼會這麼出奇地少？她無主地把視線亂投，忽地碰到滿街的鮮花流動，這才想起，那些驕傲的年輕女郎，懷抱的是情人節的七彩花束。她的心微微一痛，好像無端給玫瑰的刺扎了一下，鮮血直流。是呀，情人們都去吃燭光晚餐了，哪會來這裡喝咖啡？是一場人生戰場的肉搏戰吧，她覺得自己很失敗。但那時康國華信誓旦旦地說，我跟妳是永永遠遠的，妳信我啦！海倫哼了一聲，男人在誘妳上床的時候，甚麼甜言蜜語不會說？那個時候，妳還在唸書吧，他……他怎麼樣？海倫忽然住口不說了，講別的吧，我們盡講他，倒好像他很重要，沒他就沒甚麼話題了！

可是不管她承認不承認，康國華在她心目中還是很重要，畢竟他是她的初戀情人，想要把他從她心底裡徹底清除，談何容易！週末深夜坐在蘭桂坊的「1997」喝酒，她望著一雙雙低言淺笑的情侶，嘆了一口氣，妳不懂，針不刺到自己身上就不知道疼！我不懂？海倫醉眼朦朧，偎了過來，他追我的時候，妳還不知道在哪裡！她吃了一驚，她早就察覺到，在辦公室，康國華老用他那餓狼似的眼睛，盯住美茜驕人的身材，而美茜偶爾也用那勾人的眼風瞟他一兩眼。這情景令她的腦海裡湧出四個字：乾柴烈火。現在怎麼又冒出一個李海倫？莫非海倫她當初也吃了虧？電光火石這麼一閃，一切好像是一通百通。她不好意思追問，到了甚麼程度？海倫卻膩了上來，她的臉熱辣辣，偷眼一望，好在沒有觀眾，四周的人們只顧忙著做自己的事情，連侍者也知趣，躲得遠遠的。她忽然覺得自己陷入了一種難堪的情境，前無去路後有追兵，一時之間倒不知該如何是好了。她想明確地對海倫說，我還是喜歡男人；但張口結舌終於還是說不出口。只好顧左右而言他，看來，到了「驚蟄」，我還是要去灣仔鵝頸橋下找阿婆「打小人」了！但海倫好像沒聽明白，打小人？不對，妳要打的是負心郎！隨便啦！都是一句。嘴上淡淡地回了一句，心湖卻好像無端給投進一塊巨石似的，泛起層層漣漪，漾了開來，過了一會，湖面終歸恢復平靜，但那石頭卻分明永遠留在湖底了。〈妳不知道哇海倫，妳以為我只是像妳一樣，一場遊戲一場夢；其實男女分手，也沒有甚麼大不了，就當是沒有緣份好了。但他反過來替老闆娘出馬教訓我，一副小人得志的模樣，實在令人噁心！〉她望著海倫，幽幽地說，我真希望我跟他從來也沒有甚麼瓜葛！但世事無情，就像「殘酷一叮」那六歲的參賽者，雖然一出場便奶聲奶氣地搏同情：靚仔哥哥靚女姐姐，唔該你地唔好叮我得唔得？〈準是這靚妹老母給她出的「屎橋」！〉但那些裁判在嘻笑一番之後，「叮」起來絕不手軟。有甚麼辦法？就算是給耍猴子般給耍了，那你也要願賭服輸。遊戲規則永遠都是那樣，你玩不起就別玩，大把人哭著鬧著還要拚命擠進去玩呢。是啊，連她自己也不例外，置身殘酷現場；一秒鐘一百塊還能出鏡，是為金錢還是為出位，已經說不清楚了；只不過才唱了不到五秒鐘，她覺得自己熱身才完畢，剛開始要進入狀態，嘟嘟就「叮」的一聲，把她「殘酷」地「叮」出去了；她說，像妳這樣的歌喉，噢不對，像妳這樣的條件，真的不應該參加這樣的競賽！﹝媽的阿姐我靠的是真材實料，怎能入妳的俗眼！就像康國華那樣，他媽的他唔識欣賞我是他的不幸他的損失，關我屁事！阿姐我現在吊起來賣得唔得呀？死蠢！﹞她氣打不一處來，剛想張口大鬧一場，咦不對，我甚麼時候參加那個低級電視遊戲節目了？原來是打了個盹，就滑入了夢幻邊緣。她並不曾玩遊戲，只不過人生遊戲了她，「叮」她的也不是嘟嘟，而是康國華。

夜色傾斜，落地玻璃窗外，燈色下依然人來人往，好像沒有不抱著鮮花的年輕情侶；她甚至發現到，那幾個年輕男女侍者站在一邊，也不斷地瞟她，眼睛打出個問號，肯定是奇怪我這麼個活生生的靚女在情人節竟然一個人喝咖啡吧？一種羞慚的感覺立即爬上心頭，她覺得全世界都拋棄了她。熱咖啡早已涼了，她嘆了一口氣，起身。心事重重推門而出，春雨驀然傾盆而下，那些牽手漫步的情侶們倉皇遁逃，一哄而散，熱鬧的街頭立刻變成冷寂一片。她在檐下避雨，暗影中旁邊有一對情侶，下意識覺得那對身影特別是男的摟抱的姿態很熟悉，她斜眼用眼角餘光偷窺，心忽地一緊，發酸，頓時張皇失措；想都不想，一個箭步便衝進嘩嘩夜雨中；那密密的雨點，冷冷地打濕了她一身。彎過街角，趕到巴士站候車，她抬頭一望，不遠處的紅色燈飾，鮮明勾出了「情人節快樂」的字樣，溫柔閃耀。

二〇〇五年三月十二日

刊於《作家》二〇〇五年四月號

# 連環套

貂蟬低眉垂眼，接過遞過來的文件，說，是。

瞥了呂布的背影一眼，她繼續望著電腦螢幕打字。呂布。董卓。王允。

如果不是懂得電腦打字，只怕也進不了這家上市公司。

雖然她打得飛快，但負責面試的總經理呂布卻說，不。她明明看穿他眼神中流露出一種騰騰的火焰，但他卻吞了一口水，說，不。她慵懶地站起，正待離去，卻一頭撞見董卓。

董卓一雙眼睛盯住她的眼睛，好像要扣進她的靈魂深處，當著呂布的面，說，妳甚麼時候可以上班？

她看到呂布的臉色脹紅，卻不說話。

總經理，到底不如董事長權威。

從此，呂布見到她，臉上便有如罩上一層嚴霜。

回去對王允訴苦，王允卻說，妳要沉得住氣，不要被表面現象所迷惑。

只好硬著頭皮裝聾作啞，逆來順受罷了，有甚麼難度？

在喜來登酒店頂樓餐廳的燈光酒影下，董卓嘻皮笑臉，對她說，妳不要怪呂總經理，他也是為公司好。

她撒嬌，眼波流轉，我有甚麼不好？

董卓擰了她一把，妳甚麼都好，只是因為妳條件太好了，呂總覺得妳隨時都會走，只不過現在市道不好，妳先將就而已。

她撇了撇嘴，他是我肚子裡的蛔蟲？

妳別管他，管我！董卓涎著臉。妳好好做，一有機會，我就讓妳做我的秘書！

貂蟬輕笑，那海倫怎麼樣？

調走！或者炒了！這還不是一句話？

她哼道，啊呀老闆，您的心也是狠了點。人家又沒有做錯甚麼，無端端就炒了，怎麼行？不要忘了，人家海倫可是靚女，您怎麼可以這樣心狠手辣？

她再漂亮，也及不上妳的一半，那只好怪她自己了！

她斜眼看他，這麼說，將來有人比我更靚，您也會如法炮製，一腳把我踢掉了？

那怎麼同呢？妳是唯一的！說著便挨了過來。

貂蟬笑著一躲，我去洗手。

她覺得她在走鋼繩，王允卻大喜，董賊上鉤了！

她望著他不語。這個男人，是不是真的喜歡我？還是在利用我的美色？

但她只能從命，既然踏上這條路，就沒有回頭的餘地。怪只怪當初在激情之夜，一口便答應了王允的請求。她記得他喃喃地說，前生我們既然無緣，今生相逢香港，證明我們塵緣未斷，不然的話，千百年過去，怎麼就讓我再撞見妳？

這種機率實在太微乎其微了，微茫到中六合彩都有份！這不是有緣是甚麼？

不料王允依然念念不忘前塵往事，他說，董卓和呂布也來到香港。

貂蟬一愣，算了吧，恩恩怨怨，都多少年的老黃曆了，還去計較做甚麼？我們過我們的日子，別理他們！

話可不能那麼說，問題在於他們是我現在的生意對頭人，嚴重到你死我活的地步！他們不垮，我就會垮。

她也不去細問那緣由，她不感興趣。她感興趣的，是和王允天長地久。

那次醉後顛鸞倒鳳，王允哼哼哈哈，哼！董卓！哼！呂布！他們以為妳是他們的，誰笑到最後，誰才是笑得最好！她聽得有些迷糊，忽然便心中透亮，原來，你早在一千七百多年前便看上我，只是為了更大的目的，將我當著釣餌。男人呀，你有沒有痛心的感覺？但王允卻已呼呼睡去。

如今，是不是還要我再度出馬？

怎麼會？如今是甚麼時代了？再說，我怎麼會捨得再失去妳？妳只須虛與委蛇，叫他們上當，就走！

她覺得她只不過是鬥爭的工具，她想這樣對他說，但一碰到他哀求的眼光，她欲言又止。罷罷罷！這也是命，世界上沒有免費午餐，成功必須付出代價，再幫他一次，然後遠走高飛，雙宿雙棲，過神仙的快活日子去！

這麼一想，也就心平氣和了。

她以為呂布已經遠去，不料，那天快下班的時候，他打了個內線電話，妳晚上有沒有空？她還沒反應過來，他匆匆說了一句：六點半，尖沙咀雪園見！不見不散！沒等她回答，便收線。

王允在電話中吩咐她，現在，事情完全照我所預料的方向發展，妳當然要去，這機會，千載難逢，妳必須牢牢抓住！

怎麼抓住？她根本沒有頭緒，也不好問他，只好隨機應變了。

呂布一見到她來，連忙起身，滿臉笑容，給她拉開椅子。

她還是頭一次見到他的笑容，知道進取的時刻到了。怎麼？轉了性呀？我以為你不會笑呢！在公司裡，你成天都扮酷！

妳要諒解我，我有難處呀。

你不是一人之下，萬人之上麼？有甚麼難處？

是啊，妳也知道，還有一人在我之上。

你說的是董事長？

他遲疑了一下，我可沒那樣講。

她適可而止，不再追問。

我要真的扮酷的話，也不會請妳吃飯了，對不對？他啜了一口紅酒，又說。

她的上身往前傾，笑了一笑，我始終不明白，你當初為甚麼不要我？我的表現真的那麼差嗎？

當然不是啦！他急道，以妳的條件，這個位置太委屈妳了！

你只是怕委屈我？那可以安排我更好的職位呀！呂公子，我是討一碗飯吃呀！這你都不幫我，好在董事長心好，要不我早就流浪街頭了！

啊呀！妳可別冤枉好人，我，我是為妳好呀！

這倒怪了，不給我飯吃，是為我好？我也不算胖吧，你要替我減肥？

呂布情急，半天也說不出話來。

她暗笑，這傢伙在公司裡橫行，沒想到也有無助的時候？難道果真是英雄難過美人關？

但她不動聲色，聽呂布結結巴巴道來。

他說他怕董卓看上她。連海倫他都不放過，像妳這樣漂亮的女孩，他怎會不動心？

那你就來個玉石俱焚？

不在這個公司做，我可以介紹妳到別的地方呀，我把妳的資料都留下來了！

哦，非法影印！

妳該知道我用心良苦。

他一把抓住她的手不放，妳我千百年的被窩冷不了！

她一驚，似乎有甚麼鏡頭在腦海的記憶深處一閃。似曾相識。她的心一軟，這呂布，是不是我命中始終擺不脫的寃孽？

王允卻喜上眉梢，妳可以使出渾身解數了。

既然一心一意跟了王允，她只有言聽計從。你打贏了他們，就要遵守協議，我們移民加拿大去，從此脫離是非圈。

王允笑道，這是我夢寐以求的結局，夜長夢多，妳要速戰速決！

男人都禁不起美女的勾引，海倫還是秘書，董卓便迫不及待地把貂蟬升任為董事長私人助埋；她見到呂布站在一紙通告前發呆。

你事前一點消息都沒有？她私下問他。

呂布痛苦得扭曲了臉，悶聲答道，他有意瞞我，我怎會知道？

你不是總經理嗎？

在他眼裡，我只不過是走卒罷了。

這太過份了，他對我說，他會先跟你商量，叫我不要聲張，免得打亂他的計劃。我這就跟他說去，我不幹。

說完她便起身，呂布一把拉住她，千萬不可！要是這麼一鬧，他肯定覺得是我從中作梗。

那怕甚麼？

不是怕，從長計議。

她心中暗喜，這傻蛋上鉤了！

那天董卓想請她吃晚飯，她吞吞吐吐，不行。董卓追問：為甚麼？她支吾了半天，才怯怯地說，呂總經理約我吃飯看電影，我不能不去。

董卓臉色大變，他對妳有沒有甚麼不規矩？

那倒沒有。不過，男人嘛，口花花總是免不了的，其實我很不願意跟他上街。

他轉怒為喜，這就好。他那方面，我搞掂！

不久，董卓便與呂布拆夥。

董卓說，黃毛小子他想跟我爭？沒門兒！

呂布說，老賊欺人太甚，我這是衝冠一怒為紅顏！

貂蟬表面上都柔柔地勸道，有話好好話說，不要傷了和氣。

但說到動情處，卻不忘按照王允的吩咐，好像不經意似的，分頭對兩邊加上一句：貂蟬承蒙錯愛，萬死不辭，可嘆貂蟬只有一個……說罷掩面抽泣。

是憐香惜玉？還是英雄感作祟？男人為女人而反目。說甚麼女人如衣服，衣服破了還可縫，兄弟如手足，手足斷了不能續；聽來倒是豪氣干雲，事到臨頭，又有幾個好漢過得了美色？她暗嘆。

王允更是哈哈大笑，他們一拆夥，就不足為懼了，何況趁他們鬼打鬼，我可以一一擊破。

那我的任務完成了，可以離開了吧？

不！沒那麼快，妳還要留下，還要周旋於他們之間，刺探情報，一直到他們完全破產為止！

她打了個冷顫。不必趕盡殺絕吧？給人家留一條生路，也給自己留一條後路。

妳這是婦孺之見，妳要知道，斬草須除根！

她無語。本想再問他，難道他放心她生活在董卓和呂布餓狼般的眼睛下麼？但轉念一想，問了也沒用。

事到如今，豈能半途而廢？只有賈勇向前。

不論董卓的權還是呂布的貌，都不在她眼裡，但她卻不能不強顏歡笑、犧牲色相，為了王允的成功。她對王允說：我是雙面人。王允一把摟住她，勾踐為了復仇成功，還臥薪嚐膽呢！妳忍一忍，我們勝利在望。

那晚她懨懨睡去，矇矓中王允陪她觀看劇目《關雲長月下斬貂蟬》，說的是張飛在水淹下邳時捉住貂蟬，送給關羽，關羽認為貂蟬是妖精化身，把她斬了。她大驚失色，雙手抓住王允的胳膊搖晃，哭叫，這是甚麼意思？驚醒時天已發亮，原來是一場夢。

忽然電視的早上新聞便播出董卓和呂布的上市公司宣佈破產的消息，她又驚又喜，連忙給王允打電話，卻連手機也關了。

她以為從此可以脫苦海，和王允做一對快活神仙，不料王允卻好像從人間蒸發。

傳說很多。有說王允遭到伏擊身亡。有說王允隱名埋姓躲藏起來。有說王允已經通過時光隧道回到從前……

貂蟬獨自跑到蘭桂坊喝酒消愁，半醉半醒間，眼前人影一晃，那牽手依偎入座的，不是王允和海倫嗎？她一驚，掙扎著喝了幾口茶，再定睛一看，昏暗的燈光下，那座位哪有甚麼人影？只有珠簾在微微晃動。

二〇〇四年六月十四至十五日

刊於香港《作家》月刊二十五期，二〇〇四年七月號

# 爬

關老闆望著周啟昂說，沒辦法啦，經濟不景，加上這「沙士」橫行……

周啟昂心中不以為然，哼！你光是批發口罩就不知賺了多少錢，現在竟然在我面前叫窮？但他還是陪著笑臉，沒有裁員已經是大喜事了，還加甚麼薪？想都不敢想！

關老闆笑道，你好好幹，我不會虧待你的。

當然不應該虧待我啦！想當年，我扛著你的青龍偃月刀侍候你的左右；到了你慘遭碧眼小兒殺害，我聞訊拔劍自刎，何其忠心耿耿。投胎今世在茫茫人海中居然又有緣再做回主僕，這樣渺茫的機率，不是命中註定是甚麼？

只可惜我兒子不聽話，偏偏要去當甚麼人盾。伊拉克關他甚麼屁事！山長水遠跑去，想當和平英雄呀？還輪不到他哩！不然的話，我父子齊心一起打江山，我不成為香港首富才怪哩！關老闆歎了一口氣。

周啟昂不吭聲。你們父子兵闖天下，關我甚麼事？

幸好關再興不在眼前，不然的話哪還有我周啟昂的立足之地？自己眼下所享受的恩寵，恐怕全部要被關再興取代。也不是他多疑，關老闆便曾多次向他提起，吾兒陪我就義，要不是他回身救我，他盡可以逃脫，不會遭到毒手……

說著說著便虎目含淚，不能自已。那個時候，他還不知道關老闆是誰，只以為這是飽受刺激的老人，有時便會失控，胡言亂語。甚麼就義？你以為是戰爭時期呀？這裡是香港，不是伊拉克！

但更多的時候還是談笑風生，一副打遍天下無敵手的老闆派頭。面試時見第一面他便吃了一驚：這闆老闆怎麼恁地面善？可是想來想去也想不出究竟在哪裡見過，或許是在夢中吧？請一個文員吧了，何須老闆出動？只見他摸著下巴大笑，好！周啟昂！我請的就是你了！他有點遲疑，是不是聽錯了？雖然那時依然是職求人，不像現在人求職，但他有自知之明，知道有太多的人的經驗都好過自己，我憑甚麼可以突圍而出？

是一種福至心靈的感覺，他西裝革履地上班；女秘書海倫笑他，阿昂，何必呢？這麼個大熱天，你為何不穿短袖？你又不是關副總，非穿西裝不可。他是公司的門面，你只不過是打字員而已。你也不像我，我雖然不是高層，但是公司的花瓶，非穿得花枝招展不可。他嘿嘿笑著，也不答話。心裡卻恨恨地想：妳可別太得意了，有朝一日我飛黃騰達，非把你做了不可！

那個時候他也不知道關再興副總經理就是關平，只知道他是太子爺，心中不免小覷，不過是子靠父蔭的角色吧了，即使儀表堂堂又如何？但關再興卻好像很看得起他的樣子，說，啟昂，不知為甚麼，我一見你就覺得親切，好像好幾百年前便是兄弟一樣。他嘴上說榮幸榮幸，心中並不以為然：這只不過是籠絡手段而已，你以為我是傻的呀？你只不過想要我賣命罷了！但晚上在床上輾轉反側，他明白他只不過是無足輕重的小人物，關再興以一人之下的地位，完全沒有必要去討好他。於是他只能以有緣來解釋。不但關再興，就算是關老闆，也一樣對他另眼相看。後來混熟了，那晚，再興帶他去蘭桂坊喝酒，他一面瞟著鄰座的性感靚女，一面說，再興，我們這麼投緣，是不是多年前失散的兄弟？再興大笑，可能。可能是我老爸年輕時風流，你是我失散的同父異母兄弟！

當時他也大笑，然後將那杯酒一飲而盡。

而關再興的那句玩笑話卻悄悄地隨著那杯酒，沉澱在他的心底，再也化不掉了。此事有些弔詭，莫非另有玄機？

於是便去尋找十五個吊桶問卦。排期一年，酬金兩萬。十五個吊桶叫秘書發下話來：我是看在和你有緣的份上，不然的話，至少兩年三萬。

果然是神算子！

十五個吊桶拿著他的生辰八字，眉頭緊皺，出言驚人。你的前世是蜀漢五虎大將之首、漢壽亭侯關雲長關二爺的左右周倉。你的塵緣未了，今世投胎，再與關二爺續那賓主緣。不過切記，今時不同往日，你須得好好參詳今日世界，不可一味愚忠，免得到時和以前那樣不得善終！

他的心一懍，怪不得！

他又再問，敢問我該如何避凶趨吉？

十五個吊桶長笑一聲，天機不可洩露。

他疑惑半晌，遲疑著再問，那麼，關再興是……

十五個吊桶擺了擺手，令秘書把一封信交給他，便飄然而退。

回家路上便急忙拆開，原來是一張紅紙，上面用毛筆給他批命。在道盡他的前生後世之後，有幾句是這樣寫的：各有前因莫羨人，而今邁步從頭越。前程大吉，唯須記一字曰：忍！

怎麼這麼莫測高深？但他知道即使回頭再問，十五個吊桶也不會回答。高人自有高人的招數，或者禁忌，自己只好慢慢探索了。

好在心中有了底牌：關老闆是關羽，關再興是關平。

只是乍看外表卻似乎沒有相似之處。也難怪，歲月流轉，都幾百年過去了，長相一點不變才怪呢！他覺得他們眼熟，是那些動作。特別是關老闆，登上「勞斯萊斯」，就像他當年跨上赤兔馬一樣威風凜凜；而關再興有事無事總喜歡往關老闆身後一站，那姿勢極似按劍而立。有好幾次，他看見關再興那麼一站，腳下不由自主地幾乎也要站到關老闆後頭，好在他在剎那間猛然省起，關刀不在，他也不是那時的周倉。關老闆大概看到他舉步又止，神情怪怪的，喝問：何事慌張？他連忙陪笑，沒事兒。關老闆大笑，有事奏來，無事退朝！

他趁機退下，暗暗抹了一把冷汗，差點兒壞了我的大事！

現在他的優勢只在於他在暗，關老闆和關再興在明。如果讓他們洞穿內情，我周啟昂今世的下場，恐怕也就是昔日的周倉吧。那時殉主是義氣，如果今時還要這樣做，人家不說我是天下第一大傻瓜才怪呢！人不為己，天誅地滅，我可不能以現代香港人的身份，去做三國時代的蠢事。如果我那個時候沒有自盡，或許還有別的活路呢……

驚覺自己的思緒跑了野馬，他連忙懾住心神。

最重要的還是要摸透十五個吊桶的那個「忍」字。

忽然關再興便對他說，要去戰雲密佈的伊拉克。

他一驚，酒都還沒喝一口，不會是醉話吧？他抬起頭來，直視再興，關老闆同意呀？

我不管。

老闆對你期望很大呀！

但世界和平更加重要。

關再興說，他一閉上眼睛，便聽到一片殺聲震天，搞到他夜夜失眠。

關你甚麼事？

不知道。不過，我想，一定是我前世造的孽。

你不要把甚麼事情都往自己身上拉。

不是，再興說。他整晚不能入眠，只覺得自己橫刀躍馬，在戰陣中左衝右突，手起刀落，殺人無數，血流成河。莫非我前世是個武將？

他差一點就要脫口說出那因緣，但又生生地止住了。說出來了，豈不是把自己打回原形？只要這個太子爺一走了之，關老闆身邊無人，機會便是我的了！

難堪的沉默。

不說話終究不行，他嘆了一口氣，你是為了贖罪？

不知道。我也不清楚我前世有沒有罪惡，但良心一直不安，如果不去當人盾，我恐怕也難以安心做人。我知道我老爸一定很生氣，但我沒其他辦法，我這樣下去，不死也是個活死人……

他點點頭，我明白。

欲言又止。心中還是那句話在躁動：人不為己，天誅地滅……

再興又說，我請你喝酒，是有事相託。

咱們是兄弟，但說無妨。只要我做得到，刀山火海也就是一句話！

說得這般豪氣干雲，他也吃了一驚。心中掠過一絲慚愧的雲，他隨即安慰自己說，各有前因，我又沒有害他，無須自責。

那倒不用。我在想，我這一去，不知何時回來，也不知道還能不能回來。所以我要好好安排一下，我想向我老爸推薦你替我當副總，分擔他的工作。

他極力掩飾自己，不讓那快樂流露出來。他皺起眉頭，你這就難為兄弟了！莫說令尊未必放你走，就算是真的讓你走，公司裡大把人才，公司外就更不用說了，哪裡輪到我？

這你就別管了！再興有些醉眼朦曚，老實說，這個位置承上啟下，很關鍵，才幹不能沒有，但最重要的還是可靠。你知道嗎？可靠！只有可靠，能讓我老爸沒有後顧之憂，才能在商場上勇往直前殺出一條黃金路！

他望了再興一眼，幾乎就要說了：我是忠心耿耿的周倉呀！

但還是不能說。何況彼周倉已不同此周啟昂。

只聽得再興又說了，你放心，別看我老爸心高氣傲目空一切，對你還是很欣賞的。我也曾經感到納悶，他卻笑說，老覺得你應是前世的故人。我老爸向來不信那一套，你說奇不奇？大概這就是緣份吧？除非我在他身邊，我是他兒子，他不信我信誰？但如果我走了，他不用你用誰？

伊拉克戰事已經結束，但關再興毫無消息，他到底是死是活，沒人知道；說不定美軍的重磅炸彈早就把他炸得粉身碎骨，死無葬身之地。有一次他偶然聽到關老闆對著電話筒大吼：人盾人盾，看看他的血肉之軀厲害，還是美國的轟炸厲害！我他媽沒這個兒子了！他不知道關老闆究竟在跟誰發脾氣，但在剎那間他有點內疚，可是轉念一想，在這樣的時候再不幫自己，就沒有人會再幫自己了！他坐在關再興坐過的轉椅上，摸著關再興用過的電腦，暗想，假如有朝一日關再興回來了，即使他這副總的位職保得下來，但實權一定旁落。要是我能夠做關老闆的乾兒子就好了！腦海中忽然閃了個念頭：關再興最好不要再出現了！幾乎就在同時他吃了一驚：我這豈不是盼望著關再興死於非命？他待我如兄弟，我怎麼可以這樣沒有良心？迷惑了一會，在他心底深處冒起的，還是那句話：人不為己，天誅地滅……

他實在不想輪迴周倉一條心跟著關羽的舊命運。來到這花花世界，紙醉金迷，誰不想倚紅偎綠，喝酸吃辣？我周倉那時已經在戰亂中荒廢了一生，讓那茁壯的生命一棄了之，以為二十年後又是一條好漢，哪裡料到投胎之路竟然如此艱難，兜兜轉轉一千七百多年，好不容易重續前塵，只要抓住機會，豈可放手？即使對不起故主父子，也顧不得那麼多了！

可是關老闆父子卻不肯放過他，關老闆怒目而視，好哇你這個周倉！我一向待你不薄，你怎麼可以知情不報，明知我是關羽，他是關平，也不告訴我們？關再興也說，妄我當你是兄弟，你竟然這樣對我！他強辯道，算命先生說，天機不可洩露，否則我會遭到天譴。關老闆冷笑，天機只讓你洞悉，就不讓我們知曉，這是哪家的天理？關再興忽地滿面流血，左手插腰，右手戟指著他，喝道，不要跟這個長著反骨的醜類囉嗦了，拿劍來！待我將他劈成十八段，方消我心頭之恨！他剛叫了一聲，兄弟你聽我說，關再興已經一劍砍來，他見勢不妙，抱頭就跑，腳下一絆，他暗叫我命休矣！只覺一疼，忽然驚醒，自己跌坐在楓木地板上，睡房裡黑乎乎的，哪裡有甚麼關老闆父子了？

原來是南柯一夢。

難道真是日有所思，夜有所夢？

但關老闆明明說，我兒子恐怕是跟我緣分已盡，你好生侍候我，我自然不會虧待你的。

關老闆孤家寡人，不管他的話該不該當真，周啟昂都覺得應該投資。他翻身就拜，關老闆，求您收我做乾兒子吧！我一定會盡心盡力侍奉您老人家！

關老闆大笑，總算咱們有緣份。不過你也不是蠢人，我不說你也明白，如果不是我兒子不爭氣，你是沒有這個福份，既然他放棄了，我這幾年也不斷在觀察你，覺得你雖然不如再興，但你對我還可以算得上是盡心盡力。你知道我無親無戚，只要你對我忠心，我自然記得。這上契嘛，還是免了吧！

他不禁大大地失望，明明到手的肥肉，怎麼一下子又飛走了？但他盡力控制自己，陪著笑，那是，我們不講究形式……

本來想要旁敲側擊，探聽一下關老闆的內心想法，不料關老闆甚麼也不說了，手輕輕一揮，示意他退下。

是有一種沮喪的感覺。本來與關老闆也就是一步的距離，哪裡想到卻不能用確認的形式把它給固定下來。

但十五個吊桶卻搖搖頭，我是你的私人師爺，如果你前程有阻礙，我能不給你排憂解難嗎？他不跟你正式上契，那是因為他一向剛愎自用，世人在乎的東西，他不在乎，並不是他不信你。退一步想，沒有名份，對你其實更安全，你懂不懂？你不要成為眾矢之的，你要成功，就必須雌伏。還是那句話，忍一時風平浪靜，退一步海闊天空。

他似懂非懂。十五個吊桶說，我也不要你懂，總之我不會給個陷阱你去踩。食君之祿，忠君之事，我既然收你不菲的算命費，我當然不會白吃飯。

既然求他，便得信他。

十五個吊桶哈哈一笑，如果我不給你一點實際的東西，只怕你嘴上不說，心中肯定會認為我只是一般的江湖術士而已。我夜觀天象，近日你老闆必有大變，而且事態將會朝你有利的方向發展，你須得好好把握呀！

他忙問，甚麼事情？

十五個吊桶垂首說道，天機不可洩露。

他心中有氣：又是這一句！不過卻也無可奈何。

次日便接到消息，關老闆發燒入院了！

他嚇了一跳，這個時候發燒，啊呀莫非是「沙士」？

關老闆住院，自己要不要去看他？這「沙士」像魔鬼似的，神不知鬼不覺便掩了過來，十分凶險，分分鐘都可以中招，去了可能給染上；但如果不去，關老闆會不會大怒，影響我的前程？

他正遲疑間，海倫告訴他，老闆住進隔離病房，謝絕探訪。他叫道，這怎麼可以？其實心中有歡樂的翅膀漫天飛翔。接著他和海倫因為接觸關老闆最多，也被隔離觀察十天。等他解除隔離，關老闆已經去了。最叫人意外的是，關老闆的律師通知他說，關老闆因為身邊無兒無女，無親無戚，立下的遺囑把所有的動產和不動產都轉給他周啟昂。他愣了一會，幾乎不相信自己的耳朵。關老闆連薪都不捨得給我加，怎麼會把所有的遺產都給我？

十五個吊桶說，不加薪？他那是在試你呀！

你說的大變，是不是就是這個事兒？

他心中有些慚愧，我不該對他兩父子這樣……

現在後悔呀？來不及了！我也大功告成，就此別過。

我剛踏上發達之路，你不是要跟我共享榮華富貴嗎？你怎麼這就走了？

十五個吊桶大笑，我不稀罕世間的浮華，我來，是為關氏父子。想當年，關羽被我所擒，吳侯殺他，本來勝敗乃兵家常事，輸掉性命也怨不得人，但他竟向我索命，叫我七竅流血而死。我怎能忘記這千古恨事？

他大吃一驚，甚麼？

既然戲已閉幕，說給你聽也無妨。我是孫吳大將呂蒙轉世。

我豈不是被你利用了？

也不能說利用，只不過他父子倆命該如此。而你嘛，此生該當享盡富貴，補償你的前世損失。

他只覺得一陣暈眩。想要再去見最後一面，出殯時，關老闆全身被包裹住，哪裡還看得到？只有靈堂上的遺相，關老闆依然是那樣一副自信的神色。

二〇〇三年六月一日

刊於《作家》二〇〇三年六月號

# 化身

化為龍躉，在廣闊的大洋中遊蕩，不知不覺便是半個世紀了。

五十年是個悠悠歲月，但孫悟空依然清楚地記得，王母娘娘曾經悄悄地臨別贈言：「五十年後是決定你生死榮辱的關鍵時刻，是禍是福，你好自為之！」

這老太太不念舊惡，當初攪了她的蟠桃大會，如果她要趁機報復，那又何必提醒我？都說最毒婦人心，看來也未必。哪像那個玉帝，動不動就小懲大罰！

成了仙家之後，孫悟空便努力修身養性，但總是不免有些浮躁，終於當眾頂撞玉帝。玉帝龍顏大怒，喝道：「兀那潑猴！天庭之上，豈容得你這般無禮！二郎神聽命，速速將這潑猴推出去斬了！」

還是王母娘娘排眾而山，奏道：「聖上息怒，這潑猴雖然罪該萬死，但是得饒人處且饒人，免得凡間說我們。」

太上老君附和著說：「王母娘娘說得極是。」

玉帝側頭思索了一會，喝道：「既然兩位仙家求情，朕准奏。但這潑猴死罪可免，活罪難恕，就罰他成為三百斤重的龍躉，在海上漫游，以觀後效！」

說著，手一指，孫悟空便從天上往下直墜，他幾次努力，想要在空中來一個滾翻，然後騰雲駕霧，掄起金箍棒再次大鬧天宮，但終歸白費力氣，他的法力已經被解除，只聽得「砰」的一聲，全身便墜入清涼世界。

黑夜裡，仍可分清，這是茫茫大海。

好在金睛火眼依然！

化成了龍躉，在水中的視野仍可達千里之外。但這又有甚麼用，憑我老孫的武功，鯨魚鯊魚食人魚又哪裡是我的對手？誰不要命了，儘管放馬過來！

想著想著，就要顯示功夫，這才赫然驚覺龍躉根本沒有用武之地。連東海龍王敖廣也笑話他：「算了吧，你以為你還是當年的你呀？整個大海都給你攪翻了！記住，你現在只是一個龍躉，毫無攻擊之力，只有逃遁的份兒。假如不是看在玉帝的面子上，我只派出蟹兵蝦將，就可以將你擒來，終年囚在龍宮的囚室裡，以消我心頭之恨！」

沒想到這老兒如此記仇！早知如此，那時應該一拿到那「如意金箍棒」，便一棒將那龍宮掃塌……

那個時候，這老兒點頭哈腰，滿臉阿諛之色。

好漢不提當年勇，彼一時此一時也。那個時候有誰敢對老孫我說個不字？如今虎落平陽，哦，不對，如今我美猴王掉進大海受人欺，既然無力與他們抗衡，只得忍聲吞氣見風使舵。

為了生存，有時也得低聲下氣。

識時務者為俊傑嘛！

東海龍王敖廣喝道：「你滾遠一點吧！限你就在香港海域附近一帶活動，受吾弟南海龍王敖欽管制！」

孫悟空暗叫一聲苦也，有其兄必有其弟，這個敖欽想必也記住那頂鳳翅紫金冠。但他也只好搖頭擺尾游走了，一面想著，別讓我有揚眉吐氣的天，不然的話……

不然的話，是不是又要殺回龍宮去？

這等事情，以後再作計較。有道是君子報仇，十年不晚，我老孫報仇五十年也不晚。

玉帝早就發話：「……罰你在大海游走五十年，五十年後再作道理。」

天上一個月，人間已經五十年。但自從成了龍躉以後，他過的卻是凡間的時光，漫長得令他不耐煩。

忽聽得王母娘娘從天外傳音：「大聖，你千萬不要焦躁，你的期限快到，回到天宮再說。」

他聽得心頭一熱，差點便掉下英雄淚。五十年來，還是頭一次聽到溫言細語。他當時得令之時周圍的那些獻媚話語，到底飄落到哪裡去了？

只要捱過這一天，便是回天宮有望。到了那個時候，只須小心侍候玉帝，便可以再度笑看風雲。

正想得開心，那南海龍王敖欽忽地傳語：「潑猴！算你學精了，這些日子沒有給我搗亂惹麻煩。但是當年你強拿我寶物之仇，不能忘記，我也不想趁你落難趕盡殺絕，只是跟你玩個遊戲，看看那凡俗的人間怎樣待你，好好壞壞，就看你的造化！」

他還沒有弄清楚是怎麼一回事，大海便波浪滔天，好像要翻了過來一樣。他想要定身，卻無能為力，迷迷糊糊中但見大魚小魚肚皮朝天，早已沒有知覺。他拼力問道：「兀那老兒！有仇只管找老孫報，何必殃及無辜？」

南海龍王大笑：「不略顯一手，諒你也不知道本龍王的厲害！你好好記住了，本龍王不是好惹的！」

昏昏然。

假如不是在流放期間給玉帝收了法力，你這老兒又哪裡是我的對手！但現在……

突然間身上一緊，待他驚覺過來，已經身在一張魚網之中，逃也逃不掉。

似乎還伴隨著南海龍王刺耳的笑聲。

魚網收緊，只一拉，便出了海面。乍然離開了水，他有一種窒息的痛苦，但一會就適應了。他見到天上烏雲正在向遠方散去，太陽露面的那一塊，藍天白雲，他甚至洞穿龍王兄弟得意的笑容。

無奈地躺在船艙上，他聽得一個漁人驚叫：「啊呀，是一條大龍躉！聽說龍躉是龍的化身，怪不得剛才風雲變色，差一點把我們的船也颳翻！」另一個卻說：「你別那麼膽小啦！龍也好魚也好，只要能夠賣得價錢……」

怎麼，這就待價而沽了？

上岸後，便賣給一家酒樓。他早就聽說香港人十分好吃，這一來，凶多吉少，而他又已經不能遁身，唯有容身在那淺淺的水池中，幾乎連游走的餘地也沒有。

來來往往的男男女女，大都在水池前駐足，指指點點。這天來了一對情侶，那女的問道：「牠怎麼一動也不動？你說牠是鎮定，還是絕望？」她的男友笑了一笑，「生死由命，富貴在天，龍躉也好小魚也好，不幸給人捕捉了，也只好認命。」

他聽得滿腔怒火，尾巴用力一掃，水花四濺，那女的驚叫一聲：「啊呀！濺了我一身腥味……」那男的冷笑：「死到臨頭，還這般火爆，活該！」

那酒樓老闆趕了過來，「啊呀！這是神物，你們不可以這樣輕狂！」

難道這肥老闆洞悉我是老孫的化身？

打烊後，老闆娘悄聲問肥老闆：「既然是神物，你是不是打算把牠放走！」

「你都傻的！」肥老闆笑道：「生意之道，關鍵在於宣傳，這你都不懂？」

「哦，你是在利用人們的心理……」

「首先是吸引人來，香港人最講究吃補了，這麼大的龍躉，以前從來也沒有捕到過，這就有了很大的號召力，再加上神物的宣傳，怎麼能夠做不成生意？」肥老闆擰了他老婆的臉頰一把，「龍躉的骨、肉、內臟，都可以食用，光是一個膽就可以賣兩千塊，這一回想不發達都很難！」

老闆娘回了一句，「我怎麼不知道……」

肥老闆說：「你嫁我嫁得遲囉！才一年功夫，許多魚類的知識，你都還沒搞清楚……」

他無心再聽下去。

他記起了那五十年之期，難道我老孫命該休矣？而今甚麼辦法都沒有了，人家要殺要剮，他既無力反抗也無法逃避，只好聽天由命。

在水池旁邊，新豎起了一個牌子，上面寫著：「中秋中午十二時正，公開生劏三百斤重大龍躉，絕不延期。」

他一驚：明天中午便就地正法了？

記者蜂擁而來，追問肥老闆。

「我打算分割，每份一斤重，就算是每份賣一千二百元吧，計算下來，也可以賣得三十幾萬。」

肥老闆眉飛色舞。

記者又問：「你是用了多少錢買來的？」

肥老闆遲疑了一會，才說：「幾萬。」

「這麼一轉手，你就賺三十萬，不是很上算嗎？」

肥老闆笑道：「做生意，最要緊的是夠眼光。別人不動這個腦筋，我動了，活該我賺錢，這沒得說的。」

孫悟空聽得怒從心頭起，惡向膽邊生，便想一棒砸過去，只聽得肥老闆驚叫一聲，「啊呀！」原來成了龍躉，最憤怒也只能用尾巴橫掃水面。

「假如有善心人願意出錢將牠放生，你怎麼看？」

「當然最好啦！既然是做善事，我少賺一點也沒有所謂啦！」肥老闆說：「不過我是生意人，沒有理由做賠本生意。二十五萬吧，二十五萬我就放手。」

「假如沒有人出錢呢？」

「那就沒有辦法了。」肥老闆聳了聳肩膀，「不過，既然傳說是龍的化身，再怎麼樣，牠也要受到尊重，我在動手劏牠之前，會進行拜神儀式的……」

但眼看中秋正午的太陽快上中天，除了圍觀的男男女女人山人海之外，便是高捋衣袖、磨刀霍霍的肥老闆了。

水果堆積，爐香繚繞。穿著袈裟的法師在唸經，一聲聲催人淚下。是在超度吧？

真沒想到我老孫縱橫多少年，今天竟然命喪於這香港街頭！早知如此，當初又何必上天入海？全是年少氣盛惹的禍，人家千百年來積蓄的仇恨，總是要像火山的巖漿一樣尋找突破的爆發點，於今找到了，還不趁勢趕盡殺絕？

牆倒眾人推……

他絕望地嘆息，求生意志完全潰敗。

無論如何，這一輩子也曾經風光過，我老孫也是一個大大的人物，不，仙家！

但仙家也終須給斬成一塊塊零售，倒是他從來也沒有想到過的結局。

人人都說：「這巨大的龍躉，肉是大補的呀！怪不得認購的人們這麼踴躍。」

肥老闆還要加上一句才說：「百年不遇，錯過了這回，這輩子怕就吃不上了……」

可憐我老孫英雄一世，今天竟淪落成為零售的美味食物的地步！

肥老闆高高舉起那大刀，他覺得陽光從刀面上反射而來，刺痛了眼睛。

忽然有人驚叫：「啊呀！這龍躉哭了！」

肥老闆的大刀停了一停，突地喝一聲：「時辰到！」

他閉上了眼睛。

卻聽得一道聲音傳來：「刀下留魚！」

音調不高，卻有一種不可抗拒的威嚴。

原來「報恩人」是個老太太。

她說她透過「九宮飛星」的術數方法算出此魚在前世救過她一命，她得報恩讓牠免於一死，即便傾家蕩產她也在所不惜……

肥老闆冷冷地說：「三十萬，鐵價不二。」

那記者插嘴：「你那天不是說，放生的話，二十五萬就可以了？」

肥老闆眼睛一翻，「最後時刻才交易，那又不同。」

老太太嘆了一聲：「好在我早有準備。」

一手交錢，一手交魚。孫悟空沒有想到在最後一秒鐘可以逃出生天。

看熱鬧的人們彷彿有點失望，一哄而散。

孫悟空金睛火眼，終於認出「報恩人」是王母娘娘。

她說：「算你命大，我奉命恢復你的真身……」

難道玉帝忽發善心，發現了我老孫的好處？

她說：「應該感謝敖廣敖欽兩兄弟……」

這話怎麼講？

她說：「他們造反，給二郎神率領天兵天將擊潰了，如今以戴罪之身囚在天宮……」

他想多問她句：「假如不是他們造反的話，我老孫的命是不是就這樣完結？」

但話到嘴邊，他突然又嚥下去了。

他明明聽到從街邊電器舖裡傳出的歌聲：「……有些事情你現在不必問，有些人你永遠不必等……」

一九九五年十一月二十七日

刊於《香港文學》一九九六年一月號；

《湖南文學》一九九六年四月號

# 舊部

趙雲還是保持謙虛謹慎的態度，侍奉舊主劉備；他一開口便是主公……，劉備笑著制止，子龍，都甚麼年月了，你怎麼不懂得與時俱進，緊跟時代的節拍？你該叫我老闆！

是啊，已經是二十一世紀的香港了，主公？早就已經成為歷史名詞，我怎麼還改不了口？

歲月悠悠，這商業大都會，萬事以利當頭，見人都稱老闆，直把打工仔叫得心花怒放，好像六合彩立刻就要掉到自己頭上似的；主公現在也搖身一變成為名副其實的老闆，我怎可這般守舊？他叫了一聲老闆，一出口便覺得怪怪的。心理作用罷了，還不是一句？阿斗大笑。還是阿斗爽快，初初改口太難，叫著叫著便順口了；是的，一句話罷了，有甚麼難？比起當年在百萬曹軍中救阿斗，簡直不可同日而語；那才是以性命相搏呀，生死一線間，要不是曹操愛才，下令不許放箭，就算我趙子龍渾身是膽，恐怕也早就成了一頭箭豬，哪能造就千古威名？如今再響的英名也要遷就現實，儘管彆扭，還是不得不張口就要說：老闆……

劉備點頭微笑，這就對了，我們大家都要洗底，都要轉型，才能跟得上時代的步伐，才能立於不敗之地！趙雲覺得也是道理。走出電梯，大門外風雨交加，平時人來人往的尖沙咀鬧市，頓時變得冷冷清清，阿斗拍拍他的肩膀，沒問題，盡力而為吧！你的老本那麼雄厚，我老爸怎能不念舊？是啊，是知己之恩。當初張飛、糜芳誤以為我投曹操，主公便對我深信不疑，斷然說：「子龍從我於患難，心如鐵石，非富貴所能動搖也。」他微微一笑，全靠公子提攜，替某向老闆美言幾句。一聲春雷驚天動地炸響，阿斗大笑，還不是一句話！想當年要不是趙將軍，我這小命便沒了！公子休要如此見外，公子福大命大，末將只是因緣際會，成就這段功業。咦，怎麼忽然將軍末將地對話起來？眼下已不是滾滾沙場，而是商業社會，那前塵往事的稱呼，這時怎會脫口而出？莫非在這特殊的瞬間，那雷聲在電光火石間把腦神經與幾百年前的前身連線？望了望旁邊，好在沒人，要不人家可能以為我們是神經病！他趕快調整思路，請劉總多多關照。阿斗擺了擺手，這麼大的雨，走兩步都會濕身，叫司機趕快把車子開來！

想不到我常山趙子龍淪落到替少主打手機的地步，不過既然幾百年後投胎，還是命定要做劉備的下屬，那就唯有拚命向前，在這商業社會殺出一條血路。別說打手機，就是替他開車門又如何？彼一時此一時，識時務者為俊傑，我已經不是威名遠揚的蜀漢五虎將，而是當代香港商場的小卒，哪能不乖乖地夾著尾巴做人？

阿斗說，你只管放心，我老爸老了，也沒有多少精力管事了，這公司的大權，遲早還不是落在我手裡？我一掌權，你就不是投閑置散的「二打六」小角色了，我保證，你就是我的左右手！

午夜夢迴，思前想後，他百感交集，主公待我恩重如山，雖肝腦塗地也不能報答於萬一；但劉老闆對我卻是淡淡的，好像並不曾念舊，長此下去，只怕大勢不好。還是阿斗上位好，不管怎麼樣，我於他有救命之恩，他終須還我一個大人情！念頭一閃，他暗暗祈望劉備大權旁落，卻又吃了一驚，我趙子龍向來赤膽忠心，天地可鑒，現在怎麼……但回心一想，劉老闆不是說了，要跟上現代人的思路嗎？人不為己，天誅地滅。何況我也沒有做過任何對不起他的事情；只是歲月不饒人呀，他要引退，有甚麼辦法？驚醒卻好像做了虧心事一樣，面對劉備，他眼光閃爍，找不到焦點。

可是，現實是，他只是公司裡的閑人一個。阿斗說，這不很好嗎？不用你做又有錢收！但他總有危機感，劉備都說了，如果你的工作是別人不可替代的，那你在公司裡的位置就穩如泰山！阿斗笑道，我老爸那是說給別人聽的，你湊甚麼熱鬧？我老爸再無情，也不至於拿你開刀！你信我啦！

終於聽到劉老闆讓位給劉禪做董事長的消息，他竊喜，卻又不敢流露出一絲一毫。內心不斷想著，阿斗盼到了今天，我趙子龍也有了奔頭。

這一天，阿斗召他進去，他見到阿斗半躺在劉備留下的大班椅子上，抽著煙，身子搖呀搖的，只是隨手一擺，示意他坐下，半晌也不說話。他也樂得天馬行空地胡思亂想，阿斗上位，該封我甚麼官呢？正自想得顛三倒四，猛聽到阿斗咳了一聲，生生將他的野馬兜了回來，阿斗的聲音幽幽響起，嗯，看起來我要叫你失望了。

他一驚，直視著阿斗。

嗯，是這樣的，我本來想要提拔你，可是，我老爸說，你年紀太大，已經不適合在商場爭鬥，你還是退休頤養天年好。

可是我還有雄心壯志……

不是我不留你，但老爸讓位的條件是，你必須退休。

他的腦海一片空白，兀自想道，莫非老闆怕我有恩於阿斗，不退的話，容易掌控公司？

你是有大恩於我們劉家……阿斗的聲音縹縹緲緲，似遠還近。他恍惚記得，他於百萬曹軍中突出重圍，劉備從他懷裡接過阿斗，擲之於地曰：「為汝這孺子，幾損我一員大將！」

二〇〇五年三月二十六日

刊於《香港作家》雙月刊，二〇〇五年第二期

# 反

韓信終於熬出頭來，在樂壇冒出。還沒正式得到甚麼好處，劉邦便一個電話打來，約他在旺角的一家茶餐廳喝下午茶；他低頭剛啜了一口那又苦又酸的粗咖啡，便聽得劉邦說，你應該還記得吧？十年前你投入我門下的時候，你跟我簽的合約？韓信一愣，這十年來一直浮沉，曾經在歌廳唱歌混飯吃，那次唱到午夜，給一幫金毛少年粗口凌辱，他只不過心有不忿，望了他們一眼，那些人便喊打喊殺，經理劉邦趕來道歉，他們還是不依，硬要他從他們胯下鑽過去，劉邦望著他說，顧客至上！他滿腹心酸，你就只顧你的生意，不用理會我的尊嚴我的感受了？但是此刻飯碗要緊，他眼一閉，便一頭鑽了過去；只聽得金毛男女一陣狂笑，揚長而去，空蕩蕩留下一室的寂寥。劉邦哼道，生意不好，你打醒精神，不要得罪客人！他剛想問，我怎麼得罪他們了？但劉邦已經轉身走了。那還是他初出道的時候，劉邦到底教了他多少歌藝，他也說不清楚。但讓他在「劉邦歌廳」當歌手娛賓，也算是給個機會。哦，想起來了，好像有過一紙甚麼合約，一直都沒有用過，他哪裡記得具體條款？

劉邦笑嘻嘻，將合約攤開，一面說，恭喜你，你終於有了出頭之日，不枉我的栽培！我早就看出，你終究不是池中物，你看，給我說中了吧？不過，恭喜歸恭喜，合約歸合約，雖然我們是師徒倆，但合約精神還是要遵守的對吧！他忙說是的是的，眼睛一瞟，頓時嚇了一跳，那上面明明寫上：「本人韓信與師父劉邦立約，以後走紅，同意終身給師父抽佣百分之二十。」有過這樣的合約嗎？我怎麼沒印象？但看那上面自己的簽名，又確實無誤。怔忡了半天，記憶才一點點復活，是的，那時學師學滿，沒有出路，劉邦說，那你跟我簽約好了，我有信心捧紅你！那時也覺得自己不會有甚麼前途了，死馬當作活馬醫，簽就簽吧！現在回想起來，後悔也來不及，白紙黑字，斧頭也砍不掉。可是心理又不平衡，這十年來你都沒有扶過我一把，全靠我自己左衝右突，才有今天這樣的成就，你倒好，現在就趕快跑出來摘桃分果實！這世界還有天理嗎？

但終於還是無言。

也怪自己當年年少無知，輕易便簽下賣身契。也不是沒人勸過他，他恍恍惚惚記得蒯通便曾對他說，「相君之面，不過封侯，又危不安；相君之背，貴乃不可言。」勸他反了，但他見劉邦待他尚可，終究下不了決心。那是多少年前的前塵往事了，久遠得他都記不太清楚，好像自己還給呂雉問斬，一縷冤魂飄飄盪盪，飄落在今世，是不是還要重演昔日舊夢？可是四下茫茫，前程何處？他覺得劉邦經理還有勢力關照他，所以不聽相士蒯通的話；蒯通長嘆一聲，你不聽我的話，將來後悔也來不及！說罷，他便隱去。莫非這蒯通是神仙下凡，給他一個警告？可惜他當初無法把心一橫，反出劉門，招至今天的局面。

他覺得應該是呂雉在幕後操縱，但呂雉只是笑吟吟，韓信！我一早就看好你，你是大將之才，不過你太桀傲不馴，自以為是，當了天王還不滿足，還非得要做歌神，歌神是那麼好當的嗎？我不說你沒那個本事，問題在於你有沒有那個福份；你這樣恃才傲物，你把劉老闆往哪裡擺？他忙說，沒有啊，我沒那個野心。呂雉媚眼流轉，那眼波幾乎把他淹得窒息，他忙把心猿意馬從迷亂的眼神中收回，午夜夢迴，那顆心還呯呯亂跳：這師母，是不是在傳達了甚麼男女情意的訊息？從此之後，他便遠離呂雉，不是呂雉沒有誘惑力，而是他生怕自己一個把持不定，便墜入桃花陣，師父面前須不好看。可是這便開罪了老闆娘，往後再也沒有給他好臉色看，連劉邦都覺得過份，當著韓信的面說，你也不要太為難阿信了，他有甚麼問題，慢慢教吧！呂雉不置可否，但他感覺到她的目光凌厲，饒他一向大膽，也感到一絲殺氣。那晚他奉召前往劉府，剛踏進去，便被一群刀斧手扳倒，然後五花大綁，領頭的一人說了聲，淮陰侯休怪，小的奉呂后之命行事，職責在身。他大怒，何物呂雉，敢動我韓信！你去把劉邦叫來，他漢家天下大半不是我韓信打下來的？可是呂雉是何等人物，二話不說，砍了！他大叫冤枉，我只想當歌神，也罪不至死吧？但劊子手已經手起刀落，鮮血狂噴，身首異處。他狂叫一聲，驚醒竟又是南柯一夢，我又從西漢回來了嗎？

可是呂雉的眼神哪裡有甚麼柔情？她機關槍似地對劉邦說，擒賊擒王，你如果連小小韓信也收拾不了，你以後就別在江湖上混了！劉邦心想，也對，說甚麼我以前是漢朝開國皇帝現在也是「劉邦娛樂」的董事長，假如韓信叛將出去也拿他沒辦法，豈不是很沒有面子？以後還要不要在歌唱界混了？呂雉哼道，娛樂圈最跟紅頂白了，一沉百踩，你掌控不了一個韓信，那彭越呢？彭越也肯定出走他投，到那時候，只怕你那夢想中的娛樂王國，永遠也不會成為現實！劉邦一想也是，我這是婦人之仁，還是夫人巾幗英雌，膽色識見讓堂堂男兒慚愧。

莫說過往已遁入歷史，勝負成敗轉眼成空，眼下又是一場大戰，你韓信聚集了所有輿論的力量，砲轟我劉邦不仁，so what？鬼叫你在落魄的時候跟我簽約？

這是不平等條約，他擠出一句。

是不平等呀，我承認，劉邦說，那你當時又願意簽？

當時是不得已呀！他說。當時他無路可走，不簽就完全沒希望，哪裡知道會有今天？

我當然明白你的心理，不過這個世界既然有簽約這回事，簽了約就要執行，不然的話要合約何用？

他語塞。

其實我不在乎你那些朋友說我甚麼，甚至你透過傳媒說我是吸血鬼我也無所謂；說到底，我是商人，利益就是一切，誰跟你講甚麼義氣？我再告訴你，我的前世是開國皇帝，要是我心慈手軟，我還能成就大業麼？老實跟你說，我總是騎在你頭上的了，要怪，你就怪你的命生得不如我好！你本來也是一個人物，可惜我是你命中的剋星，你碰見我，活該倒霉。

是活該倒霉，但不是我的命不如你劉邦好，只不過我太自以為是，不把蒯通的勸說當一回事，如果當年我韓信決斷一點，怎會中那婆娘呂雉的奸計？是一念之差，這一念之差就讓我丟了性命，我給你劉邦立下汗馬功勞打下的江山，竟一點也分享不到，冤哪！

其實你早應該知足，當初封你做楚王你還要謀反，我念你為我打天下放你一馬，不殺你，只是削你的楚王，還是讓你當淮陰侯，我算是仁至義盡了吧？你幹嘛還要反我？就像現在一樣，有我才有你的今天，你幹嘛還要把事情鬧得這般沸沸揚揚，鬧到街知巷聞，唯恐人家不知道？

韓信只聽得一股熱血往腦門直沖，甚麼好處都讓你劉邦拿去了，你當然可以唱高調啦！二千二百多年前的事情再大也就算了，算我倒了大霉，這些年來修身養性，以為已經修練成精，凡間爾虞我詐，須動不了我一根毫毛，豈知到頭來還是栽在這廝手裡，時也命也；我韓信是不是永遠都走不出劉邦的陰影？

劉邦見他沉吟不語，便笑笑說，我告訴你吧，千萬不要得罪女人，因為一得罪女人，你會死得很慘。

莫非那那婆娘又向這廝告枕頭狀？他張口想說，你那女人企圖勾引我不遂，反咬我一口，懵佬！但轉念一想，說甚麼我都是用兵如神的元帥，即使今天淪落成半紅不黑的歌星，再怎麼不爭氣，也不至於變成長舌婦吧？罷罷罷！不說也罷，省得辱沒了我的尊嚴。

劉邦把那杯咖啡一飲而盡，怎麼樣？

還能怎麼樣？當初悔不聽蒯通的話自立門戶，或者倒向「項羽娛樂」，圍剿劉邦。現在？現在項羽已經潰敗，劉邦的對手都不成氣候，我還能有甚麼選擇？可是這口氣無論如何也吞不下來，反正輿論都站在我這一邊，那就跟他幹一仗吧，最多就是輸了，也不用陪上性命，這比那時給他那婆娘一刀砍了要好得多；留得青山在，不怕沒柴燒，說不定我一個筋斗又是一條好漢，你不見歌壇鹹魚翻生的也不是沒有，就看機會了！但說甚麼也是多餘了，面對著這個劉邦，他也把他那杯又酸又苦粗咖啡一飲而盡，起身，說了一句，法庭見！便丟下劉邦，揚長而去。

走出茶餐廳，彌敦道上夕陽斜照，人來人往，他惡狠狠地想道，我就不信我不能夠翻盤，我韓信終須揚眉吐氣，讓那兩千兩百多年前的恩怨情仇，來個了結！

二〇〇六年四月三日

刊於《香港作家》雙月刊，二〇〇六年四月號

# 砍

關羽萬里走單騎，尋尋覓覓，也不知道爬過多少座山涉過多少道水，也記不清穿越過了多少個歲月，都有些渾渾噩噩了：我那兄長劉備，到底哪裡去了？

有幾次疲乏得想要放棄了。

但是一想到當年桃園三結義，他又悚然一驚，難道我關某生了異心？

趕快默念：不求同年同月同日生，但求同年同月同日死。

熱血立刻上湧，無論如何，不找到兄長，我就決不獨自安頓下來。

這天騎在赤兔馬上打盹，忽地被牠的一聲長嘶所驚醒，他睜眼一看，黑夜茫茫，也不知道來到甚麼地方。

赤兔馬低下頭飲水，原來身在河畔。

他重新睡了過去。

這些年來，他漫無目的地行走，把一切都交給赤兔馬。他想這寶馬有靈性，也許冥冥中可以帶他尋到劉大哥，讓失散多年的兄弟重逢。

再度醒來，已經是陽光耀眼時分。

咦！怎麼周圍一片陌生，也不聞有噠噠的馬蹄聲？

那些穿著奇怪服裝的男男女女圍了過來，指指點點，「嘩！在拍甚麼古裝戲呀？」「那不是關公麼？我知道了，在拍《三國演義》，是《千里走單騎》吧？」

他聽得有些莫名其妙，定睛往雲端望去，那普淨和尚端坐上頭，以千里傳音的功夫傳話：「漢壽亭侯，別來無恙嗎？你現在轉世投胎已經來到香港現代社會，怎麼穿盔甲騎赤兔馬提著青龍偃月刀？笑都給人笑死！」

他一驚。

這就一千七百多年了？

有「嗚哇嗚哇」的尖利聲音破空而來，普淨急道：「漢壽亭侯快走，警車來了！」

關羽大怒：「甚麼警車不警車？有哪個鼠輩敢來囉嗦一句，休怪我關某刀下無情！」

普淨歎了一口氣：「漢壽亭侯，你固然是五虎上將之首，論上陣廝殺，大概無人能敵。但今時不同往日，現代警察一槍在手，容不得你近身肉搏，他手指一扣板機，子彈呼嘯飛出，你再有十條命，也是即時報銷的了！」

他瞪大眼睛，將信將疑。

普淨大喝一聲：「雲長快走！遲了恐怕就走不了！」

自從那年敗走麥城在小路中伏喪生之後，對一切諫言，他都採取寧可信其有，不可信其無的態度。既然普淨說得如此急切，但聽不妨。

一勒赤兔馬韁索，剎那間便逃得無影無蹤。

窺探了幾天，他發現果然是個完全不同的社會，這個叫香港的地方。

普淨也隱隱約約向他暗示：「你必得脫下古裝，換上西裝，融入這個現代都市的生活中。你大哥或許就在這裡，我祝你好運！」

說罷，普淨便隱去了。

他也有一種感覺，認定劉備已經在這裡立足。

可是，人海茫茫，應該到哪裡去尋找蹤迹？

想來想去，也苦無良策。

但他知道，他的機會，只有靠運氣了。

他將青龍偃月刀埋藏起來，遣走赤兔馬：「你自找生路去吧！」然後換下盔甲，穿上西裝，極力裝扮成追上潮流的香港人。

但說上幾句話，人家便用一種疑惑的眼神望著他：「喂喂，你是不是偷渡客呀？」

簡直就是虎落平陽被犬欺了，想當年我關某過五關斬六將……幽幽歎了一口氣，他又懨懨睡了過去。

夢中普淨又駕著雲團而來，「如今古風不再，你即使找到劉皇叔，也未必就是好事。」

他大怒：「兀那和尚，休得胡言亂語，壞我兄弟情份！世人誰不知道我們桃園結義？」

普淨歎道：「既然如此，我便閉嘴，但可以提點你，你大哥現在尖東做老闆。」

欲待問個清楚，普淨已經消失。

也只有去投靠大哥了，不論是為了兄弟情誼，還是為了自己的生計。

劉備望了望關羽，也不驚異，只說了一句：「二弟，你終於找上來了！」

關羽環顧那富麗堂皇的環境，笑道：「大哥，這裡比那蜀國要好得多！」劉備淡淡地說了一句，「重新闖天下，不容易呀！以前是在戰場上出生入死，如今是在商場上你死我活。你看我手下的人那麼多，要把他們管好，真不容易。」

「大哥辛苦了！」關羽說：「我來遲一步，不能跟你一起打江山，不過，可以跟你一起守江山。等到三弟也會齊了，我們桃園三結義就有了完美的結局。」

劉備好像沒有聽進去，只顧看著電視機，說：「那是已經很遙遠的事情了……」

關羽十分納悶，跟著劉備的視線望去，啊呀，那閃現的，不正是他被東吳伏軍生擒的場景麼？碧眼小兒！刀斧手。五花大綁推出去斬首。

實在已經是遙遠的歷史了。

不過他也不以為意，不論時光如何飛逝，結義之情永在，如今能夠聚首，足見天可憐見。

劉備懶懶地吩咐了一句：「你就留在我的左右，輔佐我治理公司吧！」

他想說：「我古代一介武夫，不懂得現代商場運作，恐怕會有負大哥厚愛！」

只不過劉備早已揮了揮手，示意他退下。

依然還是當年主公的派頭。

不料整個經濟便不景氣起來，劉氏集團也受到衝擊，人心浮動。

劉備說：「我得好好整頓，要裁員，殺一儆百！」

關羽勸道：「大哥，你必得以仁義服人，尤其到了年關，不要把人家逼到絕路上去。」

劉備橫了他一眼：「我自有分寸。」

突然間便宣佈把關羽裁掉。

關羽大驚，跑去找劉備，「大哥，你是不是搞錯了？我是你義弟關羽呀！」

劉備冷冷地說：「沒錯，炒的便是你。」

關羽心灰意冷，卻忍不住追問了一句，「為甚麼？你不說出來，我死不瞑目！」

劉備冷笑，「你以為現在還有甚麼同年同月同日死的老調呀？商場無情講，只有商業利益要緊。」

「你要裁員，可以理解，但為甚麼要拿我祭旗？」

劉備說：「雲長，我贈你一句，如今做事，利益為先，我要裁員，第一個要動的便是我的左臂右膀，這樣才能威懾其他人。誰叫別人都知道你是我的義弟？」

原來如此。想當年在曹營三日一小宴，五日一大宴，上馬一提金，下馬一提銀的待遇，都不能動搖我的結義之情，如今……

關羽萬念俱灰，連夜跑到埋刀處，將那把青龍偃月刀挖出，打一個忽哨將赤兔馬召回，脫下西裝，換上盔甲，準備再度浪迹天涯。

普淨又再度現身，「漢壽亭侯，哪裡去？」

「從來的地方來，到去的地方去。」

「但你別忘了，你這樣打回原形，恐怕永遠也只能這般漫無目的地漫遊，好像無主孤魂……」

關羽仰天長笑，更不打話，提刀策馬，飛奔雲霄而去。

一九九五年十二月十日

刊於《香港筆會》第六期，一九九五年十二月；
《文藝百家》雙月刊一九九六年第三期

# 門神

昨天還是到處黃金，轉眼一片落索，這龐大的金融王國，成了泡沫經濟的幻影，假如不高舉裁員的屠刀，只怕維持不下去了。事非得已，諸位多多包涵！

老臣子們一臉悲愴，想當年……

現在已經不是懷舊的時候了，我不是不念舊，但形勢比人強，不炒你們，這王國就要塌下來。為了大局，不能不委屈你們。

我們願意減薪，共度時艱。

他苦笑，再減，也是瘦死的駱駝比馬大。

程咬金仰天大笑，罷罷罷，既然老闆嫌我老朽，我也不會戀棧，說著，便大踏步走出老闆室；羅成、單雄信、楊林、王伯當、魏文通、李元霸、裴元慶也跟著轉身就走，秦瓊和尉遲恭遲疑了一下，欲待跟上，卻給李世民叫住：慢！

這不是陷我們於不義？

李世民大笑，識時務者為俊傑，現在是商業社會，一切以經濟利益為前提，那些江湖義氣早就過時了，你等休要糾纏，免得誤了前程！

秦瓊暗想，貧窮可真不是好東西，當年我年輕力壯一身武藝也還搞到甚至要賣馬的地步，何況現在垂垂老矣？但他們都給「解甲歸田」了，元老只剩我和尉遲恭，須得同進退才行。他瞟了尉遲恭一下，眼睛打了個問號。可是尉遲恭好像沒看到似的，只顧低頭，若有所思。這個傢伙，說是結拜兄弟，那時同為大唐的開國大將，同朝為大臣，表面一團和氣，其實還不是為了爭位而面和心不和？我病得快死的時候，他尉遲恭還假惺惺地前來看望，氣得我一口鮮血吐在他臉上。這都算了，陳年老黃曆，休要再提；可是時光流轉既然投胎現世依然共同為皇上效力，那便是拆不散的緣份，但他還是耿耿於懷，老是跟我明爭暗鬥，懷疑我更受重用。到了這個關鍵時刻，他也不顧全大局同心協力，一副事不關己的鳥樣子，氣死我也。一口氣吞不下，喉頭有股腥味翻湧，不好，不可重蹈覆轍！他連忙凝神定氣運功，平復心情，回過氣來，平靜地回答李世民：你是老闆，你怎麼說怎麼好！

李世民微笑著點頭，轉向尉遲恭：敬德，你意下如何？

尉遲恭氣乎乎地說，既然叔寶這麼說，我也沒甚麼意見。

秦瓊嘴上不說，心裡卻想，好哇尉遲敬德，你把我推到幕前，無非是要推卻責任，免得諸位兄弟鬧將起來，興師問罪，你也可以推得一乾二淨，說是我秦叔寶的主意，他只是盲從，並不知道利害。

只聽得李世民說道，很好，很好！不愧我這麼重用你們，你們果然沒有令我失望。現在是甚麼時候？你們個個都是負資產，自己都顧不上，還有甚麼資格去談甚麼共進退、講義氣？說甚麼同林鳥，大難臨頭還不是各自飛？

秦瓊聽得渾身不是滋味，卻又不好發作；偷眼瞥了尉遲恭一下，他還是低頭若有所思，一副泰山崩於前而面不改色的樣子。秦瓊暗罵：這傢伙，都修練得快成了精了！

退了下來，秦瓊忍不住說：喂！老兄，你也說一句話好不好？不要老拿我當擋箭牌嘛！

尉遲恭斜眼看他，你這麼說，是當李老闆是弓箭手了？

秦瓊一愣，說不出話來。尉遲恭已經搖搖擺擺地走了。

午夜驚醒，秦瓊思潮起伏，滿腦子流轉的都是尉遲恭的那句話。是不是潛意識裡自己真的把李世民當成冷酷殺手了？

李世民當然不是善男信女，一千三百多年前的隋末，他便勸他的父親李淵起兵反隋，當李淵稱帝，他被封為秦王，公元六二六年，他在今西安舊城北的唐長安太極宮北面正門發動「玄武門之變」，得為太子，繼帝位。如果他沒有野心沒有手段心不狠手不辣，恐怕也當不成皇帝。就算時光悠悠古代變成了電子時代的現代，沒有同樣的本事，只怕他也不能成為大亨。秦瓊就聽他嘿嘿地說過：無毒不丈夫，我們在商場上博殺，千萬不能有婦人之仁！從古代西安到現代香港，時代變了，但權力鬥爭和商業戰爭卻有一脈相通之處；難怪李世民運用起來如魚得水，滴水不漏。

第二天消息傳來，程咬金用他那道著名的板斧自盡，一身都是血。秦瓊趕去，大聲痛哭：程大哥，你這又是何苦呢？你這板斧為大唐立過多少汗馬功勞，應當用來殺敵才是，怎麼可以……

羅成站在一旁冷笑，算了吧，別貓哭老鼠假慈悲了，把我們這幫老傢伙趕盡殺絕了，你一個人便可以在老闆跟前獨享尊寵，你不是求之不得嗎？

他怒道：羅成你也太小看我秦叔寶了，枉我和你相處這麼多年，你竟以為我是個小人？

李元霸將羅成拉開，算了算了，我們都不是一路人，跟他囉嗦甚麼！

說罷，一干人揚長而去，只丟下秦瓊一個人，和程咬金的屍體，還有辦案的探員。其中一個探長模樣的人揮了揮手，說，你走吧！早知如此，何必當初？

秦瓊又是一愣，怎麼連差人也把我當成幫兇了？就算我是吧，那為甚麼人人都把矛頭指向我，沒人指責尉遲恭？他不也跟我一樣，留下為李老闆效勞？

他隱隱約約覺得蹊蹺，卻又想不出到底哪裡出了問題。

他問尉遲恭，尉遲恭聳了聳肩膀，雙手一攤，你問我，我問誰？

連洋人的標準動作也他媽學會了，這十里洋場，你尉遲恭看來是摸透了，難為我秦叔寶還是處處碰壁，倒不如回到從前算了，至少，我還是一員猛將，手持金裝鐧，威風凜凜，誰敢惹我？於今穿著這一身西裝，須扮得斯斯文文的，尉遲恭行，我不行！

尉遲恭橫了他一眼，這叫作適應環境的變化，你也要不斷自我增值呀！不要說你從古代來，就算是現代人，也還不是要不斷轉型才能跟得上潮流？你看那銀行，你看那報館，不懂電腦？你不趕緊學就執包袱吧。你說我是假洋鬼子也好，我還是這句話：生存之道，在於懂得變通。

他聽得一愣一愣的。

還沒開竅呀？那你就慢慢去領會吧！說著，尉遲恭便踱著方步，走開了。

而李世民竟然史無前例地沒來上班，辦公室裡吱吱喳喳，人心惶惶。

老闆病了？他一向很健壯的呀！是人，總有打敗仗的時候。

咦，莫非他良心發現，程老先生的死，令他難過，連班都不能上了？

他會嗎？

秦瓊聽得心煩，喝道：吃飽撐了沒事幹哪？躲到茶水房說三道四！

男男女女一哄而散，卻聽得擴音器播出接線生阿May那好聽的聲線：秦總一線，老闆急call！

老闆？他急忙趕回自己的房間，提起話筒，便聽到李世民急促的生音：快！你立刻和敬德一起騎快馬過來！

發燒燒迷糊了吧這個李世民，眼下是甚麼時代了，還騎甚麼馬？到今天，他還念念不忘他那大唐盛世，還做那天子的清秋大夢！

但還得領命。李世民不是皇上，他是老闆；老闆有命，不聽也不至於人頭落地，可是飯碗就未必保得住。

尉遲恭一聽，立刻吼了一聲：走！

趕到李府，竟空無一人，家人和傭人全都跑光了。

李世民懨懨地躺在床上，臉色灰白，雙目無神。

原來，程咬金一走，到了半夜，李世民忽然覺得渾身躁熱，輾轉難眠；剛一閉眼，耳畔便響起淒厲的叫聲，鬼哭狼嚎。驚醒滿頭是汗，莫非是他前來索命？

老闆莫驚，有我尉遲敬德在，甚麼要妖魔鬼怪都休要近得您的身旁！

秦瓊嘴拙，吶吶不能成語。

李世民有氣無力地望了望他們，說：你們就給我站崗吧！

又來那一招？秦瓊差一點就要說：這是二十一世紀的香港呀，不是唐朝……尉遲恭已經進入角色，雙手抱拳，頭一頓，臣遵旨！馬上站到床頭立定，轉頭對秦瓊說，你還不就位？秦瓊只好訕訕地站到床尾去了，心中猶憤憤不平，甚麼好處都給這傢伙搶走了！

李世民果然一夜好睡，但捱了三夜，尉遲恭也頂不順了，更不用說秦瓊。到了第四夜，兩人竟趴在床邊昏昏睡去。突然，李世民一躍而起，淒厲地指著前面叫道：程咬金！兩人被嚇醒，驚問何事；李世民汗流滿面，半天都說不出話來。老闆做惡夢吧？秦瓊探問。

不是夢！我明明看到他從那邊衝過來！李世民指著緊閉的大門，聲音抖顫。到底是何模樣？秦瓊追問。

鬚髮皆白的程咬金，脫下了西裝，披上一身鎧甲，見到李世民，二話不說，便掄起板斧，砍了三下，都給李世民躲過去了；他長嘯一聲，便隱去了。

好在程咬金只懂得三道板斧，不然的話，我的老命還在嗎？

秦瓊心想，這個李世民，今天說話怎麼這麼鬼話連篇？

尉遲恭卻說，老闆，我看大事不好，定是程咬金那廝心有不甘，專程跑來找你晦氣！

秦瓊橫了他一眼，怎麼說程咬金也是拜把兄弟，你也不必在他身後這樣說他吧？但當著李世民的面，他也不好發作。

卻聽得李世民緩緩說道，再叫你們站崗，恐怕你們也捱不住，這樣吧，還是重施故技，叫畫匠把你們的模樣畫下來，貼在門口擋煞。

於是，一身古代武將打扮的秦瓊和尉遲恭畫像，便給貼在門上，秦瓊手持金裝鐧，尉遲恭懷抱十三節鐵鞭，一副萬夫莫開的氣勢。

從此之後，李世民果然夜夜都睡得安穩。

但輪到秦瓊失眠了，晚上他迷迷糊糊地聽到那些孩童指著畫像說：這家人家真怪，快過年了，家家都請財神，他們卻請了兩個醜八怪！

想不到我秦瓊一世英雄，到頭來還要給無知孩兒說三道四……

尉遲恭笑道，大丈夫能上能下，怕甚麼給人說！

這傢伙紅光滿面，中氣十足，看來睡得很好了；怪不得在這裡說風涼話了！

他又不想問個究竟，省得給搶白一通，自取其辱。

這夜，他在半睡半醒之間，望著靈魂飄出他的軀殼，悠悠飛向李世民的豪宅，一頭便撲進那門神畫裡。於是，畫裡的秦瓊眼睛發光，那金裝鋥亮。咦，我怎麼真的成了門神了？

忽聽得程咬金狂笑，叔寶，你憑著武藝高強，拚命護主，我不能說你不對；但你護了這過河拆橋的惡棍，怎麼對得起我們八拜之交？

他欲待辯解說是身不由己，躺在床上卻一句話也說不出來。

程咬金冷笑，無話可說了吧？受人錢財，替人消災，天經地義，但也不要做得太絕了。你看敬德，靈魂不上畫，須攔不住我，又可以對老闆交代；哪像你，全不顧兄弟情誼，我算是看透你了！

秦瓊急怒攻心，一口氣轉不上來，一口鮮血狂噴，只聽得尉遲恭嘆了一口氣，何必呢，老弟！都這麼多年了，都現代化了，你還要再噴我一臉？

二〇〇三年三月十四日

刊於《香港文學》二〇〇三年四月號

# 後記

從未謀面，但王鼎鈞先生名聲如雷貫耳，而他的作品也一向讓我傾倒。我編《香港文學》的機緣，竟能邀得他熱情供稿支持，一直感念不已。去年年底，忽然接到他寫的一篇關於我小說的評論，讓我驚疑，為慎重起見，我向他親近的朋友多方打聽，並獲他從美國電郵確認，證實是他的手筆。這於我是莫大的鼓勵，也就有了給臺北「釀」出版社編一本中短篇集的想法。如今編成，並事先徵得鼎公同意，以他寫的那篇〈壓力下的完卵〉為序，給我的這本書增光不少。

自從一九七四年發表第一篇短篇〈冬夜〉之後，幾十年過去了，從手寫稿「爬格子」到改用電腦敲字，我依然坐在桌子前，夜以繼日。時光流逝，其實並不是沒有感受到文學越來越邊緣化，自上世紀九十年代中，香港傳媒生態發生巨變，本來文學作品主要賴以生存的報紙，紛紛取消小說版，更不用說連載小說了，中長篇小說刊登的機率銳減，文學只能依賴文學雜誌苟延殘喘，加上流行文字娛樂雜誌和漫畫的夾攻，在財富當道的當下，沒有金錢作雄厚的後盾，文學作品除了節節抗退，還能有甚麼辦法？

但無論理想主義如何全面陷落，文學並不至於全面潰敗，小人物當然並沒有能力挽狂瀾於既倒，但我相信不管商品經濟如何發達，如果一個城市沒有文化沒有文學，那麼這個城市終歸還是貧血的。當然，無論如何不願意，也必須面對現實：文學確是屬於小眾的．但我相信，無論社會如何變遷，只要有人群在，文學是不會消亡的！

小說發展到當今，流派眾多，讓人看得眼花繚亂。給合適的題材尋找相應的手法，是必要的，因此不必計較他者的說法，道路千萬條，我們只能選一條適宜自己的途徑。

本書能夠出版，必須感謝王鼎鈞老的鼓勵，沒有他的催生，就不會有本書出版。感謝朵拉的引薦，釀出版楊宗翰兄的支持，責編林泰宏兄的耐心盡責，還有香港、臺灣、大陸的名家也是友好也斯、鍾怡雯、趙稀方的封底推薦，廖偉棠的訪談，他們付出的心力，讓我牢牢銘記心底。

二〇一一年七月一日，部份時間有陽光，驟雨；於香港

# 陶然著作年表

創作：

《追尋》，長篇小說，香港上海書局，一九七九年五月初版；北京中國友誼出版公司，一九八四年九月初版；北京群眾出版社，一九九〇年八月初版。

《強者的力量》，小說散文集，香港文學研究社，一九七九年六月初版。

《香港內外》，小說散文集，福建人民出版社，一九八二年六月初版。

《夜曲》，散文詩集，青海人民出版社，一九八三年一月初版。

《平安夜》，中短篇小說集，廣州花城出版社，一九八五年五月初版。

《回音壁》，散文集，北京中國友誼出版公司，一九八五年十一月初版。

《旋轉舞臺》，中短篇小說集，香港香江出版公司，一九八六年四月初版。

《此情可待》，散文集，香港山邊社，一九八六年七月初版。

《蜜月》，中短篇小說自選集，深圳海天出版社，一九八八年十月初版。

《月圓今宵》，散文集，香港宏業書局，一九八九年一月初版。

《側影》，散文集，香港現代教育研究社，一九八九年十一月初版。

《表錯情》，微型小說集，香港明窗出版社，一九九〇年六月初版。
《心潮》，中篇小說，北京群眾出版社，一九九〇年十二月初版。
《與你同行》，長篇小說，上海文藝出版社，一九九四年七月初版；香港知出版有限公司，二〇〇六年四月版。
《黃昏電車》，散文詩集，北京中國華僑出版社，一九九四年九月初版。
《紅顏》，中短篇、微型小說自選集，北京中國文聯出版公司，一九九五年十一月初版。
《窺》，短篇小說集，桂林灕江出版公司，一九九六年三月初版。
《一樣的天空》，長篇小說，香港香江出版有限公司，一九九六年六月初版；北京人民文學出版社，一九九七年四月初版。
《陶然中短篇小說選》中短篇小說自選集，香港作家出版社，一九九七年四月初版。
《秋天的約會》，散文集，香港香江出版有限公司，一九九八年五月初版。
《美人關》，微型小說集，香港天地圖書公司，二〇〇〇年初版。
《香港節拍》，散文集，山東文藝出版社，二〇〇二年一月初版。
《「一九九七」之夜》，散文集，浙江文藝出版社，二〇〇〇年二月初版。
《紅茶館》，散文集，貴州教育出版社，二〇〇二年四月初版。
《歲月如歌》，短篇小說集，香港天地圖書公司，二〇〇二年初版。
《生命流程》，散文詩集，香港日月星製作公司，二〇〇四年一月初版。
《綠絲帶》，散文集，香港和平圖書出版公司，二〇〇四年九月初版。
《赤裸接觸》（魔幻世界），短篇小說集，上海古籍出社，二〇〇四年十月初版。

《走出迷牆》（都市情話），中短篇小說集，上海古籍出版社，二〇〇四年十月初版。
《一筆勾銷》（故事新編），短篇小說集，上海古籍出版社，二〇〇四年十月初版。
《連環套》，短篇小說集，香港知出版有限公司，二〇〇六年五月初版。
《十四朵玫瑰》，散文集，上海華東師範大學出版社，二〇一〇年五月初版。
《密碼168》，微型小說集，南京江蘇文藝出版社，二〇一〇年九月初版。
《街角咖啡館》，散文集，台北釀出版，二〇一一年七月。

**主編：**

「香港文學選集系列」三輯共十二冊，包括小說、散文、評論、筆記選等，香港文學出版社，二〇〇三年七月、二〇〇五年十月、二〇〇九年五月初版。
《香港散文選（2000－2001）》，香港三聯書店，二〇〇四年八月初版。
《共邁旅程——香港作家聯會成立二十周年紀念》大型畫冊，香港作家聯會，二〇〇八年十一月十五日。
《蔡其矯詩歌作品評論選》，香港文學出版社，二〇一〇年一月初版。
《蔡其矯書信集》，鄭州大象出版社，二〇一一年六月初版。
《香港作家作品合集選・散文卷》上下冊，香港明報月刊出版社、新加坡青年書屋聯合出版，二〇一一年十二月初版。

有關陶然的評論集：

曹惠民主編，《閱讀陶然——陶然創作研究論集》，北京師範大學出版社，二〇〇〇年九月初版。

蔡益懷主編，《陶然作品評論集》，香港文學評論出版社，二〇一一年九月初版。

釀文學 PG0703

# 天外歌聲哼出的淚滴
## ──陶然中短篇小說選

作　　者　陶　然
責任編輯　林泰宏
圖文排版　鄭佳雯
封面設計　陳佩蓉

出版策劃　釀出版
製作發行　秀威資訊科技股份有限公司
114 台北市內湖區瑞光路76巷65號1樓
電話：+886-2-2796-3638　傳真：+886-2-2796-1377
服務信箱：service@showwe.com.tw
http://www.showwe.com.tw
郵政劃撥　19563868　戶名：秀威資訊科技股份有限公司
展售門市　國家書店【松江門市】
104 台北市中山區松江路209號1樓
電話：+886-2-2518-0207　傳真：+886-2-2518-0778
網路訂購　秀威網路書店：http://www.bodbooks.com.tw
國家網路書店：http://www.govbooks.com.tw
法律顧問　毛國樑　律師
總 經 銷　聯合發行股份有限公司
231新北市新店區寶橋路235巷6弄6號4F
電話：+886-2-2917-8022　傳真：+886-2-2915-6275

出版日期　2012年3月　BOD一版
定　　價　450元



**Printed in Taiwan**

國家圖書館出版品預行編目

天外歌聲哼出的淚滴：陶然中短篇小說選 /
陶然著. -- 一版. -- 臺北市：釀出版,
2012.03
面； 公分. --（釀文學；PG0703）
BOD版
ISBN 978-986-6095-90-0（平裝）

857.63 101001018

# 讀者回函卡

感謝您購買本書，為提升服務品質，請填妥以下資料，將讀者回函卡直接寄回或傳真本公司，收到您的寶貴意見後，我們會收藏記錄及檢討，謝謝！

如您需要了解本公司最新出版書目、購書優惠或企劃活動，歡迎您上網查詢或下載相關資料：http:// www.showwe.com.tw

您購買的書名：＿＿＿＿＿＿＿＿＿＿＿＿＿＿＿＿＿＿＿＿

出生日期：＿＿＿＿年＿＿＿＿月＿＿＿＿日

學歷：□高中（含）以下　□大專　□研究所（含）以上

職業：□製造業　□金融業　□資訊業　□軍警　□傳播業　□自由業

□服務業　□公務員　□教職　□學生　□家管　□其它＿＿＿

購書地點：□網路書店　□實體書店　□書展　□郵購　□贈閱　□其他

您從何得知本書的消息？

□網路書店　□實體書店　□網路搜尋　□電子報　□書訊　□雜誌

□傳播媒體　□親友推薦　□網站推薦　□部落格　□其他＿＿＿＿＿

您對本書的評價：（請填代號　1.非常滿意　2.滿意　3.尚可　4.再改進）

封面設計＿＿　版面編排＿＿　內容＿＿　文／譯筆＿＿　價格＿＿

讀完書後您覺得：

□很有收穫　□有收穫　□收穫不多　□沒收穫

對我們的建議：＿＿＿＿＿＿＿＿＿＿＿＿＿＿＿＿＿＿＿＿

＿＿＿＿＿＿＿＿＿＿＿＿＿＿＿＿＿＿＿＿＿＿＿＿＿＿

＿＿＿＿＿＿＿＿＿＿＿＿＿＿＿＿＿＿＿＿＿＿＿＿＿＿

＿＿＿＿＿＿＿＿＿＿＿＿＿＿＿＿＿＿＿＿＿＿＿＿＿＿

請貼
郵票

11466
台北市內湖區瑞光路 76 巷 65 號 1 樓
**秀威資訊科技股份有限公司** 收
BOD 數位出版事業部

……………………………………………………………………………

（請沿線對折寄回，謝謝！）

姓　　名：____________　年齡：________　性別：□女　□男

郵遞區號：□□□□□

地　　址：________________________________

聯絡電話：(日) ____________ (夜) ____________

E-mail：________________________________